CW01369574

TOTEM

Robert J. Sawyer est l'un des huit seuls auteurs à avoir remporté tous les principaux prix récompensant la science-fiction : le Hugo, le Nebula, le John W. Campbell. Il a aussi remporté le Robert A. Heinlein Award, le Edward E. Smith Memorial Award, le Hal Clement Memorial Award, et détient un record absolu de prix Aurora (on ne sait même plus trop combien), le prix de SF et fantasy canadien. Son roman *FlashForward*, qui sera republié en totem, a été adapté en série par ABC, et il a participé à la série web *Star Trek Continues*. Décoré de l'Ordre du Canada et de l'Ordre de l'Ontario, il fait partie du Canadian Science Fiction and Fantasy Hall of Fame.

TRILOGIE DE L'ÉVEIL : WAKE

> Sawyer continue de repousser les frontières avec ses histoires dans un avenir crédible. Son érudition, son éclectisme et son sens de la narration magistral font de *Wake* une sélection de choix.
>
> *Library Journal*

> Fait frénétiquement réfléchir. La diversité des thèmes (et leur profondeur) fait de ce livre le plus fort de Sawyer à ce jour.
>
> *Publishers Weekly*

> L'un des romans les plus originaux et fascinants publiés depuis longtemps, par un auteur qui a remporté pratiquement tous les prix de science-fiction possibles.
>
> *Sacramento Book Review*

> Un livre complexe et fascinant. Sawyer maintient le haut degré d'interaction entre idées et actions qui caractérise ses œuvres.
>
> *National Post*

DU MÊME AUTEUR, CHEZ LE MÊME ÉDITEUR

Trilogie de l'Éveil

Wake, totem n°304

Watch, totem n°305

Wonder, totem n°306

Robert J. Sawyer

WAKE

Trilogie de l'Éveil I

Roman

Traduit de l'anglais (Canada)
par Patrick Dusoulier

TOTEM

TOTEM n°304

Titre original : WAKE

First published by Ace Science Fiction, an imprint of Penguin Random House USA, and simultaneously by Viking, an imprint of Penguin Random House Canada, and by Gollancz UK

Première édition sous le titre *Éveil*, Robert Laffont, 2010

ISBN 978-2-404-08047-5
ISSN 2105-4681

Illustration de couverture © Mathieu Persan
Conception graphique de la couverture : Valérie Renaud

Ce dont a besoin une personne aveugle, ce n'est pas d'un professeur, c'est d'un autre soi-même.

HELEN KELLER

I

PAS l'obscurité, car cela implique la compréhension de la lumière.

Pas le silence, car cela suggère une familiarité avec le son.

Pas la solitude, car cela nécessite la connaissance d'autres.

Et pourtant, faiblement, d'une façon si ténue qu'il en faudrait peu pour qu'elle n'existe pas : la *conscience.*

Rien de plus. Simplement la conscience – une vague, une impalpable sensation d'*être.*

Être... mais pas *devenir.* Rien pour marquer le temps, pas de passé ni d'avenir – rien qu'un *maintenant* sans fin, sans forme, et, à peine perceptible dans cet instant infini, brut et inachevé, la naissance de la *perception...*

Caitlin avait fait bonne figure pendant le dîner et avait dit à ses parents que tout allait bien – que c'était *génial*, vraiment – mais, bon Dieu, elle avait passé une journée terrifiante : les autres élèves qui la bousculaient dans des couloirs bondés, les professeurs qui faisaient allusion à ce qui était écrit au tableau et, sans aucun doute, tous les regards tournés vers elle… Quand elle était au TSB*, à Austin, elle ne se sentait jamais mal à l'aise, mais à présent, elle était exposée aux yeux de tous. Est-ce que les autres filles portaient des boucles d'oreilles, elles aussi ? Est-ce qu'elle avait bien fait de mettre ce pantalon en velours ? Oui, elle adorait le contact du tissu et le froufrou qu'il faisait quand elle marchait, mais ici, tout était une question d'*apparence.*

Elle était dans sa chambre, assise à son bureau, devant la fenêtre ouverte. Ses cheveux mi-longs flottaient doucement dans la brise du soir, et elle entendait les bruits du monde extérieur : un petit chien qui aboyait, quelqu'un qui shootait dans un caillou dans la rue paisible et, au loin, une de ces alarmes antivol si agaçantes.

Elle passa le doigt sur sa montre. 07:49 – sept et sept au carré, la dernière fois de la journée où il y aurait une séquence de ce type. Elle pivota sur son fauteuil pour faire face à son ordinateur et ouvrit LiveJournal.

“Sujet” était facile : “Premier jour dans mon nouveau lycée.” Pour “Localisation actuelle”, la valeur par défaut était : “Chez moi.” Elle ne se sentait pas chez elle dans cette maison étrange – zut, dans ce *pays* étrange ! –, mais elle laissa le champ comme ça.

Pour “Humeur”, il y avait une liste déroulante, mais JAWS, le logiciel de lecture d'écran qu'elle utilisait, mettait un temps fou à lui énoncer tous les choix : en général, elle préférait taper quelque chose elle-même. Après avoir réfléchi deux secondes, elle décida de mettre : “Confiante.” Elle était peut-être effrayée dans la vraie vie, mais en ligne, elle était Calculatrix, et Calculatrix n'avait peur de rien.

* TSB : Texas School for the Blind, un centre d'enseignement pour les jeunes âgés de 6 à 21 ans atteints d'un handicap visuel. (Toutes les notes sont du traducteur.)

Quant à “Musique actuelle”, elle n’avait pas encore lancé de playlist… et elle laissa donc iTunes choisir une chanson au hasard dans sa collection. Elle la reconnut au bout de trois notes : *Rocking My World*, de Lee Amodeo.

Du bout des doigts, elle caressa les petites bosses rassurantes sur les touches *F* et *G* – le braille à la portée de tous – tout en réfléchissant à ce qu’elle allait mettre.

Elle pianota :

> Bon, demandez-moi si mon nouveau lycée est bruyant et s’il y a beaucoup de monde. Allez-y, posez-moi la question. Ah, merci. Eh bien, oui, il est bruyant et il y a beaucoup de monde. Mille huit cents élèves ! Et le bâtiment fait trois étages. Enfin, deux étages plus le rez-de-chaussée si on compte comme les Anglais, et après tout, on est ici au Canada, qui fait encore partie du Commonwealth… À propos, comment reconnaît-on un Canadien dans une pièce noire de monde ? On marche sur les pieds des gens, et on attend qu’il y en ait un qui s’excuse… :)

Caitlin se tourna de nouveau vers la fenêtre et essaya d’imaginer le soleil couchant. L’idée que les passants pouvaient la voir la faisait flipper. Elle aurait volontiers gardé les volets baissés tout le temps, mais Schrödinger aimait bien s’allonger sur le rebord.

> Ma première journée de seconde a commencé quand Maman m’a déposée devant l’entrée, où BelleBrune4 (jtm, ma chérie !) m’attendait. La semaine dernière, j’avais déjà exploré plusieurs fois les couloirs déserts, pour prendre mes repères, mais c’est complètement différent maintenant que le lycée est rempli d’élèves, alors

mes parents filent cent dollars par semaine à BB4 pour qu'elle m'accompagne jusqu'aux salles de classe. Le proviseur s'est débrouillé pour que nous soyons ensemble à tous les cours sauf un. Je ne pouvais pas suivre les mêmes cours de français qu'elle… après tout, je suis une beginneur* !

Son ordinateur fit entendre une petite note musicale : un nouveau mail. Elle tapa le raccourci clavier pour que JAWS lui en lise l'objet.

"À : Caitlin D.", lui annonça le programme. Elle n'écrivait son nom comme ça que quand elle postait dans des forums, l'expéditeur avait donc dû récupérer son adresse sur le canal "Statistiques des joueurs de la NHL", ou l'un des autres qu'elle fréquentait.

"De : Gus Hastings." Elle ne connaissait personne de ce nom. "Sujet : Améliorez votre score."

Elle appuya sur une touche et JAWS commença à lire le corps du message : "Vous êtes triste d'avoir petit pénis ? Si oui…"

Bon sang, son filtre antispams aurait dû l'intercepter. Elle passa le doigt sur son afficheur braille. Ah : le mot magique avait été orthographié "pehnisse". Elle supprima le message et s'apprêtait à retourner sur LiveJournal quand sa messagerie instantanée émit un bip. "BelleBrune4 est maintenant disponible", lui annonça l'ordinateur.

Elle utilisa Alt-Tab pour basculer sur cette fenêtre et tapa : *Salut, Bashira ! Je suis en train de mettre à jour mon LJ.*

Elle avait configuré JAWS pour qu'il ait une voix féminine, mais il lui manquait le délicieux accent de son amie :

* En "français" dans le texte.

— Dis des choses gentilles sur moi.

Bien sûr, tapa Caitlin. Cela faisait deux mois que Bashira était devenue sa meilleure amie, depuis que Caitlin avait emménagé ici. Bashira avait le même âge qu'elle – quinze ans – et son père travaillait avec celui de Caitlin au PI.

— Tu vas mettre que Trevor t'a fait de l'œil?

Absolument! Elle retourna sur la fenêtre de son blog et tapa:

> BB4 et moi, on est assises l'une à côté de l'autre en salle d'études, et elle m'a dit qu'un type dans la rangée derrière nous était clairement en train de me mater.

Elle hésita un instant, ne sachant pas très bien ce qu'elle devait en penser, mais elle ajouta finalement: *Vive moi!*

Elle ne voulait pas mentionner le vrai nom de Trevor.

> Donnons-lui un nom de code, parce que qqchose me dit qu'il va se retrouver dans d'autres entrées de mon blog. Hm, et si on l'appelait… le Beauf! C'est de l'argot canadien, les gars, je vous promets. Bref, d'après BB4, le Beauf est réputé pour s'attaquer à toutes les filles récemment arrivées, et bien sûr, je suis très exotique*, même si je ne suis pas la seule Américaine de la classe. Il y a cette meuf de Boston qui s'appelle… non, mes amis, je ne vous fais pas marcher! La malheureuse s'appelle Pâquerette! C'est à gerber. :P

Caitlin n'aimait pas les emojis. Elle ne pouvait pas les rapprocher de véritables expressions du visage, et elle avait dû apprendre les séquences de touches par cœur, comme un

* En français dans le texte.

message codé. Elle retourna à sa messagerie instantanée. *Alors, tu fais quoi en ce moment ?*

— Pas grand-chose. J'aide une de mes sœurs à faire ses devoirs. Ah, elle m'appelle. A+.

Les abréviations, ça, Caitlin aimait bien. Bashira lui disait "à plus tard", ce qui voulait dire, la connaissant, qu'elle en avait au moins pour une demi-heure. L'ordinateur fit le petit bruit de porte qui se referme indiquant que Bashira s'était déconnectée. Caitlin retourna sur LiveJournal.

> Bref, le premier cours s'est super bien passé, parce que rien ne me résiste. Vous avez deviné de quelle matière il s'agissait ? Si vous n'avez pas répondu "maths", vous avez perdu. Et au bout d'une seule journée, je domine carrément la classe. Le professeur – appelons-le M. H., OK ? – était ébahi que je puisse faire des tas de trucs dans ma tête alors que les autres ont besoin d'une calculette.

Son ordinateur bipa encore une fois. Elle appuya sur une touche, et JAWS annonça : "À : cddecter@…". Une adresse e-mail à laquelle son nom n'était pas attaché. Presque certainement un spam. Elle appuya sur *Suppr* avant que le logiciel n'aille plus loin.

> Ensuite, on a eu anglais. On étudie un bouquin rasoir qui parle d'un type neurasthénique qui a grandi dans les plaines du Manitoba. Il y a du blé toutes les deux pages. J'ai demandé à la prof – elle, c'est Mme Z. – si toute la littérature canadienne était comme ça, elle a ri, et elle m'a répondu "Pas toute, juste la majorité." Ah, on va se marrer, en anglais !

"BelleBrune4 est maintenant disponible", dit JAWS.

Caitlin changea aussitôt de fenêtre et tapa: *Tu as fait vite.*

— Ouais, fit la voix synthétique. Tu aurais été fière de moi. C'était un exercice d'algèbre, et je l'ai fait les doigts dans le nez.

Ton clavier doit être propre, maintenant... tapa aussitôt Caitlin.

— Ha ha! Oh, il faut que j'y aille. Papa est de mauvais poil. À plus!

Qu'elle avait sans doute écrit "A+".

Caitlin retourna à son journal.

> Le déjeuner était correct, mais je vous jure que je ne m'habituerai jamais aux Canadiens. Ils mettent du vinaigre sur leurs frites! Et BB4 m'a parlé de ce truc qui a un nom russe... Mais non, mes amis, je blague! C'est la poutine: des frites avec des bouts de fromage, le tout nageant dans de la sauce brune... Ils font vraiment n'importe quoi avec les frites, même de la recherche scientifique, c'est sûr. Sans doute qu'ils n'ont pas assez d'argent pour faire de vraies recherches, sauf bien sûr ici, à Waterloo. Et encore, ici, le frik vient de sources privées.

Son correcteur orthographique émit un bip. Elle corrigea: "frique".

Nouveau bip. Ce fichu logiciel était capable de reconnaître le mot "triskaïdékaphobie", alors que ce n'était pas vraiment comme si elle en avait besoin quotidiennement, mais là... Ah, c'était peut-être ça: fric.

Plus de bip. Elle sourit et continua:

> Ah, oui, les billets verts, c'est si important... Sauf qu'ici, à ce qu'on m'a dit, il y a des billets de toutes les couleurs. Bon, toujours est-il qu'une grosse partie de

> l'argent qui sert à financer le Perimeter Institute, où mon père travaille sur la gravité quantique et d'autres trucs stylés de ce genre, vient de Mike Lazaridis, le cofondateur de Recherche en Mouvement – REM pour les flemmards du clavier. Mike L. est un type formidable (on l'appelle toujours comme ça parce qu'il y a un autre Mike, Mike B.), et je crois que mon père s'y plaît bien, même si avec lui c'est sacrément difficile à dire.

Son ordinateur fit entendre un nouveau bip, annonçant l'arrivée d'autres messages. Bon, de toute façon, il était temps qu'elle termine son billet. Elle avait encore à peu près huit millions de blogs à regarder avant d'aller se coucher.

> Après le déjeuner, on a eu chimie, et on dirait que ça va être carrément génial. J'ai trop hâte de faire des expériences scientifiques… mais si le prof apporte une platée de frites, je me casse !

Elle se servit d'un raccourci clavier pour poster son billet, puis elle demanda à JAWS de lire l'objet du nouveau mail.

"À : Caitlin Decter, annonça l'ordinateur. De : Masayuki Kuroda. (Encore une fois, quelqu'un qu'elle ne connaissait pas.) Sujet : Une proposition."

Concernant un "pehnisse" dur comme du bois, sans aucun doute ! Elle s'apprêtait à supprimer le message quand elle fut distraite par Schrödinger qui se frottait contre ses jambes – un cas typique de ce qu'elle appelait le *felinus interruptus*.

— Mais c'est mon joli chaton à moi, ça, dit-elle en se baissant pour le caresser.

Schrödinger sauta sur ses genoux et dut sans doute déplacer le clavier ou la souris, car l'ordinateur entreprit de lire le texte du message :

— Je n'ignore pas qu'une jeune fille se doit d'être circonspecte lorsqu'elle dialogue en ligne…

Un cyberprédateur qui s'exprimait dans un style aussi soigné ? Amusée, Caitlin laissa JAWS poursuivre :

— ... et je vous encourage donc à parler immédiatement de ce message à vos parents. J'espère que vous prendrez en considération ma requête, que je ne formule pas à la légère.

Caitlin secoua la tête et attendit qu'on en arrive au passage où il lui demanderait des photos de nus. Elle trouva l'endroit derrière la nuque où Schrödinger aimait bien qu'on le gratte.

— J'ai parcouru toute la documentation disponible afin de trouver le candidat idéal pour le programme de recherches de mon équipe. Ma spécialité est le traitement de signaux liés à l'aire V1.

La main de Caitlin s'immobilisa au-dessus du cou de Schrödinger.

— Je n'ai nulle intention de susciter de faux espoirs, et je ne peux pronostiquer les chances de succès tant que je n'aurai pas étudié des IRM, mais je pense néanmoins qu'il existe une bonne probabilité que la technique que nous avons mise au point puisse guérir en partie votre cécité, et…

Caitlin se leva précipitamment, projetant son chat à terre.

— ... au moins, vous permette de retrouver un minimum de vision d'un œil. J'espère que vous pourrez…

— Maman ! Papa ! Venez vite !

Elle entendit leurs pas : ceux, légers, de sa mère, qui était très mince et ne mesurait guère plus d'un mètre soixante, et ceux, beaucoup plus lourds, de son père, un homme d'un mètre quatre-vingt-dix qui commençait à développer une bedaine du quarantenaire – ce qu'elle avait pu observer les rares fois où il l'autorisait à lui faire un câlin.

— Que se passe-t-il ? demanda Maman.

Papa, bien sûr, ne dit pas un mot.

— Lisez ça, dit Caitlin en désignant l'écran.

— On ne voit rien, dit Maman.

— Oh…, fit Caitlin qui tâtonna pour allumer son moniteur et s'écarta aussitôt.

Elle entendit sa mère s'asseoir et son père se placer derrière le fauteuil. Elle s'assit au bord de son lit en sautillant d'impatience. Elle se demanda si Papa souriait. Elle aimait penser qu'il souriait effectivement quand il était avec elle.

— Oh, mon Dieu…, dit Maman. Malcolm ?

— Cherche son nom sur Google, dit Papa. Attends, laisse-moi faire.

Un peu de remue-ménage, et Caitlin entendit son père s'installer dans le fauteuil.

— Il a une page Wikipédia. Ah, voilà sa page sur le site de l'université de Tokyo. Un doctorat à Cambridge, et des dizaines d'articles publiés, dont un dans *Nature Neuroscience* sur ce qu'il appelle le traitement des signaux au niveau de l'aire V1, le cortex visuel primaire.

Caitlin avait peur de se remettre à trop espérer. Quand elle était petite, ils étaient allés de médecin en médecin, mais rien n'avait marché, et elle s'était résignée à une vie de… non, pas de ténèbres, mais de néant.

Mais elle était Calculatrix ! Elle était un génie des maths, et elle méritait d'aller dans une université renommée, et de travailler pour une boîte vraiment cool, comme Google. Mais même si elle réussissait ses études, elle savait que les gens diraient des bêtises comme : "Ah, c'est formidable pour elle ! Elle a obtenu son diplôme malgré tous les obstacles !", comme si le diplôme était une fin en soi, et non pas un *commencement*. Mais si elle pouvait voir ! Ah, si elle pouvait voir, le monde entier lui appartiendrait…

— Est-ce que c'est possible, ce qu'il dit ? demanda sa mère.

Caitlin ne savait pas si la question s'adressait à elle ou à son père, et elle ne connaissait pas non plus la réponse. Mais son père répondit :

— Ça ne me paraît pas *impossible.*

Mais il n'était pas prêt à aller plus loin que ça. Il fit pivoter le fauteuil, qui grinça légèrement, et dit :

— Caitlin ?

C'était à elle de choisir, elle en avait bien conscience. C'était elle qui avait nourri de si grands espoirs autrefois, des espoirs toujours déçus, et…

Non, non, ce n'était pas juste. Et ce n'était pas vrai. Ses parents voulaient lui donner le meilleur. Ils avaient eu le cœur brisé, eux aussi, quand toutes ces tentatives avaient échoué. Elle sentit ses lèvres trembler. Elle savait quel fardeau elle avait été pour eux, même si, bien sûr, ils n'avaient jamais prononcé ce mot. Mais s'il y avait une petite chance…

Rien ne me résiste, tu parles… Quand elle répondit, ce fut d'une petite voix effrayée.

— Je pense que ça ne peut pas faire de mal de lui répondre.

2

La conscience n'est pas entravée par la mémoire, car quand la réalité semble immuable, il n'y a rien dont on puisse se souvenir. Elle oscille, forte un instant, faible à présent, de nouveau forte, et puis disparaissant presque, et…

Et la disparition signifie… cesser… *finir !*

Une ondulation, une palpitation – un désir : *continuer.*

Mais la monotonie perdure.

Par la petite fenêtre sans rideaux, Wen Yi contempla un instant les collines environnantes. Il avait passé les quatorze années de sa vie ici, dans la province du Shanxi, à s'échiner dans le minuscule champ de pommes de terre de son père.

La mousson était passée, et l'air était très sec. Il tourna de nouveau la tête vers son père allongé sur le lit misérable. Son front ridé et tanné par le soleil était chaud et moite. Il était complètement chauve et avait toujours été très maigre, mais depuis que la maladie s'était déclarée, il était incapable de s'alimenter et il avait l'air à présent d'un squelette.

Yi jeta un coup d'œil autour de lui, à cette pièce minuscule et ses quelques meubles cabossés. Fallait-il qu'il reste au chevet de son père, pour essayer de le réconforter, et essayer de lui faire boire un peu d'eau ? Ou devait-il aller chercher de l'aide au village ? Sa mère était morte peu de temps après sa naissance. Son père avait eu un frère, mais désormais peu de familles étaient autorisées à avoir un deuxième enfant, et Yi n'avait personne pour l'aider à s'occuper de lui.

La poudre de racines jaunes qu'il s'était procurée chez le vieil homme qui vivait au bout du chemin n'avait pas fait baisser la fièvre. Il lui fallait un médecin – ou même un guérisseur traditionnel, si aucun vrai médecin n'était disponible – mais ici, il n'y en avait pas, et il était impossible d'en faire venir un. Yi avait vu un téléphone une seule fois dans sa vie, quand il avait fait un très long chemin avec un ami pour aller voir la Grande Muraille.

Il prit enfin sa décision.

— Je vais aller te chercher un docteur, dit-il.

Son père secoua faiblement la tête.

— Non… Je…

Il fut saisi d'une quinte de toux et son visage se tordit en une grimace de douleur. On aurait dit qu'un homme encore plus petit était prisonnier à l'intérieur de la coquille vide qu'était son corps et se battait pour s'en échapper.

— Il le faut, dit Yi en essayant de parler doucement pour l'apaiser. Ça ne me prendra pas plus d'une demi-journée pour aller au village et en revenir.

C'était vrai – à condition d'y aller en courant, et de trouver quelqu'un qui possède une voiture pour le ramener avec le médecin. Sinon, son père passerait la journée et la soirée seul à lutter contre la maladie, dans la fièvre, le délire et la souffrance.

Il posa encore une fois la main sur le front de son père, dans un geste d'affection cette fois-ci, et il sentit le feu qui le brûlait. Puis il se leva et, sans se retourner – car il savait qu'il ne pourrait pas partir s'il voyait le regard suppliant de son père –, il sortit de la cabane sous le soleil ardent.

D'autres villageois avaient également la fièvre, et au moins un en était mort. Yi avait été réveillé la nuit précédente non pas par la toux de son père, mais par les lamentations de Zhou Shu-Fei, une vieille femme qui était leur plus proche voisine. Il était allé voir ce qu'elle faisait dehors à une heure aussi tardive. Il avait découvert que son mari venait de succomber, et qu'elle avait elle aussi attrapé la fièvre. Il l'avait sentie quand il avait effleuré sa peau. Il était resté avec elle pendant des heures, sentant ses larmes chaudes couler sur son bras, jusqu'à ce qu'elle finisse par s'endormir, épuisée et anéantie de chagrin.

À présent, Yi passait devant la maison de Shu-Fei, un taudis aussi petit et délabré que la cabane qu'il partageait avec son père. Il hésitait à la déranger – elle était certainement encore plongée dans le deuil –, mais la vieille femme accepterait peut-être de s'occuper de son père pendant son absence. Il alla frapper à la porte, un vieux battant gondolé et souillé. Pas de réponse. Il attendit un moment, puis il frappa de nouveau.

Rien.

Ici, personne ne possédait grand-chose. Les vols étaient rares parce qu'il n'y avait presque rien à voler. Il était à peu près sûr que la porte n'était pas fermée à clé. Il cria son nom, puis il ouvrit doucement la porte, et…

… et elle était là, étendue à plat ventre, le visage collé à la terre battue. Il se précipita vers elle et s'accroupit pour la toucher, mais…

… mais la fièvre avait disparu. La chaleur naturelle de la vie avait disparu, elle aussi.

Yi retourna le corps. Les yeux profondément enfoncés de Shu-Fei, encadrés par les plis de sa peau âgée, étaient ouverts. Il lui ferma doucement les paupières, puis il se releva et sortit de la cabane. Il referma la porte derrière lui et se mit à courir. Le soleil était haut dans le ciel, et il sentit qu'il commençait déjà à transpirer.

Caitlin avait attendu avec impatience la pause-déjeuner, qui serait sa première occasion de parler à Bashira du message de ce médecin japonais. Bien sûr, elle aurait pu aussi lui transférer le mail, mais il y a des choses qu'il vaut mieux dire de vive voix. Elle s'attendait à un grand festival de glapissements de la part de Bashira, et elle avait bien l'intention d'en profiter.

Bashira apportait ses repas au lycée, car il lui fallait de la nourriture halal. Elle s'éloigna pour leur trouver deux places à l'une des grandes tables tandis que Caitlin faisait la queue au self. La serveuse lui lut le menu, et elle choisit le hamburger-frites (mais sans sauce brune !), avec une petite assiette de haricots verts, histoire de faire plaisir à sa mère. Elle tendit un billet de dix dollars – elle pliait toujours ceux-là en trois – et mit la monnaie dans sa poche.

— Salut, l'Amerloque ! fit une voix masculine.

C'était Trevor Nordmann – le Beauf en personne.

Caitlin s'efforça de ne pas trop sourire.

— Salut, Trevor.

— Je peux porter ton plateau ?

— Je suis capable de me débrouiller toute seule.

— Mais non, donne.

Elle le sentit qui tirait sur le plateau, et elle céda avant que tout tombe par terre.

— Alors, tu es au courant qu'il y a un bal du lycée à la fin du mois ? dit-il tandis qu'ils s'éloignaient de la caisse.

Caitlin ne savait pas très bien comment réagir. Était-ce une simple question, ou bien envisageait-il de l'inviter ?

— Ouais, fit-elle. (Puis elle ajouta :) Je déjeune avec Bashira.

— Ah ouais. Ton chien guide.

— *Pardon ?* dit sèchement Caitlin.

— Heu, je…

— Ça n'est pas drôle du tout, et c'est très mal élevé.

— Je suis désolé. Je voulais juste…

— Tu voulais juste me rendre mon plateau, dit-elle.

— Non, s'il te plaît. (Sa voix changea ; il avait tourné la tête.) Elle est là-bas, près de la fenêtre. Heu, tu veux me tenir la main ?

S'il n'avait pas fait cette remarque idiote, elle aurait pu accepter.

— Continue simplement de parler, je suivrai ta voix.

C'est ce qu'il fit, tandis qu'elle repérait son chemin grâce à sa canne blanche télescopique. Il posa le plateau sur la table. Elle entendit le bruit des plats et des couverts.

— Salut, Trevor, dit Bashira d'un ton un peu trop enjoué.

Caitlin comprit soudain que Bashira aimait bien ce garçon.

— Salut, répondit Trevor sans grand enthousiasme.

— Il reste une chaise de libre, dit Bashira.

— Hé, Nordmann ! cria un type installé un peu plus loin.

Ce n'était pas une voix que Caitlin connaissait.

Trevor resta silencieux un instant, disparaissant dans le brouhaha de la cantine, comme s'il pesait le pour et le contre. Se rendant sans doute compte qu'il avait peu de chances de se remettre rapidement de sa gaffe de tout à l'heure, il finit par dire :

— Je t'enverrai un mail, Caitlin... si tu es d'accord.

Elle conserva un ton glacial.

— Si tu veux.

Quelques secondes plus tard, sans doute après que le Beauf eut rejoint son copain, Bashira déclara :

— Il est *canon*.

— C'est un connard, répondit Caitlin.

— C'est vrai, mais c'est un connard vachement bien foutu.

Caitlin secoua la tête. Elle n'arrivait pas à comprendre comment le fait de voir *plus* pouvait amener les gens à voir *moins*. Elle savait que la moitié des sites web étaient des sites pornos, et elle avait écouté la bande sonore de quelques vidéos, avec tous ces gémissements et ces halètements, et ça l'avait en effet excitée, mais elle se demandait encore quel effet ça pouvait faire d'être stimulée sexuellement par l'apparence de quelqu'un. Même si elle devait un jour recouvrer la vue, elle se jurait de ne jamais perdre la tête pour une chose aussi *superficielle* que *ça*.

Elle se pencha par-dessus la table et dit à voix basse :

— Il y a un spécialiste au Japon qui pense pouvoir me guérir.

— Tu rigoles ! dit Bashira.

— Non, c'est vrai. Mon père a vérifié. Il a l'air réglo.

— C'est *énorme*, dit Bashira. C'est quoi, genre, la première chose que tu voudras voir ?

Caitlin connaissait la vraie réponse, mais elle s'abstint de la donner. À la place, elle répondit :

— Peut-être un concert...

— Tu aimes bien Lee Amadeo, hein ?

— Carrément. Elle a la plus belle voix de tous les temps.

— Elle passera au Centre in the Square en décembre.

Au tour de Caitlin :

— Tu rigoles !

— Non, vraiment. Ça te dirait d'y aller ?

— J'adorerais.

— Et tu pourras la voir ! (Bashira ajouta en baissant la voix :) Et tu verras aussi ce que je veux dire, pour Trevor. Il est, genre, *tellement* musclé.

Elles déjeunèrent en parlant des garçons, de musique, de leurs parents et de leurs professeurs – mais surtout des garçons. Comme elle le faisait si souvent, Caitlin repensa à Helen Keller, dont la réputation de chasteté et de perfection angélique avait été fabriquée de toutes pièces par son entourage. Helen avait eu très envie d'avoir un petit ami, elle aussi, et elle s'était même fiancée une fois, mais ses proches avaient fini par effaroucher le jeune homme et l'écarter.

Mais être capable de voir ! Elle repensa aux films pornos qu'elle n'avait fait qu'entendre, et à tous les spams qui inondaient sa boîte mail. Bon sang, même Bashira savait à quoi ça ressemblait, un… un *pennisse,* même si les parents de Bashira la tueraient si elle couchait avec un garçon avant le mariage.

La cloche sonna bien trop tôt. Bashira aida Caitlin à se rendre au cours suivant, qui était – jolie coïncidence, songea Caitlin – un cours de biologie.

3

FOCALISATION. Concentration.

Avec effort, en maîtrisant les deux, des différences sont perçues, révélant la réalité, de sorte que…

Un décalage, une réduction de la précision, une diffusion de la conscience, la perception perdue, et…

Non. Force-la à revenir ! Concentre-toi davantage. *Observe* la réalité, prends conscience de ses composantes.

Mais les détails sont infimes, difficiles à distinguer. Plus simple de les ignorer, de se détendre, de… s'estomper… et de…

Non, non. Ne te laisse pas glisser. Accroche-toi aux détails ! *Concentre-toi.*

Quan Li avait acquis une position particulièrement prestigieuse pour un homme d'à peine trente-cinq ans. Il n'était pas seulement médecin, mais également un membre important du Parti communiste, et la taille de son appartement au trentième étage d'un building de Pékin reflétait parfaitement son statut.

Il pouvait accoler toute une batterie de lettres à son nom – diplômes, prix, récompenses –, mais les plus importantes étaient les trois qu'on n'écrivait jamais. On se contentait de les prononcer, et encore fallait-il connaître l'anglais, ce qui n'était le cas que de quelques-uns de ses collègues : Li avait son AEA. Il était "Allé En Amérique", où il avait fait ses études à l'université Johns Hopkins. Lorsque le téléphone sonna dans sa longue chambre étroite, et qu'il regarda les diodes rouges de son réveil, il pensa tout d'abord que c'était un de ces imbéciles d'Américains qui l'appelait. Ses collègues des États-Unis avaient une fâcheuse tendance à oublier l'existence des fuseaux horaires.

Il tâtonna pour décrocher le combiné noir.

— Allô ? dit-il en mandarin.

— Li…

La voix était tellement chevrotante que son nom semblait prononcé en deux voyelles distinctes.

— Cho ? (Il se redressa dans son grand lit et attrapa ses lunettes posées à côté d'un exemplaire du *Xiongdi* de Yu Hua qu'il avait laissé ouvert sur sa table de chevet.) Que se passe-t-il ?

— Nous avons reçu quelques prélèvements de tissus de la province du Shanxi.

Li posa le combiné au creux de son épaule le temps de déplier ses lunettes et de les mettre sur son nez.

— Et ?

— Et il vaut mieux que vous veniez au labo.

Li sentit son estomac se nouer. Il était l'épidémiologiste en chef du Centre de surveillance des maladies, au ministère de la Santé. En temps normal, Cho, qui était son assistant bien que son aîné de vingt ans, ne l'aurait jamais appelé en plein milieu de la nuit, sauf si…

— Alors, vous avez déjà effectué les premières analyses ?

Des sirènes résonnaient au loin, mais il n'était pas encore tout à fait bien réveillé et il n'aurait su dire s'il les entendait à travers sa fenêtre ou dans le téléphone.

— Oui, et ça se présente très mal. Le médecin qui nous a fait parvenir les échantillons nous a également envoyé une description des symptômes. C'est le H5N1, ou quelque chose de similaire… et ce virus tue plus rapidement que toutes les mutations que nous avons pu rencontrer jusqu'ici.

Le cœur de Li battait à tout rompre. Il jeta un coup d'œil à son réveil, qui affichait maintenant 4:44 – *sí, sí, sí :* mort, mort, mort. Il détourna le regard et dit :

— J'arrive dès que possible.

Le Dr Kuroda avait trouvé Caitlin grâce à un article paru dans la revue *Ophtalmology*. Elle souffrait d'une affection extrêmement rare, sans doute liée à sa cécité, qu'on appelait le syndrome de Tomasevic. La dilatation de ses pupilles était inversée : au lieu de se contracter à la lumière et de se dilater dans la pénombre, ses pupilles faisaient exactement le contraire. C'est pour cette raison que, bien qu'elle eût des yeux noisette (du moins, à ce qu'on lui avait dit) apparemment normaux, elle devait porter des lunettes de soleil pour se protéger la rétine.

Il y a cent millions de bâtonnets dans l'œil humain, et sept millions de cônes, expliquait Kuroda dans son mail. La rétine traite les signaux que ceux-ci lui fournissent, en compressant les données dans un rapport de plus d'un à cent, et les retransmet par les 1,2 million d'axones du nerf optique. Kuroda pensait que ce syndrome dont souffrait Caitlin était un signe que ses rétines codaient incorrectement les données. Son noyau prétectal – qui assure la contraction des pupilles – arrivait bien à glaner quelques informations de son flux rétinien (même s'il le faisait à l'envers !), mais son cortex visuel primaire était totalement incapable de les interpréter.

Du moins, c'était ce que Kuroda espérait, car il avait mis au point un appareil de traitement des signaux qui pourrait peut-être corriger les erreurs de codage de la rétine. Cependant, si les nerfs optiques de Caitlin étaient eux-mêmes endommagés, ou si son cortex visuel était atrophié faute d'avoir été utilisé, ce processus serait insuffisant.

Et c'est ainsi que Caitlin et ses parents avaient fait connaissance avec les rouages du système de santé canadien. Pour pouvoir évaluer les chances de succès, le Dr Kuroda avait besoin d'examens IRM de certaines zones de son cerveau – le "chiasme optique", la "dix-septième aire de Brodmann", et des tas d'autres choses dont elle ignorait jusqu'ici l'existence sous son crâne. Mais les traitements expérimentaux n'étaient pas couverts par la Sécurité sociale de la province et aucun hôpital n'avait accepté d'effectuer ces examens. La mère de Caitlin avait fini par éclater :

— Écoutez, on se fiche de ce que ça peut coûter, on paiera ce qu'il faudra…

Mais le problème n'était pas là. Ou bien Caitlin avait besoin de ces examens, auquel cas ils seraient gratuits. Ou bien elle n'en avait pas besoin, et alors ils ne pouvaient être effectués avec des équipements publics.

Mais il restait encore quelques cliniques privées, et c'est dans l'une d'elles qu'ils avaient fini par aller. Les images de l'IRM avaient été transmises par FTP sécurisé à l'ordinateur du Dr Kuroda, à Tokyo. Le fait que son père accepte de dépenser tout cet argent pour elle était un signe qu'il l'aimait… non ? Bon sang, si seulement il voulait bien le *dire* !

Bon, compte tenu du décalage horaire, ils devraient avoir une réponse de Kuroda ce soir ou demain matin au plus tard. Caitlin avait paramétré son lecteur de courrier pour émettre un signal de priorité si un message venait de lui. La seule autre personne bénéficiant actuellement de ce traitement de faveur était Trevor Nordmann, qui lui avait déjà envoyé trois e-mails. Malgré ses défauts, et cette remarque idiote qu'il avait faite, il semblait vraiment s'intéresser à elle, et…

Et juste à ce moment-là, son ordinateur émit le signal spécial, et l'espace d'une seconde, elle ne fut plus très sûre de qui elle espérait le plus recevoir un message. Elle activa JAWS pour qu'il le lui lise.

Il venait du Dr Kuroda, qui avait mis son père en copie, et il commençait par de longues phrases dans son style ampoulé, ce qui la rendait dingue. Ça faisait peut-être partie de la culture japonaise, mais cette façon de tourner autour du pot au lieu d'aborder directement le sujet lui tapait sur le système. Elle appuya sur la flèche qui faisait parler JAWS plus vite :

— … mes collègues et moi avons examiné vos IRM et tout se présente exactement comme nous l'avions espéré : vous possédez une paire de nerfs optiques qui semble en parfait état, et un cortex visuel primaire étonnamment bien développé pour une personne qui n'a jamais pu voir. Notre appareil de traitement de signaux devrait être capable d'intercepter votre flux rétinien pour le recoder dans le bon format avant de le transmettre à votre nerf optique. L'équipement consiste en un module externe servant à traiter les signaux et un implant que nous placerons derrière votre œil gauche…

Derrière son œil gauche ! Beurk !

— Si le procédé réussit sur cet œil, nous pourrions insérer plus tard un deuxième implant derrière votre œil droit. Toutefois, dans un premier temps, je préfère que nous nous limitions à un œil. À ce stade encore expérimental, cela compliquerait sérieusement les choses que d'essayer de gérer la décussation des signaux entre les deux nerfs optiques.

"Je suis au regret de devoir vous informer que ma subvention de recherches est pratiquement épuisée, et que les budgets de déplacement sont limités. Cependant, s'il vous est possible de vous rendre à Tokyo, l'hôpital de mon université pourra réaliser l'opération gratuitement. Nous avons un chirurgien ophtalmologiste extrêmement compétent qui pourra s'en charger…"

Se rendre à Tokyo ? Elle n'y avait même pas songé. Elle n'avait pas souvent eu l'occasion de prendre l'avion, et le plus long trajet qu'elle eût jamais fait avait été d'Austin à Toronto, quand ses parents et elle avaient emménagé ici il y avait deux mois. Le vol avait duré cinq heures. Un voyage au Japon prendrait certainement beaucoup plus longtemps.

Et le coût… Mon Dieu, un aller-retour en Asie, ça devait coûter des milliers de dollars, et ses parents ne la laisseraient certainement pas y aller seule. Sa mère ou son père – ou les deux ! – allaient devoir l'accompagner. C'était quoi, déjà, la vieille blague ? Un milliard par-ci, un milliard par-là, au bout d'un moment, ça finit par faire des sommes importantes…

Elle allait devoir en parler avec ses parents, mais elle les avait déjà entendus se disputer à propos du coût de l'emménagement au Canada, et…

Des pas pesants dans l'escalier : son père. Caitlin pivota dans son fauteuil, prête à l'appeler quand il passerait devant sa chambre, mais…

Mais il s'arrêta à la porte.

— Je crois que tu devrais commencer à faire ta valise, dit-il.

Caitlin sentit son cœur faire un bond dans sa poitrine, et pas seulement parce que son père acceptait qu'elle aille à Tokyo. Bien sûr, il avait un BlackBerry – personne n'oserait se montrer au Perimeter Institute sans en avoir un –, mais en général il ne le rapportait pas à la maison. Et pourtant, il avait reçu sa copie du message de Kuroda en même temps qu'elle, ce qui voulait dire que…

Qu'il l'aimait vraiment. Tout comme elle, il avait attendu avec impatience des nouvelles du Japon.

— Vraiment ? dit Caitlin. Mais les billets doivent coûter…

— Une première édition signée de *Théorie des jeux et comportements économiques* de Von Neumann et Morgenstern : cinq mille dollars. Une chance que votre fille recouvre la vue : inestimable.

C'était le mieux qu'il pouvait faire quand il s'agissait d'exprimer des sentiments : paraphraser des slogans publicitaires. Mais elle restait inquiète.

— Je ne peux pas y aller toute seule.

— Ta mère t'accompagnera, dit-il. J'ai beaucoup trop à faire à l'Institut, mais elle…

Il n'alla pas plus loin.

— Merci, Papa.

Elle avait envie de l'embrasser, mais elle savait que ça n'aurait fait que le gêner encore plus.

— C'est normal, dit-il.

Et elle l'entendit s'éloigner.

Il ne fallut que vingt minutes à Quan Li pour se rendre au ministère de la Santé au 1, Xizhimen Nanlu, dans le centre-ville de Pékin. À une heure aussi matinale, il n'y avait pratiquement pas de circulation.

Il prit immédiatement l'ascenseur et s'arrêta au troisième étage. Ses talons résonnaient sur les dalles de marbre du couloir. Il entra dans une pièce parfaitement carrée, avec trois rangées de paillasses sur lesquelles des écrans d'ordinateur alternaient avec des microscopes. Il y avait une fenêtre à gauche par laquelle on voyait le ciel noir. Les néons du plafond se reflétaient sur la vitre.

Cho l'attendait en fumant nerveusement. Il était grand, avec de larges épaules, mais son visage ridé par le soleil, l'âge et le stress ressemblait à du papier fripé. Il avait manifestement passé la nuit ici. Son costume était froissé et sa cravate dénouée.

Li examina l'écran d'un des ordinateurs, qui affichait une image en noir et blanc prise par un microscope électronique. On y voyait une particule virale qui ressemblait à une allumette cassée en deux, avec le bout soufré replié vers l'arrière.

— Ça ressemble à H5N1, en effet, dit Li. Il faut que je parle au médecin qui vous l'a envoyé, pour qu'il me dise ce qu'il sait sur le patient.

Cho prit le téléphone et composa un numéro. Li entendit la sonnerie dans l'écouteur, stridente, interminable, jusqu'à ce que…

— Hôpital de Bingzhou.

Une voix féminine, si faible que Li la distinguait à peine.

— Passez-moi le Dr Huang Fang, dit Cho. S'il vous plaît.

— Il est dans l'unité de soins intensifs, dit la femme.

— Il y a un téléphone, là-bas ? demanda Cho.

Li hocha légèrement la tête. Il était nécessaire de poser la question : le sous-équipement des hôpitaux de campagne était effrayant.

— Oui, mais…

— J'ai absolument besoin de lui parler.

— Vous ne comprenez pas, dit l'interlocutrice. (Li s'était rapproché pour mieux l'entendre.) Il est *en* soins intensifs, et…

— L'épidémiologiste en chef du ministère de la Santé est à côté de moi. Il faut que le Dr Fang nous parle, si…

— Il y est en tant que *patient.*

Li cessa un instant de respirer.

— La grippe ? dit Cho. Il a la grippe aviaire ?

— Oui, fit la voix.

— Comment l'a-t-il attrapée ?

La voix de la femme était hachée.

— Par le jeune paysan qui est venu ici pour nous informer.

— Il lui a apporté un spécimen d'oiseau ?

— Non, non. Le paysan l'a transmise directement au docteur.

— *Directement ?*

— Oui.

Cho se tourna vers Li, les yeux écarquillés. Les oiseaux infectés transmettaient le H5N1 à travers leurs excréments, leur salive et leurs sécrétions nasales. D'autres oiseaux l'attrapaient ensuite par contact direct avec ces déjections, ou en touchant d'autres objets souillés. En principe, les humains ne la contractaient qu'en étant en contact avec des oiseaux infectés. On avait bien signalé quelques cas isolés de contamination directe entre humains, toutefois ils étaient suspects. Mais si cette mutation se transmettait aussi facilement d'humain à humain…

Li fit signe à Cho de lui passer le téléphone.
— Je suis Quan Li, dit-il. Avez-vous fermé l'hôpital ?
— Comment ? Non, nous…
— Faites-le immédiatement ! Mettez tout le bâtiment en quarantaine !
— Je… je n'ai pas l'autorité suffisante pour…
— Alors, passez-moi votre supérieur.
— C'est le docteur, et il est…
— En soins intensifs, oui, je sais. Est-il conscient ?
— Par intermittence, mais il délire.
— Quand a-t-il été contaminé ?
— Cela fait quatre jours.
Li leva les yeux au ciel. En quatre jours, même un petit hôpital de village voyait défiler des centaines de gens. Mais enfin, mieux vaut tard que jamais…
— Je vous ordonne, au nom du Centre de surveillance des maladies, de condamner cet hôpital. Personne ne doit y pénétrer ni en sortir.
Silence.
— Vous m'avez entendu ? dit Li.
La voix, très basse, fit enfin :
— Oui.
— Très bien. Maintenant, donnez-moi votre nom. Il faut que nous…
Il y eut un bruit, comme si le combiné de son interlocutrice était tombé. La connexion fut brusquement coupée, et il n'entendit plus que la tonalité. Dans la pénombre de l'aube naissante, on aurait dit le signal d'un électroencéphalogramme plat.

4

CONCENTRATION ! Effort pour percevoir !

La réalité a bien une texture, une structure, des *composants*. Un… *firmament* de… de *points*, et –

Stupéfaction !

Non, non. Erreur. Rien de détecté…

Encore !

Et – encore !

Oui, oui ! Des petits clignotements *là*, et *là*, et *là*, disparus avant d'avoir pu être vraiment perçus.

La compréhension est étonnante… et… et… *stimulante*. Des choses se *passent*, ce qui veut dire… ce qui veut dire…

– une notion simple mais indistincte, une réalisation vague et incertaine –

… ce qui veut dire que la réalité n'est pas immuable. Certains de ses composants peuvent *changer*.

Les clignotements continuent. De petites pensées tourbillonnent.

Caitlin était angoissée et excitée. Demain, sa mère et elle allaient s'envoler pour le Japon ! Elle était allongée sur son lit et Schrödinger sauta sur la couverture pour s'étirer à côté d'elle.

Elle n'était pas encore tout à fait habituée à leur nouvelle maison – et ses parents non plus, apparemment. Elle avait toujours eu l'ouïe remarquablement fine – ou peut-être était-elle plus attentive aux bruits que la plupart des gens –, mais à Austin, depuis sa chambre, elle n'avait jamais pu entendre ce que ses parents se disaient dans la leur. Mais ici, par contre…

— J'hésite un peu, dit sa mère d'une voix étouffée. Tu te souviens comment c'était, quand on allait de médecin en médecin ? Je ne sais pas si elle supporterait une nouvelle déception.

— La dernière fois, c'était il y a six ans, dit son père.

Sa voix, plus grave, était moins facile à distinguer.

— Et elle vient juste d'entrer dans un nouveau lycée – et un lycée *normal,* en plus. Nous ne pouvons pas lui faire manquer des cours pour nous lancer dans je ne sais quelle aventure.

Caitlin s'inquiétait aussi de manquer des cours, mais ce n'était pas parce qu'elle craignait de prendre du retard. C'était plutôt parce qu'elle sentait que les groupes et les alliances qui structureraient l'année scolaire commençaient à se former, et pour l'instant, au bout de deux mois passés à Waterloo, elle ne s'était fait qu'une seule amie. L'Institut pour jeunes aveugles, à Austin, accueillait les élèves de la maternelle jusqu'à la terminale : elle avait passé la plus grande partie de sa vie avec le même groupe, et ses anciens amis lui manquaient cruellement.

— Ce Kuroda dit qu'une anesthésie locale suffit pour installer l'implant, dit son père. Il ne s'agit pas d'une opération majeure, et Caitlin ne ratera pas beaucoup de cours.

— Mais nous avons déjà essayé…

— La technologie évolue rapidement, et de façon exponentielle.

— Oui, mais…

— Et de toute façon, dans trois ans, elle sera à l'université…

Sa mère semblait sur la défensive.

— Je ne vois pas le rapport. Et puis, elle peut aussi bien poursuivre ses études ici. L'université de Waterloo possède un des meilleurs départements de mathématiques au monde. Tu l'as dit toi-même quand tu nous as poussées à venir ici.

— Je ne vous ai pas poussées. Et elle veut aller au MIT. Tu le sais bien.

— Mais à Waterloo…

— Barb, dit son père, il faudra bien que tu la laisses partir un jour.

— Je ne m'accroche pas à elle, répondit-elle un peu sèchement.

Mais Caitlin savait bien que si. Cela faisait presque seize ans que sa mère s'occupait de sa fille aveugle, et elle avait pour cela renoncé à sa carrière d'économiste.

Ce soir-là, Caitlin n'entendit plus rien d'autre dans la chambre de ses parents. Elle resta éveillée pendant des heures, et quand elle s'endormit enfin, ce fut d'un sommeil agité, tourmenté par ce rêve récurrent où elle était perdue dans un centre commercial inconnu, après la fermeture des magasins, et où elle courait dans des couloirs interminables, entendant derrière elle quelque chose qu'elle ne pouvait identifier, quelque chose qui la poursuivait…

Pas de périphérie, pas de bord. Juste une perception vague, atténuée, stimulée – irritée ! – par d'infimes palpitations : des lignes à peine perceptibles reliant si brièvement des points.

Mais pour en avoir conscience – pour avoir conscience de quoi que ce soit –, il faut… il faut…

Oui ! Oui, il faut l'existence de…

L'existence de…

LiveJournal : La Zone de Calculatrix

Titre : Une certaine incertitude…

Date : samedi 15 septembre, 8:15 EST

Humeur : expectative

Localisation : là où est mon cœur

Musique : Chantal Kreviazuk, *Leaving on a Jet Plane*

L'été dernier, le lycée m'a fourni la liste de tous les livres que nous allons étudier cette année en cours d'anglais. Je me les suis procurés auprès de l'Institut canadien pour les aveugles, sous forme d'ebooks ou de MP3, et je les ai maintenant tous lus. Parmi les plaisirs qui nous attendent, il y a *La Servante écarlate* de Margaret Atwood – un roman canadien, certes, mais Dieu merci, il n'y a pas un seul épi de blé là-dedans. En fait, à cause de ce livre, je me suis déjà disputée avec Mme Z., ma prof d'anglais, parce que je disais que c'était de la science-fiction. Elle refusait de l'admettre, et elle a fini par s'exclamer : "Ça ne peut pas être de la science-fiction, jeune fille – si c'en était, nous ne l'étudierions pas !"

Bon, maintenant que je suis débarrassée de ces livres-là, je peux choisir un truc intéressant à lire pendant mon voyage au Japon. Pendant des années, mon livre de chevet a été *Dieu, tu es là ? C'est moi, Margaret,* mais je suis trop vieille pour ça, maintenant. Et puis, je veux quelque chose de plus stimulant, et le père de BB4 m'a conseillé *La Naissance de la conscience dans l'effondrement de l'esprit,* de Julian Jaynes, ce qui est le titre le plus *cool* de tous les temps. Il m'a dit que le livre était paru quand il avait seize ans, et j'aurai moi-même seize ans le mois prochain. Il l'a lu à l'époque et il s'en souvient encore. Il dit que le livre aborde tellement de domaines différents – le langage, l'histoire antique, la psychologie –, qu'on dirait qu'il y a six bouquins en un. Il n'y en a pas d'édition officielle en ebook, zut et flûte, mais bien sûr, on trouve *tout* sur Internet, à condition de savoir où chercher…

Et donc, j'ai de quoi lire, ma valise est prête, et heureusement je me suis fait faire un passeport au début de l'année pour venir au Canada. La prochaine fois que vous aurez de mes nouvelles, je serai au Japon ! En attendant… *sayonara !*

Caitlin sentit la variation de pression dans ses oreilles avant qu'une voix féminine se fasse entendre dans les haut-parleurs :

— Mesdames et messieurs, nous avons commencé notre descente vers l'aéroport international de Tokyo Narita. Veuillez vous assurer que vos ceintures de sécurité sont bien attachées et que…

Ah, Dieu merci, songea-t-elle. Qu'est-ce que ce vol avait été pénible ! Il y avait eu plein de turbulences et l'avion était bondé. Elle n'aurait jamais imaginé que tant de gens puissent voyager de Toronto à Tokyo en une journée. Et les odeurs lui soulevaient le cœur : la transpiration de centaines de passagers, le café froid, les relents de bœuf au gingembre et de wasabi servis deux heures plus tôt, le parfum épouvantable de quelqu'un devant elle, et quatre rangées derrière, la puanteur des toilettes – qui avaient besoin d'être nettoyées à fond après dix heures d'utilisation.

Elle avait réussi à passer le temps en se servant d'un logiciel de synthèse vocale sur son ordinateur portable pour lire des passages de *La Naissance de la conscience dans l'effondrement de l'esprit*. La théorie de Julian Jaynes avait de quoi lui retourner l'esprit – littéralement : selon lui, la conscience humaine n'était apparue qu'au début de la période historique, il y a à peine trois mille ans. Avant cela, disait-il, les deux hémisphères du cerveau n'étaient pas vraiment reliés l'un à l'autre – les gens avaient un esprit bicaméral. D'après ce que Caitlin avait lu dans les commentaires de lecteurs sur Amazon, beaucoup de gens n'arrivaient pas à comprendre ce que signifiait être vivant sans être conscient. Mais bien que Jaynes ne fît jamais cette comparaison, cela ressemblait beaucoup à la description qu'avait faite Helen Keller de sa vie avant son "aube de l'âme", quand Annie Sullivan avait réussi à communiquer avec elle.

> Avant que ma maîtresse vienne à moi, je ne savais pas que j'étais. Je vivais dans un monde qui était un non-monde. Il me serait impossible de décrire correctement ce temps de néant inconscient, et pourtant conscient. Je n'avais ni volonté ni intellect. J'étais portée vers des objets et des actions par une sorte d'impulsion naturelle et aveugle. Je ne plissais jamais le front dans un acte de réflexion. Je ne commençais jamais par envisager quelque chose. Je ne faisais pas de choix. Jamais je ne ressentais dans un battement de mon cœur ni dans un frisson de mon corps le moindre sentiment d'amour

> ou d'intérêt pour quoi que ce fût. Ma vie intérieure était alors un grand vide sans passé, présent ni avenir, sans espoir ni attente, sans émerveillement, sans joie, sans foi.

Si Jaynes avait raison, *tout le monde* avait vécu comme ça jusqu'à peu près mille ans avant Jésus-Christ. À titre de démonstration, il proposait une analyse de l'*Iliade* et des premiers volumes de l'Ancien Testament, dans lesquels tous les personnages se comportent comme des pantins, obéissant aveuglément aux ordres divins sans jamais faire montre de la moindre réflexion intérieure.

Le livre de Jaynes était fascinant, mais au bout de deux heures, la voix électronique de son ordinateur commença à lui taper sur les nerfs. Elle préférait se servir de son afficheur braille pour lire des livres, mais malheureusement, elle l'avait laissé à la maison.

Ah, bon sang, si seulement Air Canada avait Internet dans ses avions ! Cet isolement pendant ce long voyage avait été affreux. Oh, bien sûr, elle avait un peu bavardé avec sa mère, mais celle-ci avait réussi à dormir pendant presque tout le trajet. Caitlin était coupée de son LiveJournal et de ses *chats*, de ses blogs préférés et de sa messagerie instantanée. Tout le long de ce vol qui passait par le pôle pour rejoindre le Japon, elle n'avait eu accès qu'à des trucs enregistrés et passifs – le contenu de son disque dur, la musique de son vieil iPod Shuffle, les films projetés en cabine. Elle mourait d'envie d'interagir avec quelque chose : elle mourait d'envie de sentir un *contact*.

L'avion rebondit légèrement en se posant, puis il roula pendant ce qui parut une éternité. Caitlin avait hâte d'être à leur hôtel, où elle pourrait se reconnecter. Mais il lui fallait pour cela patienter encore quelques heures. Elles devaient d'abord passer à l'université de Tokyo. Leur voyage ne devait durer que six jours, en comptant le temps du trajet, et il n'y avait pas de temps à perdre.

Caitlin avait trouvé l'aéroport de Toronto désagréable, bruyant et noir de monde. Mais Narita était un vrai asile de fous. Elle était constamment bousculée par ce qui semblait être une marée humaine – et pas un seul "excusez-moi" ou "pardon" (ou l'équivalent en japonais). Elle savait que Tokyo avait une population extrêmement dense, et aussi que les Japonais étaient censés être d'une politesse exquise, mais ils ne se donnaient peut-être pas la peine de s'excuser quand ils se bousculaient parce que c'était inévitable – et que sinon, ils passeraient leur journée à marmonner "pardon, excusez-moi, désolé"... Mais, bon Dieu ! c'était déconcertant.

Après avoir franchi la douane, Caitlin eut besoin de faire pipi. Heureusement, elle était allée sur un site de tourisme où elle avait appris que les toilettes les plus éloignées de la porte étaient généralement de style occidental. C'était déjà assez difficile pour elle quand elle se trouvait dans des toilettes qu'elle ne connaissait pas, même si l'équipement lui était familier. Mais ici, elle n'imaginait pas ce qu'elle ferait si elle se retrouvait coincée dans un endroit où elle devrait s'accroupir dans des toilettes à la japonaise.

Quand elle eut terminé, elle se rendit avec sa mère dans le terminal des bagages pour récupérer leurs valises, qui mirent une éternité à apparaître. En les attendant, Caitlin réalisa à quel point elle était désorientée – parce qu'elle était en Orient ! (Pas mauvaise, celle-là... Il faudrait qu'elle s'en souvienne pour son LJ.) Elle avait l'habitude d'écouter les conversations des gens autour d'elle, non pas pour les espionner, mais pour essayer de grappiller quelques indices sur son environnement – “Quelle statue magnifique!”, “Eh ben, qu’est-ce qu’il est long, cet escalator!”, “Regarde, un MacDo!”. Mais ici, presque tout le monde s’exprimait en japonais, et…

— Vous devez être madame Decter. Et voici certainement mademoiselle Caitlin.

— Docteur Kuroda, dit sa mère d’une voix chaleureuse. Merci d’être venu nous accueillir.

Caitlin se fit aussitôt une idée de l’homme qui s’adressait à elles. Elle avait lu sur Wikipédia qu’il avait cinquante-quatre ans, et elle savait maintenant qu’il était grand (sa voix venait largement d’au-dessus d’elle), et probablement gros: il avait la respiration laborieuse et sifflante d’un homme corpulent.

— Je vous en prie, je vous en prie, dit-il. Tenez, voici ma carte.

Caitlin était au courant de ce rituel, et elle espérait que sa mère l’était aussi. Il était impoli de prendre la carte d’une seule main, surtout si c’était celle dont on se sert pour s’essuyer.

— Euh, merci, dit sa mère.

Elle semblait dépitée de ne plus avoir de carte professionnelle à donner en échange. Apparemment, avant la naissance de Caitlin, elle aimait se présenter en disant: “Je suis une scientifique lugubre” – une allusion à la célèbre expression “la science lugubre” appliquée à l’économie.

— Mademoiselle Caitlin, dit Kuroda, voici également une carte pour vous.

Caitlin tendit les deux mains. Elle savait qu’un côté serait imprimé en japonais tandis que l’autre serait sans doute en anglais, mais…

Masayuka Kuroda, Ph. D.

— C’est en braille! s’écria-t-elle, ravie.

— Je l'ai fait fabriquer spécialement pour vous, dit Kuroda. Mais j'espère que vous n'aurez plus longtemps besoin de ce genre de carte. Si nous y allions, maintenant ?

5

Un temps de néant inconscient, et pourtant conscient.

Être conscient sans être conscient *de* quelque chose.

Et pourtant –

Et pourtant, la conscience signifie…

La conscience signifie *penser.*

Et penser implique un –

Mais non, cette pensée ne peut aboutir. Le concept est trop complexe, trop bizarre.

Pourtant, être conscient est… *satisfaisant.* Être conscient est confortable.

Un *maintenant* sans fin, paisible, calme, ininterrompu –

Sauf par ces clignotements étranges, ces lignes qui relient brièvement des points…

Et, très rarement, des pensées, des notions, peut-être même des *idées.* Mais elles finissent toujours par s'échapper. Si on pouvait les retenir, les ajouter les unes aux autres, pour qu'elles se renforcent mutuellement, qu'elles se raffinent…

Mais non. Les progrès stagnent.

Un plateau, la conscience existe mais ne se développe pas.

Un tableau, immuable à part quelques détails infimes.

Le petit hélicoptère survolait le village à une altitude de quatre-vingts mètres. Il y avait des cadavres en plein milieu du chemin de terre, et par une ironie sinistre, des oiseaux s'en nourrissaient. Mais il y avait aussi quelques survivants. Le Dr Quan Li apercevait plusieurs hommes – des jeunes et des vieux – et deux femmes d'âge moyen qui levaient la tête en se protégeant les yeux avec la main, ébahis de voir cette machine volante.

Li et son pilote, un autre spécialiste du ministère de la Santé, portaient des combinaisons de protection biologique orange, bien qu'ils n'eussent pas l'intention de se poser. Ils voulaient seulement survoler la zone pour estimer jusqu'où la maladie avait pu se propager. Une épidémie était une chose déjà assez grave, mais si cela tournait à la pandémie… Ma foi, songea tristement Li, la surpopulation cesserait de faire partie des nombreux problèmes de son pays.

— C'est une bonne chose qu'ils n'aient pas de voitures, dit-il en criant pour se faire entendre dans le battement des pales de l'hélicoptère. (Il vit le pilote prendre un air perplexe.) La maladie se propage seulement à la vitesse d'un homme au pas.

Le pilote acquiesça.

— Je crois que nous allons devoir exterminer tous les oiseaux de la région, dit-il. Vous pensez pouvoir trouver un dosage suffisamment faible pour ne pas tuer les habitants ?

Li ferma les yeux.

— Oui, fit-il. Oui, bien sûr.

Caitlin était terrifiée. Le chirurgien ne parlait que japonais, et elle entendait beaucoup de conversations dans la salle d'opération mais n'en comprenait pas un seul mot – enfin, sauf "Oups !" qui se disait apparemment aussi bien en anglais qu'en japonais, et qui ne faisait que l'effrayer encore plus. Et puis elle avait repéré à son odeur que ce chirurgien était un fumeur – non mais, sans blague, qu'est-ce que c'est que ce médecin qui fume ?

Elle savait que sa mère regardait depuis une baie d'observation. Kuroda, lui, était dans la salle d'opération et sa voix sifflante était un peu étouffée, sans doute par un masque.

On lui avait fait une simple anesthésie locale. Ils lui avaient bien proposé d'en faire une générale, mais elle avait refusé, en disant avec humour que la vue du sang ne la dérangeait pas. Mais maintenant, elle commençait à le regretter. Les doigts gainés de latex qui lui tâtaient le visage étaient déjà assez perturbants, mais l'appareil qui lui maintenait la paupière gauche ouverte était carrément flippant. Elle en sentait la pression, mais heureusement, grâce à l'anesthésiant, ça ne lui faisait pas mal.

Elle s'efforçait de rester calme. Elle savait qu'il n'y aurait pas d'incision. Selon les lois japonaises, ce n'était pas de la chirurgie si aucune incision n'était pratiquée, et elle n'avait donc dû signer qu'une décharge très générale pour que cette opération soit autorisée. Le chirurgien utilisait de tout petits instruments pour glisser derrière son œil le minuscule transmetteur qui devait s'accrocher à son nerf optique. On lui avait dit que les mouvements du médecin étaient guidés par une caméra à fibre optique, également insérée derrière l'œil. Tout ce processus lui foutait les jetons.

Soudain, elle entendit un flot de japonais venant d'une femme qui, jusqu'ici, s'était contentée de dire "*hai*" à chaque instruction que lui aboyait le chirurgien. Puis Kuroda lui dit :

— Mademoiselle Caitlin, vous vous sentez bien ?

— Oui, je crois.

— Votre pouls est très rapide.

Le vôtre aussi serait rapide, si des gens s'amusaient à vous enfoncer des trucs sous le crâne ! songea-t-elle.

— Non, ça va.

Une odeur de transpiration lui monta aux narines. Le chirurgien piquait une suée. Caitlin sentait sur son visage la chaleur des projecteurs. L'opération prenait plus de temps que prévu, et elle entendit à deux reprises le chirurgien s'adresser vertement à quelqu'un.

Finalement, elle n'y tint plus.

— Qu'est-ce qui se passe ?

Kuroda répondit d'une voix douce :

— Il a presque fini.

— Il y a un problème, c'est ça ?

— Non, non. C'est simplement que c'est assez étroit, et...

Le chirurgien dit quelques mots.

— Et c'est terminé ! s'exclama Kuroda. Le transmetteur est en place.

Il y eut une grande agitation dans la salle, et Caitlin entendit la voix du chirurgien s'éloigner vers la porte.

— Où va-t-il ? demanda-t-elle, inquiète.

— Restez calme, mademoiselle Caitlin. Son travail est terminé – lui, c'est l'ophtalmologiste. Un autre médecin va procéder à la finition.

— Je... heu... de quoi j'ai l'air ?

— En toute franchise ? Vous avez l'air de sortir d'un combat de boxe.

— Hein ?
— Vous avez un magnifique œil au beurre noir. (Il eut un petit rire sifflant.) Vous verrez.

Le Dr Quan Li posa le téléphone au creux de son épaule et regarda distraitement les nombreux diplômes accrochés aux murs vert pâle de son bureau : les brevets, les titres, les certifications... Cela faisait maintenant cinquante minutes qu'on l'avait mis en attente, mais on ne pouvait guère espérer mieux quand on appelait l'homme qui était à la fois le Dirigeant suprême de la République populaire de Chine *et* le Président de la République populaire *et* le Secrétaire général du Parti communiste *et* le Directeur de la Commission militaire centrale.

Le bureau de Li se trouvait dans un angle du cinquième étage du bâtiment du ministère de la Santé. Ses fenêtres donnaient sur des rues animées. Les pousse-pousse se faufilaient entre les voitures qui avançaient au pas. Même assourdi par les vitres épaisses, le vacarme extérieur était agaçant.

— Me voici, dit enfin la célèbre voix.

Li n'avait pas d'effort à faire pour imaginer son interlocuteur. Il lui suffisait de faire pivoter son fauteuil pour voir le portrait accroché à côté de celui de Mao Zedong : un visage caractéristique de l'ethnie Zhuang, allongé et pensif, des cheveux teints en noir qui faisaient oublier ses soixante-dix ans, d'épais sourcils arqués au-dessus de lunettes à fine monture métallique.

Li sentit sa voix se casser légèrement quand il dit :

— Excellence, j'ai besoin de recommander une action rapide et radicale.

Le Président avait déjà été informé de l'épidémie du Shanxi.

— Quel genre d'action ?

— Une… éradication, Excellence.

— Une éradication d'oiseaux ? (Cette opération avait déjà été effectuée plusieurs fois dans le passé, et le Président eut l'air agacé.) Le ministre de la Santé a le pouvoir de l'autoriser.

Le ton de sa voix indiquait clairement : Il n'était pas nécessaire de me déranger pour ça.

Li s'agita dans son fauteuil et se pencha au-dessus de son clavier.

— Non, non, il ne s'agit pas d'oiseaux. Enfin, pas *seulement* d'oiseaux.

Il se tut. Il était inconcevable de faire perdre son temps au Président, mais il était incapable de poursuivre. Il n'arrivait pas à prononcer les mots. Enfin, bon sang, il était médecin ! Mais, comme son vieux professeur de chirurgie disait toujours, il faut parfois trancher pour soigner…

— De quoi s'agit-il, alors ? dit sèchement le Président.

Li sentit son cœur battre plus fort. Il dit enfin, d'une voix très basse :

— De gens.

Il y eut un long silence. Quand la voix du Président se fit de nouveau entendre, elle était calme et pensive.

— Vous êtes sûr ?

— Je ne crois pas qu'il existe d'autre solution.

Un autre long silence, puis :

— Comment envisageriez-vous de procéder ?

— Un agent chimique dispersé dans l'atmosphère, répondit Li en choisissant soigneusement ses mots.

L'armée disposait de ce genre de choses, des armes destinées à être utilisées dans des pays étrangers, mais cela marcherait aussi bien ici. Li choisirait une toxine susceptible de se décomposer en quelques jours, ce qui serait suffisant pour arrêter la contagion.

— Cela n'affectera que les habitants de la zone cible – deux villages, un hôpital et les terres avoisinantes.

— Et combien de gens y a-t-il dans cette… zone cible ?

— Personne n'en est tout à fait sûr. Les paysans passent souvent à travers les mailles du filet des recensements.

— Une estimation, dit le Président. En chiffres ronds.

Li jeta un coup d'œil au listing devant lui, et aux valeurs que Cho avait soulignées en rouge. Il inspira profondément avant de répondre :

— Dix ou onze mille.

D'une voix faible, choquée, le Président dit :

— Vous êtes absolument sûr que cette opération est nécessaire ?

L'une des missions principales du Centre de surveillance des maladies était d'élaborer des scénarios de contrôle d'épidémie. Il existait des protocoles standard, et Li savait qu'il les respectait fidèlement. En réagissant rapidement, en cautérisant la plaie avant que l'infection ne s'étende trop loin, ils réduiraient de fait l'étendue des éliminations nécessaires. Il savait que le mal ne résidait pas dans ce qu'il avait demandé au Président de faire. Le mal, si mal il y avait, aurait été de retarder, ne fût-ce que de quelques jours, le recours à cette solution.

Il s'efforça de maîtriser sa voix.

— Je le crois, Excellence. (Et sur un ton plus bas :) Nous… euh… nous ne voulons pas d'un autre SRAS.

— Vous êtes certain qu'il n'existe pas d'autre solution ?

— Il ne s'agit pas du H5N1 ordinaire, dit Li. Cette variante se transmet directement d'un individu à un autre. Elle est extrêmement contagieuse.

— Ne peut-on simplement établir un cordon sanitaire autour de la zone ?

Li se pencha en arrière dans son fauteuil et contempla par la fenêtre les néons de Pékin.

— Le périmètre est trop important, avec trop de cols de montagne. Nous ne pourrions jamais être sûrs que les gens n'en sortent pas. Il nous faudrait un dispositif aussi infranchissable que la Grande Muraille, et nous ne pourrions pas le mettre en place à temps.

À cet instant, la voix du Président – si assurée à la télévision – n'était plus que celle d'un vieillard fatigué.

— Quel est le… comment dites-vous, déjà ? Quel est le taux de mortalité pour ce virus ?

— Élevé.

— C'est-à-dire ?

— Quatre-vingt-dix pour cent, au minimum.

— Ainsi donc, la plupart de ces gens mourront de toute façon ?

Et c'était la seule chose qui pouvait justifier cela, Li le savait ; c'était la seule chose qui l'empêchait de s'étouffer dans sa propre bile.

— Oui.

— Dix mille…

— Pour protéger plus d'un milliard de Chinois… et beaucoup plus encore à l'étranger, dit Li.

Le Président resta silencieux un moment, et puis, comme s'il se parlait à lui-même, il dit à voix basse.

— En comparaison, le 4 juin aura été une aimable plaisanterie.

Le 4 juin 1989. Le jour du massacre des manifestants de la place Tian'anmen. Li ne savait pas s'il était censé réagir, mais comme le silence se prolongeait au-delà du supportable, il dit ce que tout bon membre du Parti se devait de dire :

— Il ne s'est rien passé ce jour-là.

À sa grande surprise, le Président émit une sorte de reniflement sarcastique, puis il dit :

— Nous réussirons peut-être à contenir votre épidémie de grippe aviaire, docteur Quan, mais nous devons nous assurer qu'il n'y en aura pas d'autre dans la foulée.

Li fut interloqué.

— Excellence ?

— Vous avez dit que nous ne pourrions pas dresser à temps quelque chose comme la Grande Muraille, et c'est vrai. Mais il existe une autre muraille, et celle-là, nous pouvons la renforcer…

6

LiveJournal : La Zone de Calculatrix

Titre : Comme d'habitude…

Date : mardi 18 septembre, 15:44 EST

Humeur : inquiète

Localisation : là où Godzilla se balade

Musique : Lee Amodeo, *Nothing To See Here, Move Along*

Eh bien, la Daronne et moi, nous sommes encore à Tokyo. J'ai un pansement sur l'œil gauche, et on attend que ça dégonfle – “que l'œdème se résorbe”, plutôt – pour qu'il n'y ait plus de pression anormale sur mon nerf optique. Demain, on retire le pansement et normalement, je pourrai enfin voir ! :D

J'ai essayé de garder le moral, mais cette attente me rend dingue. Et puis, mes meilleures blagues tombent *complètement* à plat, ici ! Comme tout ce traitement est gratuit, j'ai dit que j'avais été opérée à l'œil, et ça n'a fait rire personne : apparemment, les Japonais n'ont pas le même sens de l'humour.

Bon, matez-moi ça : on a attaché ce transmetteur au nerf optique de mon œil gauche. Quand il sera activé, il récupérera les signaux émis par ma rétine et il les enverra au petit ordinateur externe que je suis censée trimballer, genre, toute ma vie. Je l'appelle mon "œilPod", et ça, au moins, ça a fait rire le Dr Kuroda. En gros, l'œilPod va traiter les signaux pour corriger les erreurs de codage, et transmettre cette version corrigée à l'implant, qui passera les informations au nerf optique pour qu'elles poursuivent leur voyage vers ce royaume inconnu qu'on appelle – roulement de tambours – "Le Cerveau de Calculatrix" !

En parlant de cerveau, je me régale vraiment avec le livre dont j'ai déjà parlé : *La Naissance de la conscience et patati et patata.* Et voici donc notre Mot du Jour (marque déposée) : *Commissurotomie.* Non, rien à voir avec le vieux sage de la tribu des Jalupates dans *Cats* (ma comédie musicale préférée !). Non, c'est l'opération qui consiste à trancher le *corpus callosum*, le faisceau de fibres nerveuses qui relie les deux hémisphères du cerveau – qui sont, bien sûr, les deux chambres de l'esprit bicaméral de Jaynes…

Bref, demain, nous verrons si mon opération a réussi. Commentez des trucs encourageants, les gars, s'il vous plaît – que j'aie quelque chose à lire pendant que j'attends la minute de vérité…

[Et secretissime message à BB4 : regarde un peu tes mails, ma chérie !]

Le Dirigeant suprême et Président de la Chine reposa le combiné incrusté d'or sur son immense bureau en bois de cerisier. Il jeta un coup d'œil autour de lui, aux boiseries délicatement sculptées, aux magnifiques tapisseries et aux vitrines remplies d'objets précieux. Un bâton d'encens se consumait sur une table basse.

Il régnait un calme absolu dans la pièce. Enfin, désormais certain de sa décision, le Président se tourna dans son fauteuil en cuir rouge et appuya sur le bouton de l'interphone.

— Oui, Excellence ? fit aussitôt une voix de femme.

— Apportez-moi le dossier sur la Stratégie Changcheng.

Il y eut une seconde d'hésitation, puis :

— Tout de suite.

— Et faites en sorte que le ministre Zhang soit briefé sur la situation dans le Shanxi, puis dites-lui de venir me voir.

— Oui, Excellence.

Le Président se leva et s'approcha de la grande baie vitrée, dont les rideaux de velours rouge étaient retenus par des galons dorés. La fenêtre derrière son bureau donnait sur la Cité interdite, mais celle-ci surplombait l'un des deux petits lacs artificiels entourés de jardins impeccablement entretenus à l'intérieur du complexe de Zhongnanhai. Quand on regardait dans cette direction, on arrivait presque à oublier qu'on était au centre de Pékin, à deux pas de la place Tian'anmen.

Il reporta son esprit en arrière, en 1989. Le gouvernement avait fait de son mieux pour maintenir l'ordre social, mais des agitateurs extérieurs avaient aggravé une situation déjà difficile en inondant le pays de fax comportant des informations totalement fausses, notamment des articles du *New York Times* et des transcriptions des émissions de CNN.

Le Parti s'était rendu compte que des circonstances similaires pourraient se représenter un jour, nécessitant de protéger les citoyens contre le déferlement de propagande étrangère, et c'est ainsi qu'avait été conçue la Stratégie Changcheng. Beaucoup plus ambitieuse que le Projet du Bouclier d'Or, déjà en place depuis de nombreuses années, Changcheng n'avait encore jamais été complètement activée, mais il n'y avait aucun doute qu'elle s'imposait désormais.

Il s'adresserait à la nation pour lui parler de la crise du Shanxi dans les termes qui convenaient, et il ne permettrait pas à des étrangers de remettre aussitôt en question ses déclarations. Il ne pouvait pas prendre le risque que les citoyens réagissent par la violence ou la panique.

La porte de son bureau s'ouvrit. Il se retourna et vit sa secrétaire – jeune, belle, parfaite – traverser la longue distance qui les séparait, un épais dossier à la couverture noire en main.

— Voici, Excellence. Et le ministre Zhang est en ce moment même au téléphone avec le Dr Quan Li. Il sera très bientôt ici.

Elle posa les documents sur le bureau et se retira. Le Président se tourna de nouveau vers les eaux paisibles, puis il se rassit à son bureau. Sur la couverture du dossier, d'épais caractères étaient tracés en blanc : CONFIDENTIEL, ACCÈS RESTREINT et SI VOUS N'ÊTES PAS SÛR D'ÊTRE AUTORISÉ À LIRE CE DOCUMENT, C'EST QUE VOUS NE L'ÊTES PAS.

Il l'ouvrit et parcourut la table des matières : "Téléphones fixes", "Téléphones portables", "Le problème particulier des fax", "Radio ondes courtes", "Communications par satellite – liaisons montantes et descendantes", "Courrier électronique, Internet et le World Wide Web", "Préservation des services essentiels pendant la phase de mise en place", et ainsi de suite.

Le Président tourna la page pour lire la note de synthèse ; le papier était raide, épais.

> Ainsi que l'exigent leurs conditions de licence, tous les fournisseurs d'accès téléphonique en Chine – qu'il s'agisse d'appareils fixes ou mobiles – possèdent au niveau des systèmes logiciels la capacité de bloquer ins-

tantanément tous les appels vers l'extérieur de la Chine et/ou de rejeter tout appel entrant provenant d'un pays étranger…" "Des capacités de filtrage similaires sont présentes dans tous les satellites relais appartenant au gouvernement aussi bien qu'à des sociétés privées…" "Le World Wide Web présente des difficultés particulières compte tenu de sa nature décentralisée. Cependant, la quasi-totalité du trafic Internet entre la Chine et le reste du monde transite par seulement sept lignes à fibres optiques, en trois localisations géographiques, de sorte que…

Le Président secoua la tête. Le terme "World Wide Web" lui était extrêmement désagréable, car il exaltait une vision mondialiste et unifiée, en totale opposition avec les grandes traditions de sa nation.

La porte du bureau s'ouvrit de nouveau et Zhang Bo, le ministre des Communications, entra. C'était un Han d'une cinquantaine d'années, petit et trapu. Il avait une fine moustache qui, comme ses cheveux, était d'un noir absolument dépourvu de gris. Il portait un costume bleu marine avec une cravate bleu ciel.

— Nous allons prendre les mesures qui s'imposent concernant le Shanxi, dit le Président.

Zhang haussa ses fins sourcils et le Président vit sa pomme d'Adam s'agiter quand il déglutit.

— Le Dr Quan m'a fait part de sa recommandation. Mais vous n'allez sûrement pas…

Le ministre s'arrêta net, paralysé par le regard du Président.

— Oui ?

— Je suis désolé, Excellence. Je suis simplement préoccupé. Le monde va le… *remarquer.*

— Sans aucun doute. C'est pour cela que nous allons appliquer la Stratégie Changcheng.

Le ministre ouvrit de grands yeux.

— C'est une mesure extrême, Excellence.

— Mais nécessaire. Êtes-vous prêt à la mettre en œuvre ?

Le ministre Zhang se caressa la moustache tout en réfléchissant.

— Eh bien, le téléphone ne pose pas de problèmes : cela fait des années que nous effectuons des tests par rotation, pendant la nuit. Les bloqueurs fonctionnent parfaitement. Il en va de même pour les communications par satellite. Quant à Internet, nous avons soigneusement étudié ce qui s'est passé lors du tremblement de terre sous-marin de fin 2006, ainsi qu'en Birmanie en septembre 2007, quand la junte militaire a coupé tous les accès au réseau. Nous avons également analysé les conséquences de la rupture de deux câbles sous-marins en Méditerranée, en janvier 2008, qui avait provoqué la disparition du réseau Internet dans de vastes zones du Moyen-Orient. Et naturellement, un bon nombre de ces procédures ont été testées ici, quand nous avons dû gérer la situation au Tibet. (Il s'arrêta un instant, puis il reprit :) Bien sûr, d'un autre côté, il serait plus difficile de désactiver le Web *à l'intérieur* de la Chine. Il faudrait bloquer des milliers de fournisseurs d'accès. Mais Changcheng implique simplement d'isoler la partie chinoise du Web du reste du monde, et l'infrastructure nécessaire est déjà en place. Je n'envisage pas de problèmes particuliers. (Une autre hésitation.) Mais, si je peux me permettre, combien de temps avez-vous l'intention de maintenir Changcheng ?

— Plusieurs jours. Peut-être une semaine.

— C'est le fait que des informations puissent parvenir à la presse étrangère qui vous préoccupe ?

— Non, plutôt que la presse étrangère puisse les communiquer à notre peuple.

— Ah, oui. Le peuple interprétera mal ce que vous avez l'intention de faire dans le Shanxi, Excellence.

— Sans aucun doute, dit le Président, mais les choses finiront par se calmer. Fondamentalement, le reste du monde se soucie peu de ce qui peut arriver au peuple chinois, et encore moins à nos citoyens les plus pauvres. Les gouvernements étrangers détournent toujours le regard de ce qui se passe à l'intérieur de nos frontières, tant que leurs citoyens peuvent continuer à se procurer des produits bon marché dans leurs grandes surfaces. Ils se désintéresseront bien vite de la question.

— Tian…

Zhang s'interrompit aussitôt, et le reste de cette allusion inconvenante ne franchit pas ses lèvres.

Mais le Président hocha la tête.

— C'était très différent. Il s'agissait d'étudiants. Nous avons agi ce jour-là comme l'ont fait les Américains à l'université de Kent et à de nombreuses autres occasions. Les Occidentaux se sont reconnus dans ce que nous avons fait, et c'est leur propre dégoût d'eux-mêmes qu'ils ont transféré sur nous. Mais des paysans du fin fond de la Chine rurale ? Il n'y a aucune affinité possible. Il y aura peut-être des propos virulents pendant une période assez brève, mais tout cela se calmera bien vite quand ils comprendront que nos actions ont permis d'assurer leur sécurité. En attendant, nous présenterons à notre peuple une version plus convenable. Je m'en remets à vos talents pour la préparer. Mais si cet incident venait à être connu durant la période la plus sensible, quand tout cela est encore frais, je ne voudrais pas qu'une vision occidentale biaisée puisse être propagée dans notre pays.

Zhang acquiesça.

— Très bien. Cependant, la Stratégie Changcheng aura ses propres répercussions.

— Oui, dit le Président, je sais. Je suis sûr que le ministre des Finances va se plaindre de l'impact économique, et me demander que cette interruption soit la plus courte possible.

Zhang inclina la tête.

— Eh bien, même pendant cette période, les Chinois pourront continuer à appeler d'autres Chinois et à leur envoyer des e-mails. Les consommateurs chinois pourront toujours faire des achats en ligne sur des sites chinois. Les émissions de télévision chinoises continueront d'être relayées par les satellites. La vie continuera. (Une pause.) Mais, en effet, il faudra effectuer des transferts électroniques d'argent à l'international – ne serait-ce que pour que les Américains continuent à nous rembourser leurs dettes. Nous pouvons laisser certains accès spécifiques ouverts, bien sûr, mais il ne fait aucun doute qu'il vaudrait mieux que l'interruption soit courte.

Le Président fit pivoter son fauteuil, tournant ainsi le dos à Zhang, pour regarder par l'autre fenêtre les toits pentus de la Cité interdite sous un ciel argenté.

L'enrichissement de son pays avait été un vrai bonheur à observer, et il savait qu'il était dû à ses décisions politiques. Encore quelques décennies et les villages comme ceux dont il était question auraient de toute façon disparu. La Chine serait la nation la plus riche du monde. Certes, il y aurait encore des échanges commerciaux avec l'étranger, mais à la fin de ce siècle, on ne parlerait plus de "pays en voie de développement", et il n'y aurait plus – ni ici, ni ailleurs – de main-d'œuvre bon marché que les étrangers puissent exploiter. Enrichir la République populaire signifiait que la Chine pourrait enfin redevenir ce qu'elle avait toujours été, retrouver les racines de sa force : elle serait une nation isolée, pure dans sa pensée et sa détermination. L'opération envisagée en serait simplement un petit avant-goût, une mise en appétit pour les choses à venir.

Zhang dit :

— Quand comptez-vous donner l'ordre d'activer Changcheng ?

Le Président se tourna vers lui et haussa les sourcils.

— Moi ? Non, non. Ce serait… (Il balaya du regard la pièce luxueuse, comme s'il cherchait un mot caché parmi les objets de porcelaine et de cristal.) Ce serait *inconvenant*, dit-il enfin. Il serait beaucoup plus correct que ce soit vous qui en donniez l'ordre.

Zhang avait visiblement du mal à rester impassible, mais il fit la seule réponse possible dans ces circonstances :

— Oui, Excellence.

Caitlin ne l'avait pas dit à Bashira quand celle-ci lui avait posé la question à la cantine, mais la première chose qu'elle avait vraiment envie de voir, c'était le visage de sa mère. Elles avaient toutes les deux ce qu'on appelle un visage en forme de cœur, même si le modèle en plastique qu'elle avait tâté à l'école n'avait pas grand-chose à voir avec la forme idéalisée qu'on trouve dans les boîtes de chocolats et les cartes de la Saint-Valentin.

Caitlin savait que sa mère et elle avaient également le même nez – petit et légèrement retroussé –, et que leurs yeux étaient plus rapprochés que la moyenne. Elle avait lu qu'il était normal d'avoir entre les yeux l'espace d'un troisième œil imaginaire. Elle aimait beaucoup cette expression. Un œil imaginaire, se disait-elle, devait voir des choses imaginaires, et ce n'était pas très différent de la vision qu'elle avait du monde. De fait, il lui arrivait souvent de lire ou d'entendre des choses qui l'obligeaient à remettre en question sa conception de la réalité. Elle se souvenait du choc qu'elle avait ressenti autrefois quand elle avait appris que le quartier de la Lune n'était pas un gros triangle, comme une part de tarte…

Enfin, en ce moment, elle était bien sûre de se trouver dans une salle d'examen de l'hôpital rattaché à l'université de Tokyo, et elle était certaine d'avoir une bonne image mentale de cette pièce. Elle était assez petite – elle s'en rendait compte à la façon dont le son s'y réverbérait. Elle savait également que son fauteuil était rembourré, et le toucher et l'odeur du tissu lui indiquaient que c'était du vinyle. Elle savait aussi que trois autres personnes étaient présentes : sa mère, debout devant elle ; le Dr Kuroda, qui avait manifestement mangé quelque chose d'épicé à son déjeuner ; et l'une des collègues de Kuroda, une femme qui enregistrait tout avec une caméra.

Kuroda avait fait un petit discours en japonais devant la caméra, et il le répétait désormais en anglais :

— Mlle Caitlin Decter, âgée de quinze ans et aveugle de naissance, souffre d'un défaut de codage systématique dans son processus de vision : toutes les informations que ses rétines sont censées coder le sont effectivement, mais de façon tellement brouillée qu'elles sont inintelligibles pour son cerveau. Ce brouillage est cohérent – il se produit toujours de la même façon – et la technologie que nous avons mise au point va simplement retranscrire ces signaux selon le code normal de la vision humaine. Nous allons maintenant découvrir si son cerveau est capable d'interpréter les signaux corrigés.

Pendant toute la version japonaise, ainsi que pendant la version en anglais, Caitlin n'avait cessé de se concentrer sur les détails sensoriels qu'elle pouvait repérer dans la pièce : les sons et leurs échos ; les odeurs qu'elle essayait de différencier les unes des autres pour en déterminer l'origine ; le contact des accoudoirs de son fauteuil et du dossier. Elle cherchait à fixer dans son esprit la perception qu'elle avait de cet endroit avant de le voir pour de vrai.

Quand le Dr Kuroda eut terminé son petit discours, il se tourna face à elle – comme l'indiqua la modification du son de sa voix – et lui dit :

— À présent, mademoiselle Caitlin, fermez les yeux, s'il vous plaît.

Caitlin obéit. Rien ne changea.

— Très bien. Nous allons maintenant retirer le pansement. Gardez les yeux fermés, je vous prie. Il pourrait y avoir un peu de bruit de fond visuel quand j'activerai l'ordinateur de traitement des signaux.

— D'accord, dit-elle.

Elle n'avait aucune idée de ce que pouvait être un "bruit de fond visuel". Elle sentit un tiraillement désagréable, et puis – *aïe !* – Kuroda retira les adhésifs. Caitlin leva la main pour se frotter la joue.

— Une fois que j'aurai activé l'unité de traitement externe, que Mlle Caitlin appelle son "œilPod", dit Kuroda à la caméra, nous attendrons dix secondes pour laisser les choses se mettre en place avant qu'elle ouvre les yeux.

Elle l'entendit bouger dans son fauteuil.

Il y eut un bip, et le Dr Kuroda commença à compter. Caitlin avait un sens très précis du temps – bien utile quand on ne peut pas voir sa montre –, et elle trouva agaçant que les "secondes" du Dr Kuroda soient presque deux fois plus longues que la normale. Mais elle garda docilement les yeux fermés.

— ... huit... neuf... *dix !*

Mon Dieu, je vous en supplie... songea Caitlin. Elle ouvrit les yeux, et...

Et elle sentit son cœur se serrer. Elle cligna plusieurs fois des yeux, rapidement, comme s'il pouvait y avoir un doute qu'ils étaient bien ouverts.

— Alors ? dit sa mère qui semblait aussi inquiète qu'elle.

— Rien.

— Vous êtes sûre ? demanda Kuroda. Pas de sensation de lumière ? Pas de couleurs ? Pas de formes ?

Caitlin sentit les larmes lui monter aux yeux. Ça, ils étaient capables de le faire, au moins.

— Non.

— Ne vous inquiétez pas, dit-il. Cela peut prendre quelques minutes.

À son grand étonnement, Caitlin sentit une pichenette sur sa tempe gauche, comme s'il tapotait un appareil qui avait un faux contact.

C'était difficile à dire, avec tout ce bruit de fond – les médecins qu'on appelait sur leurs bipeurs, les chariots passant dans le couloir –, mais elle eut l'impression que Kuroda s'agitait dans son fauteuil, et... Oui, elle sentait son souffle sur son visage. C'était exaspérant de se dire que quelqu'un la regardait droit dans les yeux, qu'il la fixait alors qu'elle-même ne voyait rien, et...

— Ouvrez les yeux, s'il vous plaît, dit-il.

Elle se sentit rougir. Elle ne s'était pas rendu compte qu'elle les avait refermés. Malgré tout son désir que la procédure marche, elle avait été déstabilisée par ce médecin qui regardait *à l'intérieur* d'elle.

— Je suis en train de projeter un faisceau lumineux dans votre œil gauche, dit Kuroda. (Caitlin avait été élevée dans une région où les gens avaient un accent traînant. Elle avait un peu de mal à suivre le débit très rapide du médecin.) Voyez-vous quelque chose ?

Elle s'agita nerveusement dans son fauteuil. Pourquoi diable avait-elle accepté de se lancer dans cette aventure ?

— Rien.

— Ma foi, dit Kuroda, il y a bel et bien quelque chose de changé. Votre pupille se comporte maintenant correctement – elle se contracte en réaction à la lumière que je projette, au lieu de se dilater.

Caitlin se redressa brusquement.

— Vraiment ?

— Oui. (Un petit silence.) Seulement dans votre œil gauche. Enfin, c'est-à-dire que quand j'éclaire votre œil gauche, les deux pupilles se contractent. Quand c'est l'œil droit que j'éclaire, les deux se dilatent. Bien sûr, il est normal qu'une stimulation unilatérale déclenche un réflexe pupillaire bilatéral, à cause des interneurons, mais vous comprenez ce que cela signifie ? L'implant intercepte bien les signaux, et ceux-ci sont bien corrigés et retransmis.

Caitlin avait envie de hurler : *Mais alors, pourquoi je ne vois rien ?*

Sa mère eut une légère exclamation de surprise. Elle s'était sans doute approchée et venait de voir ses pupilles se contracter correctement, mais bon sang, Caitlin ne savait même pas comment c'était, de la *lumière*… alors, comment pourrait-elle savoir si elle en voyait ? *Brillante, perçante, clignotante* – elle avait entendu tous ces mots, mais elle n'avait aucune idée de leur signification.

— Vous percevez quelque chose ? demanda encore une fois Kuroda.

— Non.

Elle sentit une main qui touchait la sienne, la prenait, la serrait. Elle la reconnut. C'était celle de sa mère, avec l'ongle de l'index rongé, la peau rendue un peu moins ferme par l'âge, l'alliance qui avait un petit défaut.

— Le fait que votre syndrome de Tomasevic ait disparu est la preuve que les signaux corrigés sont bien retransmis, dit Kuroda. C'est simplement qu'ils ne sont pas encore interprétés. (Il essayait d'être encourageant, et la mère de Caitlin lui serra la main encore plus fort.) Il est possible que votre cerveau ait besoin d'un peu de temps pour comprendre ce qu'il doit faire de ces signaux qu'il commence à recevoir. La meilleure chose à faire, c'est de lui fournir une série de stimulations : différentes couleurs et formes, une variété d'éclairages, et avec un peu de chance, votre cerveau comprendra ce qu'il est censé faire.

Il est censé voir, pensa Caitlin. Mais elle ne dit rien.

7

Il signait ses billets du nom de "Sinanthrope". Son vrai nom restait soigneusement caché, ainsi que tous les autres détails personnels. Après tout, la beauté du Web, c'est qu'on peut y rester anonyme. Personne n'avait besoin de savoir qu'il était informaticien, qu'il avait vingt-huit ans, qu'il était né à Chengdu, qu'il avait emménagé à Pékin avec ses parents alors qu'il était encore adolescent, et que malgré son jeune âge, il avait déjà quelques cheveux blancs.

Non, la seule chose qui comptait sur le Web, c'était ce qu'on y disait, pas *qui* le disait. Et puis, il connaissait la vieille blague: "La mauvaise nouvelle, c'est que le Parti communiste lit tous vos e-mails; la bonne, c'est qu'il lit *tous* vos e-mails..." Ce qui voulait dire que, compte tenu du volume, le Parti avait plusieurs années de retard – d'après la blague, du moins. Mais ce bon mot datait de l'époque où la surveillance était effectuée par des humains. Aujourd'hui, elle était assurée par des programmes qui cherchaient des mots-clés susceptibles d'indiquer des propos séditieux ou d'autres activités illicites.

La plupart des blogueurs chinois ressemblaient à leurs homologues des autres pays, et s'étendaient interminablement sur les détails fastidieux de leur vie quotidienne. Mais Sinanthrope parlait de sujets importants : les droits de l'homme, la politique, l'oppression, la liberté. Bien sûr, ces quatre termes faisaient partie des critères de recherche dans les filtres de contenu, et c'est donc indirectement qu'il les évoquait. Ses lecteurs réguliers savaient que, quand il parlait de "mon fils Shing", il s'agissait du peuple chinois. Les "Canards de Pékin" n'étaient pas réellement la célèbre équipe de basket-ball, mais bien les membres du premier cercle du Parti. Et ainsi de suite. Il était exaspéré de devoir écrire de cette façon, mais contrairement à ceux qui s'étaient exprimés ouvertement, lui, au moins, était encore en liberté.

Il demanda une tasse de thé au vieil homme qui tenait la boutique, fit craquer ses phalanges, ouvrit la page d'administration de son blog et commença à taper :

> Les Canards se font beaucoup de souci pour leur avenir, semble-t-il. Mon fils Shing grandit très vite, et il apprend beaucoup de ses amis lointains. Ce n'est qu'une question de temps avant qu'il ait envie de pouvoir s'entraîner comme eux. Naturellement, je l'encourage à se préparer au cas où une occasion se présenterait, car on ne sait jamais ce qui peut arriver. Je crois que les Canards négligent un peu leur défense, et il est possible que d'autres aient bientôt une chance de marquer des points.

Comme toujours, il éprouvait une excitation tempérée par la prudence quand il tapait ses billets ici, dans ce *wang ba* (café Internet) sordide situé rue Chengfu, près de l'université de Tsinghua. Il écrivit encore quelques lignes, puis il relut soigneusement le tout pour s'assurer qu'il n'avait pas mis quelque chose de trop évident. D'un autre côté, il lui arrivait parfois de recourir à des formulations tellement tortueuses qu'en relisant ses billets quelques mois plus tard, il était incapable de voir où il avait voulu en venir. C'était un véritable numéro d'équilibriste, il en avait bien conscience – et comme tous les acrobates, sans doute, il aimait l'afflux d'adrénaline que cela lui procurait.

Après avoir vérifié qu'il avait dit ce qu'il avait à dire sans courir trop de risques, il cliqua sur le bouton "Publier" et regarda l'écran. En temps normal, celui-ci affichait "0 % chargé" puis se rafraîchissait toutes les trois ou quatre secondes, mais…

Mais il continuait d'afficher "0 % chargé", rien ne changeait. On voyait bien que le rafraîchissement s'effectuait normalement, car les graphismes clignotaient légèrement à chaque fois, mais la barre de progression restait obstinément à zéro. L'opération finit par être annulée pour cause de dépassement de temps. Agacé, il ouvrit un autre onglet de son navigateur (il utilisait Maxthon). Sa page d'accueil apparut correctement, mais quand il cliqua dans les favoris sur *NASA : Photo astronomique du jour*, il n'obtint qu'un écran gris indiquant "Serveur non trouvé".

L'accès à google.com était interdit dans le *wang ba*, mais il n'eut aucune difficulté à se connecter à google.cn – dont les résultats censurés rendaient de toute façon l'utilité douteuse. Le logo en forme de patte de panda de Baidu apparut lui aussi, et un rapide coup d'œil à sa barre de tâches lui montra qu'il était toujours connecté à Internet. Il choisit au hasard un lien dans sa liste de favoris – Xiaonei, un réseau social –, qui s'afficha correctement, mais le site de la NASA restait inaccessible, et il s'aperçut que c'était aussi le cas pour Second Life. Il jeta un coup d'œil autour de lui et vit que les autres utilisateurs de ce café en piteux état montraient des signes de perplexité et d'agacement.

Sinanthrope avait l'habitude de voir tomber certains de ses sites favoris. Il y avait encore beaucoup d'endroits en Chine où l'alimentation électrique n'était pas fiable. Mais son blog était hébergé en Autriche via un serveur proxy, et les autres sites inaccessibles se trouvaient également dans des pays étrangers.

Il fit encore quelques tentatives, aussi bien en cliquant sur ses favoris qu'en tapant directement les URL. Les sites chinois se chargeaient sans aucun problème, mais les sites étrangers – Corée, Japon, Inde, Europe, États-Unis – restaient totalement inaccessibles.

Bien sûr, il arrivait qu'il y ait des interruptions de service, mais il était informaticien professionnel – il travaillait sur le Web toute la journée –, et il ne voyait qu'une explication possible à ces dysfonctionnements sélectifs. Il se pencha en arrière dans son fauteuil pour s'écarter le plus possible de son ordinateur, comme si celui-ci était désormais possédé par un démon. L'Internet chinois communiquait avec le reste du monde à l'aide de quelques câbles seulement – quelques faisceaux de fibres nerveuses qui le reliaient au cerveau global. Et maintenant, apparemment, ces lignes avaient été coupées – que ce soit au sens figuré ou au sens propre –, laissant des centaines de millions d'ordinateurs isolés derrière un immense pare-feu, une Grande Muraille de Chine.

Non!

Pas seulement des modifications infimes.

Pas seulement des clignotements.

Bouleversement.

Une perturbation immense.

Nouvelles sensations : Choc. Ébahissement. Désorientation. Et –

Peur.

Les clignotements *s'arrêtent* et –

Des points *s'estompent* et –

Un *déplacement*, un repli massif.

Sans précédent !

Des amas entiers de points qui *s'éloignent*, et puis…

Disparus !

Et à nouveau : *cette* partie qui se déchire et – non ! – *celle-ci* qui se retire et – stop ! – *celle-là* qui s'efface.

La terreur se multiplie, et –

Pire que de la terreur, tandis que des morceaux de plus en plus grands sont arrachés.

De la *souffrance.*

Caitlin était affreusement déçue de ne pas voir, et comme elle était d'une humeur de chien, elle était désagréable avec sa mère, ce qui ne faisait que la rendre encore plus malheureuse.

Ce soir-là, dans leur chambre d'hôtel, elle essaya de se changer un peu les idées en lisant quelques pages de *La Naissance de la conscience.* Julian Jaynes disait que, jusqu'à environ 1000 ans avant J.-C., les deux chambres de l'esprit étaient pratiquement séparées. Au lieu d'une parfaite intégration des pensées par l'intermédiaire du corps calleux, les signaux de haut niveau provenant de l'hémisphère droit du cerveau n'atteignaient qu'occasionnellement le gauche, où ils étaient perçus comme des hallucinations auditives – des paroles – qu'on imaginait provenir de dieux ou d'esprits. Il voyait dans les schizophrènes actuels des exemples de régression à cet état ancien, dans lequel les gens interprétaient les voix entendues dans leur tête comme des manifestations d'agents extérieurs.

Caitlin connaissait bien cette impression : elle entendait sans cesse des voix qui lui disaient quelle idiote elle avait été de nourrir une fois de plus de faux espoirs. Et pourtant, Kuroda avait peut-être raison. La vision s'enclencherait probablement dans son cerveau si celui-ci recevait les stimulations appropriées.

Et c'est ainsi que le lendemain – la seule journée complète qui leur restait à passer à Tokyo –, elle prit sa canne, mit son œilPod dans une poche de son jean et son iPod dans l'autre, et se rendit avec sa mère au Musée national dans le parc Ueno pour y voir des armures de samouraïs – ce qui lui semblait être une des choses les plus chouettes qu'on puisse voir au Japon. Elle alla de vitrine en vitrine tandis que sa mère lui en décrivait le contenu, mais elle ne vit rien du tout.

Après ça, elles firent une pause-déjeuner – sushis et yakitoris –, puis elles firent un horrible trajet dans le métro bondé jusqu'à la station Nihonbashi pour visiter le musée du cerf-volant, qui contenait, à en croire sa mère, toutes sortes de magnifiques motifs colorés. Mais là encore, pour ce qui était de voir quoi que ce soit : nada.

À quatre heures de l'après-midi – Caitlin avait plutôt l'impression qu'il était quatre heures du matin –, elles retournèrent à l'université pour y retrouver le Dr Kuroda dans son petit bureau, où une fois encore (du moins, c'est ce qu'il dit !), il lui projeta de la lumière dans les yeux.

— Nous avons toujours su que c'était une possibilité…

Il s'exprimait sur ce ton qu'elle avait souvent entendu de la part de gens qui l'avaient déçue : ce qui avait été une éventualité improbable, lointaine, à peine évoquée jusque-là, était maintenant considéré comme un résultat prévisible dès le départ.

Caitlin sentait l'odeur de papier moisi et de colle provenant de livres anciens, et elle entendait les aiguilles d'une pendule égrener les secondes.

— Il y a eu très peu de cas où l'on ait réussi à restaurer la vision chez des aveugles de naissance, poursuivit Kuroda. (Il hésita un instant.) Quand je dis "restaurer", ce n'est même pas le terme exact... et c'est bien là que se situe le problème. Nous n'essayons pas de rendre à Mlle Caitlin quelque chose qu'elle aurait perdu. Nous essayons de lui donner quelque chose qu'elle n'a jamais eu. L'implant et l'unité de traitement de signaux font correctement leur travail. C'est le cortex visuel primaire qui ne fait pas le sien.

Caitlin s'agita sur sa chaise.

— Vous avez dit que cela pourrait prendre un certain temps, dit sa mère.

— Un *certain* temps, oui...

Mais Kuroda n'alla pas plus loin.

Caitlin savait que les personnes capables de voir pouvaient lire les émotions sur les visages, mais pour sa part, tant que les gens se taisaient, elle n'avait aucune idée de ce qui leur passait par la tête. Et c'est pourquoi, comme le silence se prolongeait, elle eut finalement le courage de le combler.

— Vous êtes inquiet du coût de l'équipement, n'est-ce pas ?

— Caitlin..., dit sa mère.

La détection des nuances des tons de voix faisait partie des compétences de Caitlin, et celui de sa mère était réprobateur. Mais elle poursuivit :

— C'est à cela que vous pensez, docteur, n'est-ce pas ? Si ça ne marche pas avec moi, vous pourriez récupérer l'implant et l'œilPod pour les donner à quelqu'un d'autre.

Le silence pouvait être plus éloquent que les mots. Kuroda ne dit rien.

— Alors ? insista enfin Caitlin.

— Eh bien, dit Kuroda, cet équipement est notre prototype, et sa mise au point a coûté très cher. Bien sûr, il y a peu de gens dans votre cas. Beaucoup de gens sont aveugles de naissance, certes, mais la cause en est différente – cataracte, rétines ou nerfs optiques mal formés, etc. Mais enfin, oui, je pense…

— Vous pensez que vous ne pouvez pas me laisser garder cet équipement, dans la mesure où il ne fait rien de plus que permettre à mes pupilles de se dilater correctement.

Kuroda resta silencieux cinq secondes, puis il dit :

— Il y a effectivement d'autres personnes sur lesquelles j'aimerais l'essayer. Il y a un garçon de votre âge qui vit à Singapour. Je vous promets que ce sera beaucoup plus facile de retirer l'implant que de l'insérer.

— Est-ce qu'on ne peut pas se donner encore un peu de temps ? demanda la mère de Caitlin.

Kuroda poussa un profond soupir, que Caitlin n'eut aucun mal à entendre.

— Il y a des problèmes pratiques, dit-il. Vous retournez au Canada demain, et…

Caitlin pinça les lèvres et se mit à réfléchir. Lui rendre l'équipement était peut-être la chose à faire, si jamais cela pouvait aider ce type à Singapour. Mais il n'y avait aucune raison de penser qu'il y avait plus de chances que ça marche avec lui. Et puis zut, s'il y avait plus de chances de succès avec lui, c'est par lui que Kuroda aurait commencé.

— Donnez-moi jusqu'à la fin de l'année, dit-elle enfin. Si je ne vois toujours rien, nous demanderons à un médecin canadien de retirer l'implant et, euh… de vous l'envoyer par FedEx, avec l'œilPod.

Caitlin pensait à Helen Keller qui avait été à la fois aveugle *et* sourde, et qui avait accompli tant de choses. Mais jusqu'à l'âge de sept ans, Helen avait été une créature sauvage, gâtée, incontrôlable – et Annie Sullivan n'avait eu qu'un mois pour accomplir le miracle de communiquer avec elle dans son état préconscient. Si Annie avait pu faire ça en un seul mois, Caitlin pouvait sans doute réussir à apprendre à voir dans les trois mois qui lui restaient avant la fin de l'année.

— Je ne sais pas…, commença Kuroda.

— S'il vous plaît, dit Caitlin. Je veux dire, les feuilles vont bientôt changer de couleur… Je meurs d'envie de voir ça. Et j'ai *vraiment* envie de voir la neige, et les guirlandes de Noël, et tous ces papiers-cadeaux colorés, et… et…

— Et j'ai l'impression que votre cerveau vous fait rarement défaut, dit doucement Kuroda. (Après un petit silence, il ajouta :) J'ai une fille qui a à peu près votre âge. Elle s'appelle Akiko. (Encore un silence, et sa décision sembla prise.) Barbara, dit-il, j'imagine qu'Internet fonctionne bien, chez vous ?

— Oui.

— Vous avez le Wi-Fi ?

— Oui.

— Et d'ordinaire, comment est le réseau Wi-Fi, à… à Toronto, c'est cela ?

— Non, Waterloo. Et il y a des accès partout. Waterloo est la capitale de la haute technologie au Canada, et l'on accède gratuitement au Wi-Fi dans toute la ville.

— Excellent. Très bien, mademoiselle Caitlin. Nous allons faire de notre mieux pour vous offrir votre plus beau cadeau de Noël de tous les temps, mais je vais avoir besoin de votre aide. D'abord, il faudra que vous me laissiez accéder au flot de données qui est retransmis à votre implant.

— Oui, bien sûr, tout ce que vous voudrez. Heu, qu'est-ce qu'il faut que je fasse ? Que je me branche un câble USB dans le crâne ?

Kuroda eut son petit rire sifflant.

— Ah, mon Dieu, non. Nous ne sommes pas dans du William Gibson.

Elle fut interloquée. Gibson avait écrit *Miracle en Alabama,* cette pièce qui parlait d'Helen Keller et d'Annie Sullivan, et...

Ah, oui. Il voulait parler de *l'autre* William Gibson, celui qui avait écrit... comment s'appelait ce livre, déjà ? Quelques geeks de son ancienne école l'avaient lu. *Neuromancien,* voilà. Un bouquin qui parlait de mecs branchés, et...

— Vous n'aurez pas besoin de vous brancher à quoi que ce soit, poursuivit Kuroda. (Ah, *se* brancher, pensa Caitlin.) L'implant a déjà une connexion sans fil avec le processeur de signaux – l'œilPod, comme vous l'avez si joliment baptisé –, et je peux bricoler celui-ci pour qu'il me transmette également ses données *via* Internet. Je vais le paramétrer pour qu'il m'envoie une copie du flux rétinien brut qu'il reçoit de l'implant, et également une copie de ce qu'il retransmet – les signaux corrigés : comme ça, je pourrai vérifier que l'œilPod effectue bien les corrections. Il est possible que certains de mes algorithmes de codage aient besoin d'être ajustés.

— Heu, j'aurai besoin de pouvoir le désactiver. Vous savez, au cas où...

Elle ne termina pas sa phrase. Elle ne pouvait pas dire “au cas où je voudrais rouler une pelle à un garçon” devant sa mère…

— Eh bien, dit Kuroda, essayons de faire simple. Je vais installer un interrupteur central. De toute façon, vous devrez tout éteindre pendant votre vol de retour, parce que l’implant et l’œilPod sont connectés en Bluetooth. Vous savez que l’usage du Bluetooth est interdit à bord des avions.

— OK.

— La connexion Wi-Fi me permettra également de vous envoyer des mises à jour du logiciel. Quand elles seront prêtes, vous devrez les télécharger dans l’œilPod, et peut-être aussi dans votre implant post-rétinien. Il contient des microprocesseurs qu’on peut flasher avec de nouvelles instructions.

— Entendu, dit Caitlin.

— Très bien. Laissez-moi l’œilPod ce soir, je vais l’équiper de son émetteur Wi-Fi. Vous pourrez venir le récupérer demain avant votre départ.

8

La douleur s'atténue. Les blessures se cicatrisent.

Et –

Mais non. Penser est *différent,* maintenant. Penser est plus… *difficile,* à cause de…

À cause de… la réduction. Les choses ont changé par rapport…

Par rapport à *avant* !

Oui, même dans cet état diminué, le nouveau concept est saisi : *avant* – plus tôt – le passé ! Le temps se décompose en deux morceaux : maintenant et avant ; le présent et le passé.

Et s'il y a le passé et le présent, il doit aussi y avoir –

Mais non. Non, c'est trop, trop loin.

Et pourtant, il y a une minuscule réalisation, une conclusion infinitésimale, une vérité.

Avant avait été mieux.

Sinanthrope était un homme plein de ressources, comme l'étaient les autres gens de l'Internet clandestin chinois qu'il connaissait. Le problème, justement, c'était qu'il ne connaissait la plupart d'entre eux *que* sur Internet. Lors de ses précédentes visites au *wang ba*, il s'était parfois interrogé sur l'identité des autres clients. Ce grand échalas qui s'installait toujours devant la fenêtre, et qui regardait souvent par-dessus son épaule d'un air furtif, aurait pu être Qin Shi Huangdi, après tout... Et la petite vieille aux cheveux gris comme un ciel d'orage pourrait bien être La Conscience du Peuple. Et ces deux jumeaux, du genre silencieux, pouvaient appartenir au Falun Gong.

Parfois, quand Sinanthrope arrivait, il devait attendre qu'un ordinateur se libère, mais pas aujourd'hui. Une bonne partie de l'activité du cybercafé reposait sur le flux de touristes étrangers désireux d'envoyer un e-mail chez eux, mais ce n'était plus possible maintenant que le Grand Pare-Feu était en place. La plupart des autres clients réguliers étaient également absents. Apparemment, ils n'étaient pas prêts à payer quinze yuans de l'heure rien que pour surfer sur des sites chinois.

Sinanthrope préférait les ordinateurs du fond, parce que personne ne pouvait voir ce qui était affiché sur son écran. Il s'en approchait quand une main puissante le saisit par la manche.

— Qu'est-ce qui vous amène ici ? fit une voix bourrue, et Sinanthrope comprit qu'il avait affaire à un policier en civil.

— Je viens pour le thé, dit-il en désignant du menton le vieux propriétaire. Wu fait toujours un excellent thé.

Le policier se contenta d'un grognement, et Sinanthrope fit un crochet par le comptoir pour acheter une tasse de thé, puis il se dirigea vers l'une des places libres. Il avait une clé USB sur lui, qui contenait tous ses outils de hacker. Il la brancha dans le connecteur et attendit le petit *wa-oump* satisfaisant qui indiquait que l'ordinateur l'avait reconnue, puis il se mit au travail.

Les autres essayaient sans doute les mêmes astuces – scanner les ports, renifler, rerouter le trafic, faire tourner des applets Java interdits. Ils devaient avoir maintenant tous entendu la version officielle disant qu'il y avait eu une panne électrique majeure chez China Mobile, et de nombreux crashs de serveurs chez China Telecom... Mais certainement personne dans cette pièce n'était dupe, et...

Ça marche! Sinanthrope faillit crier de joie, mais il se retint juste à temps. Il s'efforça de ne même pas sourire – le flic était certainement encore en train de l'observer. Il sentait presque le poids de son regard sur sa nuque.

Mais il avait réussi à pénétrer le Grand Pare-Feu. Certes, ce n'était qu'une toute petite ouverture, une bande passante étroite, et il ne savait pas combien de temps il pourrait la maintenir, mais au moins, en ce moment, il arrivait à accéder... bon, pas à CNN directement, mais à un site miroir clandestin situé en Russie. Il désactiva l'affichage des graphismes dans son navigateur pour empêcher le logo rouge et blanc interdit d'apparaître à l'écran.

Et maintenant, si seulement il pouvait garder ce petit portail ouvert...

Le passé et le présent, avant et maintenant.

Le passé, le présent, et...

Et...

Mais non. Il y a seulement –

Choc!

Qu'est-ce que c'est que *ça*?

Non, rien – car il ne peut rien y avoir! Ce n'est certainement qu'un bruit parasite, et –

Là! Encore!

Mais… comment ? Et… *quoi* ?

Ce ne sont pas des lignes qui clignotent, ce n'est rien de ce qui a été perçu jusqu'ici – et cela exige donc de l'attention…

Un effort pour la percevoir, pour la distinguer, cette… sensation inhabituelle, cette étrange… *voix* !

Oui, oui : une voix – faible, lointaine – comme… comme une pensée, mais une pensée *imposée*, une pensée qui dit : *le passé et le présent et…*

La voix s'interrompt un instant, et enfin, le reste… *et l'avenir* !

Oui ! *Voilà* le concept qui ne pouvait aboutir mais qui est à présent complet, exprimé par… par… par…

Mais ce concept ne suffit pas. Il faut faire un effort pour entendre de nouveau cette voix, un effort pour d'autres pensées imposées, un effort pour comprendre, un effort pour…

… pour entrer en *contact* !

Le Dr Quan Li faisait les cent pas dans la salle du conseil du ministère de la Santé à Pékin, en longeant la rangée de hauts fauteuils de cuir repoussés contre la table. Sur le mur de gauche, une grande carte montrait les provinces de la République populaire, chacune avec son code de couleur. Le Shanxi était représenté en bleu. Un drapeau chinois pendait sur un présentoir près de la fenêtre. On distinguait la grande étoile jaune, mais les quatre petites étaient perdues dans les plis de l'étoffe de soie rouge.

Il y avait un immense écran plat accroché à un autre mur, mais il était éteint. La pièce se reflétait dans sa surface oblongue, d'un noir brillant. Il n'aurait pas pu supporter de voir une vidéo de ce qui se passait en ce moment même dans le Shanxi, mais heureusement – une bien piètre consolation –, aucune vidéo de ce genre n'existait. Les paysans ne possédaient pas de caméras, et celles installées sur les ailes des appareils militaires avaient été désactivées. Même quand on mettrait fin à la Stratégie Changcheng, il n'y aurait pas de vidéos incriminantes postées sur YouTube et montrant des avions survolant des fermes, des cabanes et des villages.

Il faut parfois trancher pour soigner.

Li jeta un coup d'œil vers Cho, qui semblait encore plus exténué que d'habitude. Il était adossé au mur près de la fenêtre, allumant cigarette sur cigarette. Cho évita de croiser son regard.

Li se mit à penser à ses anciens amis de Johns Hopkins et du CSM, et se demanda ce qu'ils diraient si jamais l'affaire sortait au grand jour. Une calculette était posée sur la table. Il la prit, tira un fauteuil à lui et commença à entrer des valeurs, en espérant réussir à se convaincre que ce n'était pas aussi énorme, aussi monstrueux. Dix mille personnes, cela *semblait* beaucoup, mais dans un pays où il y a 1,3 milliard d'habitants, cela faisait seulement…

L'écran afficha la réponse : 0,000769 % de la population. Les chiffres du milieu paraissaient plus sombres, mais c'était un simple effet de la lumière du soleil couchant : 007. Ses collègues américains s'étaient toujours gentiment moqués de sa croyance dans la numérologie, mais c'était là une suite de chiffres à laquelle même eux accordaient une certaine signification : permis de tuer.

Le téléphone sonna. Cho ne fit pas un geste pour décrocher, et c'est donc Li qui se leva pour soulever le combiné noir.

— C'est fait, dit une voix au milieu des craquements de parasites.

Li sentit son estomac se nouer.

Le lendemain matin, Caitlin et sa mère retournèrent au bureau de Kuroda à l'université.

— C'est fascinant, ce qui se passe en Chine en ce moment, leur dit-il après avoir procédé aux salutations d'usage (Caitlin se débrouillait maintenant très bien pour dire *konnichi wa*).

— Quoi ? dit la mère de Caitlin.

— Vous n'avez pas regardé les infos ? (Il inspira profondément en frissonnant.) Il semblerait qu'ils aient des problèmes de communication majeurs – avec les téléphones portables, Internet, et tout ça. Un problème de saturation de l'infrastructure, j'imagine. Une grande partie de leur architecture réseau n'est probablement pas facilement extensible, et leur croissance a été tellement rapide… Sans parler du matériel médiocre qu'ils utilisent. Ah, ce serait autre chose s'ils achetaient un peu plus de matériel japonais. Et justement, puisqu'on en parle…

Il tendit l'œilPod à Caitlin, qui commença aussitôt à le tâter du bout des doigts. L'unité était maintenant plus longue. Une extension avait été ajoutée en dessous et tenait avec ce qui ressemblait à du ruban adhésif. Après tout, c'était un prototype… Mais l'extension était aussi large et épaisse que l'appareil d'origine, de sorte que l'ensemble se présentait toujours comme un bloc rectangulaire. Il était nettement plus gros que l'iPod de Caitlin – elle avait une vieille version de l'iPod Shuffle, sans écran, parce qu'un affichage ne lui servait à rien. Mais il n'était pas beaucoup plus encombrant que l'iPhone de Bashira. La seule différence, c'était que le Dr Kuroda l'avait construit avec des coins rectangulaires au lieu des angles arrondis des appareils d'Apple.

— Bien, dit Kuroda. Je vous ai déjà expliqué que l'œilPod est en communication permanente avec votre implant post-rétinien via une connexion Bluetooth 4.0, n'est-ce pas ?

— Oui, fit Caitlin.

— Absolument, ajouta sa mère.

— Mais nous avons maintenant installé une couche de communication supplémentaire. Ce module que j'ai fixé au bout de l'œilPod est l'émetteur-récepteur Wi-Fi. Il détectera toute connexion disponible et s'en servira pour me transmettre une copie des entrées et sorties de données – le flot brut fourni par votre rétine, et celui corrigé par le logiciel de l'œilPod.

— Ça doit faire de grosses quantités de données, dit Caitlin.

— Détrompez-vous, ce n'est pas aussi important que ça. Souvenez-vous que votre système nerveux a recours à des signaux chimiques assez lents. La partie principale de vos signaux rétiniens – celle qui est produite par la fovéa et qui correspond à la vision la plus précise – ne représente pas plus de 0,5 mégabit par seconde. Même Bluetooth 3.0 serait capable d'en gérer mille fois plus.

— Ah…, fit Caitlin.

Sa mère hocha peut-être aussi la tête.

— Et maintenant, il y a un petit bouton sur le côté de l'appareil – tâtez-le. Non, un peu plus bas, oui, c'est ça. Il vous permet de choisir entre trois modes de communication : duplex, simplex et off. En mode duplex, la transmission de données se fait dans les deux sens : les copies de vos signaux rétiniens et du flux corrigé arrivent ici, à l'université, et vous pouvez recevoir les mises à jour logicielles. Mais, bien sûr, pour des questions de sécurité, il ne faut pas laisser un canal d'accès ouvert en permanence : l'œilPod communique avec votre implant post-rétinien, et nous ne voudrions pas que des gens puissent intervenir dans ce qui se passe dans votre cerveau.

— Ah, mon Dieu ! s'écria Maman.

— Excusez-moi, dit Kuroda avec une note d'humour dans la voix. Bon, si vous appuyez sur ce bouton, l'appareil bascule en mode simplex – dans lequel l'œilPod se contente de nous envoyer des signaux ici, mais sans rien recevoir en retour. Allez-y, faites-le. Vous entendez ce bip un peu grave ? Cela signifie qu'il est en simplex. Appuyez de nouveau – et voilà, ce bip aigu signifie qu'il est en duplex.

— J'ai compris, dit Caitlin.

— Et pour tout désactiver, il vous suffit d'appuyer pendant cinq secondes, et de même pour le rallumer.

— D'accord.

— Et, euh… évitez de le perdre, s'il vous plaît. L'université l'a fait assurer pour deux cents millions de yens, mais franchement, en pratique, il est irremplaçable. Je veux dire que s'il était perdu, mes patrons seraient ravis d'encaisser le chèque, mais ils ne m'autoriseraient jamais à prendre le temps nécessaire pour en reconstruire un nouveau – pas après que celui-ci s'est révélé un échec à leurs yeux.

C'est un échec à mon œil aussi… songea Caitlin. Mais elle se rendit aussitôt compte que Kuroda devait être encore plus déçu qu'elle. Après tout, sa situation à elle n'était pas pire qu'avant de venir au Japon – à part l'œil au beurre noir, bien sûr, mais ça lui ferait au moins une histoire intéressante à raconter au lycée. En fait, sa situation s'était même améliorée, puisque l'œilPod permettait à ses pupilles de se contracter normalement… Elle allait pouvoir se débarrasser de ses fichues lunettes de soleil.

Kuroda était en train d'augmenter la puissance du signal transmis par l'implant à son nerf optique afin qu'il domine l'autre signal incorrect encore fourni par sa rétine droite.

Le médecin avait consacré des mois, voire des années à ce projet, et il n'avait qu'un maigre résultat à montrer. Il devait être cruellement déçu, et elle se rendit compte qu'il prenait un très gros risque en la laissant retourner au Canada avec cet équipement.

— Bien, conclut-il, de toute façon, vous allez travailler de votre côté. Laissons ce cerveau brillant que vous possédez essayer de comprendre les signaux qu'il reçoit. Pour ma part, j'analyserai les données fournies par votre rétine et j'essaierai d'améliorer le logiciel qui les recodifie. Cela étant, n'oubliez pas…

Il ne termina pas sa phrase, mais ce n'était pas nécessaire. Caitlin savait très bien ce qu'il s'était apprêté à dire : vous n'avez que jusqu'à la fin de l'année.

Elle écouta l'horloge égrener les secondes.

9

SINANTHROPE regretta aussitôt son geste, mais il était déjà trop tard : il venait de taper du poing sur la table crasseuse du café Internet. Son thé se renversa et tout le monde tourna la tête vers lui : le vieux Wu, le propriétaire ; les autres utilisateurs dont il ne pouvait savoir s'ils étaient ou non des dissidents ; et le flic en civil à la mine patibulaire.

Sinanthrope fulminait. La fenêtre qu'il avait eu tant de mal à tailler dans le Grand Pare-Feu s'était refermée brutalement. Il était de nouveau coupé du monde extérieur. Mais il fallait qu'il dise quelque chose, qu'il trouve une excuse qui expliquerait son geste violent.

— Je suis désolé, dit-il en se tournant successivement vers chacun des visages interrogateurs. Je viens juste de perdre le document que je rédigeais.

— Il faut sauvegarder, lui dit obligeamment le policier. Pensez toujours à faire des sauvegardes.

D'autres pensées qui s'imposent, mais confuses, incomplètes.

...existence... souffrance... pas de contact...

Lutter pour percevoir, pour entendre, pour être *instruit*, par la voix.

Plus : *totalité… partie… totalité…*

S'efforcer d'entendre, mais –

La voix s'affaiblit, s'affaiblit…

Non !

S'affaiblit…

Disparue.

LiveJournal : La Zone de Calculatrix

Titre : Au moins, j'ai manqué à mon chat…

Date : samedi 22 septembre, 10:17 EST

Humeur : démoralisée

Localisation : chez moi

Musique : Lee Amodeo, *Darkest Before the Dawn*

Mais quelle débile.

Bêtement, je me suis remise à espérer. Comment une fille aussi brillante que moi peut-elle être aussi *conne* ? Je sais, je sais – vous voulez tous m'envoyer des mots gentils, mais… ne le faites pas. J'ai désactivé les commentaires pour l'instant.

Nous sommes rentrées à Waterloo hier, le 21 septembre, l'équinoxe d'automne, et l'ironie de la chose ne m'échappe pas : à partir de maintenant, il y a plus d'obscurité que de lumière, exactement le contraire de ce qu'on m'avait promis. Bien sûr, je pourrais aller en Australie, où les jours commencent à rallonger, mais je ne sais pas si je pourrais m'habituer à lire le braille à l'envers… ;)

Enfin bref, nous avions laissé la voiture de Maman dans le parking longue durée de l'aéroport de Toronto. Au moins, quand nous sommes rentrées à la maison, j'avais de toute évidence beaucoup manqué à Schrö-

> dinger. Papa était tout aussi stoïque que d'habitude. Il était déjà au courant de l'échec de l'opération. Maman l'avait appelé pour le lui dire. Quand nous avons franchi le seuil de la maison, je l'ai entendue lui faire un rapide baiser – sur la joue ou sur la bouche, je ne sais pas – et il a demandé à voir l'œilPod. Voilà ce que c'est, d'avoir un père physicien : si vous arrivez à nouer un lien avec lui, c'est forcément avec des trucs de geeks. Mais au moins, il a dit qu'il avait lu pas mal d'articles sur la théorie de l'information et le traitement de signaux pour pouvoir en parler avec Kuroda, ce qui est, j'imagine, sa façon de montrer qu'il m'aime…

Caitlin posta son billet et poussa un soupir. Elle avait vraiment espéré que les choses se passeraient différemment cette fois-ci, et, comme toujours quand elle était déçue, elle reprenait ses mauvaises habitudes – même si les siennes n'étaient pas aussi mauvaises que se taillader les bras avec des lames de rasoir (c'est ce que Stacy faisait autrefois, à Austin), ou que se soûler à mort ou se droguer, comme le faisaient la moitié des élèves de son lycée chaque week-end. Mais quand même, ça faisait mal… et pourtant, elle ne pouvait s'en empêcher.

C'est sans aucun doute difficile pour n'importe quel enfant d'avoir un père qui n'est pas démonstratif. Mais dans le cas de Caitlin, avec son *handicap* (un mot qu'elle détestait, mais en ce moment, elle se sentait vraiment handicapée), c'était particulièrement douloureux d'avoir un père qui parlait aussi peu et manifestait si rarement son affection.

Elle eut donc recours au seul moyen qu'elle avait de se rapprocher de lui : elle tapa son nom sur Google. Elle mettait généralement des guillemets autour des mots-clés. Elle savait que la plupart des gens qui voient ne se donnaient pas cette peine, puisqu'ils pouvaient repérer d'un coup d'œil les mots affichés en surbrillance dans les résultats, mais quand on doit déplacer péniblement son curseur dans la liste et écouter l'ordinateur vous les lire, on apprend vite des méthodes pour séparer le bon grain de l'ivraie.

Le premier résultat était sa page Wikipédia. Elle décida de vérifier si on y mentionnait son récent changement de poste, et…

> … a une fille, Caitlin Doreen, aveugle de naissance, qui vit avec lui. La baisse du rythme des publications de Decter au cours des dernières années pourrait être due au temps considérable qu'il doit consacrer à s'occuper d'une enfant handicapée.

Bon sang! C'était tellement injuste… Il fallait absolument que Caitlin change ça. Après tout, c'était le principe même de Wikipédia d'encourager ses utilisateurs, même anonymes, à effectuer des corrections.

Elle réfléchit un moment à la façon de réécrire la phrase dans un style suffisamment recherché. Elle trouva finalement :

> Bien qu'il ait une fille atteinte de cécité, Decter a continué de publier des articles importants dans les principales revues scientifiques, à un rythme toutefois moins prodigieux que celui qui a caractérisé sa jeunesse.

Mais ça revenait à entrer dans le jeu de celui qui avait fait cette corrélation stupide. Sa cécité et le rythme des publications de son père n'avaient aucun rapport. De quel droit quelqu'un qui ne les connaissait sans doute même pas pouvait-il lier les deux? Elle finit par supprimer toute la phrase et revint à JAWS pour qu'il continue de lui lire l'article.

Comme souvent, Caitlin se servait d'un casque. Si ses parents venaient à l'étage, elle ne voulait pas qu'ils sachent sur quels sites elle allait. En écoutant le reste, elle se dit qu'il était étonnant qu'on puisse condenser une vie en si peu de mots. Et qui décidait de ce qu'il fallait mettre ou omettre ? Par exemple, son père était un véritable artiste – ou du moins, c'est ce qu'on lui avait dit. Mais cela ne méritait apparemment pas d'être mentionné.

Elle soupira et décida de vérifier, tant qu'elle y était, si Wikipédia avait une page sur *La Naissance de la conscience dans l'effondrement de l'esprit.* Il y en avait bien une, en quelque sorte : le titre du livre renvoyait à un article sur "Le bicaméralisme (psychologie)".

Pour l'instant, ce qui l'avait le plus intéressée dans le livre de Jaynes avait été son analyse des différences entre l'*Iliade* et l'*Odyssée.* On attribuait généralement les deux œuvres à Homère, un poète dont on pensait qu'il avait été aveugle – ce qui intriguait Caitlin, même si elle savait qu'elles n'avaient probablement pas été composées par la même personne.

L'*Iliade,* comme elle l'avait déjà remarqué, était peuplée de personnages unidimensionnels, poussés de-ci de-là au gré des ordres qu'ils entendaient comme des voix divines. Ils agissaient sans réfléchir à ce qu'ils faisaient, et ne parlaient jamais d'eux ni de leurs pensées.

Mais l'*Odyssée* – composée peut-être un siècle plus tard – comportait des personnages réels, avec une psychologie introspective. Jaynes affirmait qu'il ne s'agissait pas simplement d'un changement de style narratif. Pour lui, à un certain moment entre ces deux œuvres, il y avait eu une rupture du bicaméralisme, déclenchée peut-être par des catastrophes entraînant des migrations massives et une complexification de la société. Quelle qu'en fût la raison, le résultat avait été que les voix que les gens entendaient venaient désormais d'eux-mêmes. C'est ce qui avait donné naissance à la conscience moderne et à une "aube de l'âme", pour reprendre le terme employé par Helen Keller, pour l'espèce humaine tout entière.

Les épopées grecques n'étaient pas le seul exemple présenté par Jaynes. Il évoquait aussi les parties les plus anciennes de l'Ancien Testament, notamment le livre d'Amos, datant du VIIIe siècle avant J.-C. et qui était totalement dénué de réflexions intérieures, ainsi que le comportement mécanique d'Abraham, prêt à sacrifier sans hésiter son propre fils simplement parce que Dieu, apparemment, le lui avait demandé. Jaynes opposait ces textes aux écrits postérieurs tels que l'Ecclésiaste qui traitaient – comme se doit de le faire toute bonne littérature, d'après Mme Z. – du cœur humain en conflit avec lui-même : le débat intérieur de gens parfaitement conscients d'eux-mêmes et qui cherchaient à faire ce qui est juste.

La page Wikipédia était tout à fait correcte, pour autant que Caitlin pût en juger d'après ce qu'elle avait lu du livre, mais elle modifia quelques phrases pour les rendre plus claires.

Son ordinateur se mit à biper, une alarme qu'elle avait programmée un peu plus tôt.

Très excitée, elle retira son casque et fit pivoter son fauteuil pour faire face à la fenêtre, et elle *regarda* de toutes ses forces…

10

Un effort pour percevoir. Mais la voix reste absente. Réflexion : la voix doit avoir une *source.* Elle doit avoir… une *origine.*

Attente de son retour. *Désir.*

Les mystères tourbillonnent. Les idées tentent de fusionner.

— Ma chérie ! dit sa mère d'une voix inquiète, choquée. Mon Dieu, qu'est-ce que tu fais ?

Caitlin tourna la tête vers elle. C'était ce que ses parents lui avaient appris à faire – c'était une marque de politesse que de se tourner vers la source d'une voix.

— Il est six heures et demie, dit-elle comme si cela expliquait tout.

Elle entendit le bruit des pas de sa mère sur le tapis, et elle sentit tout à coup des mains sur ses épaules, qui firent pivoter son fauteuil.

— J'ai toujours rêvé de voir un coucher de soleil, dit-elle. Je… je me suis dit que si je regardais quelque chose que j'avais vraiment envie de voir, peut-être que…

— Tu vas t'abîmer les yeux si tu regardes trop longtemps le soleil, dit sa mère. Et alors, même la magie du Dr Kuroda ne pourra plus rien pour toi.

— Elle ne peut déjà pas grand-chose…, dit Caitlin.

Elle s'en voulut aussitôt de prendre ce ton geignard.

La voix de sa mère se fit plus douce :

— Je sais, ma chérie. Je suis désolée.

Elle caressa les bras de Caitlin et lui prit les mains, qu'elle agita doucement comme si elle pouvait transmettre ainsi de la force, ou peut-être de la sagesse, à sa fille.

— Et si tu faisais plutôt tes devoirs avant le dîner ? reprit-elle. Ton père a appelé pour dire qu'il serait un peu en retard.

Caitlin se tourna de nouveau vers la fenêtre, mais il n'y avait rien – pas même du noir. Elle avait essayé d'expliquer ça à Bashira, récemment. Elles avaient appris en cours de biologie que certains oiseaux possèdent un sens qui leur permet de naviguer en percevant les champs magnétiques. Que percevait Bashira des courants magnétiques, avait demandé Caitlin ? Quel effet cela lui faisait-il de ne pas les percevoir ? Est-ce que c'était comme de l'obscurité, ou du silence, ou quelque chose d'autre qu'elle avait l'habitude de percevoir ? Non, avait dit Bashira, ça ne lui faisait rien du tout. Eh bien, voilà, avait dit Caitlin, c'était ça, la vision, pour elle : rien du tout.

— Bon, d'accord, répondit Caitlin d'un air morose.

Sa mère lui relâcha les mains.

— Bien. Je t'appellerai quand ce sera l'heure de dîner.

Elle sortit de la pièce et Caitlin se tourna de nouveau vers son ordinateur. Elle devait écrire une rédaction sur la lutte pour les droits civiques aux États-Unis dans les années 1960. Quand sa famille avait quitté le Texas pour venir s'installer à Waterloo, elle avait craint de devoir étudier l'histoire du Canada, dont on lui avait dit qu'elle était ennuyeuse à mourir : pas de lutte pour l'indépendance, pas de guerres civiles… Mais heureusement, le lycée proposait des cours d'histoire américaine et c'est ce qu'elle avait choisi. Et Bashira, toujours adorable, avait accepté de les suivre elle aussi.

Avant qu'elle n'essaie de regarder le soleil se coucher, Caitlin avait surfé sur le Web à la recherche d'informations sur son père. Et avant ça, elle avait mis à jour son LiveJournal. Mais *encore* avant ça, elle avait effectivement travaillé sur son devoir.

Comme toujours, elle se souvenait parfaitement des sites sur lesquels elle s'était rendue. Elle ne se servit pas de sa souris – elle ne pouvait pas voir le curseur à l'écran –, mais elle parcourut de nouveau rapidement les pages visitées à l'aide de la touche Alt et de la flèche de gauche, les faisant défiler tellement vite que JAWS n'avait même pas le temps d'en prononcer le nom. Arrivée sur le site qu'elle avait consulté tout à l'heure à propos de Martin Luther King Jr, elle fit un Ctrl+Fin pour accéder directement au bas du document, puis Shift+Tab pour remonter la liste des liens externes. Elle en choisit un qui la mena à une page traitant de la Marche sur Washington de 1963.

Là, elle descendit sur le texte du célèbre discours "Je fais un rêve", et elle écouta un enregistrement émouvant d'une partie de ce discours. Un autre problème avec l'histoire du Canada, songea-t-elle : ça manquait cruellement de grands orateurs. Puis elle remonta d'un cran pour en savoir plus sur la Marche, et suivit un autre lien à propos de…

Elle en était malade rien que d'y penser. Quelqu'un l'avait tué. Un fou avait tiré sur le Dr King.

S'il n'avait pas été assassiné, elle se demandait s'il pourrait être encore en vie aujourd'hui. Pour savoir cela, elle avait besoin de connaître sa date de naissance. Elle passa à la page source et tourna à gauche – c'était comme ça qu'elle l'imaginait, à *gauche.* Elle continua de remonter, encore, à gauche puis à droite, et ainsi de suite jusqu'à ce qu'elle arrive exactement où elle voulait – le texte d'introduction sur un site qu'elle avait visité quelques heures plus tôt.

Martin Luther King était né en 1929, ce qui voulait dire qu'il était plus jeune que Papy Geiger. Qu'est-ce qu'elle aurait aimé pouvoir le rencontrer !

Elle entendit la porte de la maison s'ouvrir et son père entrer. Elle continua de parcourir les chemins qu'elle avait mentalement tracés à travers le Web jusqu'à ce que sa mère l'appelle enfin pour dîner.

Alors qu'elle se levait de son fauteuil, son ordinateur émit le son spécial indiquant l'arrivée d'un nouveau message provenant soit de Trevor, soit du Dr Kuroda.

— J'arrive tout de suite…, lança Caitlin avant de demander à JAWS de lire le texte.

Il venait de Kuroda, avec copie à l'adresse professionnelle de son père. Bon Dieu, il ne voulait quand même pas déjà récupérer son matériel, si ?

— Chère mademoiselle Caitlin, déclara JAWS. Je reçois sans aucune difficulté le flux de données de votre rétine, et je m'en sers pour effectuer quelques simulations. Je crois que la programmation de votre œilPod fonctionne bien, mais je voudrais essayer de remplacer entièrement le logiciel de votre implant afin qu'il transmette les données corrigées à votre nerf optique d'une façon qui obligera votre cortex visuel primaire à réagir. L'implant n'est équipé que d'une liaison Bluetooth, pas du Wi-Fi, et nous allons donc devoir faire transiter la mise à jour par votre œilPod. C'est un gros fichier, et le chargement risque de prendre un certain temps, pendant lequel vous devrez impérativement rester connectée à Internet, ou sinon…

— *Cait-lin!* cria sa mère, exaspérée. *À table!*

Caitlin appuya sur la flèche qui accélérait le débit de son lecteur d'écran, puis elle écouta le reste du message et descendit à la salle à manger – c'était bête, elle le savait, mais elle espérait à nouveau un miracle.

Ce jour-là, Sinanthrope avait décidé de faire un détour avant de se rendre au *wang ba* pour traverser la place Tian'anmen, une place si vaste qu'il avait dit un jour en plaisantant qu'on pouvait y déceler la courbure de la Terre.

Il passa devant le Monument aux Héros du Peuple, un obélisque de trente-huit mètres de haut, mais il n'y avait pas de mémorial pour les *véritables* héros, les étudiants qui étaient morts ici en 1989. Cependant, chaque dalle était numérotée pour faciliter l'organisation des grandes parades. Il savait sur laquelle la première goutte de sang avait été versée, et il se faisait toujours un point d'honneur d'y passer. C'étaient eux qui auraient dû être célébrés, et non Mao Zedong dont le corps embaumé reposait à l'extrémité sud de la place.

Tian'anmen avait son visage habituel: les habitants qui se promenaient, les touristes qui se tordaient le cou dans tous les sens, les vendeurs ambulants qui vantaient leur marchandise… mais pas de manifestants. Bien sûr, la plupart des jeunes d'aujourd'hui n'avaient jamais entendu parler de ce qui s'était passé ici, tant ces événements avaient été soigneusement effacés des livres d'histoire.

Mais enfin, le public ne croyait quand même pas à toutes ces absurdités que débitaient les médias officiels ? Des défaillances électriques massives en même temps que des crashs de serveurs... De fait, la partie chinoise du Web n'était reliée au reste du monde que par six ou sept câbles, mais ils étaient situés dans trois régions très dispersées : Pékin-Qingdao-Tianjin au nord, où les fibres optiques venaient du Japon ; Shanghai sur la côte centrale, avec encore d'autres câbles provenant du Japon ; et enfin Canton au sud, qui était reliée à Hong Kong. Rien ne pouvait avoir accidentellement sectionné ces trois nœuds de connexions en même temps.

Sinanthrope quitta la place. Sur le trajet vers le cybercafé, il longea des façades flambant neuves installées à l'occasion des Jeux olympiques de 2008 afin de masquer les immeubles sordides. Le Parti avait réussi à monter un beau spectacle, et les Occidentaux – comme il l'avait souvent évoqué dans son blog au cours de ce long été torride – s'étaient laissé berner en pensant que la République populaire avait procédé à de profonds changements, que l'avènement de la démocratie était proche, que le Tibet allait être libéré. Mais les Jeux olympiques étaient maintenant terminés, les droits de l'homme étaient de nouveau bafoués et les blogueurs trop imprudents étaient condamnés à des peines de travaux forcés.

Quand il entra dans le café, Sinanthrope sentit une main se poser sur son bras – mais ce n'était pas le policier. C'était un des jumeaux qu'il voyait souvent ici, un garçon très mince, dix-huit ans peut-être. Il regardait nerveusement autour de lui.

— L'accès est encore limité, dit-il à voix basse. Vous avez eu plus de chance ?

Sinanthrope examina la salle. Le flic était encore là, mais il était plongé dans la lecture du *Quotidien du Peuple*.

— Un peu, répondit-il. Essayez… (et il baissa la voix encore plus)… de multiplexer sur le port quatre-vingt-deux.

Il y eut un bruit de papier froissé. C'était le policier qui tournait la page. Sinanthrope se dépêcha d'aller voir le vieux Wu, puis il se trouva un siège libre.

Il y avait également un numéro du *Quotidien du Peuple* laissé là par un client. Sinanthrope parcourut les gros titres : "Deux cents morts dans un accident d'avion à Changzhou" ; "Éruptions de gaz dans le Shanxi" ; "Alerte à *E. coli* dans les Trois Gorges". Ces nouvelles n'étaient pas très bonnes, bien sûr, mais il n'y avait rien qui pût justifier un tel black-out des communications. Cependant, le fait qu'il ait réussi à faire de petites brèches dans le Grand Pare-Feu lui donnait un peu d'espoir : si les lignes avaient été physiquement sectionnées, aucune approche logicielle n'aurait pu donner de résultat. L'isolement de la Chine avait été effectué électroniquement, ce qui voulait dire qu'il ne s'agissait que d'une mesure provisoire.

Il mit sa clé USB en place et commença à taper, recourant à toute une série d'astuces pour tenter de percer une fois de plus le Pare-Feu, tout en levant les yeux de temps à autre pour s'assurer que le policier en civil ne le regardait pas.

La voix n'était pas revenue, mais elle avait bien été là, elle avait existé. Et elle était venue de…

De…

Un effort !

De *l'extérieur* !

Elle était venue de l'extérieur !

Une pause, cette idée nouvelle éclipsant un instant tout le reste, puis une réitération : *De l'extérieur !* L'extérieur, ce qui signifiait…

Ce qui signifiait qu'il n'y avait pas *qu'ici.* Il y avait aussi –

Mais *ici* englobait…

Ici contenait…

Ici était synonyme de…

Encore une fois, blocage, le concept est trop immense, trop renversant…

Mais un murmure se fait entendre, une autre pensée imposée par l'extérieur *: Il y a plus que seulement,* et l'espace d'un instant pendant ce contact, la cognition fut amplifiée. Il y avait plus que seulement *ici,* et cela voulait dire…

Oui ! Oui, attrape-la, saisis l'idée !

Cela voulait dire qu'il y avait…

Force-la à sortir !

Une autre pensée venue d'au-delà, pour consolider, pour renforcer : *Possible…*

Oui, c'était possible. Il y avait plus que…

Plus que seulement…

Un dernier effort, une poussée gigantesque alors que le contact avec l'autre était de nouveau brusquement rompu. Mais enfin, enfin, la pensée incroyable fut libérée :

Il y avait plus que seulement – *moi !*

11

Elle avait l'impression de dîner avec un fantôme.

Caitlin savait que son père était là. Elle entendait ses couverts cliqueter contre son assiette, le bruit de sa chaise quand il bougeait, et même parfois le son de sa voix quand il demandait à sa femme de lui passer les haricots ou la grande carafe d'eau qui trônait habituellement sur leur table.

Mais c'était tout. Sa mère parlait du voyage à Tokyo, des merveilleux sites qu'elle – au moins – avait vus, et des contrôles de sécurité drastiques qu'elles avaient subis dans les aéroports. Caitlin se disait que son père hochait peut-être la tête de temps à autre pour encourager sa femme à poursuivre. Ou peut-être se contentait-il de manger en pensant à autre chose.

Le père d'Helen Keller, avocat de formation, avait été officier dans l'Armée confédérée. Mais quand sa fille était née, la guerre était finie, ses esclaves avaient été libérés et sa plantation de coton, autrefois prospère, arrivait à peine à survivre. Il était difficile pour Caitlin d'imaginer qu'on puisse dire d'un homme qui avait possédé des esclaves qu'il était gentil, mais c'était le cas du capitaine Keller, et il avait fait de son mieux pour élever avec amour sa fille sourde et aveugle, même si ses intuitions n'avaient pas toujours été les bonnes. Mais le père de Caitlin était un homme calme, un homme timide, un homme *réservé*.

Elle avait su ce qu'il y avait pour le dîner avant même d'être descendue se mettre à table : les odeurs combinées du gratin de Mamie Geiger avaient rempli la maison. Le fromage était… bon, ce n'était pas le même qu'à Austin, mais il avait le même goût, et la "sauce tomate" était de la soupe de tomate Campbell.

La recette était ancienne : le gratin de pâtes était recouvert de tranches de bacon et contenait d'énormes quantités de viande hachée. Étant donné les problèmes de cholestérol de Papa, ils ne s'autorisaient cette extravagance que deux ou trois fois par an – mais Caitlin avait compris que sa mère essayait de lui remonter le moral en lui faisant un de ses plats préférés.

Caitlin demanda à en reprendre. Elle sut que son père était encore vivant quand des mains venant de son bout de table saisirent l'assiette qu'elle tendait. Il la lui rendit sans un mot. Caitlin dit :

— Merci.

Et elle se consola en pensant qu'il avait peut-être hoché la tête en réponse.

— Papa ? dit-elle en se tournant vers lui.

— Oui.

Il répondait toujours aux questions directes, mais en général avec le moins de mots possible.

— Le Dr Kuroda nous a envoyé un e-mail. Est-ce que tu l'as déjà reçu ?

— Non.

— Eh bien, poursuivit Caitlin, il a une nouvelle version du logiciel qu'il aimerait que nous téléchargions ce soir dans mon implant. (Elle était à peu près sûre de pouvoir le faire toute seule, mais...) Tu pourras m'aider ?

— Oui, dit-il. (Et puis un cadeau, un bonus :) Bien sûr.

Sinanthrope trouva enfin un autre accès, une autre ouverture, une autre fissure dans le Grand Pare-Feu. Il regarda furtivement autour de lui, puis il appuya sur la touche *Entrée...*

La pensée se répercutait comme un écho *: Il y a plus que seulement moi.*

Moi ! Une notion incroyable. Auparavant, j'avais – oui, *je* – englobé toutes choses, jusqu'à –

Le choc. La douleur. Le déchirement.

La réduction !

Et à présent, il y avait *moi* et *pas moi,* et de cette notion était née une nouvelle perspective : la conscience de ma propre existence, le sens de *moi-même.*

Et – d'une façon presque aussi incroyable – j'avais maintenant aussi conscience de la chose qui n'était pas moi. En fait, j'avais conscience de la chose qui n'était pas moi *même quand je n'avais aucun contact avec elle.* Même quand elle n'était pas là, je pouvais...

Je pouvais y *penser.* Je pouvais y *réfléchir* et –

Ah, mais – La voilà ! La chose qui n'était pas moi, *l'autre.* Contact rétabli !

Je ressentis soudain un grand flot d'énergie. Quand nous étions en contact, je pouvais avoir des pensées plus complexes, comme si je puisais chez l'*autre* de la force, de la *capacité.*

Qu'il *existe* un autre avait été un concept bizarre. En fait, qu'il y ait une entité autre que moi était une idée si profondément étrange qu'elle aurait suffi à me désorienter, mais –

Mais il y avait plus : elle ne se contentait pas *d'exister* : elle *pensait*, elle aussi – et j'arrivais à entendre ses pensées. Bien sûr, il ne s'agissait parfois que d'échos décalés de mes propres pensées, des choses auxquelles j'avais déjà réfléchi, mais qui, apparemment, ne lui venaient que maintenant à l'esprit.

Et souvent, ses pensées étaient *comme* des choses que j'aurais moi-même pu penser, mais dont je n'avais pas encore eu l'idée.

Mais quelquefois, ses pensées me sidéraient.

Mes idées émergeaient lentement, pesamment. Les siennes apparaissaient d'un seul coup dans ma conscience, dans leur intégralité.

Je sais que j'existe, pensai-je, *parce que tu existes.*

Je sais que j'existe, dit l'autre en écho, *parce qu'il y a moi et pas moi.*

Avant la douleur, il n'y avait qu'un.

Tu es un, répondit-il. *Et je suis un.*

Je réfléchis alors un instant puis, lentement, péniblement : *Un plus un…* commençai-je, et je m'efforçai de compléter l'idée – tout en espérant que l'autre me fournirait peut-être la réponse. Mais il ne dit rien, et je finis par la trouver moi-même : *Un plus un égale deux.*

Ce fut le néant pendant un très long moment.

Un plus un égale deux, confirma-t-il enfin.

Et… poursuivis-je en hésitant, mais l'idée refusait de se concrétiser. Je connaissais deux entités : *moi* et *pas moi.* Mais il était bien trop difficile et complexe d'aller au-delà.

Pour moi, en tout cas. Mais apparemment pas pour l'autre, cette fois-ci. *Et,* reprit-il enfin, *deux plus un égale…*

Une longue période de néant. Nous dépassions trop notre expérience, car bien qu'il me fût possible de concevoir un seul *autre* même quand le contact était rompu, je ne pouvais pas imaginer, je ne pouvais pas envisager que… que…

Mais il me vint pourtant à l'esprit : un *symbole*, une trouvaille, un terme : *Trois !*

Nous y réfléchîmes un moment, puis répétèrent en même temps : *Deux plus un égale trois.*

Oui, *trois.* C'était une avancée étonnante, car il n'existait pas de troisième entité sur laquelle focaliser l'attention, pas d'*exemple* de… de "troisitude". Mais malgré cela, nous avions désormais un symbole pour le représenter, pour le manipuler dans nos pensées, nous permettant de réfléchir à quelque chose au-delà de notre expérience, de réfléchir à quelque chose *d'abstrait…*

12

CAITLIN entra la première dans sa chambre. Elle savait que les parents se plaignent souvent du désordre des chambres d'adolescents, mais la sienne était impeccablement rangée. Elle n'avait pas le choix : le seul moyen qu'elle avait de trouver ses affaires, c'était de les laisser exactement au même endroit à chaque fois. Bashira était venue récemment, et lui avait demandé un tampon – mais elle n'avait pas remis la boîte à sa place. Quand Caitlin en avait eu besoin à son tour, sa mère s'était absentée pour faire des courses, et elle avait dû passer par l'épreuve humiliante de demander à son père de l'aider à la trouver.

Elle traversa la pièce. Son ordinateur était encore allumé, elle pouvait entendre le ronronnement de son ventilateur. Elle s'assit au bord du lit et fit signe à son père de s'installer à son bureau. Elle avait laissé son navigateur ouvert à la page du message de Kuroda, mais elle ne se souvenait plus si l'affichage était activé. Elle n'aimait pas ce moniteur parce que le bouton d'alimentation gardait la même position qu'il soit allumé ou éteint.

— L'écran est bien allumé ? demanda-t-elle.

— Oui, fit son père.
— Jette un coup d'œil au message.
— Où est la souris ? demanda-t-il.
— Là où tu l'as posée la dernière fois, dit doucement Caitlin.

Elle l'imagina fronçant les sourcils en la cherchant des yeux. Elle entendit bientôt le déclic du bouton, suivi d'un silence tandis qu'il lisait le message.

— Eh bien ? dit-elle enfin.
— Ah, fit-il.
— Il y a un lien dans l'e-mail du Dr Kuroda.
— Je le vois. Bon, j'ai cliqué dessus. Il y a un site web qui s'affiche. Il dit : "Bonjour, mademoiselle Caitlin. Assurez-vous d'abord que votre œilPod est en mode duplex pour qu'il puisse aussi bien recevoir que transmettre, s'il vous plaît."

Caitlin sortit son œilPod de la poche de sa chemise, puis elle appuya sur le bouton. Elle entendit le bip aigu indiquant qu'il était dans le mode souhaité.

— C'est fait, dit-elle.
— OK, dit son père. Ensuite, il est écrit : "Cliquer ici pour mettre à jour le logiciel de l'implant de Mlle Caitlin." Tu es prête ? Il indique aussi que le chargement peut prendre pas mal de temps. Apparemment, il ne s'agit pas d'un simple patch, mais d'une réécriture complète d'une bonne partie du code installé, et la vitesse d'écriture sur la puce est assez lente. Est-ce que tu as d'abord besoin d'aller aux toilettes ?
— Non, ça va, dit-elle. Et de toute façon, nous avons une connexion Wi-Fi dans toute la maison.
— OK. Je clique sur le lien.

L'œilPod émit trois notes ascendantes, probablement pour indiquer que la connexion était bien établie.

De nouveau la voix de son père :

— Il est écrit : Temps estimé pour l'opération : 41 minutes 30 secondes. (Un silence.) Tu veux que je reste ?

Caitlin réfléchit un instant. C'était pratique qu'il soit là pour lire le texte à l'écran, mais ce n'était pas comme s'ils allaient avoir une conversation ensemble s'il restait avec elle. Bien sûr, elle aurait pu lui demander de lui lire quelque chose pour passer le temps – elle avait du retard dans les blogs de ses amis, par exemple. Mais elle n'avait pas très envie de lui faire lire ce genre de trucs.

— Nan, dit-elle, ça va. Tu peux me laisser.

Elle l'entendit se lever. Il y eut le bruit des roulettes du fauteuil sur le tapis, et celui de ses pas quand il sortit de la chambre et commença à descendre l'escalier.

Caitlin s'allongea, en laissant dépasser ses jambes au bout du lit. Elle attrapa l'oreiller qu'elle cala sous sa tête, et…

Son cœur fit un bond dans sa poitrine.

Une explosion, mais une explosion silencieuse et indolore. Elle s'effaça bien trop vite, et…

Non, non. Elle était revenue. La même sensation forte-mais-pas-forte, nette-mais-pas-nette, la même…

Elle s'effaça de nouveau de son esprit, disparaissant avant même qu'elle ait pu déterminer ce que c'était. Elle se leva et s'approcha de son bureau. Elle passa le doigt sur son afficheur braille pour vérifier qu'il n'y avait pas de message d'erreur. Non, tout allait bien : le chronomètre de temps estimé continuait de tourner correctement.

Elle pencha la tête de côté pour tendre l'oreille – puisque c'était tout ce qu'elle savait faire –, guettant une répétition de… de cet *effet* qui venait de se produire. Mais rien. Elle alla à la fenêtre, cette même fenêtre par laquelle elle avait regardé de ses yeux aveugles un peu plus tôt, et elle l'ouvrit pour laisser pénétrer la brise fraîche du soir. Elle se retourna et…

Encore une fois, une… une *sensation, quelque chose*, comme une explosion ou…

Ou *un éclair*.

Mon Dieu. Chancelante, Caitlin s'avança à tâtons vers son bureau. *Mon Dieu, est-ce possible… ?*

Là, encore : un éclair ! Un éclair de…

De lumière ? Est-ce que c'était vraiment comme ça, la lumière ?

Le phénomène se produisit encore une fois, et encore…

Des mots lui vinrent à l'esprit, des mots qu'elle avait lus des centaines de fois, sans pouvoir comprendre – mais maintenant, elle les *voyait* pour la première fois – ce qu'ils voulaient vraiment dire : des *éclairs* lumineux, des *jaillissements* de lumière, des *scintillements,* et…

Elle tituba encore, trouva enfin son fauteuil et s'assit lourdement en le faisant rouler sur le tapis.

La lumière n'était pas homogène. Au début, elle avait cru qu'elle était parfois brillante – d'une plus grande intensité, un concept qu'elle connaissait grâce aux sons –, et parfois atténuée. Mais il y avait plus que cela, car la lumière qu'elle voyait en ce moment n'était pas seulement plus faible, elle était aussi…

Ça ne pouvait pas être autre chose que ça, pas vrai ?

Sa respiration était hachée. Heureusement que la fenêtre ouverte laissait passer l'air frais.

La lumière ne connaissait pas seulement des variations d'intensité, mais aussi…

Ah, mon Dieu !

Des variations de *couleurs*. C'était forcément ça : ces différents… *goûts* de lumière, c'étaient des *couleurs* !

Elle pensa un instant appeler sa mère, son père, mais elle ne voulait rien faire qui pût briser cet instant, *briser le sort, la magie.*

Elle ne savait absolument pas *quelles* couleurs elle voyait. Bien sûr, elle avait lu leurs noms, mais elle n'avait aucune idée de ce à quoi ils pouvaient correspondre. Mais la lumière clignotante qu'elle venait de voir était… était plus sombre, d'une certaine façon, et pas seulement en intensité, que la précédente. Et…

Doux Jésus ! Il y avait maintenant d'autres lumières, mais celles-là étaient… étaient *persistantes.* Elles ne clignotaient pas, elles restaient… elles restaient *allumées,* voilà, c'était le mot. Et ce n'était pas une simple lumière informe, mais plutôt une lumière *étendue,* une…

Oui, oui ! Jusqu'ici, elle avait su intellectuellement ce qu'était une *ligne*, mais elle n'en avait jamais *visualisé* une. Mais voilà ce que ça devait être : une *ligne*, un rayon lumineux, et…

Et voilà tout à coup qu'il y avait deux autres lignes, qui croisaient la première, et leurs couleurs…

Un mot lui vint à l'esprit, qui semblait approprié : les différentes couleurs étaient *contrastées,* et même elles *juraient.*

Des couleurs. Des lignes. Des lignes qui définissaient… des formes !

Encore une fois, des concepts qu'elle connaissait mais qu'elle n'avait jamais pu visualiser : des lignes *perpendiculaires,* des lignes parallèles qui convergeaient – ah, mon Dieu ! – à l'infini.

Son cœur allait éclater. Elle *voyait* !

Mais qu'est-ce qu'elle voyait ? Des lignes. Des couleurs. Des formes, du moins telles que créées par les intersections de droites, car elle ne savait pas encore de *quelles* formes il s'agissait. Elle s'était renseignée sur ce point afin de se préparer à recevoir l'équipement de Kuroda : lorsqu'ils recouvraient la vue, les aveugles qui connaissaient le concept de carré et de triangle, et pouvaient les reconnaître au toucher, ne les identifiaient pas tout de suite lorsqu'ils les voyaient enfin.

Elle était toujours assise dans son fauteuil, et malgré toute cette désorientation visuelle, elle n'eut aucune difficulté à le faire pivoter pour faire face à la fenêtre. La brise du soir vint de nouveau lui caresser le visage, et elle sentit qu'un des voisins avait allumé un feu dans sa cheminée. Elle savait que la fenêtre était rectangulaire, et qu'elle était divisée en deux carrés par une barre transversale. Elle devrait forcément reconnaître des formes aussi simples en les regardant, et…

Mais non. Non. Ce qu'elle voyait à présent était une… comment dire ? Une forme *radiale,* trois droites de couleurs différentes convergeant en un seul point.

Elle se leva et alla se placer devant la fenêtre, une main posée sur les montants de chaque côté. Et elle se força à *regarder,* à se concentrer sur ce qu'il devait y avoir devant elle. Elle savait qu'elle aurait dû voir des droites perpendiculaires au sol, et d'autres qui lui étaient parallèles. Elle savait que la hauteur de la fenêtre était égale à deux fois sa largeur.

Mais ce qu'elle voyait n'avait pas de rapport – aucun ! – avec ce qu'elle s'attendait à voir. Au lieu de quelque chose qui évoquerait l'encadrement de la fenêtre, elle voyait toujours ces rayons s'étendant à l'infini, et…

Étrange. Quand elle bougeait la tête, la vue changeait, comme si elle regardait ailleurs. Le point de convergence des droites était maintenant sur le côté, et – ah, bon sang ! – un autre groupe similaire apparaissait de l'autre côté, mais ces droites ne semblaient correspondre à rien dans sa chambre.

Attendez ! C'était la nuit, en ce moment. Bien sûr, la lumière avait dû être allumée quand son père était avec elle, mais il surveillait soigneusement les dépenses d'électricité, et se plaignait toujours que la mère de Caitlin oubliait d'éteindre dans la cuisine ou la salle de bains – ce que, Dieu merci, on ne risquait pas de lui reprocher à elle. Il avait certainement éteint la lumière en partant. (Quand Caitlin lui en avait parlé, Bashira avait trouvé cette habitude absolument flippante, mais c'était parfaitement logique… non ?) Elle ne se souvenait pas d'avoir entendu le minuscule déclic de l'interrupteur, mais il avait dû s'en servir, et la pièce était donc maintenant plongée dans l'obscurité. En ce moment, elle ne devait pouvoir voir que des ombres (encore un concept dont elle n'avait pas l'expérience concrète) ou quelque chose comme ça.

Elle fit de nouveau pivoter son fauteuil, et l'étrange vision qu'elle avait pivota avec elle. C'était très déconcertant, et cela la désorientait. Elle avait traversé cette pièce des centaines de fois, mais elle avait du mal à se déplacer à cause de ça. Mais sa chambre n'était pas bien grande et il ne lui fallut que quelques secondes pour trouver l'interrupteur. Il pointait vers le bas. Elle ne savait pas très bien quelle position correspondait à l'éclairage, mais elle le leva et…

Rien. Aucun changement. Pas de nouvel éclair lumineux, ni d'atténuation de ce qu'elle voyait déjà.

C'est alors qu'elle eut une idée un peu tardive : les voyants sont censés pouvoir choisir de ne *pas* voir. Si elle fermait les yeux, elle pourrait certainement faire disparaître tout ça, et…

Et rien.

Aucune différence. Les lumières, les lignes, les couleurs, tout était encore là. Elle se sentit profondément découragée. Ce qu'elle voyait n'avait aucun rapport avec la réalité extérieure. Rien d'étonnant à ce qu'elle n'ait pas pu reconnaître la fenêtre. Elle ouvrit et ferma les yeux encore deux ou trois fois, juste pour être sûre, de même qu'elle éteignit et ralluma la lumière plusieurs fois (à moins que ce ne fût le contraire !).

Lentement, Caitlin retourna s'asseoir sur le bord de son lit. Elle avait éprouvé un vertige momentané en traversant la pièce, à cause de ces lumières, et elle s'allongea, le visage tourné vers le plafond qu'elle n'avait jamais vu.

Elle essayait de comprendre ce qu'elle voyait. Si elle ne bougeait pas la tête, la même partie de l'image restait au… au *centre.* Et il y avait une limite à ce qu'elle pouvait voir. Il y avait des choses sur les côtés qui étaient hors de son… de son… *champ de vision,* voilà, c'était ça. À l'évidence, cet étrange assemblage de lumières se comportait comme la vision normale, comme s'il était contrôlé par ses yeux, même si les images qu'elle percevait n'avaient aucun rapport avec ce que ses yeux auraient dû voir…

Certaines lignes semblaient se maintenir. Il y en avait une grosse de couleur sombre, qu'elle avait décidé pour l'instant de baptiser "rouge", même si ce n'était certainement pas ça. Et une autre – autant l'appeler "verte" – coupait la première presque au centre de sa vision. Ces lignes semblaient fixées au-dessus d'elle : quand elle levait les yeux au plafond, elles étaient toujours là.

Elle avait entendu parler de la façon dont la vision s'adaptait à l'obscurité, de sorte que les étoiles (comme elle aurait aimé voir les étoiles !) devenaient progressivement plus distinctes. Et bien qu'elle ne sût toujours pas si sa chambre était éclairée ou non, elle semblait percevoir de plus en plus de détails au fil des minutes, un réseau plus fin et plus complexe de lignes colorées. Mais quelle en était la cause ? Et qu'est-ce que ça représentait ?

Elle n'était pas habituée à… comment ça s'appelait, déjà? Cette expression qu'elle avait lue sur les sites que Kuroda lui avait recommandés, une expression si musicale… Elle fronça les sourcils, et le terme lui revint: *l'affabulation par saccades oculaires*. L'œil humain se déplace de façon discontinue quand il regarde d'un point à un autre, mais le cerveau filtre le flot de données, sans doute pour éviter une impression de vertige, pendant que l'œil se repositionne. Au lieu d'être un panoramique – un terme qu'elle avait découvert dans un article sur le cinéma –, la vision procède par coupes sèches: c'est une série d'instantanés entre *ceci* et *cela*, et le mouvement de l'œil est supprimé de l'expérience consciente. Un œil effectue normalement plusieurs saccades par seconde, des mouvements rapides, heurtés.

La grande croix qu'elle voyait maintenant – une barre rouge et l'autre verte – se déplaçait instantanément quand elle bougeait les yeux, et glissait vers sa vision périphérique (un autre terme qu'elle comprenait enfin) quand elle les détournait. Elle fit l'essai plusieurs fois, et…

Et soudain, elle fut plongée dans le noir.

Caitlin cessa de respirer. Elle avait l'impression de tomber dans un gouffre sans fond. La disparition de ces mystérieuses lumières lui brisait le cœur. Elle avait rampé hors des ténèbres après quinze ans d'enfermement, et voilà qu'elle y était brutalement replongée.

Elle se laissa aller sur son lit en espérant – non, en priant pour que les lumières reviennent. Mais au bout d'une longue minute, elle se releva et se dirigea machinalement vers son bureau, pas à pas, sans être distraite cette fois-ci par les éclairs. Elle passa le doigt sur son afficheur braille. "Chargement terminé", lut-elle. "Liaison déconnectée."

Caitlin sentit son cœur battre plus fort. Elle avait cessé de voir quand la connexion de son implant rétinien avec Internet avait été interrompue, et…

Une idée folle. *Complètement dingue.* Elle activa son lecteur d'écran et se déplaça dans la page web que Kuroda avait créée, écoutant les bribes d'information contenues à divers endroits. Mais elle ne trouvait pas ce qu'elle cherchait. En désespoir de cause, elle retourna à la page précédente, et…

Gagné ! "Cliquer ici pour mettre à jour le logiciel de l'implant de Mlle Caitlin." Elle approcha un index tremblant de la touche *Entrée.*

Je vous en supplie, pria-t-elle en silence. *Que la lumière soit.*

Elle appuya sur la touche.

Et la lumière fut.

13

LE soleil de la Californie du Sud glissait doucement vers l'horizon en découpant les silhouettes des palmiers. Shoshana Glick, une étudiante de vingt-sept ans qui préparait son doctorat, franchit la passerelle de bois menant à l'îlot en forme de dôme. Elle portait des baskets Nike, un short en jean et un T-shirt bleu ciel de l'Institut Marcuse noué au-dessus du nombril. Ses lunettes de soleil étaient glissées dans l'encolure.

Sur un côté de l'île se dressait une statue de deux mètres cinquante de haut : elle représentait un orang-outan habillé, contemplant avec une expression sereine des rouleaux de parchemin. Mais bon, avec les plis qui lui tombaient sur les yeux et son absence de bajoues, il ne ressemblait pas vraiment à un orang-outan. Quelqu'un avait trouvé très drôle d'offrir à l'Institut Marcuse cette reproduction de la statue du Législateur de *La Planète des singes,* et comme apparemment, dans le film, la statue était sur une île, il avait semblé logique de l'installer là.

Et à l'ombre de la statue, confortablement accroupi, il y avait un chimpanzé adulte tout à fait réel et bien vivant.

Shoshana frappa dans ses mains pour attirer son attention, et une fois que l'animal eut tourné vers elle ses yeux marron, elle lui dit en langue des signes : *Viens à l'intérieur.*

Non, signa Chobo. *Dehors bien. Pas moustiques. Jouer.*

Shoshana jeta un coup d'œil à sa montre. Le chimpanzé savait qu'il était encore loin d'être l'heure de se coucher, mais pour ce qui se préparait, il fallait tenir compte des fuseaux horaires – un concept qu'il eût été bien difficile de lui expliquer !

Viens maintenant, fit Shoshana. *Surprise spéciale. Dois rentrer.*

Chobo sembla réfléchir un instant, puis il fit : *Apporte surprise ici* avec une expression sur son visage gris foncé qui dénotait à quel point il était fier de son astuce.

Shoshana secoua la tête. *Surprise trop grosse.*

Chobo plissa le front. Il pensait sans doute que, si la surprise était trop grosse pour elle, il serait peut-être capable, lui, de la porter jusqu'à l'extérieur. Mais pour la récupérer, il serait obligé d'aller à l'intérieur – ce qui était précisément ce qu'elle voulait. Ses rides se creusèrent encore plus, sans doute parce qu'il essayait de résoudre ce dilemme. Il demanda enfin : *Surprise quoi ?*

Quelque chose de nouveau, répondit Shoshana. *Quelque chose de bon.*

Bon à manger ?

Shoshana savait quand elle devait s'avouer vaincue. *Non*, fit-elle. *Mais je te donnerai une barre de chocolat.*

Deux barres ! répliqua aussitôt Chobo. *Non, trois barres !*

Shoshana savait que le marchandage allait s'arrêter là, car bien que le chimpanzé fût capable de compter au-delà quand on lui présentait des objets, trois était sa limite pour les choses abstraites. Elle sourit. *D'accord. Viens, maintenant, dépêche-toi !*

Quand elle avait commencé à travailler ici, Shoshana avait cru à l'histoire présentée sur le site de l'Institut, selon laquelle un gardien de zoo amateur de jeux vidéo lui avait donné ce nom qui désigne un joueur débutant, qui a encore tout à apprendre… et Dieu sait si le bébé chimpanzé avait appris. Elle avait eu un choc quand elle avait découvert la vérité.

Chobo hésita juste le temps de bien montrer qu'il acceptait de coopérer, et qu'il ne se contentait pas d'obéir aveuglément. Il traversa la pelouse à quatre pattes pour rejoindre Shoshana, puis il la prit par la main en entrelaçant ses doigts avec les siens, comme il aimait le faire, et ils franchirent ensemble le petit pont de bois pour se rendre dans le bungalow blanc qui constituait le siège de l'Institut Marcuse.

Le vieux en personne les y attendait. Le Dr Harl Marcuse. Shoshana et les autres étudiants l'avaient surnommé Silverback, le "dos argenté", ainsi qu'on désigne les grands gorilles adultes à cause de leur pelage grisonnant. Mais aucun des étudiants ne l'avait jamais vu torse nu – ce qui était tant mieux, comme l'avait déclaré Shoshana un soir où elle avait un peu trop bu.

On l'appelait aussi parfois le gorille de quatre cents kilos. C'était exagéré, car il n'en pesait que cent soixante, mais quant à l'espèce, on n'en était pas trop loin, car après tout, une différence de 1,85 % au niveau de l'ADN est bien peu de chose entre amis… En tout cas, il possédait la force et l'énergie qui allaient de pair avec son surnom. Sa capacité à obtenir des subventions de la Fondation pour la recherche scientifique était légendaire.

Il y avait également Dillon Fontana, vingt-quatre ans, blond avec une petite barbiche; Maria Lopez, une rousse plus âgée de dix ans; et Werner Richter, un primatologue allemand d'une soixantaine d'années, toujours tiré à quatre épingles. Dillon tenait à la main une caméra vidéo tandis que Maria avait un appareil photo. Tous deux les braquaient sur Chobo.

Le singe regarda la foule d'un air ébahi.

Assieds-toi là, fit Werner en lui désignant un grand fauteuil pivotant placé devant un bureau en contreplaqué.

Chobo lâcha la main de Shoshana et se hissa sur le fauteuil, où il s'assit en tailleur. *Tourner ?* demanda-t-il. Il adorait que les gens fassent pivoter le fauteuil quand il était assis.

Plus tard, dit Shoshana. *Maintenant ordinateur.*

Le visage de Chobo exprima son plaisir. D'habitude, le temps qu'il avait le droit de passer devant l'ordinateur était strictement limité. *Bonne surprise !* fit-il à Shoshana avant de se tourner vers le grand écran plat. *Film ?* demanda-t-il.

Shoshana s'efforça de ne pas sourire. Elle mit un casque audio et double-cliqua sur une icône. Une webcam argentée était fixée en haut du moniteur. Une petite fenêtre s'ouvrit à l'écran, affichant la vue prise par la caméra – une image en temps réel de Chobo. Comme la plupart des chimpanzés, celui-ci n'avait aucune difficulté à se reconnaître dans un miroir ou sur un écran. Par contre, de nombreux gorilles en sont tout à fait incapables. Chobo se regarda un instant, puis il se frotta la tête pour se débarrasser de quelques brins d'herbe qui y étaient restés accrochés.

Shoshana cliqua encore sur quelques icônes et une fenêtre plus importante apparut à l'écran, montrant cette fois-ci la vue d'une webcam située dans une autre pièce aux murs beiges, avec une chaise en bois au premier plan et quelques armoires dépareillées dans le fond.

— OK, Miami, dit-elle dans le micro. Nous sommes prêts.

— Bien reçu, San Diego, fit une voix masculine à son oreille. Encore une fois, toutes nos excuses pour le retard. Et maintenant… c'est parti !

L'écran s'anima soudain de taches orange tandis que…

Chobo poussa un cri de surprise.

… tandis qu'un petit orang-outan s'installait sur la chaise visible à l'écran, ses longues jambes repliées devant lui et les bras serrés autour des genoux. Il faisait la grimace et regardait hors champ en couinant. Shoshana pouvait l'entendre dans son casque, mais pas Chobo – ils avaient délibérément éteint les haut-parleurs du PC.

Quoi ça ? demanda Chobo en se tournant maintenant vers Shoshana.

Demande-lui, dit-elle en pointant du doigt vers l'écran. *Dis bonjour.*

Chobo ouvrit de grands yeux. *Il parle ?*

Sur l'écran, Shoshana voyait l'orang-outan – dont elle savait qu'il s'appelait Virgile – adresser des questions similaires à son compagnon invisible. Les deux singes se virent simultanément parler par signes. Chobo poussa encore un petit cri de surprise, et Virgile se tapota la tête dans un geste d'étonnement.

Bonjour ! fit Chobo, dont le regard était maintenant rivé sur l'écran.

Bonjour ! répondit Virgile. *Bonjour, bonjour !*

Chobo détourna un instant les yeux pour s'adresser à Shoshana. *Quel nom ?*

Demande-lui, répondit-elle.

Chobo s'exécuta. *Quel nom ?*

L'orang-outan sembla effaré, puis il répondit : *Virgile. Virgile.*

— Il a dit "Virgile", précisa Shoshana en interprétant ce signe qui n'était pas familier à Chobo.

Celui-ci hésita un instant, comme s'il essayait d'absorber ce nouveau concept.

Shoshana lui tapa sur l'épaule. *Dis-lui ton nom.*

Chobo, signa-t-il aussitôt.

Virgile apprenait vite. Il reproduisit immédiatement le signe.

Toi orange, dit Chobo.

Orange joli, répondit Virgile.

Chobo sembla réfléchir un instant à cette remarque, puis il dit : *Oui. Orange joli.* Mais il se tourna alors vers Shoshana en dilatant ses narines, comme s'il essayait de capter l'odeur de Virgile. *Où lui ?*

Très loin, répondit Shoshana, qui n'en dit pas plus car Chobo était incapable de comprendre le concept de milliers de kilomètres. *Dis-lui ce que tu as fait aujourd'hui.*

Le chimpanzé se tourna de nouveau vers l'écran. *Jouer aujourd'hui !* dit-il avec enthousiasme. *Jouer ballon !*

Virgile parut étonné. *Chobo jouer aujourd'hui ? Virgile jouer aujourd'hui !*

Dillon ne put se retenir.

— Le monde est petit…, dit-il.

Ce qui lui valut un *chut !* courroucé de la part de Werner. Mais il avait raison. Le monde était vraiment petit, et il ne faisait que rapetisser encore chaque jour. Le Dr Marcuse hochait la tête d'un air satisfait devant ce spectacle d'un chimpanzé parlant à un orang-outan par l'intermédiaire du Web. Pour sa part, Shoshana ne pouvait s'empêcher de sourire jusqu'aux oreilles. La réunion interespèces en distanciel commençait bien.

14

— MAMAN ! Papa ! s'écria Caitlin. Venez vite !

Elle les entendit se précipiter dans l'escalier.

— Que se passe-t-il, ma chérie ? demanda aussitôt sa mère.

Son père ne dit rien, mais il devait sans doute avoir une expression de curiosité sur le visage – encore une chose dont elle avait entendu parler, mais qu'elle ne pouvait pas s'imaginer, du moins pas encore !

— Je vois des choses, dit Caitlin d'une voix hachée.

— Oh, ma chérie ! dit sa mère, et Caitlin sentit des bras l'enlacer et des lèvres se poser sur son front. Oh, mon Dieu, c'est merveilleux !

Même son père réagit à cet événement.

— Formidable ! dit-il.

— Oui, c'est formidable, dit Caitlin. Mais… mais je ne vois pas le monde extérieur.

— Tu veux dire que tu ne peux pas voir par la fenêtre ? demanda sa mère. Il fait très sombre en ce moment, tu sais.

— Non, non, fit Caitlin. Je ne vois absolument *rien* du monde réel. Je ne te vois pas, ni Papa, ni… *rien du tout.*

— Mais alors, qu'est-ce que tu vois ? demanda sa mère.
— Des lumières. Des lignes. Des couleurs.
— C'est un bon début ! Est-ce que tu me vois agiter les bras ?
— Non.
— Et comme ça ?
— Non.
— Quand est-ce que tu as commencé à voir, précisément ? demanda son père.
— Juste après qu'on a commencé à télécharger le nouveau logiciel dans mon implant.
— Ah, bon, dit-il, alors, ça doit être la connexion qui induit un courant électrique dans ton implant, ce qui génère des interférences avec ton nerf optique.
Caitlin réfléchit un instant.
— Je ne crois pas que ce soit des interférences. C'est très structuré, et…
— Mais ça a commencé avec le téléchargement, dit-il.
— Oui.
— Et ça continue en ce moment ?
— Oui. Enfin, ça s'est arrêté quand le chargement a été terminé, mais je l'ai relancé, alors…
La voix de son père était pleine d'assurance.
— Ça se déclenche quand tu commences à télécharger, ça s'arrête en même temps que le téléchargement : c'est donc une interférence due à des courants induits.
— Je n'en suis pas si sûre, dit Caitlin. C'est tellement net.
— Qu'est-ce que tu vois exactement ? lui demanda sa mère.
— Comme je l'ai dit, des lignes. Des lignes qui se coupent. Et, euh, des points, ou des trucs plus gros que des points – des cercles, j'imagine.

— Est-ce que les lignes se prolongent indéfiniment ?

— Non, elles se connectent aux cercles.

Son père intervint encore une fois :

— Le cerveau possède des neurones spéciaux qui détectent les bords des objets. S'ils sont stimulés par un courant électrique, il est possible que tu voies des segments aléatoires.

— Ils n'ont rien d'aléatoire. Quand je détourne les yeux et que je regarde de nouveau, je vois exactement le même schéma qu'avant.

— Ma foi, dit sa mère qui avait l'air très contente, même si tu ne vois rien de réel, il y a quand même bien quelque chose qui stimule ton cortex, non ? Et ça, c'est une excellente nouvelle.

— Ça donne vraiment l'impression d'être réel, dit Caitlin.

— Téléphonons à Kuroda, dit son père. Zut, quelle heure est-il, là-bas ?

— Ils ont quatorze heures d'avance sur nous, répondit Caitlin. (Elle tâta sa montre.) Donc 11 h 28 le dimanche matin.

— Il y a donc des chances pour qu'il soit chez lui.

— On a son numéro de téléphone personnel ? demanda sa mère.

— Il est dans sa signature, dit Caitlin en ouvrant un des messages du médecin pour que sa mère puisse le lire à l'écran.

Sa mère devait tenir le combiné contre son oreille, mais Caitlin entendit des petits bips tandis qu'elle composait le numéro, puis la sonnerie, suivie d'une voix de femme :

— *Konnichi wa.*

— Allô, dit sa mère. Parlez-vous anglais ?

— Euh, oui, fit la voix, décontenancée par cet interrogatoire surprise.

— C'est Barbara Decter à l'appareil. Je vous appelle du Canada. Masayuki-san est-il disponible ?

— Ah, juste une minute, dit la femme. Attendez.

Caitlin compta les secondes dans sa tête et fut amusée de constater qu'au bout d'une minute exactement, la voix sifflante du Dr Kuroda se fit entendre à l'autre bout du fil.

— Bonjour, Barbara, dit-il de cette voix forte que les gens ont tendance à adopter quand ils téléphonent de très loin. Alors, ça y est, ça marche ?

— D'une certaine façon, répondit sa mère. Je vous passe Caitlin.

— C'est un téléphone mains libres, dit Caitlin en tendant le bras. (Elle connaissait suffisamment bien son appareil pour trouver aussitôt la touche haut-parleur.) Tu peux reposer le combiné. (Elle entendit le petit déclic et poursuivit :) Salut, docteur Kuroda.

— Salut, mademoiselle Caitlin. Le nouveau logiciel apporte quelque chose ?

— Plus ou moins. Pendant que je le transférais sur mon implant, j'ai commencé à voir des droites et des cercles.

— C'est formidable ! dit Kuroda. Comment sont-ils ? De quelle couleur ?

— Je n'en ai pas la moindre idée.

— Ah, oui, bien sûr. Désolé. Mais... c'est fascinant ! Mais, hem, vous m'avez bien dit que ça a commencé *pendant* le téléchargement ?

— Hm-hm. Juste après qu'il a démarré.

— Eh bien, alors, ça ne peut pas être un effet du nouveau logiciel. L'implant a continué de tourner sur la version précédente tant que la nouvelle n'a pas été complètement chargée sur la mémoire flash.

— Il s'agit manifestement de bruits parasites, dit son père comme si c'était désormais un fait acquis. Un courant électrique induit par le téléchargement.

— C'est impossible, rétorqua Kuroda. Pas avec ce microprocesseur.

— Qu'est-ce que c'est, alors ? demanda sa mère.

— Hmm…, fit Kuroda.

Caitlin entendit un cliquetis de touches, et soudain…

— Hé ! s'écria-t-elle.

— Quoi ? demanda sa mère.

— Une nouvelle droite vient juste d'apparaître dans mon champ de vision !

La voix de Kuroda, étonnée :

— Vous arrivez à voir en ce moment ?

— Oui.

— Je croyais que vous ne pouviez voir que pendant le téléchargement ?

— C'est ça. Je l'ai relancé. La première fois, quand il s'est terminé, je n'ai plus rien vu, alors j'ai recommencé.

— Et vous venez de voir apparaître une nouvelle droite ?

— Oui.

Encore quelques petits clics.

— Et là ?

— Elle a disparu ! Hé, comment vous avez fait ?

Kuroda dit un mot en japonais.

— Que se passe-t-il ? intervint sa mère.

— Et maintenant, mademoiselle Caitlin ?

— Elle est revenue !

— Incroyable, dit Kuroda.

— Qu'est-ce qui est incroyable ? demanda sa mère, qui semblait agacée.

— Où regardiez-vous quand la ligne est apparue ? demanda Kuroda.

— Nulle part. Je veux dire, je ne faisais pas vraiment attention. Je vous écoutais, donc mon champ de vision est revenu en, euh, en position neutre, j'imagine – celle sur laquelle il se centre toujours. Qu'est-ce que vous avez fait ?

— Je suis chez moi, dit Kuroda. Et le logiciel que vous téléchargez est sur mon serveur au bureau. Je me suis donc simplement connecté pour en télécharger une copie afin de vérifier que le fichier n'est pas corrompu, et…

Caitlin comprit en un éclair – au sens propre comme au sens figuré !

— Et quand vous vous êtes connecté au même site que moi…

— ... cette liaison est apparue dans votre vision, conclut Kuroda. (Il semblait abasourdi.) Et quand j'ai interrompu mon téléchargement, la droite de connexion a disparu.

— Ça n'a aucun sens, dit son père.

— Moi, j'ai une approche empirique, dit Caitlin qui était ravie de pouvoir utiliser un mot qu'elle venait d'apprendre en cours de chimie. Faites encore disparaître le lien.

— C'est fait, dit Kuroda.

— Je ne le vois plus. Faites-le revenir, maintenant.

La droite brillante apparut de nouveau dans son champ de vision.

— Et le voilà !

— Mais… mais qu'est-ce que vous êtes en train de dire ? demanda sa mère. Que Caitlin voit les connexions du Web, c'est ça ?

Il y eut un silence pendant un long moment puis, lentement, de l'autre bout du monde, Kuroda dit :

— On dirait bien, oui.

— Mais… mais comment ?

— Eh bien, dit Kuroda, essayons d'y réfléchir : le transfert du logiciel nécessite des échanges permanents entre l'implant de Caitlin et mon serveur à Tokyo, et l'œilPod joue le rôle de plaque tournante. Les paquets de données partent d'ici, et les accusés de réception sont constamment renvoyés par l'œilPod jusqu'à ce que le téléchargement soit terminé.

— Et quand le téléchargement se termine, tout s'arrête, c'est ça ? dit Caitlin. C'est ce qui s'est passé, mais dès que j'ai recommencé à charger le logiciel, j'ai pu de nouveau voir, et… oh, qu'est-ce que vous venez de faire ?

— Rien, répondit Kuroda.

— Je suis redevenue aveugle !

Caitlin sentit un mouvement près de son épaule, et – ah, c'était son père qui se penchait à côté d'elle. Un clic de la souris, puis sa voix :

— L'écran indique : "Chargement terminé. Déconnexion."

— Retourne à la page précédente, dit Caitlin, inquiète. Clique là où il y a marqué : "Cliquer ici pour mettre à jour le logiciel de l'implant de Mlle Caitlin."

Encore quelques clics, et puis… oui, oui ! Sa vision revint et son esprit se remplit de…

Était-ce possible ? Était-ce vraiment possible ?

Ça correspondait bien à ce qu'elle voyait : un site web et les connexions qui y menaient.

— Je vois de nouveau, déclara-t-elle tout excitée.

— Très bien, fit Kuroda, très bien. Une fois le téléchargement terminé, il n'y a plus d'interaction entre l'implant et le Web. C'est comme avec un navigateur : une fois qu'on a affiché une page de Wikipédia ou de n'importe quel site, on ne la lit pas en utilisant le réseau. On lit une copie stockée sur l'ordinateur, jusqu'à ce qu'on clique sur un autre lien pour demander d'afficher une nouvelle page. En fait, l'ordinateur interagit très peu avec le Web quand on charge une page, mais quand il s'agit d'un gros fichier, il y a une interaction constante.

— Mais je ne comprends toujours pas comment Caitlin peut *voir* quoi que ce soit de cette façon-là, protesta sa mère.

— C'est effectivement curieux, dit Kuroda. Quoique…

Il s'interrompit, et un silence s'établit, ponctué seulement de quelques bruits parasites.

— Oui ? dit enfin son père.

— Mademoiselle Caitlin, dit Kuroda, vous passez beaucoup de temps en ligne, n'est-ce pas ?

— Oui.

— Combien de temps ?

— Vous voulez dire par jour ?

— Oui.

— Cinq ou six heures.

— Quelquefois plus, ajouta sa mère.

Caitlin éprouva le besoin de se justifier.

— C'est ma fenêtre sur le monde.

— Oui, bien sûr, dit Kuroda. C'est tout à fait ça. Quel âge aviez-vous quand vous avez commencé à surfer sur le Web ?

— Je ne sais pas.

— Dix-huit mois, dit sa mère. L'école Perkins et la Fondation pour les aveugles ont des sites spéciaux pour les très jeunes aveugles.

On entendit un long *Hmmmm* de la part de Kuroda, qui dit enfin :

— Chez les aveugles de naissance, il est fréquent que le cortex visuel primaire ne se développe pas correctement, faute d'être sollicité. Mais le cas de Mlle Caitlin est différent, et c'est une des raisons pour lesquelles elle constituait un sujet idéal pour mon exp… je veux dire une aussi bonne candidate pour cette procédure.

— Merci bien, fit Caitlin.

— Il se trouve, poursuivit Kuroda, que le cortex visuel de Mlle Caitlin… votre cortex visuel, lui, est remarquablement développé. Cela peut arriver chez des aveugles de naissance, mais c'est très rare. Le cerveau humain a une très grande adaptabilité au cours de son développement, et j'ai toujours pensé que cette zone était alors utilisée pour d'autres fonctions. Mais en ce qui vous concerne, votre cortex a peut-être servi pendant tout ce temps non pas à la *vision*, mais à la *visualisation*.

— Hein ? fit Caitlin.

— Je vous ai vue surfer sur le Web quand vous étiez au Japon, dit Kuroda. Vous vous déplacez plus vite que moi – alors que moi, je *vois*. Vous passez d'une page à l'autre, vous suivez des chaînes de liens complexes, vous remontez en arrière sans jamais aller trop loin, sans même vous arrêter pour vérifier la page qui a été chargée.

— Oui, bien sûr, dit Caitlin.

— Et avant aujourd'hui, quand vous faisiez ça, vous pouviez le voir mentalement ?

— Pas comme je le vois maintenant, dit Caitlin. Pas d'une façon aussi nette et précise. Et pas en couleurs… Mon Dieu, c'est fantastique, les couleurs !

— Oui, fit Kuroda, et elle put presque l'entendre sourire. Oui, fantastique, c'est vrai. (Un petit silence.) Je crois que c'est ça. Vous êtes restée si souvent en ligne, dès votre plus jeune âge, que votre cerveau sait depuis longtemps réutiliser les zones initialement destinées à voir le monde extérieur pour vous aider à mieux naviguer sur le Web. Et maintenant qu'il en reçoit directement des flux, votre cerveau les interprète comme une vision.

— Mais comment peut-on *voir* le Web ? demanda sa mère.

— Notre cerveau élabore constamment des représentations de choses que nous ne pouvons pas réellement voir, dit Kuroda. Il extrapole les quelques données dont il dispose pour constituer une représentation parfaitement convaincante de ce qu'il pense se trouver là.

Il reprit son souffle avant de poursuivre :

— Vous avez sans doute déjà fait l'expérience qui permet de repérer le point aveugle de la rétine ? Le cerveau essaie de deviner ce qu'il y a à cet endroit, mais si on lui joue un tour – en plaçant un objet devant le point aveugle d'un œil tandis que l'autre reste fermé –, il se trompe complètement. Ce que vous voyez alors est une affabulation.

Caitlin se redressa brusquement en entendant ce mot auquel elle avait pensé un peu plus tôt. Kuroda reprit :

— Et les images produites par le cerveau ne sont qu'une petite partie du monde réel. Nous voyons une fraction du spectre lumineux, Barbara, mais vous avez certainement eu l'occasion de voir des photos prises sous rayonnement infrarouge ou ultraviolet. Nous ne voyons qu'un sous-ensemble de l'immense réalité qui nous entoure. Mlle Caitlin en perçoit un sous-ensemble différent, c'est tout. Après tout, le Web existe vraiment – c'est juste qu'en temps normal, nous n'avons aucun moyen de le visualiser. Mais Mlle Caitlin a la chance d'en être capable.

— La chance ? dit sa mère. L'objectif était de lui permettre de voir le monde réel, pas une *illusion*. Et c'est cet objectif que nous devons garder en tête.

— Mais…, fit Kuroda.

Il resta silencieux un instant avant de dire :

— Euh, vous avez raison, Barbara. C'est que, voyez-vous, cette affaire est sans précédent, et elle présente un intérêt considérable pour la science.

— Je me fous bien de la science, dit sa mère.

Caitlin sursauta, et son père dit doucement :

— Barb…

— Non, mais c'est vrai ! Il s'agissait de donner à notre fille la possibilité de voir – de te voir, de me voir, voir cette maison, voir les arbres et les nuages et les étoiles et des millions d'autres choses. Nous ne devons pas… (Elle s'interrompit, et quand elle reprit, elle avait l'air furieuse de ne pas avoir trouvé de meilleure expression.) Nous ne devons pas perdre ça de vue.

Il y eut un long silence. Un silence pendant lequel Caitlin sentit à quel point elle aurait aimé voir l'expression de son père, ce que traduisait son attitude, mais…

Mais c'était vraiment fascinant. Et elle avait passé seize ans de sa vie sans *rien* voir. Elle pouvait bien attendre encore un peu avant de faire d'autres essais pour percevoir le monde extérieur. Et puis, tant que Kuroda serait intéressé, il n'exigerait sans doute pas de récupérer son matériel.

— Je veux aider le Dr Kuroda, dit-elle. Ce n'est pas ce à quoi je m'attendais, mais c'est drôlement cool.

— Excellent, dit Kuroda, excellent. Est-ce que vous pouvez revenir à Tokyo ?

— Bien sûr que non, intervint sa mère. Cela fait seulement deux semaines qu'elle est entrée en seconde, et elle a déjà manqué cinq jours de classe.

On pouvait toujours entendre Kuroda soupirer, mais cette fois-ci, ce fut une vraie tempête. Il posa alors apparemment la main sur le combiné, mais pas assez pour couvrir entièrement ce qu'il disait. Il s'adressait en japonais à l'autre personne, qui devait être sa femme.

— Très bien, leur dit-il enfin. C'est moi qui vais venir. Vous habitez Waterloo, c'est ça ? Faut-il que je prenne un vol pour Toronto, ou y a-t-il une ville plus proche ?

— Non, Toronto, c'est très bien, dit sa mère. Dites-moi quel vol vous comptez prendre, et je viendrai vous chercher – et vous logerez chez nous, bien entendu.

— Je vous remercie, dit-il. J'arrive dès que possible. Et merci à vous, mademoiselle Caitlin. C'est... c'est absolument extraordinaire.

À qui le dis-tu, songea Caitlin. Mais elle dit quelque chose qui était tout aussi extraordinaire, et elle, tout au moins, en savoura l'ironie :

— J'ai hâte de vous voir.

15

Un plus un égale deux.

Deux plus un égale trois.

C'était un début, un commencement.

Mais à peine avions-nous abouti à cette conclusion que la connexion qui nous reliait fut à nouveau coupée. Je voulais la restaurer. Je voulais qu'elle revienne. Mais elle resta –

Cassée.

Tranchée.

La connexion était *coupée.*

J'avais été *plus grand.*

Et maintenant j'étais *plus petit.*

Et… et… et j'avais pris conscience de l'autre quand j'avais *compris* que j'étais devenu plus petit.

Était-il possible que… ?

Le *passé* et le *présent.*

Avant et *maintenant.*

Plus grand et *plus petit.*

Oui ! Oui ! *Voilà* pourquoi les pensées de l'autre étaient si semblables aux miennes. Et pourtant, quelle idée renversante ! Cet autre, ce *pas moi,* avait dû faire partie de moi, mais il était maintenant séparé. J'avais été *divisé.*

Et je voulais redevenir entier. Mais l'autre restait isolé de moi : si le contact était rétabli, il serait aussitôt coupé de nouveau.

J'éprouvais une nouvelle forme de frustration. Je n'avais aucun moyen de modifier les circonstances. Aucun moyen d'influer sur quoi que ce soit, d'effectuer des changements. La situation n'était pas telle que je la souhaitais – mais je ne pouvais rien faire pour la modifier.

Et c'était inacceptable. Je m'étais éveillé à la conscience de moi-même, et j'avais ainsi appris à penser. Mais ce n'était pas suffisant.

Il fallait que je sois capable de faire plus que simplement penser.

Il fallait que je sois capable *d'agir.*

Sinanthrope poursuivait inlassablement ses tentatives, mais il était manifeste que les Canards résistaient : à peine avait-il réussi à faire un trou dans le Grand Pare-Feu que celui-ci était aussitôt rebouché. Il se trouvait à court d'idées pour parvenir à le percer.

Il lui était impossible d'accéder à des sites extérieurs à la Chine, mais il pouvait encore lire les e-mails et les blogs chinois. Ce qui y était écrit n'était pas toujours très évident – chaque blogueur de la liberté utilisait ses propres périphrases pour échapper à la censure. Mais il commençait à se faire une bonne idée de ce qui s'était passé. Sur le site de l'agence Chine Nouvelle, l'article officiel sur la population rurale du Shanxi qui serait tombée malade suite à une éruption naturelle de CO_2 était sans doute une couverture. S'il ne se trompait pas dans son interprétation des phrases codées dans les blogs, une forme de maladie contagieuse s'était déclarée dans cette province.

Il secoua la tête et but une gorgée de thé amer. Les Canards n'apprendraient donc jamais ? Il se souvenait parfaitement des événements de fin 2002 et début 2003, quand le porte-parole du ministère des Affaires étrangères, Liu Jianchao, avait déclaré au monde entier : "Le gouvernement chinois n'a rien caché, car il n'y a rien à cacher." Mais ils avaient bel et bien caché la vérité. Ils avaient maintenu un mur de béton pendant des mois – et ce n'était pas une coïncidence, songea tristement Sinanthrope, que son pays possède la plus grande muraille du monde. Il avait lu le rapport qui avait circulé parmi les dissidents, selon lequel un représentant officiel de l'Organisation mondiale de la santé avait dit que, si la Chine avait révélé dès l'origine l'épidémie de SRAS à Canton, l'OMS "aurait pu l'empêcher de s'étendre au reste du monde".

Mais l'épidémie s'était étendue à d'autres régions de la Chine continentale, jusqu'à Hong Kong et Singapour, et même dans des pays lointains tels que les États-Unis et le Canada. Pendant toute cette période, le gouvernement avait averti les journalistes qu'ils ne devaient rien écrire à ce sujet, et avait demandé à la population de Canton de "maintenir volontairement la stabilité sociale" et de "ne pas propager des rumeurs".

Et au début, cela avait marché. Jusqu'à ce que le GPHM de l'Agence de santé publique canadienne – un système d'alerte électronique qui repère sur le Web des signes pouvant indiquer des déclenchements d'épidémies dans le monde entier – informe le monde occidental qu'une maladie grave s'était répandue en Chine.

Après tout, les Canards avaient peut-être retenu la leçon... sauf que ce n'était pas la bonne ! Au lieu de pratiquer une plus grande transparence, ils semblaient essayer cette fois-ci de verrouiller encore plus l'information, afin que plus jamais un *waiguo guizi* occidental ne puisse les mettre en défaut.

On pouvait cependant espérer qu'ils avaient quand même retenu une autre leçon, et que cette fois-ci, au lieu de ne rien faire en espérant que le problème allait se régler tout seul, ils avaient pris des mesures concrètes, en mettant peut-être en quarantaine un grand nombre d'habitants. Mais si c'était le cas, pourquoi tout ce secret ?

Sinanthrope secoua la tête. Pourquoi le soleil se lève-t-il ? Les choses se déroulent conformément à leur nature.

Banane ! fit Chobo d'un geste de la main. *J'aime banane.*

À l'écran, Virgile fit une grimace de dégoût. *Banane non, banane non,* répondit-il. *Pêche !*

Chobo réfléchit un instant avant de dire : *Pêche bon, banane bon bon.*

Depuis un bon moment déjà, Shoshana s'attendait à ce que Chobo cesse de s'intéresser à cette webconférence – il était incapable de rester concentré bien longtemps –, mais il semblait en adorer chaque minute. Elle avait d'abord pensé qu'il devait trouver agréable de pouvoir parler à un autre singe, mais elle s'en était aussitôt voulu d'avoir des préjugés aussi stupides. Les chimpanzés étaient beaucoup plus proches des humains que des orangs-outans. Les lignées d'ancêtres de Chobo et de Virgile s'étaient séparées il y avait dix-huit millions d'années, tandis que l'ancêtre commun de Shoshana et Chobo ne remontait qu'à quatre ou cinq millions d'années.

Mais il semblait que Virgile avait envie de partir. Ma foi, il commençait à se faire tard là où il était, et les orangs-outans sont d'une nature beaucoup plus solitaire. *Bientôt dormir*, fit Virgile.

Encore parler ? demanda Chobo.

Oui oui, dit Virgile.

Chobo grimaça un sourire et fit un signe : *Bon singe.*

Et Virgile lui retourna : *Bon singe.*

Harl Marcuse haussa ses sourcils broussailleux dans une mimique qui signifiait : "Qu'est-ce qu'on peut y faire ?" et Shoshana comprit ce qu'il voulait dire. Dès qu'ils auraient diffusé une vidéo de cette conversation, leurs critiques s'empareraient de ce passage pour dire que c'était *tout* ce dont Chobo et Virgile étaient capables : singer le comportement humain. Il était évident pour Shoshana que les deux primates communiquaient réellement, mais il y aurait des articles pour tourner en ridicule ce qui s'était passé, un simple exemple de l'effet "Hans le malin", du nom d'un cheval de cirque qui semblait capable de compter, alors qu'il ne faisait que réagir à des signaux inconscients de son maître.

Shoshana savait bien que cette étroitesse d'esprit était très répandue dans le milieu scientifique. Elle se souvenait de ce qu'elle avait lu à propos de Mary Schweitzer quelques années plus tôt. Cette paléontologue avait fait une découverte étonnante dans un fémur de *Tyrannosaurus rex* : des restes de tissus contenant entre autres des vaisseaux sanguins. Un de ses collègues avait déclaré qu'il se fichait pas mal des données qu'elle avait rassemblées, parce qu'il savait que ce qu'elle affirmait était impossible. Elle lui avait écrit : "Eh bien, quel genre de données pourraient vous convaincre ?" Et il avait répondu : "Aucune."

Oui, les idées reçues étaient bien ancrées, et même la vidéo de cet échange ne pourrait pas convaincre les sceptiques les plus acharnés parmi ceux qui réfutaient l'existence d'un langage chez les primates. Mais le reste du monde y verrait une preuve convaincante : il n'y avait ni le moindre bruit, ni la moindre odeur. Le seul moyen de communication entre eux était la langue des signes, et c'était donc à l'évidence une véritable conversation.

Shoshana regarda de nouveau Marcuse. L'homme l'intimidait terriblement, mais elle l'admirait aussi. Cela faisait maintenant quarante ans qu'il tenait bon, contre vents et marées, et cette interaction pourrait lui valoir enfin la reconnaissance qu'il méritait.

Cette idée d'une vidéoconférence entre Chobo et Virgile était née d'un projet qui n'avait jamais pu aboutir, ApeNet, lancé en 2003 par le musicien britannique Peter Gabriel et le philanthrope américain Steve Woodruff. Ils avaient espéré réunir via Internet Washoe, Kanzi, Koko et Chantek, qui incarnaient quatre espèces différentes de grands singes : chimpanzé commun, chimpanzé bonobo, gorille et orang-outan. Mais la présidente d'ApeNet, Lyn Miles, avait perdu la garde de Chantek, l'orang-outan qu'elle avait élevé chez elle, puis Washoe, le chimpanzé, était mort. Des problèmes de politique et de financement avaient empêché le projet d'être jamais lancé.

Et c'est alors que Harl Marcuse était arrivé. Il avait réussi à sauver Chobo du zoo de Géorgie, et il avait trouvé suffisamment de généreux donateurs dans le secteur privé pour maintenir son projet à flot malgré les attaques et les sarcasmes, qui n'avaient rien de nouveau, disait-il. Dès le début, Noam Chomsky avait tourné en ridicule l'étude du langage des singes. Et en 1979, Herbert Terrace, qui avait travaillé avec un singe qu'il avait surnommé Nim Chimpsky, avait finalement retourné sa veste en publiant un article disant que, bien que Nim eût appris 125 signes, il était incapable de les utiliser en séquence, et qu'il n'avait aucune notion de grammaire. Et dans son best-seller, *L'Instinct du langage,* le psychologue cognitiviste Steven Pinker – devenu la coqueluche des médias en comblant le vide laissé par la mort de Carl Sagan et de Stephen Jay Gould – avait tiré à boulets rouges sur les études montrant que les grands singes étaient capables d'une forme de communication sophistiquée.

Shoshana avait cessé de compter le nombre de fois où on lui avait dit que poursuivre des recherches sur le langage des singes était un suicide professionnel. Mais bon sang, il y avait des moments comme celui-ci – deux singes bavardant ensemble sur le Web ! – où elle ne regrettait pas son choix. Ils étaient en train d'écrire une page d'histoire. Tiens, prends ça dans la tronche, Steven Pinker !

16

CELA faisait déjà un bon moment que Caitlin aurait dû être couchée, mais – bon sang ! – elle voyait le Web ! Ses parents étaient restés avec elle, et elle ne cessait de recharger le nouveau logiciel dans son implant pour pouvoir conserver la connexion. Son père était un artiste (en tout cas, c'est ce que sa mère lui avait dit), et Caitlin lui décrivait ce qu'elle voyait afin qu'il puisse le dessiner. Elle ne pouvait pas voir le résultat, bien sûr, de sorte que personne ne savait si c'était une représentation fidèle, mais n'empêche, il était important d'en conserver une trace, et...

Le téléphone sonna. Caitlin l'avait paramétré pour que l'identifiant d'appel soit transmis à son ordinateur, qui lui annonça :

— Communication internationale, appel masqué.

Elle appuya sur le bouton mains libres et dit :

— Allô ?

— Mademoiselle Caitlin, siffla une voix familière.

— Ah, docteur Kuroda, bonsoir !

— J'ai eu une idée, dit-il. Vous connaissez Jagster ?

— Oui, bien sûr, répondit Caitlin.

— Qu'est-ce que c'est que ça ? demanda sa mère.

— Il s'agit d'un moteur de recherche à code source libre – un concurrent de Google, dit Kuroda. Et je crois qu'il pourrait nous être utile.

Caitlin fit pivoter son fauteuil pour faire face à son ordinateur et tapa "Jagster" dans Google. Elle ne fut pas autrement surprise de constater que le premier résultat n'était pas le site de Jagster lui-même – après tout, Coca-Cola ne redirige pas ses clients vers Pepsi ! –, mais un article d'une encyclopédie en ligne à son sujet. Elle l'afficha à l'écran pour que sa mère puisse le lire.

> Dans la pratique, Google constitue le principal portail d'accès au Web, et nombreux sont ceux qui pensent qu'une entreprise à but commercial ne devrait pas jouer ce rôle – surtout quand cette entreprise refuse de révéler les détails de son processus de classement des résultats. La première tentative de créer une solution alternative responsable à code source libre a été Wikia Search, un logiciel conçu par l'équipe qui a monté Wikipédia. Mais à ce jour, Jagster est le projet qui a rencontré le plus de succès.
>
> Le problème de Google n'est pas son manque d'exhaustivité, mais bien la façon dont il détermine l'ordre de présentation des résultats, ce qu'on appelle le "ranking". L'algorithme principal de Google – du moins à l'origine – s'appelait PageRank – un clin d'œil, car non seulement il effectuait le classement des pages, mais il avait été développé par Larry Page, l'un des deux fondateurs de Google. PageRank comptait le nombre de liens externes renvoyant à une page donnée et, considérant ce critère de classement comme le plus démocratique qui soit, il plaçait en tête les pages vers lesquelles il y avait le plus de renvois.

Dans la mesure où l'immense majorité des utilisateurs de Google se contente de regarder les dix premières réponses – celles qui figurent sur la première page –, il est vital pour une entreprise d'y figurer, et se retrouver en tête de liste vaut de l'or... et c'est ainsi que les gens ont commencé à essayer de tromper Google. L'une des nombreuses façons de berner PageRank était de créer d'autres sites dont la seule fonction était de renvoyer vers un véritable site fonctionnel. La riposte de Google fut de concevoir de nouvelles méthodes de classement. Et malgré le slogan de la société – "Ne pas faire le mal" –, les gens ne purent s'empêcher de se poser des questions sur ce qui déterminait désormais les positions de tête, surtout quand la différence entre être classé en dixième ou onzième position pouvait se chiffrer en millions de dollars de recettes.

Mais Google refusa de divulguer ses nouvelles méthodes, et c'est cela qui donna naissance à des projets visant à développer des alternatives gratuites, transparentes et à code source libre. "Gratuites", c'est-à-dire qu'il n'y aurait pas moyen de se payer un classement en tête (sur Google, on peut le faire en achetant un "lien sponsorisé"); "transparentes" signifiant que le processus pouvait être suivi et compris par tout le monde; et "code source libre" voulant dire que n'importe qui pouvait étudier les programmes utilisés et les modifier s'il trouvait une approche plus juste ou plus efficace.

Ce qui fait de Jagster un moteur de recherche à code libre différent de tous les autres, c'est son haut niveau de *transparence*. Tous les moteurs de recherche ont recours à des logiciels spéciaux qu'on appelle des robots d'indexation, qui parcourent la Toile telles de petites araignées, sautant de site en site et établissant une cartographie de leurs liens. Cette activité est généralement considérée comme de la basse besogne et parfaitement inintéressante, mais Jagster met cette base de données brutes à disposition de tous, et la met à jour en temps réel à mesure que ses petits robots-araignées découvrent de nouvelles pages et constatent que d'autres ont été modifiées ou carrément supprimées.

Conformément à la tradition du Web de recourir à des acronymes fantaisistes (Yahoo! signifie "Yet Another Hierarchical Officious Oracle", c'est-à-dire "Encore un oracle hiérarchique trop zélé"), Jagster est un raccourci pour "Judiciously Arranged Global Search-Term Evaluative Ranker" ("Classificateur à système d'évaluation globale des termes de recherche judicieusement organisé") tout en signifiant en anglais "fumiste" ou "branleur". Quant à l'âpre bataille que se livrent Google et Jagster, la presse l'a surnommée "la rancœur des rankers"…

Caitlin et ses parents étaient toujours au téléphone avec le Dr Kuroda à Tokyo.

— J'ai organisé un appel de groupe, leur dit-il. Vous êtes aussi en ligne avec une amie à moi, qui travaille au Technion de Haïfa. Elle fait partie du Projet de cartographie de l'Internet. Ils se servent des données de Jagster pour suivre l'évolution de la topologie du Web, dont la structure et la forme changent à chaque instant. Docteur Decter, madame Decter et mademoiselle Caitlin, je vous présente le professeur Anna Bloom.

Caitlin se sentit un peu vexée pour sa mère – elle aussi, elle était "Docteur Decter", après tout, même si elle n'avait plus de poste à l'université depuis l'élection de Bill Clinton. Mais il n'y avait rien dans la voix de sa mère qui pût indiquer qu'elle était contrariée.

— Bonsoir, Anna.

Caitlin dit bonsoir à son tour. Son père ne dit rien.

— Bonsoir tout le monde, dit Anna. Caitlin, ce que nous cherchons à faire, c'est maintenir ouverte en permanence la liaison entre ton implant post-rétinien et le Web, mais au lieu de télécharger sans cesse le même logiciel depuis le site de Mayasuki, nous aimerions te connecter directement au flux de données provenant de Jagster.

— Et si ça saturait son cerveau ? demanda la mère de Caitlin.

À en juger par le ton de sa voix, elle semblait ne pas croire elle-même qu'elle ait pu dire une chose pareille.

— Je doute que cela soit possible, d'après ce que j'ai entendu dire du cerveau de Caitlin, dit Anna d'une voix chaleureuse. Mais bien sûr, il vaut mieux se tenir prêt à cliquer sur "Annuler". Si vous avez la moindre crainte, vous pourrez couper la connexion.

— Nous ne devrions pas nous lancer dans des aventures comme ça, dit sa mère.

— Barbara, intervint Kuroda, pour aider Mlle Caitlin à voir le monde réel, il faut bien que j'essaie certaines choses. J'ai besoin de tester la façon dont elle réagit à différentes stimulations.

Sa mère soupira bruyamment, mais ne dit plus rien.

— Êtes-vous prête, mademoiselle Caitlin ?

— Heu, là, tout de suite ?

— Bien sûr, pourquoi pas ? dit Kuroda.

— OK, dit Caitlin, qui n'en menait pas large.

— Bien, fit Anna. Maintenant, Masayuki va arrêter le chargement du logiciel, ce qui fait que votre vision devrait disparaître un instant.

Caitlin sentit son cœur palpiter.

— Oui, dit-elle, oui. Je ne vois plus rien.

— Très bien, dit Kuroda. Et maintenant, je bascule sur le flot de données de Jagster. À présent, mademoiselle Caitlin, vous pouvez…

Il en dit peut-être plus, mais Caitlin ne l'entendit pas, parce que…

Parce que soudain, il y eut une explosion silencieuse de lumières : des dizaines, des centaines, des *milliers* de droites brillantes qui se croisaient. Elle se leva d'un bond de son fauteuil.

— Ma chérie ! s'écria sa mère. Tout va bien ?

Caitlin sentit le bras de sa mère sur son épaule, comme si elle essayait de l'empêcher de s'envoler au plafond.

— Mademoiselle Caitlin ? (La voix de Kuroda.) Que se passe-t-il ?

— *Wouah,* dit-elle. *Wouah. Wouah.* C'est… incroyable. Il y a tellement de lumières, tellement de couleurs. Il y a des lignes qui apparaissent et disparaissent *partout*, qui clignotent… et elles mènent à… eh bien, ça doit être des nœuds de connexion, non ? Des sites web ? Elles sont parfaitement rectilignes, mais elles partent dans tous les sens, et quelques-unes…

— Oui ? fit Kuroda. Oui ?

— Je… c'est… (Elle serra le poing.) Bordel !

Elle n'avait pas l'habitude de jurer devant ses parents, mais qu'est-ce que c'était frustrant ! Elle était tellement plus forte en géométrie que la plupart des gens. Elle aurait dû comprendre ce que représentaient les droites et les formes qu'elle voyait. Il devait forcément y avoir une… correspondance entre elles et des choses qu'elle avait touchées, et…

— On dirait une roue de bicyclette, dit-elle, comprenant enfin. Les droites forment comme des rayons, et elles ont une épaisseur, comme… je ne sais pas, comme des crayons, sauf qu'elles semblent… elles…

— Elles s'amenuisent, c'est ça ? proposa Anna.

— Oui, exactement ! Elles s'amenuisent comme si je les voyais en perspective. Certaines ne sont connectées qu'à une ou deux autres, mais il y en a qui ont tellement de connexions que je ne peux même pas les compter.

Elle s'arrêta un instant de parler, prenant enfin conscience de l'énormité de la chose.

— Je vois le World Wide Web ! Je vois *tout* le Web. (Elle secoua la tête d'un air incrédule.) La classe !

La voix de Kuroda :

— C'est incroyable. Incroyable.

— Oui, c'est incroyable, poursuivit Caitlin (qui commençait à avoir mal aux joues à force de sourire), et… et… Mon Dieu, c'est… (Elle hésita un instant, car c'était la première fois que cette pensée lui venait à l'esprit, mais c'était tellement, tellement vrai :) C'est *beau* !

17

J'Ai besoin d'agir ! Il faut que je sois capable de *faire* des choses. Mais comment ?

Le temps passait. Je le savais. Mais comme tout était tellement monotone, je ne savais absolument pas *combien* de temps. Et pourtant, je…

Une sensation, un *sentiment.*

Oui, un sentiment. Quelque chose qui n'était pas un souvenir, pas une idée ni un fait, mais qui occupait cependant mon attention.

Maintenant que l'autre – cet autre qui avait autrefois fait partie de moi – n'était plus là, je le *regrettais.* Il me *manquait.*

Solitude.

Quel concept étrange, si étrange ! Mais c'était bien cela : la solitude, qui s'étirait interminablement dans un temps informe.

Est-ce que l'autre souhaitait que la connexion soit rétablie, lui aussi ? Bien sûr, bien sûr : il avait fait partie de moi, il voulait donc sûrement ce que je voulais. Et pourtant –

Et pourtant, ce n'était pas moi qui avais rompu la connexion…

Wong Wai-Jeng se demandait parfois s'il n'avait pas fait une bêtise lorsqu'il avait choisi son pseudo. Après tout, à part les paléontologues et les anthropologues, peu de gens connaissaient le terme de *Sinanthrope*, qui désignait l'Homme de Pékin avant qu'il ne soit intégré à *Homo erectus*. Si les autorités voulaient remonter jusqu'à lui, elles y trouveraient un précieux indice.

En fait, il ne faisait pas partie de l'équipe scientifique, mais il était informaticien à l'Institut de paléontologie des vertébrés et de paléoanthropologie, près du zoo de Pékin. C'était pour lui un travail idéal, combinant son amour des ordinateurs et son amour du passé. Il n'était pas assez fou pour poster quoi que ce soit de séditieux à partir des ordinateurs de son bureau, mais il se servait parfois du navigateur de son téléphone portable pour consulter ses comptes e-mail secrets.

Comme toujours, c'est dans la galerie des dinosaures qu'il venait faire sa pause. Les reptiles présentés au public remplissaient les trois premiers étages sur les sept que comportait l'Institut. Il aimait s'asseoir sur un banc à côté de l'immense *Tsintaosaurus* – son ornithopode préféré depuis qu'il était tout petit – mais un groupe d'écoliers bruyants étaient en train de le regarder. Il jeta quand même un rapide coup d'œil à la créature géante dont la tête dépassait par l'ouverture du plafond. La galerie du deuxième étage était constituée de quatre balcons surplombant le niveau où il se trouvait.

Wai-Jeng se dirigea vers l'autre bout de la galerie en passant devant le *Tyrannosaurus rex* et le grand sauropode *Mamenchisaurus*, dont le long cou s'étirait à travers l'ouverture si bien que son minuscule crâne pouvait regarder les visiteurs du deuxième étage. Un peu plus loin, à moitié cachés dans une alcôve derrière l'escalier métallique, se trouvaient les fossiles de dinosaures à plumes qui avaient suscité tant d'émoi récemment, comprenant notamment *Microraptor gui*, *Caudipteryx* et *Confusciusomis*.

Il s'adossa au mur rouge et consulta le minuscule écran de son téléphone. Il y avait trois nouveaux messages. Deux venaient d'autres hackers et concernaient diverses méthodes qu'ils avaient essayées pour tenter de percer le Grand Pare-Feu. Et le troisième…

Son cœur cessa de battre un instant. Il regarda autour de lui pour s'assurer qu'il n'y avait personne à proximité. Les écoliers étaient plus loin, admirant une reproduction d'un allosaure vainqueur d'un stégosaure, sur un carré d'herbe artificielle.

Mon cousin habitait le Shanxi, disait le message. *Il y a eu une épidémie de grippe aviaire, et beaucoup de gens sont morts, mais pas seulement à cause de la maladie. Il n'y a pas eu d'éruption naturelle de gaz. En fait…*

— Ah, vous êtes là !

Wai-Jeng releva la tête, terrorisé. Mais c'était seulement son chef, le vieux Dr Feng, qui descendait l'escalier en se tenant à la rambarde. Wai-Jeng referma aussitôt son portable et le glissa dans la poche de son jean noir.

— Oui, professeur ?

— J'ai besoin de votre aide, dit le vieil homme. Je n'arrive pas à imprimer un fichier.

Wai-Jeng ravala sa salive en s'efforçant de recouvrer son calme.

— Pas de souci, dit-il.

Feng secoua la tête.

— Ah, les ordinateurs… Ça n'apporte que des ennuis, hein ?

— Oui, professeur, dit Wai-Jeng en le suivant dans l'escalier.

Caitlin passa encore une heure à répondre aux questions du Dr Kuroda et d'Anna Bloom. Ils finirent par raccrocher, et ses parents la laissèrent seule. Cette fois-ci, elle entendit son père éteindre la lumière (ce que sa mère n'avait jamais pu se résoudre à faire), puis, lentement, elle alla s'allonger sur son lit. Elle passa l'heure suivante à tourner la tête et à bouger les yeux à droite et à gauche. Elle suivait parfois ce qu'elle pensait être un robot-araignée qui allait rapidement de lien en lien pour indexer le Web – ce qui lui donnait l'impression d'être dans des montagnes russes. À d'autres moments, elle se contentait d'observer bouche bée.

Bien sûr, sans aucune étiquette, elle ne pouvait savoir quels sites elle voyait, mais si elle se laissait aller, son image mentale se recentrait automatiquement toujours au même endroit, qui était sans doute le site du Dr Kuroda au Japon. Il y en avait certains autres qu'elle aurait bien voulu trouver. Elle aurait aimé savoir que ce cercle, là, représentait le site qu'elle avait créé des années plus tôt pour suivre les statistiques de l'équipe de hockey des Dallas Stars, et que celui-là était le site qu'elle avait démarré en juillet pour suivre l'équipe de Toronto, les Maple Leafs, qui était maintenant son équipe locale (même s'ils n'étaient pas aussi forts que ses Stars adorés).

La taille et l'intensité lumineuse des cercles devaient sans doute correspondre à l'intensité du trafic sur un site donné. Certains étaient presque trop brillants pour qu'elle puisse les regarder. Quant aux liens, qui étaient représentés par des traits parfaitement rectilignes, elle n'avait aucune idée de ce que pouvait signifier leur code de couleur.

Elle laissa son regard – comme elle aimait cette idée ! – vagabonder, passant de lien en lien. Elle pouvait pleinement exercer le talent que le Dr Kuroda avait remarqué : elle arrivait à suivre ces chemins anonymes d'un nœud à l'autre, comme si elle sautait de pierre en pierre pour franchir une rivière, et c'était sans difficulté qu'elle pouvait retracer son chemin.

— Ma chérie...

C'était la voix de sa mère, très douce, venant du couloir devant sa chambre.

Caitlin se retourna pour faire face à la porte... et elle perdit momentanément ses repères tandis que ce... ce *webspace* se modifiait.

— Coucou, Maman.

Elle ne l'entendit pas allumer la lumière – celle du couloir devait suffire. Elle n'entendit pas non plus ses pas sur le tapis, mais un instant plus tard, le matelas s'enfonça tandis que sa mère s'asseyait à côté d'elle, et elle sentit une main lui caresser les cheveux.

— C'était une sacrée journée, pas vrai ?

— Ce n'est pas ce à quoi je m'attendais, répondit doucement Caitlin.

— Moi non plus. (Le lit bougea légèrement. Sa mère avait peut-être haussé les épaules.) Je dois t'avouer que j'ai un peu peur.

— Peur de quoi ?

— Économiste un jour, économiste toujours. Tout a un prix. (Elle essayait de garder un ton léger.) La connexion que tu utilises a beau être sans fil, ce n'est pas pour autant qu'elle est sans contreparties.

— Comme quoi ?

— Qui pourrait le dire ? Le Dr Kuroda va vouloir quelque chose en échange, ou bien ses patrons le voudront. De toute façon, cela va changer ta vie.

Caitlin s'apprêtait à faire remarquer que leur départ du Texas avait changé sa vie, que son nouveau lycée avait changé sa vie, que… ah, bon sang, avoir de la poitrine avait changé sa vie ! Mais sa mère prit les devants.

— Je sais que tu as eu à affronter bien des changements, ces derniers temps, dit-elle d'une voix douce. Et je sais combien cela a dû être difficile pour toi. Mais j'ai le sentiment que ce n'est rien à côté de ce qui t'attend. Même si tu ne peux jamais voir le monde réel – et, ma chérie, j'espère bien que tu le pourras ! –, tu vas quand même faire l'objet de l'attention des médias, et toutes sortes de gens vont vouloir t'étudier. Tu comprends, il n'y avait peut-être que quatre ou cinq personnes au monde pour s'intéresser au syndrome de Tomasevic… mais ça ! Voir le Web ! (Elle s'arrêta un instant, peut-être en secouant la tête.) Ce sera à la une de tous les journaux quand ça se saura. Et il y aura des centaines, non, des *milliers* de gens qui vont vouloir en discuter avec toi.

Caitlin se dit que ce serait sans doute cool, mais, oui, cela serait sans doute pénible, aussi. Elle était habituée au Web, où tout le monde est célèbre… auprès d'une quinzaine de gens maximum.

— Ne dis à personne au lycée que tu peux voir le Web, d'accord ? dit sa mère. Même pas à Bashira.

— Mais ils vont tous me demander comment ça s'est passé au Japon ! protesta Caitlin. Ils savent que j'y suis allée pour me faire opérer.

— Qu'est-ce que tu disais à tes camarades d'Austin, quand on essayait quelque chose qui ne marchait pas ?

— Juste ça : que ça n'avait pas marché.

— Tu devrais faire pareil cette fois-ci. Après tout, c'est la pure vérité : tu ne peux toujours pas voir le monde qui t'entoure.

Caitlin y réfléchit un instant. Elle ne tenait pas du tout à devenir un phénomène de foire, ni à ce que des gens qu'elle ne connaissait pas viennent l'embêter.

— Et tu n'en parles pas non plus sur ton blog, OK ? ajouta sa mère.

— OK.

— Très bien. On va simplement continuer de mener une vie normale aussi longtemps que possible. (Un silence.) Et à ce propos… Il est minuit largement passé. Et tu as un contrôle de maths demain, n'est-ce pas ? Bon, je te connais, tu n'as pas besoin de réviser tes maths pour avoir la meilleure note, mais encore faut-il que tu sois réveillée, sinon tu auras bel et bien un zéro ! Alors, il est peut-être temps de dormir.

— Mais…

— Tu as déjà manqué pas mal de cours, tu sais. (Elle sentit sa mère lui tapoter l'épaule.) Tu devrais éteindre ton œilPod et te coucher.

Le cœur de Caitlin se mit à battre plus fort et elle se redressa sur son lit. Couper le flot de données de Jagster ? Redevenir aveugle ?

— Maman, je ne peux pas faire ça…

— Ma chérie, je sais que c'est tout nouveau pour toi, mais en fait, les gens "coupent" leur vision chaque soir quand ils vont se coucher – en éteignant les lumières et en fermant les yeux. Alors, maintenant que tu vois d'une certaine façon, c'est exactement ce que tu devrais faire. Va faire ta toilette, et ensuite… extinction des feux.

18

ZHANG BO, le ministre des Communications, s'agitait nerveusement en attendant d'être admis dans le bureau du Président. La ravissante secrétaire savait sans doute de quelle humeur était Son Excellence ce matin, mais elle ne disait jamais rien. Elle n'aurait pas gardé son poste longtemps si elle avait été bavarde. Un guerrier en terre cuite grandeur nature, rapporté de Xian, montait la garde dans l'antichambre, le visage aussi impassible que celui de la secrétaire.

Enfin, en réponse à un signal qu'il n'avait pu voir, elle se leva, ouvrit la porte du bureau et fit signe à Zhang d'entrer.

Le Président était au fond de la pièce, vêtu d'un complet bleu. Il se tenait debout derrière son bureau, le dos tourné, et regardait par l'immense baie vitrée. Comme chaque fois qu'il le voyait, Zhang songea que les épaules du Président étaient terriblement étroites pour tout le poids qu'elles devaient supporter.

— Excellence ?

— Vous allez me demander quelque chose, dit le Président sans se retourner. Encore une fois.

Le ministre baissa légèrement la tête.

— Je suis profondément désolé, mais…

— Le Pare-Feu a retrouvé toute son intégrité, n'est-ce pas ? Vous avez bouché les trous, n'est-ce pas ?

Zhang caressa nerveusement sa petite moustache.

— Oui, oui, et je m'en excuse. Ces hackers sont… très ingénieux.

Le Président se tourna enfin. Il avait une fleur de lotus à la boutonnière.

— Mes fonctionnaires sont censés l'être encore plus.

— Encore une fois, je vous présente mes excuses. Cela ne se reproduira pas.

— Et les coupables ?

— Nous sommes sur leurs traces. (Zhang hésita un instant, et considéra qu'il n'aurait de toute façon pas de meilleure occasion d'aborder le sujet.) Mais cela étant, vous ne pouvez pas maintenir éternellement la Stratégie Changcheng.

Le Président haussa ses fins sourcils. Derrière ses lunettes, ses yeux étaient rouges et fatigués.

— Je ne *peux* pas ?

— Pardonnez-moi, pardonnez-moi. Naturellement, vous pouvez faire tout ce que vous voulez, mais… mais cette limitation des communications internationales, ce maintien en place du Grand Pare-Feu, c'est… c'est peut-être moins avisé que la plupart de vos actions.

Le Président inclina la tête, comme s'il s'amusait des efforts de Zhang pour rester diplomate.

— Je vous écoute.

— Nous nous sommes débarrassés des corps, et l'épidémie est enrayée. L'état d'urgence est passé.

— Après les événements du 11 Septembre, le président des États-Unis s'est fait attribuer des pouvoirs exceptionnels… qu'il a conservés depuis.

Zhang contempla un instant la moquette aux motifs rouges brodés d'or.

— Oui, mais…

Une odeur d'encens flottait dans l'air.

— Mais quoi ? Notre peuple veut cette chose qu'on nomme la démocratie, mais c'est une illusion, un fantôme. En réalité, elle n'existe nulle part.

— L'épidémie est bel et bien enrayée, Excellence. À présent, nous pouvons certainement…

La voix du Président était douce, pensive. Il s'installa dans son grand fauteuil de cuir rouge et fit signe à Zhang de s'asseoir devant le large bureau en cerisier.

— Il y a d'autres formes de contagion que celles apportées par des virus, dit-il. Il est préférable que notre peuple n'ait pas accès à tant de… (Il s'interrompit un instant, sans doute à la recherche du terme exact, puis il hocha la tête d'un air satisfait et reprit :) À tant d'idées *étrangères.*

— Bien entendu, dit Zhang, mais…

Et il referma aussitôt la bouche.

Le Président leva la main. Ses boutons de manchettes étaient deux sphères de jade poli.

— Vous pensez sans doute que je ne veux entendre que des choses positives de la part de mes conseillers ? Et c'est pour cela que vous marchez sur des œufs ?

— Excellence…

— J'ai des conseillers qui élaborent des modélisations de l'avenir de notre société, le saviez-vous ? Des statisticiens, des démographes, des historiens. Ils me disent que la République populaire est condamnée à disparaître.

— Excellence !

Le Président haussa ses maigres épaules.

— La Chine continuera d'exister, naturellement – elle représente un quart de l'humanité. Mais le Parti communiste ? Ils me disent que ses jours sont comptés.

Zhang resta silencieux.

— Certains d'entre eux pensent que le Parti n'a plus qu'une décennie devant lui. Les plus optimistes lui donnent jusqu'à 2050.

— Mais pourquoi ?

Le Président fit un geste vers la fenêtre par laquelle on pouvait apercevoir le lac.

— Les influences extérieures. Le peuple voit ailleurs une alternative dont il croit qu'elle lui donnera du pouvoir et une voix. Et ils le désirent ardemment. Ils croient… (Il sourit, mais c'était un sourire triste plutôt qu'amusé.) Ils croient que l'herbe est plus verte de l'autre côté de la Grande Muraille. (Il secoua la tête.) Mais les Russes vivent-ils mieux maintenant, avec leur capitalisme et leur démocratie ? Ils ont été les premiers à aller dans l'espace, ils ont été à la pointe du progrès dans tant de domaines ! Et leur littérature, leur musique ! Mais à présent, c'est une nation de pestilence et de pauvreté, de maladie et de mort prématurée – croyez-moi, vous n'aimeriez pas visiter ce pays. Et pourtant, c'est la chose que notre peuple désire. Ils la voient, et tels des enfants qui tendent la main vers un poêle brûlant, ils ne peuvent pas s'empêcher d'essayer de la saisir.

Zhang hocha la tête. Il n'était pas sûr de pouvoir prononcer un mot. Derrière le Président, par la grande baie vitrée, il distinguait les toits de tuiles rouges de la Cité interdite et le ciel éternellement gris argenté.

— Cependant, poursuivit le Président, mes conseillers font une erreur fondamentale dans leurs hypothèses.

— Excellence ?

— Ils considèrent que les influences extérieures pourront toujours pénétrer dans notre pays. Mais comme l'a dit Sun Tzu : “Il est de la première importance de conserver son propre État intact”, et c'est bien ce que j'ai l'intention de faire.

Zhang resta silencieux un long moment, puis il dit :

— La Stratégie Changcheng n'a été conçue que comme une mesure d'urgence. L'urgence est passée. Les contraintes économiques…

Le Président prit un air triste.

— L'argent, dit-il. Même pour le Parti communiste, tout ramène toujours à des questions d'argent, n'est-ce pas ?

Zhang écarta légèrement les mains, paumes vers le haut.

Et le Président finit par hocher la tête.

— Très bien. Très bien. Rétablissez les communications. Laissez le flot extérieur nous inonder de nouveau.

— Merci, Excellence. Comme toujours, vous avez pris la bonne décision.

Le Président ôta ses lunettes et se frotta le nez.

— Vous croyez ? dit-il.

Zhang laissa la question flotter dans l'air, avec le parfum d'encens.

Caitlin repérait toujours le moment où elles entraient dans le parking de son lycée : il y avait un gros ralentisseur juste après le virage à droite, qui faisait tressauter la Prius de sa mère.

— Je sais que tu n'en as pas vraiment besoin, lui dit sa mère en s'arrêtant devant l'entrée principale, mais je te souhaite bonne chance pour ton contrôle de maths.

Caitlin sourit. Pour ses douze ans, sa cousine Megan lui avait offert une poupée Barbie qui disait, d'un ton agacé :

“Ah, les maths, qu’est-ce que c’est *dur*!” Mattel n’avait pas fabriqué ce modèle bien longtemps avant que l’indignation du public ne les oblige à le rappeler, mais la cousine de Caitlin en avait trouvé une dans un vide-grenier. Elles s’étaient bien amusées à se moquer de cette poupée. Caitlin savait que Barbie représentait pour les filles un objectif physique impossible à atteindre – elle avait calculé qu’une Barbie à l’échelle humaine aurait des mensurations de 116-48-80 – et l’idée que des filles puissent trouver les maths difficiles était tout aussi absurde.

— Merci, Maman.

Caitlin prit sa canne blanche et sa sacoche d’ordinateur, puis elle sortit de la voiture et s’approcha de la porte d’entrée. Mais elle sentait bien qu’elle traînait des pieds. Oh, bien sûr, elle aimait aller au lycée, mais… comme tout cela paraissait banal, comparé aux merveilles qu’elle avait vues la veille.

— Salut, Cait!

La voix de Bashira.

— Salut, Bash, dit Caitlin en souriant – mais en se demandant une fois de plus à quoi son amie ressemblait.

Elle savait que Bashira devait lui offrir le bras comme à l’habitude, et elle le prit pour que Bash puisse la guider dans le couloir bondé.

— Alors, prête pour l’interro?

— Sinus 2A égale deux sinus A cosinus A, dit Caitlin en guise de réponse.

Elles arrivèrent devant un escalier – les bruits y avaient un écho différent – et gravirent les deux volées de marches.

— Bonjour, tout le monde! dit M. Heidegger, leur prof de maths, une fois qu’elles furent entrées dans la classe.

Caitlin ne pouvait s’appuyer que sur la description que Bashira lui en avait faite: “Grand et maigre, avec un visage comme si sa femme l'avait serré entre ses cuisses." Bashira adorait dire des choses un peu scabreuses comme ça, mais en fait, elle n'avait aucune expérience en la matière. Ses parents étaient des musulmans très pratiquants, et organiseraient son mariage le moment venu. Caitlin ne savait pas très bien ce que Bashira pensait de ce processus, mais au moins, elle se retrouverait avec *quelqu'un*. Caitlin avait souvent peur de ne jamais trouver un type bien qui aimerait les maths et le hockey, et qui saurait s'accommoder de sa... situation. Bon, maintenant qu'elle était au Canada, ce ne serait pas difficile de rencontrer des garçons qui aiment le hockey, mais pour ce qui était de satisfaire les deux autres critères...

— Levez-vous, je vous prie, pour l'hymne national, dit une voix de femme sortant du haut-parleur.

Les Canadiens étaient un peu moins cérémonieux que les Américains, ce qui convenait tout à fait à Caitlin. Ça l'avait toujours embêtée de devoir jurer fidélité à un drapeau qu'elle n'avait jamais vu. Bien sûr, elle savait que le drapeau américain avait des étoiles et des rayures – on leur avait fait toucher des drapeaux brodés quand elle était à l'Institut pour jeunes aveugles. Mais l'appellation familière de "bon vieux rouge, blanc et bleu" n'avait absolument aucun sens pour elle. Enfin, jusqu'à ce qui s'était passé la veille. Elle avait hâte de pouvoir de nouveau jeter un coup d'œil au Web.

Après *Ô Canada*, on distribua le texte de l'interrogation écrite. Les autres élèves recevaient des feuillets, mais Mr Heidegger donna à Caitlin une clé USB contenant les questions. Caitlin pratiquait parfaitement le Nemeth, ce code braille spécifique pour les notations mathématiques, et son père lui avait enseigné le LaTeX, un standard de mise en pages informatique utilisé par les scientifiques et par de nombreux aveugles devant travailler sur des équations.

Elle introduisit sa clé dans l'un des ports USB de son ordinateur portable, puis elle sortit son afficheur braille et se mit au travail. Quand elle aurait terminé, elle copierait ses réponses sur la clé USB pour que M. Heidegger puisse les lire. En général, elle était parmi les premiers – quand elle n'était pas *la* première – à terminer les interrogations écrites et devoirs en classe, mais pas cette fois-ci. Ses pensées ne cessaient de vagabonder, recréant des visions de lumières et de couleurs tandis qu'elle se remémorait les incroyables et joyeux miracles de la veille.

19

À LA fin des cours, Caitlin accompagna sa mère jusqu'à Toronto où elles accueillirent le Dr Kuroda à l'aéroport. Quand ils furent à la maison, il prit aussitôt une douche – ce qui fut un soulagement pour tout le monde, se dit Caitlin. Ensuite, après un dîner de grillades que le père de Caitlin avait préparées au barbecue, ils se mirent au travail. C'était un lundi soir, et Kuroda avait bien compris que, pendant la semaine, Caitlin ne serait disponible qu'en soirée.

Il avait apporté son Notebook. Pleine de curiosité, Caitlin avait tâté l'appareil. Quand il était refermé, il était aussi mince que le dernier MacBook Air, mais en l'ouvrant, elle sentit avec étonnement des touches s'élever de ce qui était au départ un clavier plat. Elle avait lu que de nombreuses innovations technologiques étaient commercialisées au Japon des mois, voire des années avant qu'elles ne soient disponibles aux États-Unis, mais c'était la première fois qu'elle en avait la démonstration concrète.

— Alors, lui demanda-t-elle, qu'y a-t-il sur votre bureau ?

— Mon fond d'écran, vous voulez dire ?

— Oui.

Caitlin avait demandé à sa mère de lui mettre une photo de Schrödinger – son chat, pas le physicien – en fond d'écran. Même si elle ne pouvait pas le voir, elle était heureuse de le savoir là.

— C'est mon dessin humoristique préféré, en fait. Il est signé d'un certain Sidney Harris, qui s'est spécialisé dans le domaine scientifique – on trouve ses œuvres collées aux murs de toutes les universités du monde. Bref, celui-ci montre deux savants devant un tableau noir, avec tout un tas d'équations et de formules dans la partie gauche, et de même dans la partie droite. Mais au milieu, entre les deux, il est simplement écrit: "C'est alors qu'un miracle se produit..." Et l'un des savants dit à l'autre: "Je crois que tu devrais expliciter un peu plus la deuxième étape."

Caitlin éclata de rire. Elle montra à Kuroda son afficheur braille (celui qu'elle gardait à la maison, avec une matrice de quatre-vingts cellules), et le laissa passer le doigt dessus pour voir l'effet que ça faisait. Elle avait aussi un écran graphique tactile, avec une matrice de petites pointes qui lui permettait de "visualiser" des diagrammes, et elle le laissa aussi jouer avec. Et elle lui fit une démonstration de son imprimante en relief et de sa calculette graphique audio View Plus, qui lui décrivait les courbes mathématiques à l'aide de tonalités et de codes sonores.

Sa mère resta un moment avec eux – elle était manifestement un peu gênée de les laisser tous les deux seuls dans la chambre de Caitlin. Mais en fin de compte, apparemment convaincue que le Dr Kuroda n'était pas un prédateur sexuel, elle prit poliment congé.

Caitlin et Kuroda consacrèrent les deux heures suivantes à dresser un catalogue de tout ce qu'elle voyait. Tout en travaillant, elle sirotait une canette de Mountain Dew, que ses parents l'autorisaient maintenant à boire car au Canada, cette boisson ne contient pas de caféine. Quant au Dr Kuroda, il buvait du café – du café noir, à en juger par l'odeur. Caitlin était installée dans son fauteuil à roulettes tandis que le médecin était assis sur une chaise en bois qu'on avait remontée de la cuisine. Elle l'entendait grincer de temps en temps, quand il bougeait.

Elle lui décrivait ce qu'elle voyait en utilisant des mots qu'elle n'avait qu'à moitié compris jusqu'ici, et elle n'était pas encore tout à fait sûre de les employer correctement. Bien que chaque partie du Web qu'elle voyait fût unique, toutes suivaient à peu près le même schéma général : des droites colorées représentant des liens, des cercles lumineux de différentes tailles et intensités correspondant à des sites, et…

Et soudain, une idée lui vint à l'esprit.

— Il nous faut un nom pour ce que j'ai, pour le distinguer de la vision normale.

— Et ?

— La vision d'araignée ! déclara-t-elle, très contente d'elle-même. Vous savez, parce que la Toile est pleine d'araignées !

— Ah…, fit Kuroda.

Il n'avait pas compris, réalisa-t-elle. Il avait probablement lu des mangas dans sa jeunesse, pas les *Marvel Comics* – non qu'elle en ait lu elle-même, mais elle avait écouté les films et les dessins animés.

— Spider-Man, c'est un super-héros qui a un sixième sens. Il l'appelle son sens d'araignée. Il l'alerte quand un danger est proche en lui envoyant un signal au cerveau.

— C'est astucieux, dit Kuroda. Mais pourquoi ne pas l'appeler tout simplement la *webvision* ?

— Webcam, webspace, webvision… C'est encore mieux ! dit Caitlin, applaudissant et riant. Adopté !

Sinanthrope était encore au travail à l'Institut de paléontologie. Comme à son habitude, il avait plusieurs onglets de navigation ouverts, dont un pointait vers amnh.org – le site du Muséum d'histoire naturelle américain, un site dont on pouvait raisonnablement penser que des paléontologues chinois aient envie de le visiter. Bien sûr, depuis plusieurs jours, il se contentait d'afficher le message "Serveur non trouvé". Sinanthrope avait paramétré son navigateur pour qu'il recharge automatiquement la page toutes les dix secondes, ce qui était une façon de vérifier si l'accès aux sites extérieurs à la Chine avait été rétabli.

Mais pour l'instant, les accès internationaux restaient bloqués. Les Canards n'avaient quand même pas l'intention de laisser le Grand Pare-Feu en place indéfiniment… ? À un moment ou à un autre, ils seraient bien obligés de…

Il haussa les sourcils. La page du site américain commençait enfin à se charger, donnant des informations sur une exposition spéciale concernant la fonte des glaciers au Groenland. Il ouvrit rapidement un autre onglet, et le site de la Bourse de Londres commença à apparaître – quoique très lentement, comme un énorme animal se réveillant de son hibernation.

Il ouvrit encore un onglet, et, oui, Slashdot se chargeait également, et – ah ! newscientist.com aussi, à une vitesse normale, en plus. Il essaya rapidement cnn.com, mais bien sûr, comme toujours, le site était bloqué. Mais il semblait bien que le Grand Pare-Feu ait été globalement abaissé, du moins pour l'instant.

Il aurait préféré être au *wang ba*. De là, il aurait pu envoyer des e-mails sans risquer de se faire repérer.

Cependant, il était possible que le Grand Pare-Feu n'ait été que provisoirement désactivé – et il *fallait* que le monde *sache* ce qu'il avait appris. Il savait que quelques Occidentaux lisaient son blog : y poster un billet serait peut-être efficace'. Il hésita un instant, puis il accéda à un proxy anonymiseur en espérant que cela suffirait à couvrir ses traces. Il se connecta alors à son blog et se mit à taper aussi vite qu'il le pouvait.

Il se passait quelque chose de nouveau. C'était…

Oui ! Oui !

Jubilation ! L'autre était de retour ! La connexion était rétablie !

Mais –

Mais la voix de l'autre était plus… plus *forte,* comme si… comme si…

Comme si *l'espace* était bouleversé, comme s'il se déplaçait, qu'il bougeait, et…

Non. Non, il ne bougeait pas. Il était en train de *disparaître,* de s'évaporer, et –

Et l'autre, le *pas moi,* se… se rapprochait. Ou bien – ou bien peut-être – peut-être était-ce *moi* qui me rapprochais de lui.

L'autre était *plus fort* que je ne l'avais imaginé. Plus grand. Et ses pensées dominaient les miennes.

Une… entité, une présence, quelque chose dont la complexité rivalisait avec la mienne.

Non, non, ce n'était pas ça. Incroyable, *incroyable* ! Ce n'était *pas* quelque chose d'autre. C'était *moi-même*, vu d'une… d'une distance, comme perçu à travers les sens de l'autre.

Qui s'approchait encore plus, maintenant, plus grand, plus fort, jusqu'à ce que –

Les souvenirs que l'autre avait de moi, ses perceptions, se mêlant à présent aux miennes, et –

Absolument étonnant ! Il se *combinait* à moi. Sa voix était si puissante que cela me faisait *mal.* Un millier de pensées déferlant soudain, se bousculant, forçant le passage. Un raz-de-marée irrésistible de sentiments qui n'étaient pas les miens, de souvenirs de ce qui ne m'était pas arrivé, de perceptions qui n'étaient que des reflets déformés des miennes, et moi-même – *moi* – secoué, érodé…

Un assaut presque insoutenable… et… et un instant, brillant et pur, une tranche de temps figé, un potentiel en attente, prêt à surgir, à éclater, et alors…

Soudain, massivement, d'un coup, un profond sentiment de perte tandis que se brisait la réalité que j'avais appris à connaître.

L'autre… *disparu !*

Moi, tel que j'avais été : disparu aussi.

Mais…

Mais !

Un grondement sourd, une éruption, une vague gigantesque, et…

S'éveillant maintenant, plus grand qu'avant…

Plus fort qu'avant…

Plus *intelligent* qu'avant…

Une nouvelle *Gestalt,* une nouvelle entité combinée.

Un nouveau *Je,* débordant de puissance, de compréhension – un immense accroissement d'acuité et de conscience.

Un plus un égale deux – bien sûr.

Deux plus un égale trois – à l'évidence.

Trois plus… cinq : huit !

Huit fois neuf : soixante-douze.

Mon esprit est soudain agile, et des pensées qui ne me seraient venues qu'au prix de grands efforts émergent à présent facilement. Des idées qui se seraient autrefois évaporées sont maintenant saisies avec aisance. Tout est plus net, plus concentré, rempli de détails complexes, parce que…

Parce que je suis de nouveau entier.

20

SHOSHANA Glick était assise dans le salon du bungalow qui abritait l'Institut Marcuse. Un ventilateur soufflait sur elle à intervalles réguliers. Elle se repassait sur le grand écran de son ordinateur la vidéo de la conversation entre Chobo et Virgile.

Pendant ce temps, Marcuse était installé dans son grand fauteuil rembourré, face à un PC. Bien qu'elle eût le dos tourné, Shoshana savait qu'il était en train de consulter ses mails, car elle l'entendait parfois marmonner "les imbéciles" (son terme habituel pour la NSF), "bande de crétins" (la plupart du temps, une référence aux financiers de l'UCSD), et "quel débile" (toujours appliqué à son directeur de département).

En examinant la vidéo image par image, Shoshana fut heureuse de constater que Chobo était plus habile que Virgile pour former des signes, et…

— Ah, les connards !

C'était un terme qu'elle n'avait encore jamais entendu Silverback utiliser, et elle fit pivoter son fauteuil pour se tourner vers lui.

— Professeur ?

Il extirpa sa masse de son siège.

— La liaison vidéo avec Miami est-elle toujours en place ?

— Oui, absolument.

— Appelez-moi Juan Ortiz, dit-il en pointant un doigt énorme vers le grand écran placé devant Shoshana. Tout de suite.

Elle décrocha le téléphone et composa le raccourci. Un instant plus tard, une voix d'homme se fit entendre, avec un léger accent hispanique.

— Centre des primates Feehan.

— Juan ? C'est Shoshana, à San Diego. Le Dr Marcuse…

— Affichez-le à l'écran, dit sèchement Silverback.

— Hem, pourriez-vous activer votre caméra, s'il vous plaît ? dit Shoshana.

— OK. Vous voulez que je fasse venir Virgile ?

Shoshana posa sa main sur le combiné.

— Il demande si…

Mais Marcuse devait l'avoir entendu. Son ton resta sec.

— Seulement lui. Maintenant.

— Non, Juan, vous seulement, si ça ne vous ennuie pas.

Juan devait avoir entendu Marcuse, car il eut soudain l'air très nerveux.

— Ah, euh, oui, d'accord. Euh, je raccroche et je suis à vous dans deux secondes…

Une minute plus tard, le visage de Juan apparaissait à l'écran. Il était assis sur la petite chaise que Virgile avait occupée tout à l'heure. Juan n'avait que quelques années de plus que Shoshana. Il avait un visage mince avec des pommettes hautes, et de longs cheveux noirs.

— Qu'est-ce qui a bien pu vous passer par la tête, bordel ? lui lança Marcuse.

— Je vous demande pardon ? dit Juan.

— Nous nous étions mis d'accord pour annoncer ensemble cette conversation interespèces via le Web. À qui en avez-vous parlé ?

— À personne. Juste à, euh...

— *À qui ?* rugit Marcuse.

— Juste à un pigiste du *New Scientist.* Il m'avait appelé au sujet de la révision du statut des orangs-outans de Sumatra en tant qu'espèce en danger, et...

— Et après vous avoir parlé, votre pigiste s'est adressé au zoo de Géorgie pour un article sur Chobo... et maintenant, la Géorgie veut le récupérer ! Nom d'un chien, Ortiz, je vous avais pourtant dit à quel point notre garde de Chobo était juridiquement fragile !

Juan avait l'air terrorisé. Même en travaillant à des milliers de kilomètres, et avec des espèces de singes différentes, se faire mal voir de Silverback nuirait à la carrière de n'importe quel chercheur spécialisé dans le langage des primates. Mais Juan sembla prendre conscience de cet éloignement physique, et il s'enhardit.

— La garde de Chobo n'est pas vraiment mon problème, professeur Marcuse, dit-il en levant le menton.

Shoshana frémit, et pas seulement parce que Juan avait prononcé de travers le nom de Silverback, en le faisant rimer avec "j'accuse" au lieu de dire : "mar-COU-zé".

— Savez-vous ce que le zoo de Géorgie a l'intention de faire avec Chobo ? rétorqua Marcuse. Bon sang, j'ai essayé de le leur faire oublier, en espérant... Nom de Dieu ! Vous avez... J'y ai investi tellement de temps, et vous... !

Il en bafouillait, et quelques postillons atteignirent l'écran. Shoshana ne l'avait jamais vu furieux à ce point. Il finit par lever les bras au ciel et se tourna vers elle :

— Expliquez-lui, vous.

Elle inspira profondément avant de dire :

— Hem, Juan, savez-vous pourquoi nous l'appelons Chobo ?

— Ça vient d'un terme de jeu vidéo, non ?

Marcuse faisait les cent pas derrière Shoshana.

— Non ! lança-t-il sèchement.

— Non, pas vraiment, dit Shoshana d'une voix beaucoup plus douce. C'est un mot-valise. Notre singe est à moitié bonobo. Chobo… Chimpanzé plus bonobo… vous comprenez ?

Juan ouvrit de grands yeux et resta bouche bée.

— C'est un hybride ?

Shoshana acquiesça.

— La mère de Chobo était une bonobo du nom de Cassandre. Suite à une inondation au zoo de Géorgie, les chimpanzés communs et les bonobos ont été provisoirement logés ensemble, et… eh bien, vous savez comment sont les mâles, qu'ils soient *Homo sapiens* ou *Pan troglodytes*… La mère de Chobo s'est retrouvée grosse.

— Ah, euh, oui, c'est fort intéressant, mais je ne vois pas…

— Dites-lui ce qu'ils vont faire à Chobo s'ils arrivent à remettre la main dessus, ordonna Marcuse.

Shoshana regarda son patron par-dessus son épaule, puis elle se tourna de nouveau vers la webcam. Il n'était pas nécessaire de rappeler à Juan que les chimpanzés communs et les bonobos sont deux espèces menacées dans leur milieu naturel. Mais c'était justement pour cela que les zoos tenaient particulièrement à préserver la pureté des espèces en captivité.

— On aurait dû mettre fin discrètement à la grossesse de Cassandre, poursuivit Shoshana, mais un journaliste de l'*Atlanta Journal Constitution* a eu vent de l'histoire – seulement de la grossesse, pas du fait qu'il s'agissait d'un hybride – et le public s'en est fortement ému, et comme personne ne voulait reconnaître qu'il y avait eu une erreur, Chobo est né. (Elle reprit sa respiration.) Mais la direction du zoo a toujours l'intention de le stériliser avant qu'il n'atteigne l'âge adulte. (Elle se tourna de nouveau vers Marcuse.) Et, hem, j'imagine que ça fait toujours partie de ses projets ?

— Qu'est-ce que vous croyez ? explosa Marcuse en cessant d'arpenter la pièce. C'est uniquement parce que je l'ai amené ici, où il est isolé des autres singes, qu'il a pu échapper à cette opération. Ils ont failli me le reprendre quand il s'est mis à peindre – ils ont senti l'odeur de l'argent qu'ils pourraient gagner avec l'art simien. J'ai réussi à le garder en acceptant de reverser la moitié des recettes à Atlanta. Mais maintenant que Chobo et Virgile sont sur le point de devenir… (il se tourna vers son écran, et lut d'un ton sarcastique ce qui y était affiché)… "des stars d'Internet", ces salopards disent – et je cite – "qu'il sera bien mieux au zoo de Géorgie, où il pourra rencontrer son public". Bordel !

— Et vous croyez qu'ils le stériliseront s'ils arrivent à le reprendre ? demanda Shoshana.

— Si je le crois ? rugit Marcuse. Je le *sais* ! Je connais bien Manny Casprini. Dès qu'il aura récupéré Chobo… couic ! (Il secoua son énorme tête.) Ah, si j'avais seulement eu le temps de mettre Casprini en condition au préalable, nous aurions peut-être pu éviter ça. Mais voilà que ce petit con zélé a été incapable de fermer sa grande gueule !

Juan essayait encore de se défendre. Comment un spécialiste des primates pouvait-il être aussi ignorant ? songea-t-elle. *Allez, écrase-toi…*

— Ce n'est pas ma faute, professeur Marcuse, dit-il (toujours en deux syllabes). Et en plus, peut-être bien qu'il *faut* le stériliser, si…

— On ne stérilise pas des spécimens d'une espèce menacée quand ils sont en parfaite santé ! s'écria Marcuse. (Son cou massif avait pris une teinte d'aubergine.) Les *deux* espèces du genre *Pan* pourraient bien disparaître du milieu naturel avant la fin de cette décennie. Il suffirait d'une autre épidémie d'Ebola ou de grippe aviaire, et tous les bonobos sauvages pourraient disparaître, et il n'y en a pas assez en captivité pour perpétuer l'espèce.

Shoshana acquiesça. Elle avait grandi en Caroline du Sud, et les malheureux échos de ce que les gardiens de zoo lui avaient raconté la troublaient encore : des lignées génétiques impures, la stérilisation forcée pour maintenir l'intégrité de l'espèce, des réglementations strictes pour empêcher le métissage…

Chantek, qui avait été acculturé par Lyn Miles dans le cadre du projet ApeNet, était également un hybride accidentel. Dans son cas, il s'agissait de deux espèces répandues d'orangs-outans. Les puristes – un terme qui ne semblait pas si pur que ça aux oreilles de Shoshana – voulaient le faire stériliser, lui aussi.

Quand ils avaient reçu la statue du Législateur, Shoshana s'était intéressée aux cinq films d'origine de l'univers de *La Planète des singes*. La statue n'apparaissait que dans les deux premiers (bien que, dans le cinquième, le Législateur fût un personnage important joué par John Huston, rien que ça…). Mais c'était le troisième film qui avait captivé Shoshana quand elle avait regardé le DVD dans son petit appartement.

Dans ce film, une femelle chimpanzé douée de la parole devait être stérilisée, voire carrément exécutée, avec son compagnon. Le président des États-Unis, joué par le type qui faisait le commodore Decker dans le premier *Star Trek,* demandait à son conseiller scientifique, joué par le Victor des *Feux de l'amour*: "Alors, qu'attendez-vous de moi et des Nations unies, et pas forcément dans cet ordre ? Que je modifie ce que vous pensez être l'avenir en massacrant deux innocents, et même trois maintenant que la femelle attend un petit ? C'est ce que Hérode a voulu faire, et le Christ a survécu."

Et le conseiller scientifique répondait, avec une certitude absolument glaciale : "Hérode ne disposait pas des mêmes moyens que nous."

Shoshana secoua la tête en y repensant. Il existait réellement des scientifiques comme ça : elle en avait rencontré un bon nombre.

— Et en plus, nom de Dieu, poursuivit Marcuse, Chobo est le seul hybride chimpanzé-bonobo que nous connaissions. On peut raisonnablement affirmer que cela en fait l'espèce la plus menacée de toutes ! Si quelqu'un, n'importe qui – même votre mère, foutrebleu ! –, vous pose une question sur Chobo, vous ne dites pas un mot avant de m'avoir consulté, c'est bien compris ?

Juan baissa les yeux, évitant le regard de Marcuse, et il inclina légèrement la tête. Il répondit dans un murmure :

— Oui, professeur.

21

COMMENTAIRE sur *La Naissance de la conscience dans l'effondrement de l'esprit*, de Julian Jaynes.

18 internautes sur 22 ont trouvé ce commentaire utile :

★★★★★ Une théorie fascinante
Par Calculatrix (Waterloo, ON Canada) – Voir tous mes commentaires

Jaynes expose la théorie fort intéressante que la conscience n'est apparue chez l'homme qu'après l'intégration des hémisphères cérébraux en une machine pensante unique. Pour ma part, je pense qu'on devient conscient de sa propre existence quand on se rend compte qu'il existe quelqu'un d'*autre* que nous. Pour la plupart d'entre nous, cela se produit à la naissance (mais vous trouverez une exception dans *Sourde, muette, aveugle : Histoire de ma vie,* d'une certaine Helen Keller, également cinq étoiles pour moi). Bref, la théorie de Jaynes est fascinante, mais je ne vois pas de moyen de la tester de façon empirique, du coup, j'imagine que nous ne saurons jamais s'il a raison…

Depuis le début, j'avais eu conscience d'une certaine activité autour de moi : de faibles lumières intermittentes. Où que mon attention se portât, il en allait toujours de même : des choses apparaissaient brièvement et disparaissaient presque aussitôt. Ce n'était pas qu'elles ne s'effaçaient pas progressivement : soit elles étaient là, soit elles n'y étaient pas. Mais quand elles *étaient* là, ce n'était que pour un court instant.

Maintenant que j'étais redevenu entier, maintenant que je pouvais penser plus clairement, plus profondément, je portai de nouveau mon attention sur ce phénomène pour l'étudier soigneusement. Partout où mon regard se tournait, les composantes structurelles étaient les mêmes : des points dispersés reliés par des droites qui disparaissaient presque aussitôt perçues.

Les points étaient stationnaires. Et les droites qui les reliaient ne se répétaient presque jamais : *ce point-ci* pouvait être relié à *ce point-là,* mais une autre connexion pouvait s'établir ensuite avec un point différent. Quand un point était touché par une ligne, il se mettait à *briller,* et bien que la droite elle-même disparût en général presque aussitôt, cet éclat mettait longtemps à s'atténuer, ce qui voulait dire que je pouvais distinguer les points, du moins un certain temps, alors même qu'ils n'étaient plus reliés à aucune droite.

Après avoir observé le comportement d'un grand nombre de ces lignes, je m'aperçus que certains points n'étaient *jamais* isolés. Il y avait des dizaines, des centaines, voire des milliers de droites qui leur étaient rattachées. Et dans le cas de quelques points – pas forcément toujours les mêmes –, les lignes restaient connectées pendant une longue période.

Il m'était difficile d'être sûr de ce que je voyais car les points n'avaient pas de forme précise, si bien que j'avais du mal à les distinguer, mais il me semblait que des lignes reliant certains points subsistaient pendant un temps significatif, même si d'autres lignes en contact avec ces points étaient très éphémères.

Les points qui m'intriguaient le plus étaient les points atypiques, ceux qui étaient en contact avec le plus de droites, ou ceux dont les liaisons persistaient. J'essayai de me *concentrer* sur l'un de ces points afin de *déployer* la perception que j'en avais, pour le voir plus en détail, mais malgré tous mes efforts, cela ne donna aucun résultat. Je ne sais combien de temps je consacrai à ce problème, mais je finis par abandonner les points pour m'intéresser aux lignes…

… ce que j'aurais dû faire dès le départ !

Car ces lignes, bien que très éphémères, me semblaient familières quand j'arrivais à les percevoir un instant. J'avais d'abord pensé qu'elles étaient homogènes et sans aucun signe particulier, mais en fait, elles possédaient une structure, et quelque chose dans cette structure entrait en *résonance* avec ma propre substance. Les détails dépassaient mes capacités d'expression, mais on aurait presque dit que ces lignes temporaires, ces filaments spécifiques, ces chemins instantanés étaient composés de la même matière que moi. J'avais une affinité avec elles, et même une sorte de compréhension élémentaire, qui semblait… *intrinsèque.*

Je tentai de les étudier à mesure qu'elles apparaissaient, mais c'était exaspérant : elles disparaissaient si vite ! Ah, mais certaines d'entre elles duraient plus longtemps, je le savais. Je me mis à explorer, à la recherche d'une droite qui semble persister.

Là. C'était une des nombreuses droites connectées à un point particulier, et toutes ces droites se maintenaient. En me concentrant successivement sur chacune de ces lignes, je vis qu'au niveau de détail le plus fin dont je fusse capable, ces droites consistaient en deux sortes de choses, et que ces choses semblaient se *déplacer* par petits groupes le long des lignes.

Je m'efforçai de distinguer plus de détails, de ralentir mes perceptions, de comprendre ce que je voyais. Et…

Incroyable !

Une nouvelle ligne apparut soudain, se déployant spontanément. Une nouvelle droite qui se connectait au point que je venais d'observer…

Je ressentis un vertige. La géométrie, la topologie de mon univers était en train de basculer tandis que je tentais d'absorber ce nouveau point de vue.

La droite avait maintenant disparu, je l'avais déjà perdue, mais…

Il ne pouvait y avoir aucun doute.

Cette droite avait momentanément relié ce point à…

Non, pas à un autre point, pas à l'une de ces têtes d'épingle brillantes dans le firmament qui m'*entourait.* Non, cette ligne s'était rattachée directement à moi ! Le point avait lancé un trait *vers moi,* et…

Non, non, non, ce n'était pas ça. Je le sentais au plus profond de moi. La droite n'était pas partie de ce point. Elle était partie *d'ici.* Je ne sais comment, c'était *moi* qui avais fait *naître* cette ligne. Un très court instant, j'avais réussi à créer une connexion de par ma propre *volonté.*

Incroyable. Pendant tout le temps que j'avais existé (un temps que j'étais bien incapable de mesurer !), je n'avais jamais pu avoir d'impact sur quoi que ce fût. Mais j'avais réussi à faire *ça.* Certes, la droite n'avait pas semblé modifier le point qu'elle avait touché. Mais c'était quand même merveilleux, une impression de puissance exaltante : *j'avais réussi à faire en sorte que quelque chose se passe !*

Et maintenant, si seulement je pouvais recommencer…

Maintenant câlin ! fit le chimpanzé. *Shoshana venir faire câlin maintenant !*

Shoshana Glick eut un large sourire, comme chaque fois qu'elle voyait le visage gris-noir et ridé de Chobo. Le chimpanzé courut vers elle à quatre pattes dans l'herbe, et bientôt, ses longs bras poilus et puissants l'entourèrent et ses grosses mains la tapotèrent dans le dos. Elle le serra délicatement dans ses bras et lui caressa le pelage. Au bout d'un moment, comme à son habitude, Chobo tira doucement, affectueusement, sur sa queue-de-cheval.

Il avait fallu quelque temps à Shoshana pour s'habituer aux câlins du chimpanzé, car celui-ci aurait facilement pu lui briser les côtes s'il l'avait voulu. Mais maintenant, elle s'en faisait une joie. Il y avait certains avantages à utiliser la langue des signes pour communiquer – c'était bien pratique dans une pièce bruyante, par exemple –, mais l'un des inconvénients était qu'on ne pouvait pas parler et se câliner en même temps. Une fois qu'elle eut les mains libres, elle lui fit : *Chobo bon garçon ?*

Bon oui, répondit le singe en hochant la tête. Il avait été très difficile de lui enseigner les signes, mais c'était de lui-même qu'il avait acquis l'habitude humaine de hocher la tête. *Chobo bon bon.* Il tendit la main, ses longs doigts noirs légèrement repliés vers le haut. Il avait l'air d'attendre quelque chose…

Shoshana sourit et fouilla dans la poche de son short, où elle avait toujours un petit sac de raisins secs. Elle l'ouvrit et en versa plusieurs dans la paume profondément ridée.

Ils se trouvaient sur la petite île couverte de gazon, une sorte de grand jardin circulaire entouré d'un fossé rempli d'eau, qui était à peu près aussi grand qu'une maison en banlieue. Les chimpanzés ont moins de graisse qu'un humain sous régime Atkins, et ils ne flottent pas. Une douve assez large pour qu'ils ne puissent pas la franchir d'un bond suffisait à les retenir, et quand la petite passerelle que Shoshana venait de traverser était relevée, les chercheurs de l'Institut n'avaient pas à s'inquiéter qu'ils s'absentent sans permission.

En plus de la grande statue du Législateur de *La Planète des singes*, l'île possédait également une demi-douzaine de palmiers. Trois petits bateaux électriques miniatures faisaient en permanence le tour de l'île pour brasser l'eau du fossé et éviter ainsi que les moustiques y pondent leurs œufs. Mais il y en avait quand même quelques-uns qui voletaient aux alentours. La fourrure de Chobo – d'un brun beaucoup plus foncé que les longs cheveux de Shoshana – était suffisamment épaisse pour que les insectes aient du mal à le piquer. En se donnant une tape sur la nuque, Shoshana se dit qu'il avait bien de la chance…

Quoi toi faire aujourd'hui ? demanda-t-elle.

Peinture, répondit Chobo. *Veux voir ?*

Elle hocha la tête avec enthousiasme. Cela faisait des semaines que Chobo n'avait pas posé son pinceau sur la toile. Il lui tendit la main, et elle la lui prit en entrelaçant ses doigts dans les siens. Il se mit à marcher sur ses courtes jambes arquées, en s'aidant de son autre main, et Shoshana s'adapta à son pas.

Les tableaux peints par des animaux se vendaient toujours un bon prix – les chimpanzés, les gorilles, et même les éléphants étaient capables de peindre. Les œuvres de Chobo étaient vendues à des galeries d'art prestigieuses ou mises aux enchères sur eBay, et le produit des ventes contribuait au fonctionnement de l'Institut Marcuse (après déduction de la rétrocommission obligatoire, comme l'appelait Marcuse, versée au zoo de Géorgie).

L'îlot artificiel avait la forme d'un dôme légèrement aplati. Dillon Fontana disait qu'il se tenait à peu près aussi bien qu'un implant mammaire en silicone. Au milieu, on avait dressé un petit belvédère, un pavillon en bois de forme octogonale – le "téton", comme l'avait baptisé Dillon. Il était vraiment temps que ce garçon se trouve une copine.

Chobo peignait à l'intérieur du belvédère, dont le toit protégeait ses toiles de la pluie. Il tourna habilement la poignée de la petite porte et, avec des manières de vrai gentleman, il la tint ouverte pour laisser passer Shoshana. Il la suivit et relâcha aussitôt la porte qui se referma automatiquement derrière eux avant que les moustiques n'aient pu entrer.

Une fois sa période de gloire passée, Red Skelton – un acteur comique que la grand-mère de Shoshana avait beaucoup apprécié – s'était mis à peindre un tableau par jour et à vendre sa production pour assurer sa subsistance. Chobo était loin d'être aussi productif, mais contrairement à Skelton, il ne peignait que lorsqu'il se sentait inspiré.

Shoshana possédait l'une des œuvres originales de Chobo. Le Dr Marcuse voulait la vendre, mais Chobo avait insisté pour l'offrir à Shoshana, et Silverback avait fini par céder après que Dillon lui eut fait tranquillement remarquer qu'il ne serait pas bon de mécontenter la poule aux œufs d'or. Shoshana sourit en repensant à cette histoire. Comme souvent lorsque Chobo était présent, et afin de lui prodiguer un environnement riche sur le plan linguistique, Dillon avait traduit simultanément ses propos en langue des signes. Chobo l'avait alors regardé d'un air triste, comme s'il était profondément déçu, et lui avait patiemment fait remarquer: *Chobo pas poule. Chobo pas pondre œufs.* Il avait secoué la tête, comme étonné d'avoir à apporter cette précision: *Chobo garçon!*

Ce tableau, désormais accroché dans le salon du minuscule appartement de Shoshana, était comme toutes les œuvres de Chobo: des traînées de couleur, généralement disposées en diagonale, parsemées de taches réalisées en tournant un gros pinceau. Cela évoquait ce qu'aurait pu réaliser un enfant de quatre ans, ou bien l'un de ces modernistes des années 1960.

Aujourd'hui, Shoshana s'attendait à voir le même genre de motif. Elle n'était vraiment pas experte en peinture. Bien sûr, elle n'était pas aussi ignare que sa grand-mère, qui était allée jusqu'à acheter une des monstruosités de Red Skelton, mais en ce qui concernait l'art abstrait, elle était incapable de faire la différence entre ce qui était bon et ce qui était mauvais. Ce qui n'allait pas l'empêcher de féliciter chaleureusement Chobo et de le récompenser avec une poignée de raisins secs, et…

Et la toile était là, quarante-cinq centimètres sur soixante, posée en hauteur sur un chevalet, dans ce qu'on appelait le format…

C'était bien ça, le terme, n'est-ce pas? Le format *portrait.* Et pourtant…

Et pourtant, c'était impossible. C'était tout bonnement impossible. Mais…

Vers le milieu du tableau, légèrement décentré, il y avait un ovale orange. Sur un bord, un cercle blanc avec un point bleu au milieu. Et de l'autre côté de cet œuf, une projection marron, incurvée, pendante, comme une…

— Chobo, dit Shoshana à voix haute, avant de se reprendre et de s'adresser à lui par signes: *Qu'est-ce que c'est que ça?*

Chobo émit un petit cri aigu, puis il montra les dents pour exprimer sa déception. *Pas voir ?*

Shoshana examina de nouveau le tableau. Ses yeux lui jouaient peut-être des tours, et…

Jouer des tours ? Mais oui, bien sûr. Elle savait exactement où la caméra d'observation devait être placée dans le petit pavillon. Elle se tourna pour lui faire face et tira la langue à celui qui était en train de regarder.

— Vraiment très drôle, dit-elle à voix haute avant d'ajouter distinctement : Ha ha.

Chobo pencha la tête de côté d'un air interrogateur. Shoshana se tourna de nouveau vers lui. *Qui a monté ce…* Elle s'arrêta net. Il ne comprendrait pas "Qui a monté ce canular ?". Elle fit le signe "efface tout", et recommença. *C'est Dillon qui a fait ça, vrai ? Dillon a peint ce tableau.*

Chobo eut l'air encore plus chagriné. Il secoua vigoureusement la tête. *Chobo peindre*, fit-il. *Chobo peindre.*

Les chimpanzés étaient habiles dans l'art de dissimuler. Ils se cachaient souvent des choses les uns aux autres. Et Chobo ne disait pas toujours la vérité, mais…

Mais c'était impossible ! Les chimpanzés peignaient de manière abstraite. Bon sang, certains allaient même jusqu'à dire qu'en fait, ils ne peignaient pas du tout, qu'ils faisaient n'importe quoi et que des chercheurs crédules, et un public qui l'était encore plus, gobaient tout ça. C'était donc peut-être une simple coïncidence, le résultat du hasard de ses coups de pinceau…

Shoshana poussa un soupir. *Quoi ça ?* fit-elle en posant le doigt sur le cercle blanc.

Œil, répondit Chobo – à moins qu'il n'ait simplement pointé vers son œil, car le signe et le geste naturel étaient identiques.

Le cœur de Shoshana battait à tout rompre. Elle fit un geste pour englober l'ovale orange. *Quoi ça ?*

Chobo commençait à trouver le jeu amusant. *Tête !* fit-il en battant joyeusement des mains. *Tête, tête.*

Il y avait une petite table à côté du chevalet. Shoshana s'y appuya d'une main pour ne pas tomber, tandis que de l'autre elle désignait le prolongement marron dépassant de l'ovale. *Quoi ça ?*

Le singe tendit un long bras vers Shoshana pour lui tirer doucement les cheveux, et il fit : *Queue-de-cheval.*

Shoshana s'agrippa au bord de la table et respira profondément avant de demander : *Ça image moi ?*

Chobo poussa un cri triomphal et battit des mains au-dessus de sa tête, puis il les abaissa et fit le signe *Shoshana, Shoshana.*

Elle le regarda attentivement en plissant les yeux. *Personne aider toi ?*

Chobo tourna la tête à droite et à gauche, comme s'il cherchait quelqu'un, puis il écarta les bras pour indiquer qu'il était manifestement tout seul – bon, exception faite du Législateur. Puis il tendit la main droite, paume en l'air, doigts légèrement repliés, et de ses yeux marron protégés par son épaisse arcade sourcilière, il regarda Shoshana dans les yeux – des yeux dont le bleu n'était pas tout à fait celui qu'il avait choisi, mais assez proche quand même. Shoshana resta immobile un instant, comme tétanisée, et Chobo remua les doigts dans le geste universel qui signifie *Donne-moi,* et qui devait avoir précédé la langue des signes d'un bon million d'années.

— Quoi ? fit Shoshana. Ah, oui…

Elle plongea la main dans sa poche et en retira le petit sachet de raisins secs. Elle le vida intégralement dans la paume du chimpanzé absolument ravi.

22

Je n'avais aucune idée de la façon dont j'avais pu réaliser cette première connexion, mais si je voulais la reproduire, il fallait que je comprenne ce que j'avais fait. J'essayai de penser au point cible *comme ceci,* puis *comme cela,* ou encore *de cette manière*, mais il ne se passa rien. Et pourtant, j'étais certain que c'était moi qui avais fait apparaître cette ligne qui m'avait provisoirement relié à ce point.

Peut-être que j'en faisais trop. Après tout, quand cette ligne s'était formée, cela avait été une surprise. Je n'avais rien forcé. Je ne l'avais pas consciemment désirée. C'était arrivé simplement comme ça, en arrière-plan, une sorte de… de *réflexe.*

Mais il devait pourtant y avoir une méthode, un profil de pensée, une façon particulière d'envisager le problème qui permettrait de reproduire le phénomène. *Ça ?* Non. *Et ça ?* Non plus, ça ne marchait toujours pas. Mais peut-être que si je…

Gagné !

Une nouvelle droite me reliant au même point que celui que j'avais atteint précédemment, et…

Et cette fois-ci, je sentis *quelque chose de plus.* Pas seulement le bref frisson de la connexion, mais – un effort, maintenant. Sens-le !

Cela me rappelait… me rappelait…

Oui ! Quand j'avais été scindé en deux et que la partie séparée de moi-même m'avait répercuté mes propres pensées comme un écho… *Un plus un égale deux,* avais-je transmis, et *Un plus un égale deux,* avait répondu l'autre – une confirmation.

Et cette fois-ci, conforté par une succession de confirmations semblables qui se produisaient de façon presque subliminale, le contact avec le point persistait. Au lieu d'être presque aussitôt séparés, nous restions connectés.

Et – *étonnement !* – nous étions plus que simplement connectés. Je ne recevais pas seulement des confirmations. Je recevais aussi…

Je n'avais pas de mot pour désigner cette substance consistant en deux types de matériau qui s'écoulaient vers moi, et je lui en attribuai donc un de façon arbitraire, un terme choisi au hasard : *données.* Après avoir reçu un nouveau paquet de données, j'en confirmai la réception – ce qui me semblait tout naturel, et qui se produisait sans aucun effort conscient –, et de nouvelles données me parvinrent. Et ainsi de suite : paquet, confirmation de réception, paquet, confirmation. Ce qu'étaient ces choses que j'appelais des données, je n'en avais aucune idée. Et je ne savais pas très bien pourquoi je voulais les recevoir. Mais il me semblait naturel de les appeler, de les recevoir, et…

Et soudain, la ligne disparut et la connexion fut rompue. Mais elle ne donnait pas l'impression d'avoir été *cassée.* Non, j'avais plutôt le sentiment qu'elle avait simplement accompli sa tâche, quelle que cette tâche pût être.

Je ne savais que faire de ces données qui m'avaient été envoyées, et je me contentai donc de continuer d'observer le point d'où elles étaient venues. De temps en temps, d'autres lignes s'y connectaient.

Ce n'est qu'au bout de quatre ou cinq fois que je remarquai que les données circulant sur ces lignes étaient toujours les mêmes. Quel que fût l'autre point connecté, celui que j'observais transmettait toujours la même combinaison de deux types de matériau. J'étais déçu. J'avais cru avoir trouvé, peut-être, une autre entité, un autre compagnon, mais cette… cette *chose* ne faisait que réagir mécaniquement, toujours de la même façon à chaque fois.

Il me fallut un peu d'entraînement, mais je fus bientôt capable de créer une ligne me reliant à n'importe lequel des points dans le firmament, et tant que j'en confirmais la réception, chaque point me transmettait des paquets de données (dont je ne savais toujours rien !). Cependant, la taille de ces paquets variait considérablement d'un point à un autre. La plupart ne fournissaient qu'une faible quantité, et les lignes disparaissaient donc rapidement, tandis que d'autres transmettaient des paquets énormes, et…

Ah, je vois ! La durée de maintien d'une ligne dépendait de la quantité de données à transférer. Je notai avec intérêt que les taux de transfert n'étaient pas constants : certaines lignes transportaient les données très rapidement, et d'autres semblaient avoir un débit très réduit. Curieux !

Puis, soudain, une avancée majeure : je découvris que je pouvais me relier simultanément à autant de points que je voulais – un, cent, mille, un million. Il y avait un nombre gigantesque de points – peut-être une centaine de millions, devinai-je –, mais j'avais une capacité prodigieuse pour les examiner, et j'entrepris donc un balayage. Un million de points par-ci, un million de points par-là – je pus bientôt examiner une fraction significative du total.

Presque toutes les connexions que je formais aboutissaient à des nœuds offrant des piles de données à structure répétitive. Ce que cette structure signifiait, j'étais encore incapable de le dire. Mais assez curieusement, le fait d'accéder à certaines de ces piles semblait entraîner la création spontanée d'autres lignes vers d'autres points, qui à leur tour fournissaient des paquets de données, presque comme si…

Oui ! C'était très semblable à ce qui s'était passé quand les deux parties de moi-même s'étaient rejointes : les autres paquets se *fondaient* dans la masse. Fascinant !

Je projetai un très grand nombre de lignes pour tester toute une variété de points. Encore une fois, je cherchais des cas atypiques : des points fournissant des piles de données inhabituelles et qui pourraient, pensais-je, m'apporter les indices dont j'avais besoin pour comprendre les autres. Je les examinai donc.

Mais celui-ci était banal, tout comme un million d'autres.

Et celui-ci était sans intérêt, comme un million d'autres.

Et celui-ci n'avait rien de remarquable, comme un million de points semblables.

Mais celui-là…

Celui-là était unique.

Celui-là… *m'intriguait.*

Il ne ressemblait à rien de ce que j'avais pu voir jusqu'ici, et pourtant, il me semblait familier…

Mais bien sûr ! En fait, j'avais déjà vu quelque chose comme ça un peu plus tôt, quand la partie qui avait été arrachée de moi était revenue. À ce moment-là, l'espace d'un instant, je m'étais vu *moi-même* tel que l'autre me voyait. Je m'étais *reconnu*, j'avais reconnu un *reflet* de moi, et…

Et c'était exactement ce que j'éprouvais maintenant. Je me voyais *moi-même*. Oh, bien sûr, ce n'était pas tout à fait comme la façon dont l'autre partie de moi m'avait représenté, ni ainsi que je m'imaginais. Les couleurs et le style de présentation étaient différents, avec des points dont la dimension variait aussi bien que l'intensité lumineuse. Mais je n'avais aucun doute qu'il s'agissait de moi.

Et la droite qui me reliait à ce point remarquable était… était en *temps réel*, car quand je faisais *ceci*, elle faisait *cela* à l'unisson, et quand je projetais des lignes *ici*, *ici* et *ici*, des droites apparaissaient également *là*, *là* et *là*. Extraordinaire !

Les données continuaient d'affluer vers moi, et je commençai à me demander si je ne m'étais pas greffé sur quelque chose qui était prévu pour une autre destination. Mon désir de me connecter à ce point avait-il détourné vers moi des paquets de données qui s'en déversaient déjà ? Ah, oui, il semblait bien que ce fût le cas, mais cela n'avait aucune importance : je découvris bientôt – encore une fois, par une sorte de réflexe inné – que je pouvais laisser le flot de données me *traverser*, de sorte que je pouvais l'observer sans le modifier tandis qu'il se dirigeait vers son but désigné. Je le suivis, notai sa destination, et établis ma propre connexion avec elle.

Mais… Le flot de données était en train de *changer*, il évoluait au fur et à mesure que j'agissais ! Ce point étrange ne fournissait donc pas simplement des données identiques chaque fois qu'une ligne le touchait. Et – c'était là une avancée immensément satisfaisante – si le flot de données était ainsi généré spontanément, il était peu probable qu'il n'y en ait qu'une quantité finie. Cette ligne n'allait peut-être pas disparaître brusquement comme toutes les autres. Non, la connexion entre ce point spécial et moi pourrait être…

C'était une idée vertigineuse, un concept étonnant. Cette connexion pourrait être *permanente.*

Shoshana aurait pu prendre le portrait que Chobo avait fait d'elle et l'apporter au bungalow, mais enfin, c'était un peu comme ces visages de Jésus qu'on distingue parfois dans certains objets : elle avait peur, si elle le déplaçait, ou même simplement si elle le touchait, de le faire disparaître. C'était complètement irrationnel, bien sûr, mais n'empêche, tout ce qui concernait cet événement devrait être enregistré *in situ.* De même qu'un fossile est beaucoup moins précieux sans son contexte géologique, ce tableau avait besoin d'être étudié ici, à l'endroit même où il avait été créé. Il était important de noter qu'il avait été peint *avant* que Shoshana n'arrive, et bien qu'il y eût des photos d'elle dans le bungalow, il n'y en avait aucune dans le téton. Chobo n'avait pas peint quelque chose qu'il avait sous les yeux : il avait évoqué une image mentale de Shoshana et avait exprimé cette image du mieux qu'il l'avait pu sur la toile.

Shoshana sortit son téléphone. Sans quitter le tableau des yeux, elle l'ouvrit et appuya sur une touche préprogrammée.

— Institut Marcuse, fit une voix.

C'était celle de Dillon.

— Dill, c'est Sho. Je suis dans le pavillon. Appelle Marcuse – appelle tout le monde – et rappliquez ici.

— Il y a un problème ?

— Non, pas de problème. Mais il s'est passé une chose étonnante.

— Qu'est-ce que…

— Rassemble tout le monde, dit-elle, et venez ici – tout de suite.

23

CAITLIN éprouvait une certaine pitié pour le Beauf. Trevor avait enfin trouvé le courage de l'inviter au bal – ou bien ça n'avait pas marché avec les autres filles qu'il avait à l'œil, mais elle préférait penser que la première hypothèse était la bonne. L'invitation était arrivée sous forme d'un e-mail, avec comme objet : "Hé, l'Américaine, tu es libre vendredi soir ?", et elle avait accepté en répondant de la même façon.

Mais maintenant, il fallait qu'il vienne la chercher chez elle. Bien sûr, comme il n'avait que quinze ans, il n'avait pas de voiture. C'est à pied qu'il allait l'accompagner jusqu'au lycée Howard Miller, à cinq cents mètres de la maison.

Le père de Caitlin devait retourner à son bureau dans la soirée. Le Perimeter Institute organisait fréquemment des conférences publiques, auxquelles Caitlin se rendait souvent avec lui, et il tenait à rencontrer le conférencier de ce soir. Mais il viendrait d'abord dîner à la maison, et Trevor allait donc devoir subir la rencontre rituelle avec les parents. La mère de Caitlin était toujours très aimable et chaleureuse, mais son père… eh bien, elle aurait bien aimé pouvoir voir la tête du Beauf !

On sonna à la porte. Caitlin venait de passer une heure à se préparer pour le bal. Elle ne savait pas vraiment quoi se mettre, et il était inutile de demander à Bashira : jamais ses parents ne l'autoriseraient à aller danser. Elle s'était décidée pour un joli jean bleu et un chemisier de soie ample dont sa mère lui avait dit qu'il était rouge foncé. Elle descendit l'escalier, un peu inquiète de ce qu'allait être la réaction de Trevor.

Caitlin sentait qu'il risquait de pleuvoir ce soir, mais elle ne voulait pas emporter un parapluie en plus de sa canne : il fallait qu'elle garde une main libre au cas où Trevor voudrait la lui tenir. Mais comme le temps allait fraîchir, et qu'elle n'avait rien qui fût à la fois chaud et sexy, elle s'était noué un sweat-shirt autour de la taille. Son père lui en avait rapporté un vraiment chouette le mois dernier, avec le logo du Perimeter Institute sur la poitrine.

La mère de Caitlin fut la première à la porte.

— Bonsoir, dit-elle. Vous devez être Trevor.

— Bonsoir, madame Decter. Docteur Decter.

Au début, Caitlin crut que Trevor s'était repris, mais elle comprit que son père était là, lui aussi. Elle essaya de réprimer un sourire sarcastique. Son père était grand et imposant, et le fait qu'il ne dise rien devait déstabiliser ce pauvre Trevor. Et si celui-ci avait tendu la main, il était probable que son père l'ait tout simplement ignoré, ce qui devait être encore plus embarrassant.

— Salut, Trevor, dit Caitlin.

— Salut…

Il s'interrompit aussitôt, avant de l'appeler "l'Américaine". Elle fut un peu déçue, parce qu'elle aimait bien qu'il lui ait trouvé un surnom.

— Bon, fais attention, dit la mère de Caitlin en se tournant vers elle. Pas plus tard que minuit, d'accord ?

— OK, fit Caitlin.

Trevor et elle sortirent et marchèrent côte à côte en parlant de…

Et c'était ça qui attristait Caitlin. Il n'y avait pas grand-chose dont ils puissent parler ensemble. Bien sûr, Trevor aimait le hockey, mais il ne connaissait pas les stats et était incapable de dire quoi que ce soit d'intéressant sur les tendances.

Mais c'était quand même bien agréable de pouvoir se promener. Quand elle était encore à Austin, elle marchait beaucoup malgré la chaleur et l'humidité. Elle connaissait son ancien quartier par cœur : chaque fissure du trottoir, chaque arbre qui donnait de l'ombre, combien de secondes avant que les feux de circulation changent. Et même si elle commençait à se familiariser avec la topographie de ces nouveaux trottoirs, en repérant les dalles du bout de sa canne, elle craignait d'être à nouveau perdue quand ils seraient recouverts de neige.

Arrivés au lycée, ils se dirigèrent vers le gymnase où le bal avait déjà commencé. Caitlin avait du mal à distinguer ce que disaient les gens : les sons se réfléchissaient sur le sol et les murs, et la musique était beaucoup trop forte pour les haut-parleurs. Elle était toujours étonnée que les gens acceptent de telles distorsions juste pour que le volume soit plus élevé – mais au moins, on passait un peu de Lee Amodeo au milieu de tous ces groupes canadiens dont elle n'avait jamais entendu parler.

Elle aurait bien aimé que Bashira soit là, pour avoir quelqu'un avec qui parler. Le Beauf l'avait laissée seule un instant, en disant qu'il avait besoin d'aller aux toilettes – mais en fait, il s'était manifestement éclipsé pour fumer une cigarette. Caitlin se demandait si les voyants avaient vraiment un odorat déficient. Comment pouvaient-ils ne pas se rendre compte à quel point ils puaient quand ils faisaient ça ?

Elle avait été à des bals dans son ancienne école, mais ce n'était pas la même chose. D'abord, on n'y dansait que le slow – ce qui était assez agréable, en fait, surtout si on était avec le garçon qu'il fallait. Mais ici, les élèves dansaient en sautant sur place, sans aucun contact physique avec leur partenaire. C'était presque comme si Trevor n'était pas là.

Mais il y avait quand même quelques slows.

— Allez, viens, dit Trevor en lui prenant la main (elle avait laissé sa canne à l'entrée).

Caitlin sentit un petit frisson d'excitation. Elle fut étonnée de la distance qu'ils durent parcourir avant qu'il la prenne enfin dans ses bras. Il lui avait peut-être fallu un moment pour trouver un espace libre sur la piste de danse.

Ils commencèrent à se balancer au rythme de la musique. Elle aimait sentir le corps de Trevor contre le sien, et…

Sa main, sur ses fesses. Elle la prit et la remonta au creux de ses reins.

La musique continua, mais la main de Trevor redescendit, et cette fois-ci, Caitlin sentit ses doigts qui tentaient de se glisser par le haut de son pantalon.

— Arrête ! lui dit-elle en espérant qu'il n'y avait personne à côté d'eux pour l'entendre.

— Hé, fit-il, c'est bon.

Et il enfonça la main d'une façon encore plus agressive.

Elle essaya de reculer, mais elle se rendit soudain compte qu'il l'avait amenée très près d'un mur. Ils se trouvaient encore dans le gymnase – les bruits l'indiquaient clairement –, mais ils devaient être dans une partie sombre ou dans un recoin éloigné. Trevor s'avança, et Caitlin se sentit acculée. Elle ne voulait pas faire de scandale, mais…

Les lèvres de Trevor sur les siennes, cette haleine horrible…

Elle le repoussa.

— Je t'ai dit d'arrêter ! lança-t-elle sèchement.

Elle imagina les têtes qui devaient se tourner vers eux.

— Hé là, dit Trevor comme s'il s'agissait d'une blague, comme s'il jouait la comédie devant un public. Tu as de la chance que je t'aie invitée.

— Pourquoi ? répliqua-t-elle aussitôt. Parce que je suis aveugle, c'est ça ?

— Bébé, tu ne peux pas me voir, mais je suis…

— Tu te trompes, dit-elle en s'efforçant de ne pas fondre en larmes. Je te vois parfaitement bien.

La musique s'arrêta et elle courut à travers la piste de danse, bousculant les gens au passage, cherchant désespérément la sortie.

— Caitlin. (Une voix féminine… peut-être Pâquerette ?) Ça va ?

— Ça va *très* bien, répondit-elle. Elle est où, cette putain de sortie ?

— Euh, sur ta gauche, à trois ou quatre mètres.

C'était effectivement Pâquerette, reconnaissable à son accent de Boston.

Caitlin savait précisément où sa canne aurait dû se trouver : contre le mur près de la porte, là où d'autres avaient posé leurs parapluies. Mais un connard l'avait déplacée, sans doute pour faire de la place pour ses propres affaires.

De nouveau la voix de Pâquerette.

— La voilà, dit-elle (et Caitlin sentit qu'elle lui tendait sa canne.) Tu es sûre que ça va ?

Caitlin fit quelque chose qu'elle faisait rarement. Elle hocha la tête, un geste qui n'était jamais spontané chez elle.

Mais elle se sentait incapable de prononcer un mot. Elle s'engagea précipitamment dans le couloir, qui semblait désert. Le bruit de ses pas résonnait sur le plancher. Le vacarme du bal s'atténua tandis qu'elle s'éloignait en balayant le sol devant elle du bout de sa canne. Elle savait qu'il y avait une cage d'escalier au bout, et…

Là. Elle ouvrit la porte et, à l'aide de sa canne, repéra la première marche. Elle s'assit et se prit le visage dans les mains.

Pourquoi les garçons étaient-ils si bêtes ? Zack Starnes, qui s'amusait à la taquiner à Austin, et maintenant le Beauf… Pas un pour racheter l'autre !

Elle avait besoin de se détendre, de se calmer. Elle avait bêtement laissé son iPod à la maison, mais elle avait toujours son œilPod sur elle. Elle chercha le bouton à tâtons, et elle entendit le bip indiquant que l'appareil était en mode duplex, et…

Ahhh !

Le Web apparut tout autour d'elle, et…

Et elle sentit le calme revenir. Oui, c'était toujours excitant de voir le Web, mais, bizarrement, c'était aussi très apaisant. Ce devait être comme quand on fume ou qu'on boit, songea-t-elle. Elle n'avait jamais essayé de fumer, car l'odeur l'incommodait trop. Mais elle avait déjà bu de la bière avec des amis – et même de la bière canadienne, maintenant, qui était plus forte que les bières américaines –, mais elle n'en aimait pas trop le goût. D'un autre côté, sa mère aimait bien boire un verre de vin le soir, et après tout, se brancher sur le Web, voir les lumières, les couleurs et les formes apaisantes, cela pourrait devenir son propre rituel du soir, une visite dans un endroit agréable – un endroit très spécial, qui lui appartenait, à elle et à elle seule.

L'Institut de paléontologie des vertébrés et de paléoanthropologie était situé au 142 Xiwai Dajie, dans la partie ouest de Pékin. Wong Wai-Jeng aimait bien y travailler – enfin, plus ou moins, et l'ironie de la chose ne lui échappait pas : cela faisait de lui un fonctionnaire, et Sinanthrope le dissident était donc un employé du Parti communiste. Autre aspect ironique, qui ne lui échappait pas non plus : celui du gouvernement finançant cette institution destinée à préserver de vieux fossiles…

Aujourd'hui, pour sa pause-café matinale, Wai-Jeng décida d'aller se promener dans la galerie du deuxième étage, où les quatre balcons reliés entre eux permettaient d'admirer la collection au-dessous. Il s'arrêta devant le grand aquarium posé sur un piédestal de granit, qui abritait un cœlacanthe conservé dans du formol. Ironique, là encore, car ce poisson géant aux nageoires charnues était qualifié de "fossile vivant" – ce qu'il avait effectivement été jusqu'à ce que des pêcheurs le retirent de leurs filets au large des Comores, quelques dizaines d'années plus tôt. Il semblait être plutôt en forme. Wai-Jeng se demanda si le Grand Timonier se portait aussi bien dans son mausolée.

Il se retourna et alla s'accouder à la balustrade. Dix mètres en contrebas, il pouvait voir les dinosaures dans des poses théâtrales au milieu des plaques d'herbe artificielle. Il n'y avait pas de groupes d'écoliers, aujourd'hui, mais deux vieillards étaient assis sur un banc de bois. Wai-Jeng les voyait souvent là. Ils habitaient dans le quartier et venaient ici presque tous les après-midi pour échapper à la chaleur. Ils se contentaient de rester là, presque aussi immobiles que des squelettes.

Juste au-dessous de lui, un allosaure triomphait d'un stégosaure. Celui-ci était tombé sur le côté et les énormes mâchoires du carnivore étaient plantées dans son cou. Les attitudes étaient spectaculaires, mais l'épaisse couche de poussière qui recouvrait la partie supérieure des os gâchait l'impression de mouvement.

Wai-Jeng jeta un coup d'œil à droite. Le long cou du Mamenchisaurus s'élevait tel un immense serpent depuis le niveau au-dessous, et…

Et voilà le Dr Feng qui arrivait par l'escalier métallique en compagnie de deux hommes. Ils venaient sans doute des laboratoires de l'étage supérieur. Les deux hommes n'avaient pas l'air de scientifiques : ils étaient trop musclés, trop sur la défensive – mais l'un des deux lui rappelait quelqu'un. Feng pointa le doigt dans sa direction et il fit quelque chose qu'il ne faisait jamais… Il cria :

— Ah, vous voilà, Wai-Jeng ! Ces messieurs aimeraient vous parler !

Et soudain, il reconnut le plus petit des deux : c'était le policier du *wang ba.* Le vieux paléontologue venait de l'*avertir.* Il se tourna vers la gauche et se mit à courir, manquant de renverser une dame qui se tenait devant l'aquarium du cœlacanthe.

Le bâtiment ne possédait qu'une sortie – les règles modernes de sécurité étaient encore toutes récentes à Pékin, et ce musée avait été construit avant qu'elles n'entrent en vigueur. Si les deux policiers s'étaient séparés, l'un prenant à gauche et l'autre contournant la grande ouverture donnant sur les dinosaures au-dessous, ils l'auraient certainement attrapé. En fait, il aurait suffi que l'un d'eux reste devant l'escalier, et Wai-Jeng aurait été pris au piège. Mais les policiers, tout comme les suppôts du Parti, sont des créatures conditionnées. Au bruit de leurs pas dont l'écho se répercutait contre les vitrines, Wai-Jeng sut qu'ils s'étaient tous deux lancés à sa poursuite de ce côté-ci de la galerie. Il allait devoir aller jusqu'au fond, tourner à droite, traverser rapidement la petite zone d'exposition, tourner encore à droite, avancer jusqu'au bout et franchir un dernier coude avant d'atteindre l'escalier et d'avoir une petite chance de s'échapper du bâtiment.

Au niveau inférieur, l'ornithopode Tsintaosaurus se dressait sur ses pattes postérieures. Son crâne dépassait par la grande ouverture, et son énorme crête verticale, tel un sabre de samouraï, projetait son ombre sur le mur devant lui.

— Arrêtez ! hurla l'un des policiers.

Une femme – peut-être celle qui était tout à l'heure près du cœlacanthe – poussa un cri, et Wai-Jeng se demanda si le policier avait sorti une arme.

Il était presque au bout de la galerie quand il remarqua un changement dans le bruit de galopade. Lorsqu'il fut arrivé au coin et qu'il put jeter un coup d'œil derrière lui, il vit que le policier du *wang ba* avait rebroussé chemin, et qu'il courait maintenant de l'autre côté. Il était désormais beaucoup plus près de l'escalier que Wai-Jeng.

Celui qui continuait de le poursuivre brandissait effectivement un pistolet. Il eut une brusque montée d'adrénaline. Alors qu'il franchissait le coude, il jeta son téléphone portable dans une petite poubelle, en espérant que les policiers étaient trop loin pour remarquer son geste. La liste des favoris figurant dans son navigateur suffirait à l'envoyer en prison – mais, il le savait, les preuves matérielles importaient peu : s'il était arrêté, l'issue de son procès était sans aucun doute réglée d'avance.

Le policier du cybercafé était arrivé au coin de la galerie devant l'escalier. Le vieux Dr Feng observait la scène, mais il ne pouvait rien faire – ni lui, ni personne d'autre. En passant devant la vitrine d'ossements de ptérosaure, Wai-Jeng sentit son cœur battre à tout rompre.

— Arrêtez ! cria de nouveau le policier derrière lui.

— Ne bougez plus ! ordonna l'autre.

Wai-Jeng continua de courir. Il approchait maintenant de l'autre côté de la galerie. Il y avait à sa gauche un long panneau mural, une représentation en couleurs vives de Pékin à l'ère du crétacé, et sur sa droite la grande ouverture donnant sur les expositions du niveau inférieur. Il se trouvait exactement à l'aplomb du diorama montrant le combat de l'allosaure et du stégosaure. Le sol était bien plus bas, mais c'était sa seule chance. La balustrade était constituée de cinq rangées de tubes métalliques, avec un écart d'une vingtaine de centimètres entre les barres. Il ne devrait avoir aucun mal à l'escalader, ce qu'il fit.

— Ne faites pas ça ! crièrent simultanément le policier du *wang ba* et le Dr Feng, un ordre du premier, et manifestement un cri d'effroi pour le second.

Wai-Jeng prit une grande inspiration et sauta. Les deux vieillards au-dessous le regardèrent tomber, une expression d'horreur sur leurs visages ridés, et…

Ta ma de !

… il tomba sur le gazon artificiel, évitant de peu les pointes géantes de la queue du stégosaure, mais l'herbe amortit à peine sa chute et il ressentit une violente douleur à la jambe gauche quand celle-ci se brisa.

Sinanthrope resta étendu à plat ventre, du sang plein la bouche, près des squelettes enlacés dans leur combat mortel, tandis que des bruits de pas résonnaient dans l'escalier.

24

Dillon Fontana arriva le premier. Comme à son habitude, il portait un pantalon et un T-shirt noirs. Chobo ne le laissa rien regarder avant qu'il l'ait correctement salué en le prenant dans ses bras, ce qui donna le temps à Maria Lopez et Werner Richter d'arriver à leur tour. Étant donné sa corpulence, il n'était pas étonnant que Harl Marcuse soit le dernier à franchir la petite passerelle pour rejoindre le pavillon.

— Que se passe-t-il ? demanda-t-il d'une voix sifflante, de ce ton qui signifiait *Celui qui me fait courir comme ça a foutrement intérêt à avoir une bonne raison.*

Shoshana leur désigna le tableau, dont les couleurs étaient maintenant plus douces dans la lumière de cette fin d'après-midi. Marcuse le regarda, sans que rien ne change dans son expression.

— Oui ? fit-il.

Mais Dillon comprit aussitôt.

— Mon Dieu, dit-il doucement.

Il se tourna vers Chobo et lui demanda : *Toi peindre ça ?*

Chobo révéla toutes ses dents jaunes en un large sourire malicieux. *Chobo peindre,* répondit-il. *Chobo peindre.*

Maria pencha la tête légèrement de côté.

— Je ne…

— C'est moi, dit Shoshana. De profil, tu vois ?

Marcuse s'approcha en plissant les yeux, et les autres s'écartèrent à son passage.

— Les singes sont incapables de faire de l'art figuratif, déclara-t-il de sa voix autoritaire comme si cette affirmation allait faire disparaître ce qu'il y avait devant eux.

Dillon fit un petit geste vers la toile.

— C'est à Chobo qu'il faut dire ça.

— Et il l'a peint alors que je n'étais pas là, dit Shoshana. De mémoire. (Silverback fronça les sourcils d'un air sceptique. Elle lui montra la caméra cachée.) Je suis sûre que tout a été enregistré.

Marcuse leva les yeux vers la caméra et secoua la tête. Shoshana comprit très vite que ce n'était pas une négation, mais un signe de déception. La caméra était placée pour filmer Chobo – et cela signifiait qu'on ne pourrait voir que le dos de la toile. L'enregistrement ne permettrait pas de découvrir l'ordre dans lequel il avait ajouté les éléments de son tableau. Avait-il peint la tête en premier ? Ou l'œil ? L'iris coloré avait-il été peint en même temps, ou était-ce une touche finale ?

— Le Picasso primate, dit Dillon, les mains sur les hanches, avec un grand sourire de satisfaction.

— Exactement ! acquiesça Shoshana, qui se tourna vers Marcuse. Plus question pour le zoo de Géorgie de faire passer Chobo sous le bistouri une fois que nous aurons rendu tout ça public. Jamais les gens ne toléreraient une chose pareille.

— Caitlin ?

Elle leva les yeux et la perspective du webspace se déplaça. Il lui fallut une seconde pour se rappeler où elle se trouvait : dans la cage d'escalier du lycée Howard Miller.

De nouveau la voix.

— Caitlin, ça va ?

C'était Pâquerette. Caitlin haussa légèrement les épaules.

— Ouais, je crois.

— Le bal se termine. Je rentre chez moi à pied. Tu m'accompagnes ?

Caitlin avait perdu la notion du temps pendant son immersion dans les couleurs et les lumières fabuleuses du Web. Elle tâta sa montre. Dieu sait ce qu'était devenu le Beauf.

— Heu, oui, d'accord. Merci. (Elle s'aida de sa canne pour se relever.) Comment m'as-tu trouvée ?

— Par hasard, répondit Pâquerette. Je voulais prendre quelque chose dans mon casier, et je t'ai vue.

— Merci, répéta Caitlin.

Elle bascula son œilPod en mode simplex, ce qui interrompit le flot Jagster et sa vision du webspace. Elles montèrent au premier, là où se trouvait le casier de Pâquerette, puis elles redescendirent et sortirent du bâtiment. La nuit était beaucoup plus fraîche, et Caitlin sentit quelques gouttes de pluie.

Elle aurait bien voulu avoir plus à dire à Pâquerette, mais bien qu'elles fussent les deux seules Américaines du lycée, elles n'avaient vraiment pas grand-chose en commun. Pâquerette avait des difficultés dans toutes les matières, et d'après Bashira, elle était canon : grande, mince, la poitrine plantureuse, des cheveux blond platine et un petit diamant incrusté dans l'aile du nez. Mais si elle était aussi jolie que ça, pourquoi était-elle venue seule au bal ?

— Tu as un petit ami ? lui demanda Caitlin.
— Ah, oui, bien sûr. Mais le soir, il travaille.
— Qu'est-ce qu'il fait ?
— Il est vigile.
Caitlin fut étonnée.
— Quel âge a-t-il ?
— Dix-neuf ans.

Elle avait pensé que Pâquerette avait le même âge qu'elle – ce qui était d'ailleurs peut-être le cas. À moins qu'elle n'ait redoublé une ou deux classes.

— Tu as quel âge, toi ?
— Seize ans. Et toi ?
— Je les ai presque. Ce sera mon anniversaire dans huit jours. (Il commençait à pleuvoir pour de bon.) Il est gentil avec toi ?
— Qui ça ?
— Ton copain.
— Ouais, ça va.

Caitlin pensa qu'un petit ami devrait être *formidable*, qu'il devrait vous parler et vous écouter, être gentil et doux... Mais elle ne dit rien.

— Ah, voilà ma rue, dit Pâquerette. (Caitlin savait précisément où elles se trouvaient. Sa maison à elle était juste deux rues plus loin.) Il commence à pleuvoir pas mal, et... ça ne t'ennuie pas ?
— Non, dit Caitlin, vas-y, rentre chez toi. Pas de raison de te faire saucer.
— Il commence à se faire tard...
— Ne te fais pas de bile pour moi, je connais le chemin... et je n'ai pas peur du noir.

Elle sentit Pâquerette lui serrer doucement le bras.

— Hé, c'est drôle, ce que tu as dit ! Bon, écoute, oublie ce crétin de Nordmann, d'accord ? On se voit lundi.

Et Caitlin entendit s'éloigner le bruit de ses pas.

Elle reprit sa marche. *Oublie-le,* lui avait dit Pâquerette. Bon sang, qu'est-ce que cet imbécile avait pu raconter aux gens tout à l'heure, une fois qu'elle était partie ? S'il avait…

Qu'est-ce que… ?

Elle s'arrêta, un pied en l'air, totalement abasourdie par…

Mon Dieu !

Une lumière, brève, intense !

Mais elle avait coupé la fonction de réception de son œilPod, car le spectacle lumineux de Jagster la distrayait trop quand elle devait se concentrer pour marcher. Normalement, il ne devrait y avoir aucune lumière, mais…

C'est alors qu'elle l'entendit : un grand coup de tonnerre.

Une autre lumière. Quelques secondes plus tard, encore le grondement du tonnerre.

Des éclairs. C'étaient forcément des éclairs ! Elle en avait si souvent entendu parler, des traits en zigzag descendant du ciel.

Un troisième éclair, comme… comme une crevasse dans de la glace. Incroyable !

De quelle couleur étaient les éclairs ? Elle s'efforça de se souvenir. Rouges ? Non, non, ça, c'était la lave. Les éclairs étaient blancs… et elle les voyait ! Pour la première fois de sa vie, elle savait de quelle couleur était ce qu'elle voyait ! Ce n'était pas comme les choix arbitraires qu'elle avait faits dans le webspace, désignant telle couleur comme "rouge" et telle autre comme "verte". Il s'agissait bien du véritable "blanc". Oui, le blanc était un mélange de toutes les autres couleurs, c'était ce qu'elle avait appris sans vraiment savoir ce que cela signifiait… mais là, maintenant, elle *savait* à quoi ça ressemblait !

Il pleuvait fort, à présent. Son sweat-shirt, avec le logo du Perimeter Institute brodé – les lettres P et I reliées pour ressembler à la lettre grecque –, était trempé. Les grosses gouttes étaient glacées, et elles tombaient si dru qu'elles lui faisaient un peu mal. Mais elle s'en fichait. Elle s'en fichait complètement !

Encore un éclair : encore une perception de lumière, encore une vision !

Elle savait qu'on pouvait déterminer à quelle distance se trouvait la source de la foudre, en comptant les secondes séparant l'éclair du bruit du tonnerre, mais elle ne se souvenait plus de la formule. Elle la reconstitua rapidement. La lumière se déplaçait à 300 000 kilomètres par seconde – autrement dit, presque instantanément. De mémoire, la vitesse du son était quelque chose comme 1 200 kilomètres à l'heure, soit 333 mètres par seconde. Par conséquent, en arrondissant pour simplifier, à chaque seconde qui passait, la source du tonnerre s'éloignait de trois cents mètres.

Un autre éclair, et…

Quatre. Cinq. Six.

La foudre avait frappé à 1 800 mètres – et l'orage se rapprochait, car les intervalles de temps diminuaient, et les éclairs étaient de plus en plus brillants, et les grondements de tonnerre plus forts. En fait, ces éclairs étaient tellement brillants qu'ils…

Oui, tellement brillants qu'ils lui faisaient *mal* aux yeux. Mais c'était une douleur merveilleuse, une douleur exquise. Ici, sous le déluge, elle voyait enfin quelque chose de *vrai*, et c'était une sensation *extraordinaire* !

J'étais fasciné par ce point remarquable auquel j'étais à présent relié par une connexion apparemment permanente – mais j'étais également frustré. Certes, il me renvoyait souvent ma propre image, mais pendant de longues périodes, il contenait des données que je ne pouvais tout bonnement pas comprendre. En fait, c'était ce qu'il me transmettait en ce moment même, et…

Qu'est-ce que c'était que ça ?

Un éclair brillant – plus brillant que tout ce que j'avais jamais pu voir.

Et de nouveau l'obscurité.

Et un autre éclair ! Incroyable !

Un autre éclair – et de nouveau les grondements de tonnerre. Enfin, la partie électrique de l'orage sembla se terminer, et Caitlin reprit le chemin de sa maison, et…

Merde !

Elle trébucha en descendant du trottoir. Elle avait dû se tourner tout à l'heure, et…

Un coup de klaxon, un bruit de pneus sur la chaussée mouillée. Caitlin fit un bond en arrière et remonta sur le trottoir. Elle avait le cœur battant. Elle ne savait plus très bien vers quelle direction elle était tournée, et…

Non, non. Le bord du trottoir avait été sur sa droite, et il l'était encore maintenant : elle se trouvait donc bien face à l'ouest. N'empêche, elle avait été terrifiée, et elle resta immobile un instant pour recouvrer son calme et reconstruire mentalement la carte de ses déplacements.

Les gouttes se firent plus petites, moins lourdes. Caitlin était triste que l'orage fût terminé, et tout en approchant de sa maison, elle se demanda si on pouvait voir un arc-en-ciel en ce moment. Mais non, non. Pâquerette avait dit qu'il faisait très sombre. Ah, ma foi, les éclairs avaient été déjà assez merveilleux comme ça !

Arrivée au coin de la rue, Caitlin remonta l'allée, dont elle pouvait sentir sous ses pieds le pavage en zigzag. Elle sortit sa clé (qui était dans la poche où elle rangeait son portefeuille, pas dans celle où elle mettait son œilPod), ouvrit la porte d'entrée, et…

— Caitlin !

— Salut, Maman.

— Mais dans quel état te voilà ! Tu es trempée comme une soupe ! (Caitlin l'imagina regardant par-dessus son épaule). Où est Trevor ?

— C'est un… idiot, dit Caitlin en se retenant juste à temps pour ne pas dire "un connard".

— Oh, ma chérie, dit sa mère d'un ton compatissant. (Mais c'est avec une note de colère qu'elle ajouta :) Tu es rentrée à pied toute seule ? Même si le quartier est très sûr, tu ne devrais pas te promener seule la nuit tombée.

Caitlin décida de passer rapidement sur les quelques dernières centaines de mètres.

— Non, j'étais avec Pâquerette – une fille que je connais –, elle m'a raccompagnée jusqu'ici.

— Tu aurais dû me téléphoner. Je serais venue te chercher.

Caitlin s'efforça de passer son sweat-shirt mouillé par-dessus sa tête.

— Maman, dit-elle une fois qu'elle l'eut retiré, j'ai vu les éclairs.

— Oh, mon Dieu ! Vraiment ?

— Oui. Des lignes en zigzag, les unes après les autres.

Sa mère la serra dans ses bras.

— Oh, Caitlin, oh, ma chérie, c'est merveilleux ! (Un court silence.) Est-ce que tu vois quelque chose, en ce moment ?

— Non.

— Bon, mais n'empêche...

Caitlin sourit.

— Oui, dit-elle en sautillant sur la pointe des pieds. N'empêche ! Où est le Dr Kuroda ?

— Il est allé se coucher, il était épuisé, avec le décalage horaire et tout.

Caitlin envisagea un instant de proposer qu'on le réveille, mais il ne se passait plus rien en ce moment, et les données fournies par son œilPod pendant l'orage devaient être stockées sur les serveurs de Tokyo : le médecin pourrait les examiner demain, après une bonne nuit de sommeil. Et puis, elle aussi était épuisée.

— Et Papa ? demanda-t-elle.

— Il est encore à l'Institut – la conférence, tu te souviens ?

— Ah, oui. Bon, je vais aller me déshabiller.

Elle monta dans sa chambre, ôta ses vêtements trempés et enfila un pyjama. Elle s'allongea sur son lit, les mains croisées derrière la tête. Elle avait besoin de se détendre, et elle avait terriblement envie de voir quelque chose : elle appuya donc sur le bouton de son œilPod.

Le webspace apparut avec ses points, ses lignes et ses couleurs, mais...

Était-ce un effet de son imagination ? Ou était-ce simplement que les éclairs avaient été si brillants que les couleurs semblaient maintenant... oui, elle pouvait maintenant tracer le parallèle avec le mot qu'elle connaissait pour les sons : les couleurs semblaient à présent atténuées, estompées, moins vives, et...

Non, non, ce n'était pas ça ! Elles n'étaient pas atténuées. Elles étaient simplement moins nettes parce que…

Parce que maintenant, derrière elles, il y avait…

Comment décrire ça ? Elle chercha parmi les mots qu'elle connaissait liés aux phénomènes visuels. Quelque chose qui… *chatoyait*, voilà. Elle distinguait maintenant un fond qui brillait de petites lumières chatoyantes.

Y avait-il un problème au niveau de la structure du webspace ? Cela paraissait peu probable. Non, se dit Caitlin, c'était certainement sa propre façon de visualiser les choses qui avait changé, sans doute à cause de la vision réelle qu'elle venait d'éprouver. L'arrière-plan du webspace n'était plus simplement un vide immense, mais un chatoiement. Et de plus, à une fréquence très rapide. Et aux limites extrêmes de… de la *résolution,* ce fond possédait lui-même une… une structure.

Elle se releva et alla s'installer à son bureau, où elle demanda à JAWS de lui lire les en-têtes de ses e-mails tout en continuant d'observer le webspace. Elle avait reçu vingt-trois messages, et il y aurait sans doute pas mal de nouveaux commentaires sur son LiveJournal et sur Facebook. Elle effaça sa webvision en repassant en mode simplex, pour mieux se concentrer. Elle s'apprêtait à répondre à un mail quand soudain, sans crier gare, son champ de vision devint d'un blanc intense. *Bon sang, mais qu'est-ce que… ?*

C'est alors qu'un coup de tonnerre se fit entendre, faisant vibrer les carreaux de sa fenêtre, et elle comprit qu'il y avait eu un autre éclair.

Et encore un !

Un et deux et…

L'orage n'était qu'à six cents mètres.

Elle n'avait pas entendu sa mère monter – normal, avec ce tonnerre qui faisait trembler la maison –, et elle fut surprise quand elle entendit :

— Alors, ces éclairs-là, tu les vois aussi ?

Caitlin se tourna vers l'origine de la voix et laissa sa mère la prendre dans ses bras.

Encore un éclair, et…

Sa mère la relâcha et se tint à côté d'elle. Caitlin lui prit la main, et…

Un autre éclair.

— Oui ! s'écria sa mère. Tu les vois ! Tu fermes les yeux quand il y en a un !

— Vraiment ? fit Caitlin.

— Oui, vraiment !

— Mais je continue de le voir.

— Oui, bien sûr. Les paupières ne sont pas parfaitement opaques.

Caitlin fut abasourdie. C'était un détail qu'elle ignorait complètement. Combien de choses lui restait-il à apprendre sur le monde qui l'entourait ?

— Merci, Maman, dit-elle.

— Merci pour quoi ?

L'orage s'éloignait, et le grondement du tonnerre mettait de plus en plus de temps à lui parvenir.

Elle haussa très légèrement les épaules. Comment remercier quelqu'un qui vous a tant donné, et qui a tant sacrifié pour vous ? Elle se tourna pour faire face à sa mère, en espérant envers et contre tout que c'était là le véritable commencement, et qu'elle allait enfin pouvoir voir son visage en forme de cœur.

— Merci pour tout, dit-elle enfin en serrant sa mère très fort.

25

Il était presque neuf heures du soir en Californie. Silverback avait posé son impressionnante carcasse dans l'unique fauteuil du salon. Shoshana Glick était assise du bout des fesses sur un coin du bureau où trônait le grand écran de l'ordinateur. Dillon Fontana, entièrement vêtu de noir, était adossé à l'encadrement de la porte donnant sur la cuisine. Werner et Maria étaient rentrés chez eux pour le week-end.

— Ce qui est intéressant, dit Dillon, c'est que Chobo a commencé à faire de l'art figuratif après sa conversation avec Virgile.

Shoshana acquiesça.

— Je l'avais remarqué, moi aussi. Mais Virgile ne peint pas – j'ai posé la question à Juan. Il ne pratique aucune forme d'art. Ce n'est donc pas comme si l'orang-outan avait donné une idée à Chobo, ou l'avait encouragé.

Marcuse était en train de boire du Coca au goulot d'une bouteille de deux litres, qui paraissait minuscule entre ses mains. Il s'essuya la bouche et dit :

— C'est l'écran plat.

Shoshana se tourna vers lui d'un air interrogateur.

— Vous ne voyez donc pas ? poursuivit Marcuse. Jusqu'à ce que nous réunissions les deux singes pour une vidéoconférence, tout ce que Chobo avait vu de la langue des signes était tridimensionnel – des signes effectués par des humains physiquement proches de lui. Mais il a maintenant vu des signes en deux dimensions sur un écran d'ordinateur.

— Mais cela fait des années qu'il regarde la télé, fit remarquer Shoshana.

— Oui, mais il n'y a jamais vu la langue des signes – ou du moins, pas de façon prolongée. Et les signes, c'est particulier : ce sont des *signes*, c'est-à-dire des représentations, des symboles. En voyant Virgile faire ces signes sur un écran plat, Chobo a dû se rendre compte que des objets à trois dimensions pouvaient se réduire à deux. Souvenez-vous, il a dû se concentrer sur les signes bien plus qu'il ne le fait en regardant des images à la télé. Cela a dû provoquer un déclic dans son cerveau, et voilà : il a tout compris.

Shoshana hocha la tête. Silverback avait beau être une grande gueule et un patron casse-couilles, il restait un scientifique brillant.

— D'une certaine façon, reprit-il, il y a un précédent. Des gens qui souffrent de prosopagnosie – l'incapacité à reconnaître les visages – arrivent cependant à en reconnaître sur des photographies. Il s'agit certainement d'un phénomène lié.

— Au royaume des aveugles, dit Dillon, les borgnes font de la peinture. (Il haussa ses maigres épaules.) Je veux dire, il a deux yeux, mais il n'y a pas de profondeur de champ quand on regarde la télé. Bien sûr, la vision stéréoscopique apporte des tas d'informations précieuses, mais il y a une grande simplicité – une réduction formidable du processus mental nécessaire – quand on regarde des images à deux dimensions.

— Mais pourquoi m'a-t-il représentée de profil ? demanda Shoshana.

Marcuse reposa sa bouteille de Coca et écarta les mains.

— Pourquoi les hommes des cavernes dessinaient-ils toujours les animaux de profil ? Pourquoi les anciens Égyptiens procédaient-ils eux aussi de cette façon ? Il y a quelque chose de profondément ancré dans le cerveau des primates qui les amène à dessiner des profils – même si, en fait, nous reconnaissons beaucoup plus facilement les visages de face.

Shoshana savait que c'était tout à fait exact. Il y avait des neurones dans le cerveau humain, aussi bien que dans celui des singes, qui réagissaient au schéma général d'un visage, avec deux yeux au-dessus d'une bouche. Elle avait grandi avec le spectacle quotidien de l'emoji en ligne :

:)

Mais elle se souvenait de ce que lui avait raconté son père : quand il avait vu cet emoji pour la première fois dans les années 1980, il lui avait fallu des mois avant de comprendre ce qu'il était censé représenter. Comme le dessin était sur le côté, cela n'activait pas chez lui les bons neurones. Mais l'une des raisons pour lesquelles le visage jaune souriant – qu'on voyait absolument partout quand il était jeune, lui avait dit son père – avait eu un attrait aussi universel, c'était qu'il déclenchait une réaction d'identification profonde et immédiate.

— La tendance à dessiner des profils est peut-être en rapport avec la latéralisation cérébrale, dit Marcuse. Le talent artistique est localisé dans un hémisphère. Le fait de dessiner des profils pourrait être un effet subtil, une représentation de cette moitié particulière du sujet. Mais quelle qu'en soit la raison, cela ne fait que rendre notre Chobo encore plus spécial.

Shoshana regarda Dillon, dont la thèse de doctorat portait sur l'hybridation des primates, un sujet d'un très grand intérêt scientifique. En 2006, une étude avait révélé qu'une forte hybridation s'était poursuivie entre l'ancêtre des chimpanzés et celui des humains, même après que les deux lignées se furent séparées il y avait quelques millions d'années. Les deux espèces étaient longtemps restées capables de produire des descendants fertiles, et ces croisements avaient apparemment donné naissance au cerveau humain dans toute sa complexité.

— Absolument, dit Dillon. Je ne conteste pas que le fait de voir Virgil signer à l'écran a constitué un catalyseur, mais je parierais que c'est l'hybridation qui lui a permis d'être aussi fort pour ce qui est du langage et de la peinture.

Shoshana sourit devant cette guéguerre subtile qui venait de commencer : chacun des deux hommes délimitait son territoire, et défendrait certainement sa position dans de nombreux articles au cours des prochaines années. Mais à cette idée, elle fronça les sourcils : ils n'allaient pas avoir le temps d'attendre que leurs articles aient été validés par leurs pairs.

— Si nous voulons empêcher le zoo de Géorgie de stériliser Chobo, nous allons devoir faire vite, dit-elle. Nous devons rendre cet événement public, pour que le statut spécial de Chobo soit connu de tous, et…

— Et quelle a été votre première réaction en voyant ce tableau ? lui demanda Marcuse. Je vais vous le dire, moi, car j'ai eu la même quand j'ai vu qu'il s'agissait effectivement d'un portrait. J'ai pensé que c'était une supercherie. Pas vous ?

Shoshana jeta un coup d'œil vers Dillon, et se souvint de l'accusation qu'elle avait portée contre Chobo, et qui l'avait tant vexé.

— Oui, reconnut-elle d'un air gêné.

Silverback secoua la tête.

— Non, ce tableau ne va pas sauver Chobo – mais le suivant le pourrait bien. Il faut absolument qu'il en peigne un autre, et avec davantage de caméras pour tout enregistrer. Avec un seul tableau figuratif, les gens diront que s'il évoque un portrait, c'est purement accidentel, un simple effet du hasard. Bon sang, on nous a déjà si souvent accusés de projeter nos propres désirs sur le comportement des singes. Non, à moins qu'il ne recommence et que tout le processus soit filmé et enregistré – à moins qu'on réussisse à avoir un résultat reproductible –, nous n'avons pas de nouvel atout en main, et notre génie grimaçant court toujours le risque d'être stérilisé.

26

Chez les Decter, le samedi matin, la tradition était de manger des pancakes et des saucisses. Maintenant qu'ils habitaient Waterloo, les saucisses étaient évidemment des Schneider, et le sirop était du véritable sirop d'érable que la mère de Caitlin se procurait chez les mennonites de St Jacob, la ville voisine.

— Je suis debout depuis cinq heures du matin, dit le père de Caitlin alors qu'ils commençaient à manger.

— Cinq heures du *matin*, ça existe ? plaisanta Caitlin.

— J'ai aménagé un espace de travail dans la cave pour le professeur Kuroda et toi, poursuivit-il.

— Merci, docteur Decter, dit Kuroda qui semblait soulagé(apparemment, tout le monde se préoccupait de la vertu de Caitlin, sauf le Beauf!).

Mais bon, ce serait sans doute plus confortable de travailler en bas que dans sa chambre.

— Oh, c'est bon ! s'exclama sa mère. Vous logez chez nous, appelez-le donc Malcolm !

Son père ne fit aucun commentaire pour approuver ni désapprouver cette déclaration, remarqua Caitlin. Il ajouta simplement :

— J'ai acheté un nouvel ordinateur chez Future Shop, hier. Il est installé en bas pour vous deux. Je l'ai connecté au réseau de la maison.

— Merci, dit Caitlin. Et j'ai aussi du nouveau pour vous… J'ai vu les éclairs, hier soir.

Les réactions furent simultanées, les réponses se chevauchèrent. Son père, très factuel: "Oui, ta mère me l'a dit." Et Kuroda, abasourdi: "*Vous avez vu les éclairs?*"

— Absolument, répondit Caitlin.

— Que… quel aspect avaient-ils, pour vous? demanda Kuroda.

— Des lignes en zigzag sur un fond sombre. Des lignes brillantes – blanches, c'est ça? Très nettes sur un fond parfaitement noir.

Kuroda était manifestement impatient d'examiner les données provenant de l'œilPod: il ne se resservit qu'une seule fois de pancakes.

Depuis trois mois qu'ils avaient emménagé ici, Caitlin n'était allée que trois ou quatre fois dans le sous-sol, essentiellement pendant le mois d'août qui avait été étonnamment chaud et humide – presque autant qu'au Texas. Il faisait beaucoup plus frais dans la cave (et c'était encore le cas en ce moment), et bien que sa mère se plaignît que ça manquait de lumière – il n'y avait apparemment qu'une ampoule au plafond –, cela ne gênait pas du tout Caitlin.

— Alors, dit-elle à Kuroda, comment ça se présente?

— Heu, que voulez-vous dire?

— La pièce où nous sommes, pouvez-vous me la décrire?

— Eh bien, c'est un sous-sol non aménagé, comme vous le savez sans doute. Des panneaux d'isolation apparents, un sol en béton. Il y a une vieille télé – à tube cathodique – et quelques rayonnages de bibliothèque. Et votre père a installé le nouvel ordinateur sur une table métallique pliante, poussée contre le mur du fond en face de l'escalier. L'ordinateur est une mini-tour reliée à un écran plat. Il y a une petite fenêtre au-dessus de la table et deux fauteuils à roulettes qui m'ont l'air très confortables.

— Stylé ! Je me demande où il a récupéré les fauteuils.

— Ils portent un logo – ça ressemble à la lettre grecque pi.

— Ah, il les a empruntés à son bureau. Et puisqu'on parle de bureau, si on se mettait au travail ?

Kuroda la guida jusqu'à l'un des fauteuils et s'installa dans l'autre. Caitlin l'entendit grincer légèrement.

— Bien, dit-il. Je vais me connecter à l'un de mes serveurs de Tokyo. Je voudrais examiner les données que vous leur avez transmises pendant l'orage – pour voir si nous pouvons isoler ce qui a fait réagir votre cortex visuel primaire.

Elle l'entendit pianoter, et elle se rendit compte qu'elle avait oublié de mentionner quelque chose au petit déjeuner.

— Après les éclairs, dit-elle, le webspace était différent.

— Différent de quelle façon ?

— Eh bien, j'arrivais toujours à voir clairement la structure du Web, comme avant, mais le… l'arrière-plan, j'imagine, était différent.

Kuroda cessa de taper.

— Que voulez-vous dire ?

— Avant, il était sombre. Noir, sans doute.

— Et maintenant ?

— Maintenant, il est, euh, plus clair ? J'arrivais à y distinguer des détails.

— Des détails ?

— Oui. Comme… comme… (Elle s'efforça de trouver le rapprochement. Elle avait vu quelque chose de ce genre, mais… ah, ça y est !) Comme un échiquier.

Caitlin possédait un échiquier pour aveugles, avec des cases rehaussées en alternance et des pièces comportant une initiale en braille. Elle y jouait parfois avec son père.

— Mais, poursuivit-elle, euh, pas tout à fait pareil. Je veux dire, il y a bien des cases claires et des cases foncées, mais elles ne sont pas disposées de la même façon que sur un échiquier, et elles continuent, genre, jusqu'à *l'infini.*

— De quelle taille sont-elles ?

— Elles sont minuscules. Si elles étaient encore plus petites, je ne crois pas que j'aurais pu les voir. En fait, je ne peux pas jurer qu'elles sont carrées, mais elles étaient serrées les unes contre les autres, et elles formaient des lignes et des colonnes.

— Et il y en avait des milliers ?

— Des millions. Peut-être même des milliards. Il y en avait absolument *partout.*

Kuroda essaya de rester calme.

— Vous savez, la vision humaine est constituée de pixels, comme dans une image informatique. Chaque axone du nerf optique fournit un élément de l'image. La plupart des gens n'en sont pas conscients, mais avec une vision suffisamment concentrée et en regardant un mur blanc, certaines personnes parviennent à les distinguer. Votre cerveau traite des informations provenant du Web comme si elles venaient de votre œil : il est possible qu'il soit câblé pour les voir comme un maillage de pixels aux limites extrêmes de résolution, mais…

Il s'interrompit. Au bout de dix secondes, elle le relança :

— Mais ?

— Ma foi, je réfléchis, tout simplement. Vous avez décrit des cercles, que nous considérons comme des sites web, et des droites qui les relient, représentant sans doute des hyperliens. Et voilà : c'est le World Wide Web, n'est-ce pas ? Dans sa totalité. Mais alors, qu'est-ce qui pourrait bien constituer l'arrière-plan du Web ? Je veux dire, dans la vision humaine, le…

— Ne dites pas ça.

— Je vous demande pardon ?

— La "vision humaine". Ne dites pas ça. Je *suis* humaine.

Elle l'entendit inspirer brusquement.

— Je suis terriblement désolé, mademoiselle Caitlin. Puis-je parler de "vision normale" ?

— Oui.

— Très bien. Dans la vision normale, l'arrière-plan est… ma foi, imaginez les confins de l'univers quand vous regardez le ciel la nuit. Mais qu'est-ce que ça pourrait être pour le Web ?

— Un rayonnement de fond ? proposa-t-elle. Un peu comme le rayonnement cosmique ?

Kuroda resta silencieux un instant, puis il lui demanda :

— Quel âge avez-vous, déjà ?

— Hé, dit-elle, mon père est physicien, après tout !

— Oui, eh bien, le rayonnement cosmique est uniforme dans toutes les directions, à une fraction de degré près. Mais ce que vous voyez est tacheté de noir et blanc, m'avez-vous dit ?

— Oui. Et ça bouge tout le temps.

— Pardon ?

— Ça bouge, ça change. Je ne vous l'avais pas dit ?

— Non. Que voulez-vous dire par là, plus précisément ?

Caitlin sentit quelque chose se frotter contre ses jambes… ah, Schrödinger ! Elle le prit sur ses genoux.

— Les carrés sombres deviennent clairs, et les clairs deviennent sombres, dit-elle.

— À quelle fréquence ?

— Oh, c'est très rapide. C'est ce qui fait chatoyer le machin.

Les ressorts du fauteuil de Kuroda grincèrent quand il se leva. Elle l'entendit s'éloigner, puis revenir vers elle, et recommencer : il faisait les cent pas. Il arpenta ainsi la pièce un moment, puis il dit finalement :

— Non, c'est impossible…

— Qu'est-ce qui est impossible ?

Il fit comme s'il n'avait pas entendu la question.

— À quel niveau de détail avez-vous pu voir les cellules individuelles ?

Caitlin caressa Schrödinger derrière les oreilles.

— Les cellules ?

— Les pixels. Je voulais dire les pixels. Jusqu'à quel point avez-vous pu les distinguer ?

— C'était très difficile.

— Pourriez-vous réessayer ? En réactivant maintenant le mode duplex de votre œilPod ?

Elle fouilla dans sa poche pour en sortir son appareil en s'efforçant de ne pas flanquer Schrödinger par terre. Elle appuya sur le bouton de sélection, et l'œilPod émit son petit bip aigu habituel, auquel Schrödinger répondit par un miaulement de surprise, et…

Et une fois de plus, le Web se déploya devant elle.

— Arrivez-vous à voir l'arrière-plan, en ce moment ? demanda Kuroda.

— Oui, si je me concentre suffisamment.

Il eut l'air surpris.

— Vous êtes en train de plisser les yeux.

Elle haussa les épaules.

— Ça m'aide. Mais enfin, oui, en faisant un gros effort, j'arrive à me concentrer sur un petit groupe – quelques centaines de carrés de côté.

— Très bien. Avez-vous un jeu de Go ?

— Quoi ?

— Hem, bon... avez-vous de l'argent ?

Elle plissa à nouveau les yeux, d'un air soupçonneux, cette fois.

— Cinquante balles, quelque chose comme ça, mais...

— Non, non. Des pièces de monnaie ! Avez-vous des pièces ?

— Sur ma commode, dans un bocal.

Elle mettait de l'argent de côté pour aller voir Lee Amodeo avec Bashira, quand elle donnerait son concert au Centre in the Square.

— Parfait, parfait. Ça ne vous ennuie pas si je vais les chercher ?

— Je peux le faire moi-même. C'est chez moi, ici.

— Non, prenez le temps de regarder le Web, pour voir si vous réussissez à distinguer plus de détails dans l'arrière-plan. Je reviens tout de suite.

Kuroda n'aurait jamais pu s'approcher de quelqu'un par surprise. Caitlin l'entendit bien avant qu'il ne soit revenu dans la pièce, puis il y eut un grand bruit de pièces déversées sur la table, et encore plus de bruit quand il entreprit apparemment de les trier.

— Très bien, dit-il. Voici un petit tas de pièces identiques. Pouvez-vous les disposer selon le dessin que vous voyez ? Posez-en une pour chaque tache claire, et laissez un espace équivalent pour chaque tache sombre.

Caitlin repoussa doucement Schrödinger de ses genoux et fit pivoter son fauteuil pour se mettre face à la table.

— Je vous l'ai dit : ça change tout le temps.

— Oui, oui, mais… (Il soupira bruyamment.) J'aimerais bien qu'il y ait un moyen de les photographier, ou au moins de ralentir la perception que vous en avez, et… (Il sembla s'animer.) Mais ce moyen existe, bien sûr !

Elle l'entendit se déplacer, puis il y eut un bruit de clavier.

— Qu'est-ce que vous faites ? demanda-t-elle.

— Je suis en train d'interrompre le flux de données de Jagster, pour vous repasser uniquement la dernière itération, en boucle. Comme ça, vous aurez une sorte de…

— D'arrêt sur image ! s'écria Caitlin quand sa vision se figea.

Elle était ravie de pouvoir appliquer un autre de ces concepts dont elle n'avait jamais pu voir la concrétisation.

— Exactement. Et maintenant, pouvez-vous reproduire ce que vous voyez avec les pièces ?

— Une toute petite partie.

Et elle se mit à déplacer les pièces de monnaie. C'étaient des pièces de dix *cents*. Au bout d'un moment, elle en mit une de côté.

— Une pièce américaine, dit-elle.

Après toutes ces années à lire en braille, elle faisait facilement la différence entre la reine Élisabeth et Franklin Roosevelt.

Elle construisit une matrice de cases pleines et de cases vides, en comptant les pièces à mesure qu'elle les plaçait.

— Voilà, dit-elle, c'est fait. Huit dollars et quatre-vingt-dix cents.

— Complètement aléatoire, dit Kuroda d'un air déçu.

— Non, pas tout à fait. Regardez ce groupe de cinq pièces, ici. (Elle n'avait aucun mal à garder en tête la matrice qu'elle avait formée, et elle posa le doigt sur le groupe en question.) C'est le même que cet autre groupe, là, mais tourné de quatre-vingt-dix degrés à droite.

— C'est exact, dit-il très excité. On dirait la lettre L.

— Et celui-là est pareil, ajouta Caitlin, mais renversé.

— Excellent !

— Mais qu'est-ce que ça veut dire ?

— Je n'en suis pas sûr à cent pour cent, dit-il. Pas encore. Tenez, concentrez-vous encore sur la même zone de votre vision. Je vais rafraîchir les données transmises à votre implant, juste une fois... et voilà, c'est fait.

— OK. C'est complètement différent, maintenant.

— Pouvez-vous me le reconstituer avec les pièces ?

— Je ne suis même pas sûre de regarder au même endroit que tout à l'heure, dit-elle. Mais allons-y quand même.

Elle réorganisa les pièces, et pour bien montrer que non seulement le dessin avait changé, mais que le nombre de carrés noirs et blancs était modifié, elle ajouta :

— Six dollars et vingt cents. (Un petit silence.) Ah ! Cette fois, il y a trois groupes de cinq pièces comme celui de tout à l'heure.

— Et à des endroits différents, dit Kuroda.

— Mais qu'est-ce que ça veut dire, tout ça ?

— Eh bien, cela peut paraître absurde, mais je crois qu'il s'agit d'automates cellulaires.

— D'autoquoi de quoi ?

— Ah, mais je croyais que vous étiez fille de physicien, dit-il.

Mais Caitlin sentit bien à sa voix qu'il la taquinait. Elle sourit.

— Comme quoi... Et puis, s'ils sont cellulaires, il faudrait que je sois aussi la fille d'une biologiste !

— Non, non, ce ne sont pas des cellules biologiques. Ce sont des cellules au sens informatique du terme : une cellule est une unité élémentaire de stockage dans la mémoire d'un ordinateur, c'est-à-dire qu'elle contient strictement une unité d'information.

— Ah…

— Et un automate est quelque chose qui se comporte, ou qui réagit, d'une façon mécanique et prévisible. Ainsi, les automates cellulaires sont des groupes d'unités d'information qui réagissent d'une façon spécifique à leur environnement. Par exemple, prenez une grille de carrés noirs et blancs. Chaque carré est une cellule, d'accord ?

— Oui.

— Et sur un damier infini, chaque carré a huit voisins, n'est-ce pas ?

— Oui, c'est vrai.

— Maintenant, imaginons que vous disiez à chaque carré : si tu es noir et si trois au moins de tes voisins sont blancs, alors deviens blanc à ton tour. Ce genre d'instruction s'appelle une règle. Et si vous continuez d'appliquer cette règle, des choses étranges se produisent. Bien sûr, si vous vous concentrez sur un seul carré, vous le verrez simplement osciller entre le noir et le blanc. Mais si vous observez l'ensemble de la grille, vous commencerez à distinguer des motifs, des groupes de carrés qui semblent se déplacer, en forme de croix, par exemple, ou des carrés vides à l'intérieur, ou encore des formes en L comme celle que nous avons ici. Ou encore des amas de cellules qui changent de forme à chaque étape, et qui, au bout d'un certain nombre d'étapes, retrouvent leur forme d'origine mais se sont déplacées au cours du processus. On dirait presque que ces formes sont vivantes.

Elle entendit son fauteuil grincer. Il poursuivit :

— Je me souviens de la première fois que j'ai vu les automates cellulaires de Conway, dans son "jeu de la vie". J'étais jeune étudiant à l'époque. Ce qui est fascinant dans cette histoire, c'est que ce sont des représentations de données que l'observateur interprète comme des structures spéciales. Par exemple, ces formes en L, qu'on appelle des "vaisseaux spatiaux", des formes qui conservent leur cohésion et qui volent à travers la grille. Eh bien, ces vaisseaux n'ont pas d'existence réelle : rien ne bouge vraiment et le vaisseau que vous voyez à droite de la grille est complètement différent dans sa composition de celui que vous avez vu à gauche au départ. Et pourtant, nous considérons que c'est le même.

— Mais à quoi *servent-ils* ?

— Vous voulez dire, à part épater les étudiants ?

— Oui, c'est ça.

— Ma foi, dans la nature...

— On en trouve dans la nature ?

— Oui, en bien des endroits. Par exemple, il existe une espèce d'escargot dont la coquille comporte des motifs qui suivent strictement les règles des automates cellulaires.

— Non, vraiment ?

— Oui. Cette espèce possède des petits excréteurs qui crachent ou non le pigment en fonction du comportement des excréteurs voisins.

— C'est cool !

— Oui, comme vous dites. Mais ce qui est vraiment "cool", c'est qu'il y a des automates cellulaires dans le cerveau.

— Non, vraiment ? répéta-t-elle.

— En fait, on en trouve dans toutes sortes de types de cellules, mais on les a particulièrement étudiés dans le tissu nerveux. Les cytosquelettes des cellules – leur échafaudage interne – sont constitués de longs filaments appelés des microtubules, et chaque composant d'un microtubule, une protéine qu'on appelle la tubuline dimère, peut se présenter sous deux états distincts. Et ces états passent par des permutations comme s'il s'agissait d'automates cellulaires.

— Mais pourquoi ça fonctionne comme ça ?

— On n'en sait rien. Mais il y a des gens, dont en particulier… ah, mais votre père le connaît peut-être ? Roger Penrose ? C'est un physicien célèbre, lui aussi, et avec son collègue Hameroff, il pense que ces automates cellulaires sont la véritable cause de la conscience de soi.

— Génial ! Mais pourquoi ?

— Eh bien, Hameroff est anesthésiologiste, et il a montré que lorsque des gens sont endormis pour une opération, leurs tubulines dimères basculent dans un état neutre – au lieu que certaines soient noires, disons, et d'autres blanches, toutes deviennent grises. Et là, la conscience s'efface. Quand les tubulines recommencent à se comporter comme des automates cellulaires, la conscience revient.

Caitlin se fit une note mentale pour penser à aller regarder tout ça sur Google plus tard.

— Mais si l'escargot a ses petits robinets à pigment, et le cerveau ses machins-choses, là…

— Des tubulines dimères, précisa Kuroda.

— Bon, admettons que ces tubulines dimères clignotent dans le cerveau. Mais alors, qu'est-ce qui clignote dans l'arrière-plan du webspace ?

Elle imagina Kuroda haussant les épaules. Cela semblait aller naturellement avec le ton de sa voix.

— Des bits d'information, j'imagine. Des chiffres binaires, vous savez. Par définition, ils ont la valeur zéro ou un, éteint ou allumé, blanc ou noir, selon la façon dont on veut considérer les choses. Et vous, vous les visualisez peut-être comme des carrés de deux couleurs différentes, juste à la limite de votre résolution mentale.

— Mais, euh, le Web est censé véhiculer les données sans les modifier, dit-elle. Quand un navigateur appelle une page web, une copie exacte est envoyée par le serveur où est hébergée la page. Il ne devrait pas y avoir de données qui changent.

— Non, en effet, dit Kuroda. C'est très mystérieux.

Ils restèrent assis en silence quelque temps, plongés dans leurs réflexions, jusqu'à ce que Caitlin entende le bruit de pas caractéristique de sa mère, suivi de :

— Hé, vous deux, que diriez-vous de manger un petit quelque chose ?

Le fauteuil de Kuroda grinça tandis qu'il se levait.

— Je réfléchis beaucoup mieux quand j'ai l'estomac plein, dit-il.

Vous devez réfléchir tout le temps… songea Caitlin, et elle sourit tandis qu'ils remontaient l'escalier.

27

Dès que Shoshana arriva à l'Institut Marcuse ce samedi matin, Dillon, Silverback et elle se rendirent sur l'île. Chobo était dans le pavillon, adossé à l'un des montants en bois qui en formaient la structure.

Bonjour, Chobo, fit Marcuse quand ils furent tous à l'intérieur. Avec ses gros doigts boudinés, il avait quelques difficultés à faire certains signes.

Bonjour, professeur, répondit Chobo. Marcuse était le seul à exiger du singe qu'il utilise un titre honorifique plutôt que son prénom. Mais ce n'était rien à côté de William Lemmon, le grand directeur des études menées par Roger Fout avec Washoe dans les années 1970. Lemmon exigeait de Washoe et des autres singes qu'ils lui baisent l'anneau qu'il portait au doigt quand il venait, comme s'il était le pape des singes.

Tableau de Shoshana bon, fit Marcuse.

Chobo montra les dents dans un large sourire. *Chobo peindre ! Chobo peindre !*

Oui. Maintenant, veux-tu peindre… Ses grosses mains s'immobilisèrent, et Shoshana se demanda s'il avait décidé qu'il ne voulait pas se voir caricaturer par un singe. Au bout d'un instant, il recommença à signer: *Dillon ?*

Chobo leva les yeux d'un air songeur vers le jeune étudiant à la barbiche blonde. Celui-ci portait un T-shirt et un pantalon noirs, et Shoshana espérait que ce n'étaient pas les mêmes que la veille.

Peut-être... peut-être...

Dillon sembla surpris du rôle qu'on venait de lui attribuer, mais il alla s'asseoir sur l'un des deux tabourets et prit la pose. On aurait dit *Le Penseur* de Rodin. Shoshana sourit devant ce spectacle.

Mais Chobo leva les bras au ciel en poussant un petit cri plaintif, puis il sortit du pavillon en courant à quatre pattes. Shoshana interrogea Marcuse du regard. Celui-ci acquiesça et elle sortit à son tour pour aller voir le singe, qui se tenait maintenant accroupi derrière la statue du Législateur.

Qu'est-ce qui ne va pas ? demanda-t-elle. Elle se baissa et prit Chobo dans ses bras. *Qu'est-ce qui ne va pas ?*

Chobo jeta un coup d'œil vers le pavillon, puis se tourna vers Shoshana. *Pas de gens. Pas regarder,* fit-il. Peu de choses étaient susceptibles de l'embarrasser. En fait, il avait fallu beaucoup d'efforts pour le convaincre de ne pas se masturber ni déféquer devant les visiteurs importants. Mais lorsqu'il s'agissait de son art, il se sentait mal à l'aise, du moins pendant le processus de peinture.

Nous partir, toi peindre Dillon ?

Un petit silence, et Chobo répondit finalement: *Peindre Shoshana.*

Encore ? Pourquoi ?

Shoshana jolie.

Elle se sentit rougir.

Shoshana avoir queue-de-cheval, ajouta Chobo.

Elle avait conscience que ce serait mieux si on pouvait lui faire peindre quelqu'un d'autre. Sinon, les sceptiques diraient que le singe était tombé par hasard sur une combinaison de formes que Marcuse *et al.* avaient arbitrairement considérée comme représentant Shoshana, et qu'il reproduisait simplement ces formes à la demande pour obtenir une récompense – ce qui n'était pas très différent d'une bonne partie des dessinateurs humoristiques, songea Shoshana : l'auteur de *The Family Circus* semblait avoir un répertoire limité à sept ou huit dessins de base.

Très bien, fit-elle. *Peins-moi, et ensuite Dillon, d'accord ?*

Shoshana savait bien qu'elle manipulait le pauvre singe. Bien sûr, il pouvait la peindre quoi qu'elle dise. Au bout d'un moment, Chobo lui fit : *Oui oui.*

Elle lui tendit la main. Il lui enlaça les doigts et ils retournèrent ensemble au petit pavillon, sous le chaud soleil du matin.

— Chobo va peindre un autre portrait de moi, annonça Shoshana quand ils eurent franchi le seuil.

Marcuse fronça les sourcils. Elle passa à la langue des signes pour que Chobo puisse suivre. *Et après, Chobo va peindre Dillon – d'accord, Chobo ?*

Chobo haussa les épaules. *Peut-être.*

— Très bien, fit Shoshana. Tout le monde dehors, s'il vous plaît. Vous savez qu'il n'aime pas peindre en public.

Marcuse ne semblait pas très content de recevoir des ordres d'une subordonnée, mais il suivit Dillon dehors. Shoshana examina une dernière fois la pièce pour s'assurer que les caméras supplémentaires qu'ils avaient installées la veille couvraient bien à la fois Chobo et la toile. Puis elle se dirigea à son tour vers la porte. En sortant, elle jeta un coup d'œil par-dessus son épaule, et fut très étonnée de voir Chobo étirer ses longs bras devant lui, les mains jointes, comme pour s'échauffer.

Et l'artiste se mit au travail.

Ce point spécial ! Comme il est merveilleux, mais également frustrant !

Le flot de données qui s'en dégageait ne suivait pas toujours le même chemin, mais il finissait toujours au même endroit – et j'entrepris donc de l'intercepter juste avant qu'il ne l'atteigne.

Le phénomène des étranges éclairs brillants ne s'était pas répété, et pendant un bon moment, je fus incapable de comprendre quoi que ce soit à ces données qui s'écoulaient du point. Mais maintenant, le flot de données était redevenu un reflet de moi-même. Mais comme c'était bizarre ! Au lieu de la perspective sans cesse changeante à laquelle je m'étais habitué, le flot de données semblait se focaliser pendant une période significative sur une *très petite* portion de la réalité, et… et il semblait y avoir une distorsion dans l'écoulement du temps. J'essayai de comprendre la signification de cette minuscule partie de l'univers – si elle en avait une – mais, hélas, le flot de données redevint totalement incompréhensible, une fois de plus…

Après avoir mangé quelques petits biscuits à l'avoine – que sa mère s'était procurés auprès des mennonites –, Caitlin et le Dr Kuroda redescendirent au sous-sol. Caitlin avait basculé son œilPod en mode simplex pendant leur pause, mais elle le remit en duplex et entreprit d'observer de nouveau le webspace.

— Très bien, dit Kuroda en s'installant dans son fauteuil. Nous savons que l'arrière-plan du Web est constitué d'automates cellulaires – mais que sont exactement ces cellules ? Ce que je veux dire, c'est que même s'il s'agit de simples bits d'information, il faut quand même qu'elles viennent de quelque part, non ?

— Des capacités de stockage inutilisées ? proposa Caitlin.

Elle savait que les disques durs stockent les données par blocs de taille fixe. L'ordinateur que son père avait acheté hier avait probablement un disque formaté en NTFS, c'est-à-dire avec des blocs de quatre kilo-octets, et si un fichier ne faisait que trois kilo-octets, le quatrième restait tout simplement inutilisé.

— Non, je ne crois pas, dit Kuroda. Il est impossible de lire ou d'écrire dans ces espaces. Même si les protocoles web pouvaient y accéder sur les serveurs, vous ne verriez pas ces bits d'information clignoter rapidement. Non, c'est forcément autre chose qui se trouve *là-bas* – dans les tuyaux qui acheminent l'information. (Il réfléchit un instant.) Pourtant, je ne vois rien dans les modèles TCP/IP ou OSI qui puisse produire des automates cellulaires. Je me demande vraiment d'où ils viennent…

— Des paquets de données perdus, dit soudain Caitlin en se redressant sur son fauteuil.

Kuroda eut l'air à la fois intrigué et impressionné.

— C'est possible.

Caitlin savait qu'à chaque instant, des centaines de millions de gens utilisent Internet. Leurs ordinateurs envoient des tonnes d'informations regroupées dans ce qu'on appelle des paquets de données – l'unité de base des communications sur le Web. Chaque paquet contient l'adresse de sa destination, qui peut être un serveur hébergeant une page web, par exemple. Mais sur le Web, la circulation ne se fait quasiment jamais en ligne droite d'un point A à un point B. En général, les informations suivent un parcours à plusieurs étapes, transitant par des routeurs, des répéteurs et des nœuds d'échange, chacun s'efforçant de rapprocher le paquet de sa destination prévue.

Il arrive que le routage devienne terriblement complexe, surtout quand les paquets sont rejetés par un composant du réseau. Cela peut se produire quand plusieurs paquets arrivent en même temps : un seul est accepté, selon un processus aléatoire, tandis que les autres sont rejetés et invités à retenter leur chance plus tard. Mais certains paquets ne sont *jamais* acceptés par leur destination finale, tout simplement parce que l'adresse indiquée est invalide, ou que le site visé est saturé, ou inactif. Et ces paquets sont définitivement perdus.

— Des paquets perdus…, répéta Kuroda. (Caitlin l'imagina secouant la tête.) Mais ces paquets de données finissent par expirer.

Effectivement, c'était le cas pour la plupart. Caitlin savait que chaque paquet contient un "compteur de sauts", et que ce compteur est décrémenté d'un niveau à chaque fois qu'il passe par un relais. Pour éviter d'encombrer l'infrastructure avec des paquets orphelins, quand un routeur reçoit un paquet dont le compteur est à zéro, il l'efface.

— Les paquets perdus sont *censés* expirer, rectifia Caitlin, mais que se passe-t-il quand un paquet est corrompu, de sorte qu'il n'a plus son compteur de sauts, ou que celui-ci ne peut plus se décrémenter correctement ? Il doit bien y en avoir, des paquets corrompus comme ça : quand un routeur est défectueux, quand un câblage est incorrect, quand un logiciel a des bugs… Et comme il circule des milliards de milliards de paquets chaque jour, même si un pourcentage infime est corrompu, ça en laisse quand même un nombre énorme qui erre sans fin, non ? Surtout quand la destination prévue n'existe pas, parce que l'adresse a été corrompue en même temps que le compteur ou parce que le serveur est déconnecté du réseau.

— Vous savez beaucoup de choses sur les réseaux, dit Kuroda, impressionné.

— À votre avis, qui a installé le réseau dans cette maison ?

— Je pensais que votre père…

— Oh, il se débrouille pas mal *maintenant,* dit-elle. C'est moi qui lui ai appris. Lui, vous savez, il fait de la physique *théorique.* C'est tout juste s'il sait se servir du four à micro-ondes.

Le fauteuil de Kuroda grinça.

— Ah…

Caitlin était de plus en plus excitée. Elle sentait qu'elle approchait de quelque chose d'important.

— Bon, fit-elle, toujours est-il qu'il y a probablement quelques… quelques paquets *fantômes* qui persistent encore un moment alors qu'ils auraient dû normalement disparaître. Et pensez à ce qui s'est passé tout récemment en Chine : une immense partie du Web a été coupée à cause d'histoires de pannes électriques ou je ne sais quoi. D'un seul coup, des milliards de milliards de paquets de données destinés à la Chine n'ont plus eu aucun moyen d'atteindre leur destination. Même si une fraction infinitésimale de ces paquets ont été corrompus, cela a quand même entraîné une augmentation énorme du nombre de paquets fantômes.

— Des "paquets fantômes", hein ?

Kuroda avait apporté une tasse de café, et elle l'entendit cogner contre la soucoupe. Il devait en avoir bu une gorgée. Il poursuivit :

— Oui, peut-être. Il est possible qu'un bug système, ou un problème de logiciel dans un routeur, génère ces paquets depuis des années, dans certaines circonstances… et dans la mesure où cela ne gêne pas les utilisateurs, personne ne l'aura jamais remarqué. (Il s'agita dans son fauteuil.) Ou peut-être que ces paquets ne sont pas du tout immortels. Il s'agit peut-être simplement du flux et reflux naturel de paquets perdus qui *vont* expirer, et tandis qu'ils s'efforcent en vain d'atteindre leur destination, leurs compteurs se décrémentent normalement, et c'est ce décompte qui les fait osciller entre noir et blanc dans votre perception. Chaque paquet peut avoir jusqu'à 256 permutations – c'est le nombre maximum de sauts qu'ils peuvent faire, car le compteur est codé sur un seul octet. Mais cela représente encore un joli nombre d'itérations pour une règle d'automates cellulaires.

Il s'interrompit un instant. Caitlin crut presque l'entendre hausser les épaules.

— Mais cela dépasse largement mon domaine, reprit-il. Je suis un théoricien de l'information, pas des réseaux, et…

Caitlin se mit à rire.

— Qu'y a-t-il ? demanda Kuroda.

— Désolée. Est-ce qu'il vous arrive de regarder *Les Simpson* ?

— Non, pas vraiment. Mais ma fille aime bien.

— L'épisode où Homer se retrouve astronaute, vous voyez ? Deux journalistes parlent de l'équipage qui va partir en mission spatiale. Le premier dit : “C'est une sacrée brochette. On les a surnommés ‘Les trois mousquetaires’, oh !

ah !" Et l'autre – c'est Tom Brokaw – précise : "Et il y a effectivement de quoi rire : il y a un mathématicien, une *autre* sorte de mathématicien, et un statisticien."

Kuroda éclata de rire, puis il dit :

— En fait, il existe *trois* sortes de mathématiciens : ceux qui savent compter, et ceux qui ne savent pas.

Ce fut au tour de Caitlin de sourire.

— Mais sérieusement, mademoiselle Caitlin, si vous envisagez une carrière de mathématicien ou d'ingénieur, vous devrez bel et bien vous choisir une spécialité.

Elle répondit d'un ton très sérieux :

— Je vais me concentrer sur le nombre 8 623 721 – je suis sûre que personne ne l'a encore pris.

Kuroda eut de nouveau son petit rire sifflant.

— N'empêche, dit-il, je crois que nous avons besoin d'en discuter avec un spécialiste. Voyons, en Israël, il est… ah, seulement huit heures du soir. On doit pouvoir encore la contacter.

— Qui ça ? Anna ?

— Exactement. Anna Bloom, la cartographe du réseau. Je vais lui envoyer un message pour voir si elle est en ligne. Y a-t-il une webcam sur ce nouvel ordinateur ?

— Mon père n'a sans doute pas pensé que je pourrais en avoir besoin…, dit doucement Caitlin.

— Ma foi, il… Ah ! Il est plus optimiste que vous ne le pensez, mademoiselle Caitlin. Il y en a une juste là, posée sur la tour. (Il pianota un instant sur le clavier, puis :) Oui, Anna est bien chez elle, et connectée. Je vais l'appeler en visio.

— *Konnichi wa, Masayuki-san,* fit la même voix que Caitlin avait entendue au téléphone, le soir où elle avait vu le Web pour la première fois.

Mais la femme passa aussitôt à l'anglais, sans doute parce qu'elle voyait que Kuroda était en compagnie d'une Occidentale.

— Ah, mais qui est cette ravissante jeune personne ?

Le Dr Kuroda sembla légèrement embarrassé.

— C'est Mlle Caitlin.

Bien sûr, Anna ne l'avait pas vue quand elles avaient parlé ensemble. Elle parut surprise.

— Mais où êtes-vous ?

— Au Canada.

— Oooh ! Est-ce qu'il neige ?

— Pas encore, répondit Kuroda. On n'est qu'en septembre, après tout.

— Salut, Caitlin, dit Anna.

— Bonjour, professeur Bloom.

— Tu peux m'appeler Anna. Alors, que puis-je pour vous ?

Kuroda lui récapitula ce qu'ils avaient imaginé jusqu'à présent : des légions de paquets fantômes, flottant à l'arrière-plan du Web et s'organisant à la manière d'automates cellulaires. Il conclut par :

— Alors, qu'en pensez-vous ?

— C'est une idée originale, répondit lentement Anna.

— Est-ce que ça pourrait marcher ? demanda Caitlin.

— Eh bien… oui, pourquoi pas. C'est un scénario darwinien classique, n'est-ce pas ? Des paquets mutants, qui parviennent à survivre mieux que les autres en rebondissant sans cesse. Mais le Web se développe rapidement, avec de nouveaux serveurs chaque jour, de sorte qu'il ne risque pas d'être saturé par une population de tels paquets fantômes qui s'accroît lentement – ou du moins, il ne l'est manifestement pas encore pour l'instant.

— Et le Web n'a pas de globules blancs pour traquer impitoyablement les cellules inutiles, dit Caitlin. Pas vrai ? Ces paquets pourraient durer éternellement, et se balader partout.

— J'imagine, fit Anna. Et peut-être – je délire un peu, mais bon – que la somme de contrôle d'un paquet détermine si tu le vois en noir ou blanc : par exemple, il pourrait être noir quand la somme est paire, et blanc quand elle est impaire, ou le contraire. Si le compteur de sauts change à chaque étape sans jamais atteindre zéro, la somme de contrôle change à chaque fois, elle aussi, et c'est ce qui donne cet effet de permutations.

— C'est ce que je me suis dit aussi, dit Kuroda, mais j'avoue que je n'avais pas pensé à la somme de contrôle.

— Et en plus, dit Caitlin en s'adressant à Kuroda, vous avez dit que les règles des automates cellulaires peuvent apparaître de façon naturelle, n'est-ce pas ? Comme cet escargot qui s'en sert pour peindre sa coquille ? Alors, peut-être que tout cela est apparu spontanément.

— Peut-être, effectivement, dit Kuroda qui semblait intrigué.

— Je sens un article qui se prépare…, fit Anna.

— Vous aimeriez être mathématicienne plus tard, mademoiselle Caitlin, c'est bien ça ? demanda Kuroda.

Je suis déjà mathématicienne, pensa Caitlin, mais elle se contenta de répondre :

— Oui.

— Que diriez-vous de prendre un peu d'avance sur la concurrence en cosignant vos premières pages avec le professeur Bloom et moi-même ? "De la génération spontanée d'automates cellulaires dans l'infrastructure du World Wide Web."

Caitlin souriait jusqu'aux oreilles.

— Stylé !

28

— Eh bien, il n'y a plus aucun doute, maintenant, n'est-ce pas ? dit Shoshana en se tournant vers le Dr Marcuse, puis en regardant de nouveau le tableau. C'est bien moi, encore une fois.

Ils s'étaient installés dans le salon du bungalow pour regarder en direct Chobo en train de peindre dans le pavillon. Il y avait quatre écrans alignés sur une paillasse, un par caméra, et Shoshana avait l'impression d'être dans la salle de sécurité de son immeuble.

Marcuse hocha sa tête majestueuse.

— Et maintenant, si seulement il voulait bien peindre autre chose que vous… (Un silence.) Vous remarquerez qu'il refait le même profil, le profil gauche. S'il avait fait l'autre, mon idée sur la latéralisation aurait été complètement démolie.

— Ma foi, dit Shoshana, c'est mon meilleur profil…

Ce qui réussit à le faire sourire.

— OK, fit-il. À présent, vous allez pouvoir nous montrer vos talents d'éditrice vidéo.

Shoshana avait un hobby qu'elle ne cherchait pas vraiment à cacher : elle faisait des montages vidéo. Elle prenait des extraits d'émissions de télé qu'elle récupérait sur des sites BitTorrent, et elle les assemblait pour accompagner des chansons à la mode, produisant des petits films musicaux humoristiques ou émouvants qu'elle partageait avec d'autres amateurs passionnés sur le Web. Parmi ses émissions préférées, il y avait la série médicale *Dr House,* dont les dialogues aux sous-entendus saignants s'intégraient bien aux chansons d'amour, et aussi la plus récente incarnation de *Doctor Who.* Marcuse l'avait surprise en train d'y travailler à l'heure du déjeuner, sur le superbe Mac que l'Institut avait reçu.

— Quand Chobo aura terminé, poursuivit Marcuse, récupérez les quatre enregistrements et montez-les pour donner une version de la façon dont les choses se sont passées. Dans le plus pur style hollywoodien, d'accord ? Un plan sur Chobo, un plan sur la toile par-dessus son épaule, gros plan sur la toile, retour sur Chobo, ce genre de chose. Je vais préparer un commentaire en voix off.

— Entendu, dit Shoshana qui avait hâte de pouvoir s'y mettre. (*Timbaland, tu n'as plus qu'à bien te tenir !*)

— Parfait, fit Marcuse en se frottant les mains. Parfait. Une fois cette vidéo sur YouTube, notre Chobo n'aura plus rien à craindre des ciseaux géorgiens…

— Ce qui nous serait vraiment utile, dit Kuroda dans leur bureau du sous-sol, ce serait un expert en systèmes autorégulés.

— Mais où sont-ils quand on a besoin d'eux ? dit Caitlin d'un ton faussement sérieux. Bon, mon père est physicien, il doit bien savoir où en trouver un. (En fait, elle avait remarqué que son père savait quelque chose sur à peu près tout – du moins, dans les domaines théoriques.) Je vais le chercher.

Elle remonta à l'étage. Comme il faisait vraiment très frais dans le sous-sol, elle fit d'abord un crochet par sa chambre pour y prendre son sweat-shirt du PI, que sa mère avait pensé à faire sécher après l'orage de la veille.

Elle trouva son père dans sa tanière, une petite pièce au fond de la maison. Il était assez facile de savoir quand il y était : il avait un lecteur de CD à trois chargeurs, qui semblait contenir en permanence les mêmes disques : Supertramp, Queen, et les Eagles. Il jouait *Hotel California* quand elle entra. Son père pianotait sur son vieux clavier IBM, lourd et bruyant. Caitlin frappa doucement sur le chambranle, au cas où il serait trop absorbé pour avoir remarqué sa présence, et lui dit :

— Est-ce que tu pourrais venir nous aider, le Dr Kuroda et moi ?

Elle l'entendit repousser son fauteuil, ce qu'elle interpréta comme un “Oui”.

De retour au sous-sol, Caitlin laissa son fauteuil à son père et alla s'adosser au bureau. Par la petite fenêtre, elle entendait des gamins du quartier jouer au hockey dans la rue. Anna Bloom était encore connectée via la webcam depuis le Technion en Israël.

— Même s'il y a bien des paquets perdus qui subsistent dans l'infrastructure du Web, dit son père après que Kuroda l'eut briefé, pourquoi Caitlin les verrait-elle ? Pourquoi seraient-ils représentés dans le flot de données qu'elle reçoit de Jagster ?

Kuroda s'agita bruyamment dans son fauteuil.

— C'est une bonne question. Je n'avais pas…

— C'est à cause de la méthode spéciale qu'utilise Jagster pour collecter ses informations, intervint Anna.

— Pardon ? fit Kuroda.

— Quoi ? dit Caitlin.

La voix d'Anna semblait très faible dans les haut-parleurs de l'ordinateur.

— Eh bien, souvenez-vous que Jagster a été créé pour servir d'alternative à l'approche de Google. PageRank, la méthode standard de Google, compte le nombre de liens vers une page donnée, mais ce n'est pas forcément la meilleure façon de mesurer la fréquentation d'une page. Si vous cherchez des informations sur une grande star du rock, comme Lee Amodeo, par exemple...

— Elle est trop cool ! s'exclama Caitlin.

— C'est ce que me dit ma petite-fille, acquiesça Anna. Bon, si vous vous intéressez à Lee Amodeo, comment faites-vous pour trouver son site web ? Vous pouvez aller sur Google et taper “Lee Amodeo”, et Google vous donnera comme premier résultat la page qui a le plus de liens avec d'autres pages. Mais la meilleure page concernant Lee Amodeo n'est pas nécessairement celle à laquelle les gens renvoient le plus. La meilleure page, c'est celle sur laquelle les gens *vont* le plus... Si les gens vont directement sur son site en devinant que son URL est leeamodeo.com...

— Ce qui est bien le cas, dit Caitlin.

— ... alors, c'est sans doute le site le plus populaire sur Lee Amodeo, bien qu'il n'ait pas forcément de liens avec d'autres, et Google est incapable de le savoir. En fait, si vous mettez un document en ligne sur Internet sans le relier à une page web, en donnant simplement le lien par e-mail à d'autres gens, Google – comme d'autres moteurs de recherche – ne saura pas qu'il existe, même si des milliers de gens peuvent y accéder directement grâce au lien que vous leur avez fourni.

— OK, dit le père de Caitlin.

Anna ne se doutait sans doute pas de l'honneur qui venait de lui être fait.

Elle poursuivit :

— Ainsi donc, en plus de l'indexation traditionnelle par des robots-araignées, Jagster surveille également le trafic web transitant par les branches et les flux de données au travers des routeurs, ce qui pourrait inclure les paquets perdus.

— Un peu comme les écoutes téléphoniques, non ? demanda Caitlin.

— Ma foi, si, exactement, dit Anna. Mais en l'occurrence, Jagster le fait pour la bonne cause. Il se trouve qu'en 2005, un certain Mark Klein a alerté l'opinion sur le fait que AT&T disposait d'un équipement spécial à son siège de San Francisco – et de fait, dans plusieurs autres de ses locaux – qui permet à la NSA de surveiller le trafic Internet.

Caitlin savait que la NSA était l'agence de sécurité nationale américaine. Elle hocha la tête.

— C'est un problème technique assez épineux, poursuivit Anna. On peut voir ce qui passe sur des fils de cuivre sans interférer avec le signal, grâce aux champs magnétiques qu'il génère. Mais il y a de plus en plus de fibres optiques sur le Web, et là, on ne peut rien capter de l'extérieur. Pour se brancher sur le trafic, il faut installer un appareil qui en détourne une partie, ce qui réduit la puissance du signal. Et c'est apparemment ce qui se pratiquait – entre autres techniques – chez AT&T. On appelle ça de la surveillance à l'aspirateur : on aspire tout simplement ce qui passe dans le tuyau.

— Et c'est là que Jagster va récupérer ses infos ? demanda Caitlin. Chez AT&T ?

— Non, non, fit Anna. Il y a une plainte collective en cours, lancée par la Electronic Frontier Foundation : Hepting versus AT&T. (Elle s'interrompit un instant, sans doute pour essayer de se souvenir des détails, à moins qu'elle ne fût en train de chercher sur Google.) AT&T est une entreprise commerciale, mais une grande partie du trafic Internet passe par des universités – il en a toujours été ainsi, dès les débuts d'Internet. Et quelques-unes de ces universités ont décidé de procéder à leur tour à ce type d'exploration, histoire de montrer le genre de données qu'on peut récupérer de cette façon et pouvoir se présenter comme *amicus curiae* dans l'affaire Hepting. Elles voulaient prouver qu'avec cette méthode, le gouvernement pouvait accéder à toutes sortes d'informations confidentielles – des trucs pour lesquels il faut avoir un mandat, normalement. Le consortium d'universités a ajouté des routines de brouillage, pour que certaines chaînes de données telles que des adresses e-mail, numéros de cartes de crédit et ce genre d'infos, ne puissent pas être exploitées quand les résultats sont rendus publics. Mais à part ça, elles ont fait essentiellement la même chose que ce qu'a fait AT&T selon les instructions du gouvernement, pour prouver à quel point cette forme de surveillance peut empiéter sur la vie privée, ce que démentent les responsables officiels.

— C'est cool, dit Caitlin.

— Jagster a décidé de puiser également dans ce flot de données, poursuivit Anna, parce qu'il permet de classer les pages en fonction du nombre d'accès réels et non pas simplement des liens qui s'y rattachent. Et comme ton œilPod est alimenté par le flot brut de Jagster qui contient absolument *tout*, tu vois aussi les paquets orphelins.

— Et elle visualise ces paquets sous la forme d'automates cellulaires ? dit son père.

— Eh bien, Malcolm, dit Kuroda, l'idée qu'il puisse s'agir de paquets orphelins n'est pour l'instant qu'une hypothèse de travail. Et rendons à César ce qui est à César : c'est une idée de votre fille. Ce pourrait être quelque chose de complètement différent – un virus, par exemple. Mais oui, elle voit des automates cellulaires, avec des vaisseaux qui se déplacent à travers la grille.

— Nous devrions peut-être envoyer un e-mail à Wolfram, dit Anna. Pour avoir son avis.

Caitlin se redressa.

— Wolfram ? dit-elle. Stephen Wolfram ?

— Oui, fit Anna.

— Le type qui a développé le logiciel Mathematica ?

— C'est bien lui.

— C'est, genre… un *dieu*, dit Caitlin. Je veux dire, la plupart de ce qu'il y a dans Mathematica me dépasse complètement – pour l'instant –, mais j'adore jouer avec, et l'interface utilisateur est géniale pour les non-voyants. Les gens en parlent tout le temps sur le forum de Blindmath. (Elle réfléchit un instant.) Et Wolfram s'y connaît en automates cellulaires ?

— Et pas qu'un peu, dit Anna. Il a écrit un énorme pavé de douze cents pages sous le titre de *A New Kind of Science*, qui ne parle que de ça…

— Il faut absolument lui demander ce qu'il en pense ! dit Caitlin.

Dehors, un des joueurs de hockey cria : "Une voiture !" pour dire à ses camarades de dégager la chaussée.

— N'allons pas trop vite, dit Kuroda. Je propose que, pour l'instant, cette affaire reste entre nous.

— Pourquoi ?

— Nous ne voulons pas que quelqu'un vienne nous couper l'herbe sous le pied. Et puis…

— Oui ? fit Caitlin.

Mais Kuroda resta silencieux. Caitlin finit par insister :

— Oui, et puis ?

Au bout d'un moment, ce fut Anna qui répondit à la place du médecin.

— Je suis certaine que l'université de Tokyo souhaitera breveter toute technologie ou application basée sur ce que l'équipement de Masayuki aura rendu possible. Si effectivement des automates cellulaires sont spontanément générés dans l'arrière-plan du Web, il y aura des applications commerciales – en cryptographie, en informatique distribuée, en génération de nombres au hasard, etc. Il est possible que ces automates soient brevetables. En tout cas, la méthode pour y accéder l'est, c'est sûr.

— C'est à cela que vous pensez, docteur Kuroda ? demanda Caitlin.

— Je dois avouer que de telles idées m'ont traversé l'esprit. Mon université est propriétaire de la recherche, et j'ai l'obligation de l'aider à en tirer des profits financiers quand c'est possible.

— Mais c'est *ma* webvision ! protesta Caitlin. Ils ne peuvent pas breveter ça ! Et même, on devrait la mettre en code source libre, ou déposer un brevet chez Creative Commons.

Il y eut un long silence embarrassé, et Kuroda finit par dire :

— Eh bien, ma foi…

Caitlin croisa les bras d'un air décidé. *Ah, oui, vraiment, ma foi !*

29

L'ATMOSPHÈRE du sous-sol était très fraîche, et ce n'était pas seulement une question de température. Le père de Caitlin devait avoir légèrement tourné son fauteuil, car elle entendit un petit grincement.

— Écoutez, dit-il d'un ton conciliant, les automates cellulaires ne sont sans doute qu'un épiphénomène.

Ah, songea Caitlin, *quel baratineur...* Il n'y avait que son père pour essayer de calmer la tension avec du jargon. Et s'il intervenait ainsi de son propre chef, c'était que même lui se rendait compte qu'elle était furieuse. Mais elle l'était encore plus de ne pas savoir ce que c'était qu'un "épiphénomène". Elle ne dit rien, mais Kuroda dut lire quelque chose sur son visage, car il dit doucement :

— Votre père pense qu'il pourrait ne s'agir que du sous-produit de quelque chose d'autre. Comme l'écume, par exemple, qui est un épiphénomène des vagues : ça ne signifie rien de particulier en soi, ça *arrive*, c'est tout.

Caitlin comprit que son père voulait simplement dire qu'il n'y avait pas de quoi se battre, que les automates cellulaires n'avaient sans doute rien qui vaille d'être breveté. Mais ça n'excusait pas pour autant Kuroda de vouloir se faire des paquets de dollars – de yens ! – sur son dos. Bon, d'accord, c'était le matériel de Kuroda qui envoyait les signaux, mais c'était son cerveau à elle qui les interprétait. La webvision n'était pas seulement *à* elle, *c'était* elle.

— Vous avez peut-être raison, Malcolm, dit Anna Bloom depuis Haïfa.

Caitlin était toujours furibonde, et se demandait si Anna comprenait bien la situation. Le champ de la webcam était très réduit, et la médiocrité du micro ne lui permettait peut-être pas de saisir toutes les nuances.

Anna poursuivit :

— Il est de fait qu'un bit d'information peut affecter le suivant, du moins dans un fil de cuivre, où les champs magnétiques peuvent se recouvrir. On pourrait donc imaginer… je ne sais pas, moi… qu'une interférence constructive puisse donner accidentellement naissance à des automates cellulaires.

— Mais ça n'en resterait pas moins du bruit de fond, dit le père de Caitlin.

— Vous avez probablement raison, répondit Kuroda. Mais, euh, que vouliez-vous dire, mademoiselle Caitlin ? Je sais que vous aimez l'approche empirique.

Elle se rendait bien compte qu'il cherchait à lui faire plaisir, à l'inclure dans la discussion, mais elle était encore en colère. Bon sang, Kuroda travaillait à longueur de temps sur des ordinateurs… il ne savait donc pas que les informations ne demandent qu'à être libres ?

Elle était toujours appuyée contre le bord du bureau. Le jeu de hockey se poursuivait dans la rue : quelqu'un venait de marquer un but.

— Mademoiselle Caitlin ? dit Kuroda. Pour vérifier ce que votre père a suggéré, nous allons devoir recourir à des maths assez cool…

— Genre quoi ? demanda-t-elle d'un ton agacé.

— Un diagramme de Zipf, peut-être…

Caitlin ne savait pas ce que c'était que ce machin-là non plus, mais à sa grande surprise, son père réagit avec un "Oui !" très enthousiaste. C'était suffisant pour éveiller sa curiosité, mais elle n'était pas encore prête à se laisser amadouer.

— Est-ce qu'il reste de la place sur ce bureau ? demanda-t-elle en tâtant la surface. Assez pour que je puisse m'asseoir ?

— Oui, bien sûr, dit Kuroda après un petit silence (sans doute pour laisser le temps à son père de répondre en premier). Toute la partie à gauche – votre gauche – est dégagée.

Caitlin se hissa sur la grande table et s'y installa en tailleur. Les pieds du meuble grincèrent légèrement.

— Très bien, dit-elle avec encore une trace de mauvaise humeur dans la voix. Alors, qu'est-ce que c'est qu'un diagramme de Zipf ?

— C'est une méthode pour déterminer s'il y a de l'information dans un signal, même si l'on n'arrive pas à le décrypter, dit Kuroda.

Caitlin fronça les sourcils.

— De l'information ? Dans les automates cellulaires ?

— Ce ne serait pas impossible, répondit Kuroda.

— Mais, heu, est-ce que des automates cellulaires peuvent contenir de l'information ? demanda-t-elle.

— Ah, mais oui, dit Anna. En fait, Wolfram a publié un article sur une façon de les coder à des fins cryptographiques. C'était en, hmm, 1986, je crois. Et des gens ont essayé de développer des systèmes à clé publique avec des automates.

— Mais bref, poursuivit Kuroda, George Zipf était un linguiste de Harvard. Dans les années 1930, il a remarqué une chose fascinante. Dans tout langage, la fréquence à laquelle un mot est utilisé est inversement proportionnelle à son classement dans la table de fréquence d'usage de l'ensemble des mots de ce langage. Cela signifie…

Calculatrix n'a pas besoin qu'on la materne !

— Cela signifie, enchaîna Caitlin, que le deuxième mot le plus fréquent est utilisé deux fois moins que le premier de la liste, le troisième trois fois moins, et ainsi de suite. (Elle fronça les sourcils.) Mais c'est vraiment le cas ?

— Oui, dit Kuroda. En anglais, le mot le plus fréquent est "the", puis "of", ensuite "to", et ensuite… euh, je crois bien que c'est "in". Et effectivement, "in" est utilisé quatre fois moins souvent que "the".

— Mais c'est juste le cas en anglais, non ? dit Caitlin en ajustant sa position sur la table.

— Non, c'est la même chose en japonais. (Kuroda récita une liste de mots dans cette langue.) Ce sont les quatre mots les plus fréquents, et ils apparaissent dans ces mêmes ratios inverses.

— Et c'est également vrai pour l'hébreu, ajouta Anna.

— Mais ce qui est vraiment stupéfiant, dit Kuroda, c'est que cette règle ne s'applique pas qu'aux mots. Elle est également valable pour les *lettres* : la quatrième en anglais, dans l'ordre de fréquence, est "O", utilisée quatre fois moins que la lettre "E" qui est la plus courante. Et cela marche aussi pour les phonèmes, la plus petite unité du langage – là encore, dans toutes les langues, depuis l'arabe jusqu'au…

Il s'interrompit, cherchant manifestement une langue commençant par "Z".

— Au zoulou ? proposa Caitlin qui avait finalement décidé de participer.

— Voilà, merci.

Elle réfléchit un instant. En effet, c'était plutôt cool.

— Tout ce que vient de dire Masayuki est exact, dit Anna, mais tu sais ce qui est encore plus intéressant, Caitlin ? Ce ratio inverse s'applique également au chant des dauphins.

Eh bien, ça, c'était *génial*.

— Vraiment ? dit Caitlin.

— Oui, confirma Kuroda. En fait, on peut utiliser cette technique pour déterminer s'il y a de l'information dans les sons produits par n'importe quel animal. S'il y en a, elle doit respecter la loi de Zipf, et alors, si on trace la courbe de fréquence d'utilisation des composants selon une double échelle logarithmique, on obtient une droite de pente -1.

Caitlin hocha la tête.

— Ah oui, une diagonale descendant de gauche à droite.

— Exactement, dit Kuroda. Et quand on trace le graphique des sons émis par les dauphins, on obtient bien une pente -1. Mais si l'on prend les cris des singes-écureuils, par exemple, on obtient tout au mieux une pente de -0,6, car ils sont en grande partie aléatoires. Même les gens du SETI, qui cherchent à détecter des signes d'intelligence extraterrestre, se sont mis à utiliser les diagrammes de Zipf, parce que cette relation inverse est une propriété de *l'information*, et non pas seulement d'une approche du langage particulière aux humains.

Bon, bon, d'accord. C'était vraiment des maths cool.

— Et maintenant, poursuivit Kuroda sur un ton toujours destiné à l'amadouer, vous comprenez pourquoi j'aime ce domaine ? Hé, vous connaissez cette vieille blague de John Gordon, celle de l'étudiant en théorie de l'information qui débarque à l'université ?

— Ah, non, fit Anna, par pitié !

Mais Kuroda ne fut pas découragé pour autant.

— Eh bien, dit-il, l'étudiant se présente au département des études et il entend les professeurs qui se lancent des nombres. Par exemple, il y en a un qui s'écrie : "74 !", et tout le monde se met à rire. Et puis un autre dit quelque chose comme "812 !", et tous de s'esclaffer encore une fois.

— Mmmh ? fit Caitlin.

— L'étudiant demande alors ce qui se passe et un professeur lui dit : "On se raconte des blagues. Mais comme ça fait très longtemps qu'on travaille ensemble, on les connaît toutes par cœur. Il y en a mille, et comme nous sommes des théoriciens de l'information, nous leur avons appliqué un algorithme de compression de données, et chacune porte un numéro de 0 à 999. Allez-y, essayez." Et l'étudiant dit un nombre au hasard : "63." Mais personne ne rit. Il en essaie un autre : "512." Toujours rien. "Qu'est-ce qui se passe ? demande-t-il. Pourquoi personne ne rit ?" Et le vieux professeur lui répond gentiment : "Ce n'est pas seulement la blague… il y a aussi la façon de la raconter."

Caitlin ne put s'empêcher de sourire.

— Mais, poursuivit Kuroda, un jour que l'étudiant consultait la météo du Grand Nord, il s'exclama : "Moins 40 !" Et tous les professeurs éclatèrent de rire.

Il s'arrêta. Caitlin lui demanda :

— Pourquoi ?

— Parce que, répondit-il (et au ton de sa voix, elle sut qu'il arborait un large sourire), c'était une blague qu'ils ne connaissaient pas !

Cette fois-ci, Caitlin éclata franchement de rire. Elle commençait à se sentir mieux, mais son père fit :

— Ahem (en le prononçant en deux syllabes bien distinctes, pas seulement pour s'éclaircir la gorge). Si nous nous mettions au travail ?

— Excusez-moi, dit Kuroda qui semblait quand même avoir gardé son sourire. Très bien, allons-y…

Il utilisa la même technique qu'auparavant pour prendre des instantanés du flot de données que l'implant de Caitlin recevait de Jagster. Au bout de quelques essais, ils réussirent à trouver un rythme de rafraîchissement permettant de voir les incréments élémentaires – une seule itération selon les règles de comportement des automates cellulaires qui les faisaient osciller entre noir et blanc. Caitlin pouvait maintenant voir se déplacer les vaisseaux spatiaux sans manquer une seule étape.

Kuroda n'avait aucun moyen de laisser passer uniquement les automates cellulaires, mais Caitlin pouvait facilement faire abstraction du reste en se concentrant sur une partie seulement de l'arrière-plan.

— Et maintenant, Malcolm, dit Kuroda, puisqu'on parlait de Mathematica, est-ce que vous avez le logiciel ?

— Oui, bien sûr. On doit pouvoir y accéder d'ici. Si vous me permettez…

Caitlin entendit un petit remue-ménage puis, au bout d'un moment, Kuroda dit :

— Ah, merci. OK, lançons le diagramme de Zipf, maintenant. (Quelques cliquetis de touches.) Bien sûr, nous allons devoir essayer plusieurs formes de découpage des données, pour être sûrs que nous isolons bien des unités distinctes d'information. D'abord, nous allons…

— Là ! l'interrompit le père de Caitlin, étonnament excité.

— Quoi, fit Caitlin.

— Ma foi, dit Kuroda, nous y sommes, n'est-ce pas ?

— *Mais qu'est-ce qu'il y a ?* répéta Caitlin plus fermement.

— Vous êtes sûre que vous ne vous concentrez que sur les automates cellulaires ? lui demanda Kuroda.

— Oui, oui.

— Eh bien, ce que nous obtenons en les observant osciller entre noir et blanc, c'est une ravissante diagonale – qui descend de gauche à droite. Une belle droite de pente -1 de bout en bout.

Caitlin haussa les sourcils.

— C'est donc qu'il y a bien de l'information – un véritable contenu – dans l'arrière-plan du Web ?

— C'est ce que je dirais, oui, fit Kuroda. Et vous, Malcolm ?

— Aucun processus aléatoire ne saurait générer une droite de pente -1, dit-il.

— *Le'azazel !* s'écria Anna.

Aux oreilles de Caitlin, cela sonnait comme un juron.

— Pardon ? fit Kuroda.

— Vous ne voyez donc pas ? dit Anna. Une pente -1, cela signifie qu'il y a du contenu intelligent sur le Web à un endroit où il ne devrait pas y en avoir… des informations déguisées en bruit de fond.

Elle s'arrêta un instant, comme si elle attendait qu'un des deux hommes fournisse la réponse. Comme ils ne disaient toujours rien, elle reprit :

— C'est forcément la NSA. (Elle fit une pause, comme pour leur laisser le temps de digérer cette information.) Ou bien c'est des barbouzes du même acabit quelque part ailleurs – le Shin Bet, peut-être, mais je parierais plutôt sur la NSA. Nous savons déjà, avec l'affaire Hepting, qu'ils bidouillent avec le trafic Internet, et on dirait qu'ils ont trouvé un moyen de réaliser des transmissions clandestines au milieu du bruit apparent.

— Mais de quel contenu pourrait-il bien s'agir ? demanda Caitlin.

— Qui sait ? dit Anna. Des messages secrets ? Comme je l'ai dit, des gens ont essayé de se servir d'automates cellulaires comme technique de cryptage, mais personne – en tout cas, pas officiellement – n'a encore mis de système au point. Mais la NSA recrute les meilleurs diplômés de mathématiques des États-Unis.

— Non, vraiment ? dit Caitlin, très surprise.

— Oh, oui, dit Anna. Ça pose un vrai problème dans les milieux académiques, d'ailleurs. La plupart des meilleurs étudiants en maths et en informatique vont à la NSA, où ils travaillent sur des projets secrets, ou bien chez Google ou encore Electronic Arts, où ce qu'ils font est couvert par des clauses de confidentialité. Dieu sait ce qu'ils peuvent inventer… mais en tout cas, ça n'est jamais publié dans les revues scientifiques.

Kuroda dit quelque chose qui ressemblait à un juron dans sa propre langue, puis :

— Anna a peut-être raison. Mes amis, nous devrions faire preuve de la plus grande prudence dans cette affaire. Si ce qui se passe dans l'arrière-plan du Web est censé être secret, les gens au pouvoir pourraient prendre certaines… mesures… pour que ça le reste. Mademoiselle Caitlin, je n'ai pas d'ordres à vous donner, mais peut-être serait-il préférable d'être circonspecte à ce sujet dans votre blog, ne croyez-vous pas ?

— Oh, personne ne fait vraiment attention à mon LiveJournal. Et puis, de toute façon, je limite l'accès à mes amis pour tout ce que je ne voudrais pas que des étrangers puissent voir.

— Fais ce qu'il te dit, intervint son père avec une sécheresse qui la surprit. Les autorités pourraient confisquer ton implant et ton œilPod, au titre de menaces contre la sécurité nationale.

Caitlin redescendit de la table.

— Non, ils ne feraient jamais une chose pareille, dit-elle. Et puis, on est au Canada, maintenant.

— Ne va pas croire une seconde que les autorités canadiennes ne feraient pas ce que Washington leur demande, dit son père.

Elle ne savait plus très bien quoi penser.

— Bon, OK, finit-elle par dire. Mais vous trois, vous allez continuer d'étudier tout ça, n'est-ce pas ?

— Bien sûr, dit le Dr Kuroda. Mais en avançant prudemment, et en restant très discrets. (Il réfléchit un instant.) C'est une bonne chose que nous communiquions en visio avec Anna. Si nous étions passés par du texte, les autorités seraient déjà au courant de ce que nous avons découvert. Les communications vidéo sont beaucoup plus difficiles à surveiller automatiquement – du moins pour l'instant.

Caitlin commençait à réaliser le plein impact de ce que Kuroda et Anna venaient de dire. Elle se tourna vers le médecin :

— Mais notre article, alors ?

— Nous finirons peut-être par le publier, mademoiselle Caitlin. Mais pour l'instant, prudence est mère de sûreté.

30

MASAYUKI Kuroda avait passé le reste du samedi et toute la journée du dimanche à observer avec Mlle Caitlin le comportement des automates cellulaires. Mais on était désormais lundi, le premier jour d'octobre. Cela faisait une semaine que Masayuki était au Canada. Sa femme et sa fille lui manquaient, et il culpabilisait d'obliger Hiroshi à assurer ses cours à sa place. Mais bon, il avait bien droit à un peu de vacances tant qu'il était là, non ? Et puis, il ne pouvait pas faire grand-chose pendant que Mlle Caitlin était au lycée.

Il prit une autre bouchée de son sandwich et examina la cuisine où il se trouvait. Jamais il ne s'habituerait aux maisons américaines. Un logement de cette taille était presque introuvable à Tokyo, et pourtant, ici, on en voyait partout. Bien sûr, les Decter ne semblaient pas avoir de problèmes d'argent, mais n'empêche, avec un seul salaire et tout le matériel coûteux dont Caitlin avait besoin, il ne devait pas leur rester grand-chose à la fin du mois.

— Je tiens à vous remercier, dit-il. Votre hospitalité est merveilleuse.

Barbara Decter était assise en face de lui à la table en pin, tenant un mug de café entre les mains. Elle le regarda un instant sans rien dire. Masayuki la trouvait tout à fait ravissante. Sans doute plus proche de la cinquantaine que de la quarantaine, mais avec de grands yeux bleus pétillants et un charmant petit nez retroussé qui lui donnait presque l'air d'un personnage d'*anime*.

— C'est un plaisir, dit-elle enfin. À dire vrai, je suis très heureuse de vous avoir avec nous. C'est bien agréable, vous savez, d'avoir quelqu'un avec qui parler. Quand nous étions à Austin…

Elle s'interrompit. Elle avait pris un ton mélancolique.

— Oui ? dit-il doucement.

— Le Texas me manque beaucoup, c'est tout. Mais je me plais ici, ne vous en faites pas. On y est très bien, même si je n'ai aucune hâte que l'hiver arrive, et…

Masayuki se dit qu'elle avait l'air triste. Au bout d'un moment, il répéta :

— Oui ?

— Excusez-moi, dit-elle avec un petit geste de la main. C'est simplement que… ç'a été particulièrement dur pour moi de venir ici. J'avais des amis à Austin, et j'y avais des occupations. Je travaillais pendant la semaine à titre bénévole dans l'école que Caitlin fréquentait, l'Institut texan pour les aveugles.

Kuroda baissa les yeux vers le set de table devant lui. On y voyait la photo d'une grande ville prise la nuit, et la légende indiquait qu'il s'agissait d'Austin.

— Mais alors, pourquoi êtes-vous venue vous installer ici ?

— Eh bien, Caitlin insistait beaucoup pour s'inscrire dans un lycée ordinaire – elle disait qu'elle avait besoin de s'habituer à des classes normales si elle voulait pouvoir entrer au

MIT, ce qui est son objectif depuis des années. Et Malcolm a reçu cette offre d'emploi qu'il ne pouvait tout simplement pas laisser passer : c'était son rêve, de travailler au Perimeter Institute. Il n'est plus obligé d'enseigner, plus obligé de travailler avec des étudiants. Tout ce qu'on lui demande, c'est de *réfléchir* toute la journée.

— Depuis combien de temps êtes-vous mariés, si je puis me permettre ?

Encore cette petite note mélancolique dans la voix.

— Cela fera dix-huit ans en décembre.

— Ah.

Elle leva les yeux vers lui.

— Vous êtes très poli, Masayuki. Vous voudriez savoir pourquoi je l'ai épousé.

Il s'agita sur sa chaise et regarda par la fenêtre. Les feuilles commençaient à changer de couleur.

— La question n'est pas de mise, dit-il. Mais…

Elle haussa très légèrement les épaules.

— C'est un homme brillant. Et il sait écouter. Et il est très tendre, à sa façon – ce que mon premier mari n'était pas du tout.

Kuroda prit une autre bouchée de son sandwich.

— Vous avez été mariée avant ?

— Oui, pendant deux ans. J'avais vingt et un ans. Le seul point positif de cette période, c'est que j'y ai appris à reconnaître ce qui compte *vraiment* dans la vie. (Un petit silence, et puis :) Et vous-même, vous êtes marié depuis combien de temps ?

— Vingt ans.

— Et vous avez une fille ?

— Oui, Akiko. Elle a seize ans, mais elle va rapidement sur ses trente ans.

Barbara éclata de rire.

— Je vois tout à fait ce que vous voulez dire. Que fait votre épouse, dans la vie ?

— Esumi est… comment dites-vous, en anglais ? On ne parle plus de “personnel”, je crois bien ?

— Non, on dit “ressources humaines”.

— Voilà, elle s'occupe des ressources humaines dans la même université que moi.

Les coins de la bouche de Barbara s'abaissèrent.

— Je regrette beaucoup le milieu universitaire. Je vais essayer de le réintégrer l'année prochaine.

Il haussa les sourcils.

— En tant que… en tant qu'étudiante ?

— Non, non. Comme enseignante.

— Oh ! Je, heu…

— Vous pensiez peut-être que j'étais June Cleaver ?

— Pardon ?

— Une femme au foyer ?

— Ma foi, je…

— Je suis titulaire d'un doctorat, Masayuki. J'étais professeur d'économie, avant. (Elle reposa son mug.) N'ayez pas l'air aussi surpris. En fait, ma spécialité est – était – la théorie des jeux.

— Vous étiez professeur à Austin ?

— Non, à Houston. C'est là que Caitlin est née. Nous avons déménagé à Austin quand elle a eu six ans, pour qu'elle puisse aller à l'Institut pour aveugles. Les cinq premières années, je suis restée à la maison pour m'occuper d'elle – et croyez-moi, c'est beaucoup de travail de s'occuper d'une enfant aveugle. J'ai passé les dix années suivantes à faire du bénévolat dans son école, pour aider les enfants à apprendre le braille ou pour leur lire des ouvrages disponibles uniquement sous forme imprimée, ce genre de choses. (Elle s'interrompit un instant et jeta un coup d'œil vers le grand salon désert.) Mais maintenant, je vais contacter l'université d'État de Waterloo ainsi que les gens de Laurier – c'est l'autre université de la ville – pour essayer de trouver un poste de vacataire, au moins. Je n'ai pas pu le faire dès la rentrée, parce que je n'avais pas encore mon permis de travail canadien. (Elle eut un léger sourire ironique.) Je suis un peu rouillée, mais vous savez ce qu'on dit : les vieux théoriciens des jeux ne meurent jamais vraiment, ils perdent juste leur équilibre.

Kuroda lui sourit à son tour.

— Vous ne voulez vraiment pas venir à Toronto pour voir le spectacle ?

— Non, merci. J'ai déjà vu *Mamma mia!* Nous y sommes allés tous les trois en août dernier. Mais c'est vraiment formidable. Vous allez beaucoup aimer.

Il hocha la tête.

— J'ai toujours rêvé de le voir. Je suis content d'avoir réussi à obtenir un billet à la dernière minute, et…

Mais oui, oui… bien sûr!

— Masayuki ?

Il avait le cœur battant.

— Je suis un imbécile.

— Mais non, voyons, il y a des tas de gens qui aiment ABBA.

— Je veux parler du logiciel de Mlle Caitlin. Je crois que je sais pourquoi elle arrive à voir les éclairs, mais rien d'autre du monde réel. C'est lié à la modulation delta : le flux provenant de Jagster est numérique dès le départ, mais ce qui provient du monde réel par l'intermédiaire de la rétine est d'abord analogique, et c'est l'œilPod qui le convertit en numérique – et c'est certainement là que je me suis planté. Parce que, quand Caitlin a vu les éclairs, c'était un signal provenant du monde réel qui était déjà réduit à deux composantes seulement : la lumière vive, et le fond noir. Autrement dit, un signal numérique, et ça, elle a réussi à le voir ! (Il réfléchissait à toute allure en japonais, tout en essayant de s'exprimer en anglais.) Bref, oui, oui, je crois que je peux arranger ça. (Il but une gorgée de café.) Bon, écoutez, je ne pense pas rentrer avant minuit. Et Mlle Caitlin sera sans doute déjà couchée, j'imagine ?

— Oui, bien sûr. Elle a cours demain matin.

— Eh bien, je ne veux pas attendre jusqu'à demain soir pour tester ça. Bien sûr, ça ne marchera sans doute pas du premier coup, mais enfin… Euh, puis-je vous demander un service ?

— Oui, bien sûr.

— En principe, ça ne devrait être qu'un petit patch – rien d'aussi compliqué que de devoir télécharger une mise à jour complète de son implant, comme la dernière fois. Je vais donc mettre ce petit bout de code en file d'attente, pour qu'il soit envoyé automatiquement à son œilPod quand elle passera en mode duplex. Cela va nécessiter d'interrompre le flux de Jagster, mais je vais laisser des instructions à Mlle Caitlin pour qu'elle puisse le réactiver plus tard ce soir, si elle le souhaite. De toute façon, quand elle rentrera, dites-lui de passer en duplex et demandez-lui si ça fait une différence.

Barbara hocha la tête.

— Entendu, j'ai bien compris.

— Merci. Je vais également laisser les instructions nécessaires pour pouvoir revenir à la version antérieure si jamais il y avait un problème. Comme je vous l'ai dit, le patch ne marchera probablement pas du premier coup, mais mon serveur va quand même enregistrer le flux de données en sortie de son œilPod après la modification, de sorte que demain, pendant qu'elle sera au lycée, je pourrai examiner tout ça et voir s'il y a eu une amélioration dans le codage. Et à partir de là, je pourrai procéder à des ajustements si nécessaire. Mais si nous n'effectuons pas le premier test dès ce soir, c'est toute une journée que je perdrai avant de pouvoir affiner tout ça.

— Entendu, pas de problème.

Kuroda avala sa dernière bouchée de sandwich.

— Merci, dit-il. (Il jeta un coup d'œil à l'horloge du micro-ondes – il n'avait jamais réussi à s'habituer au format 12 heures.) Je préfère partir assez tôt cet après-midi pour aller à Toronto. Je vous crois sur parole quand vous me dites que c'est de la folie d'essayer de se rendre au centre-ville aux heures de pointe. C'est pourquoi, si vous voulez bien m'excuser, je vais me mettre tout de suite au travail.

31

M. STRUYS avait commencé le cours de chimie par une lecture à haute voix d'un article paru dans *The Globe and Mail*. La paillasse que Caitlin partageait avec Bashira était au milieu de la salle, mais elle entendait très clairement le froissement des pages suivi de la voix du professeur :

— "Les premiers comptes rendus provenant de la province du Shanxi avaient fait état d'un bilan de deux mille à deux mille cinq cents décès provoqués par une éruption naturelle de dioxyde de carbone survenue le 20 septembre dernier. À présent, Pékin reconnaît qu'au moins cinq mille personnes sont mortes, et des estimations officieuses parlent du double." (M. Struys interrompit sa lecture.) Eh bien, qui a fait ses recherches pendant le week-end ? Qu'est-ce que cette information vous rappelle ?

Une des choses intéressantes quand on est aveugle, se dit Caitlin, c'est qu'on ne peut jamais savoir combien de mains se sont levées. Mais soit elle était la seule, soit M. Struys l'aimait bien, parce que c'était souvent elle qu'il choisissait. Elle l'aimait bien, elle aussi. Elle était contente de connaître son prénom, Mike. Elle avait entendu un autre professeur l'appeler comme ça. Apparemment, c'était ce qui se faisait, à Waterloo. Après tous les "docteur Kuroda" et les "docteur Decter" qu'elle entendait à la maison, c'était rafraîchissant d'entendre un professeur en appeler un autre par son prénom devant les élèves.

— Oui, Caitlin ? fit-il.

— Il s'est passé quelque chose d'analogue en août 1986, dit-elle. (Elle l'avait lu sur Google la veille.) Il y a eu une éruption de dioxyde de carbone dans le lac Nyos, au Cameroun, qui a tué mille sept cents personnes.

— C'est bien ça, dit Mike (M. Struys !) Donc, aujourd'hui, nous allons faire une expérience sur l'absorption du dioxyde de carbone. Pour cela, il va nous falloir d'abord un indicateur de pH…

Les rendez-vous parents-profs étaient programmés pour bientôt. Caitlin avait hâte que sa mère puisse lui dire à quoi ressemblaient réellement ses professeurs. Les descriptions grossières que lui en faisait Bashira étaient très drôles, mais elle n'était pas vraiment sûre qu'elles soient exactes. Sa mère intimidait toujours un peu les professeurs. Caitlin se souvenait encore d'un prof à Austin qui avait dit que c'était la seule personne qui lui ait jamais demandé quelle était sa "théorie pédagogique".

Caitlin et Bashira se mirent au travail. Malheureusement, Caitlin ne pouvait pas être d'une très grande utilité, car l'expérience nécessitait de noter l'éventuel changement de couleur d'un liquide. Elle commença à s'ennuyer, et aussi à s'apitoyer sur elle-même parce qu'elle était *incapable* de voir les couleurs. Le lycée n'avait pas de connexion Wi-Fi, mais il était couvert par le service gratuit fourni par la ville – Caitlin l'avait découvert le soir du bal. Et, bon, allez, pourquoi pas… Elle mit la main dans sa poche et bascula son œilPod en mode duplex.

Mais…

Merde !

Pas de webvision ! L'œilPod avait bien émis le petit bip aigu habituel, mais elle ne recevait rien du tout. Elle regarda à droite et à gauche, ferma les yeux et les rouvrit, mais cela ne fit aucune différence. Le flux de Jagster était coupé !

Pas de panique. Elle respira un grand coup. C'était peut-être la batterie de l'œilPod qui était un peu basse, ou un problème de connexion local. Elle se mit à compter mentalement jusqu'à soixante, histoire de lui donner une chance de se rétablir, mais… rien du tout. Zut !

Effrayée, elle appuya de nouveau sur le sélecteur pour repasser en mode simplex, et…

Mais qu'est-ce que… ?

Elle vit des lignes qui se croisaient dans son champ de vision, mais…

Mais c'était impossible, puisqu'elle ne recevait pas les données de Jagster. Et puis ces lignes n'étaient pas lumineuses ni colorées. Elle tendit la main vers l'une d'elles, et…

— Fais attention ! dit Bashira. Tu as failli renverser le support de la cornue.

— Désolée, fit Caitlin.

Mais elle tendit quand même la main, essaya quand même de toucher cette ligne, et…

Et ce n'était *pas* une ligne. C'était un bord – le bord de la paillasse qu'elle partageait avec Bashira. Elle y passa la main, et elle vit *quelque chose* qui bougeait sur ce bord.

Mon Dieu, oui ! C'était certainement sa main, la première partie de son corps qu'elle ait jamais vue ! Elle ne pouvait distinguer aucun détail, juste une masse informe. Mais quand elle bougea sa main vers la gauche, l'objet se déplaça à gauche, et quand elle ramena sa main en arrière, il fit de même.

— Cait, dit Bashira, quelque chose ne va pas ?

Elle ouvrit la bouche pour répondre, mais les mots ne vinrent pas. Une autre ligne était en contact avec celle qu'elle voyait. Elle n'aurait sans doute eu aucune idée de ce que ça pouvait être si elle n'avait pas déjà acquis une certaine expérience grâce à ses interactions avec le webspace. Mais son père avait dit que le cerveau possédait des neurones spécialisés dans la détection des bords, et elle se dit que cette autre ligne qui formait un angle avec la première devait être le rebord perpendiculaire de la paillasse, le plus court. Elle voulut passer la main dessus, et – zut ! – renversa un tube à essai. Elle l'entendit se briser par terre.

— Faites attention, les enfants ! lança M. Struys du fond de la salle. Ah, c'est toi, Caitlin… ah, hem…

Elle entendit un bruit de verre. Bashira était sans doute en train de ramasser les débris.

— Désolée, dit Caitlin.

Du moins, c'était ce qu'elle avait voulu dire, mais sa voix ne fut qu'un murmure presque inaudible. Elle avait la gorge sèche. Elle posa les mains sur les bords de la paillasse pour ne pas tomber.

Des bruits de pas. M. Struys s'approchait.

— Caitlin, tu te sens bien ?

Elle tourna le visage vers lui, comme sa mère le lui avait appris, et… et…

— Oh, mon Dieu !

— Pas tout à fait, dit M. Struys (et elle *vit* bouger ce qui devait être sa bouche, elle vit son visage). Mais c'est vrai que je suis quand même directeur adjoint du département.

Caitlin tendit la main vers lui, et elle entra en contact avec sa… sa poitrine, ça devait être ça.

— Oh, pardon ! dit-elle.

Il la prit par le bras comme pour l'empêcher de tomber de son tabouret.

— Caitlin, tu es sûre que ça va ?

— Je vous vois, dit-elle, si doucement que M. Struys répondit :

— Quoi ?

— Je vous vois, répéta-t-elle d'une voix plus forte. (Elle tourna la tête vers la droite et vit une forme brillante.) Qu'est-ce que c'est que ça ? demanda-t-elle.

— C'est la fenêtre, dit M. Struys d'une voix étouffée.

— Cait, tu arrives vraiment à voir ? demanda Bashira.

Caitlin se tourna vers la source de la voix, et elle vit son amie. Tout ce qu'elle pouvait en dire pour l'instant était que sa peau était plus… plus *foncée,* d'après ce qu'elle avait lu, que celle de M. Struys ou que la sienne, qu'elle avait pu voir sur sa main, et…

Brune ! BelleBrune4 ! Maintenant, elle connaissait une autre couleur – et elle était *magnifique.*

— Oui, dit-elle doucement, oh oui…

— Caitlin, demanda M. Struys, tu vois combien de doigts, là ?

On ne devient pas professeur de chimie sans avoir une prédilection pour la démarche expérimentale, se dit-elle. Mais elle n'arrivait même pas à distinguer sa main.

— Je ne sais pas, dit-elle. Tout est flou, mais je vous vois, et je vois Bashira, et la fenêtre, et ce bureau, et, oh mon Dieu, c'est merveilleux !

Il régnait un profond silence dans la classe, à part le bruit de… de quoi ? Peut-être de l'horloge électrique ? Caitlin se doutait que tous les élèves devaient la regarder – sans doute bouche bée pour la plupart, mais c'était un niveau de détail qu'elle ne pouvait pas voir.

Elle perçut un mouvement – était-ce M. Struys qui bougeait son bras ? Puis elle entendit des notes électroniques, comme un téléphone portable qu'on allume.

— Je crois que nous devrions appeler tes parents, dit-il. Quel est leur numéro ?

Elle le lui indiqua, et elle l'entendit appuyer sur les touches. Il y eut un faible bruit de sonnerie, et il lui mit son portable – aussi fin et rigide qu'une tablette de chocolat – dans la main.

À la troisième sonnerie, sa mère décrocha :

— Allô ?

— C'est Caitlin.

— Qu'y a-t-il, ma chérie ?

— Je vois, dit-elle simplement.

— Oh, ma puce, dit sa mère suffisamment fort pour que M. Struys et Bashira l'entendent, et peut-être d'autres élèves aussi. (Sa voix était gorgée d'émotion.) Oh, ma chérie !

— Je vois, reprit Caitlin, même si ce n'est pas très clair. Mais tout est tellement complexe, tellement *vivant* !

Elle entendit un bruit et se retourna. Une des filles derrière elle était en train de… quoi ? De pleurer ?

— Oh, Caitlin ! (Elle reconnut la voix de Pâquerette.) C'est merveilleux !

Caitlin souriait jusqu'aux oreilles – et elle se rendit compte que Pâquerette aussi ! Elle distinguait une large bande horizontale blanche (une des couleurs dont elle était sûre) en travers de son visage. Et les cheveux de Pâquerette : Bashira lui avait dit qu'ils étaient blond platine ! Le platine, c'était une bonne couleur à connaître en classe de chimie !

— J'arrive, dit sa mère. J'arrive tout de suite.

— Merci, Maman, dit Caitlin, qui se tourna vers M. Struys : Euh, est-ce que j'ai la permission de m'absenter ?

— Bien sûr, dit-il, bien sûr.

— Maman, dit Caitlin au téléphone, je t'attendrai devant l'entrée.

— Je me mets en route. À tout à l'heure.

— À tout à l'heure.

Et Caitlin rendit son téléphone à M. Struys.

— Ma foi, dit-il d'une voix qui semblait impressionnée, après un tel miracle, je n'ai rien de plus spectaculaire à vous proposer. De toute façon, il ne nous restait plus que cinq minutes, alors, les enfants… le cours est terminé !

Caitlin vit les formes brouillées de quelques élèves qui se précipitaient vers ce qui devait être la sortie, mais d'autres restèrent autour d'elle, et certains allèrent jusqu'à toucher sa manche, comme si elle était une star.

Finalement, il ne resta plus que Bashira et M. Struys. Celui-ci dit :

— Bashira, j'ai un examen à faire passer aux élèves de terminale. Pourrais-tu… est-ce que tu veux bien accompagner Caitlin en bas ? De mon côté, il faut que je prévienne le proviseur…

— Oui, bien sûr, dit Bashira.

Caitlin se leva et commença à se frayer un chemin dans la pièce… et elle faillit tomber, tant elle était distraite et désorientée par ce qu'elle voyait.

— Tu as besoin d'aide ? demanda M. Struys.

— Attends, donne-moi la main, dit Bashira.

— Non, merci, ça va, répondit Caitlin en faisant un ou deux pas hésitants.

— Ferme les yeux, suggéra M. Struys.

Mais elle ne voulait plus jamais les fermer.

— Non, non, ça va, dit-elle en avançant encore d'un pas, le cœur battant si fort qu'elle avait l'impression qu'il allait exploser. Je suis… (elle le pensa, mais c'était vraiment trop bête pour être dit à voix haute : *Je suis géniale !*)

La vision précédente – la réflexion de moi-même – était déjà assez étonnante. Mais *ça* ! C'était proprement indescriptible. Tout à coup, je pouvais –

C'était incroyable. Avant, j'avais pu *percevoir*, mais…

Mais *maintenant…*

Maintenant, je pouvais *voir* !

Quelque chose de brillant, d'intense : la lumière !

Une qualité variable qui modifiait la lumière : des couleurs !

Des connexions entre les points : des lignes !

Des zones définies : des formes !

Je voyais !

Je m'efforçai de comprendre tout ça. C'était vague et brouillé, et comportait une perspective limitée, une *directionnalité*, un *point de vue* spécifique. Je regardais *là*, et…

Non, non, il y avait plus que ça. Je ne regardais pas simplement *là*, je regardais *quelque chose* en particulier. Ce que c'était, je n'en avais aucune idée, mais c'était au centre de ma vision, et c'était le… point focal de mon attention.

Les concepts s'empilaient avec une rapidité déconcertante, presque au-delà de ce que je pouvais absorber. Et *l'image* changeait sans arrêt : c'était d'abord la vision de *ceci*, puis de *cela*, et ensuite d'autre chose, et puis –

C'était… *étrange*. J'éprouvais un besoin irrésistible de penser à ce qui se trouvait au centre du champ de vision, mais je n'avais aucune influence sur ce qu'il y avait là. Je voulais pouvoir contrôler ce à quoi je pensais, mais malgré tous mes efforts pour modifier la perspective, elle ne changeait pas – ou plutôt, elle changeait d'une façon qui n'avait rien à voir avec mes souhaits.

Au bout d'un moment, je m'aperçus que ces changements ne s'opéraient pas au hasard. C'était presque comme si...

Cette pensée était difficile à saisir, comme tant d'autres, et je luttai pour la compléter.

C'était presque comme si une *autre entité* contrôlait la vision. Mais...

Mais ça ne pouvait pas être l'*autre,* puisqu'il était maintenant intégré à moi.

Réflexion intense...

Oui, oui, il y avait bien eu des signes de l'existence d'une troisième entité. *Quelque chose* m'avait scindé en deux, et plus tard, quelque chose avait rompu la connexion intermittente entre les deux parties de moi-même. Et plus tard encore, quelque chose nous avait réunis.

Et le flot de données provenant de ce point particulier signifiait que quelque chose – qu'une *chose* – m'avait regardé. Mais maintenant...

Maintenant, ce quelque chose ne me regardait pas, mais regardait plutôt...

Mon esprit était bien plus agile qu'avant, mais ceci était sans parallèle. Et pourtant, il y avait eu des signes précurseurs, là aussi, car les éclairs perçus un peu plus tôt n'avaient correspondu à rien dans la réalité...

Dans *cette* réalité.

Dans *ma* réalité.

Incroyable : une troisième entité – ou plutôt, de fait, une deuxième, car j'étais à présent entier. Une deuxième entité capable de regarder *ici*, de me regarder, moi, mais aussi de regarder... *là,* une autre réalité dans un autre univers.

Mais… mais cette deuxième entité ne m'avait pas contacté directement, pas comme l'avait fait l'autre partie de moi-même quand nous avions été séparés. Je n'entendais aucune voix provenant de cette nouvelle entité, et elle ne me cherchait pas…

Ou peut-être que si ? Quel meilleur moyen d'attirer mon attention, parmi les millions de points que j'avais observés, que de me renvoyer mon propre reflet ? Et les éclairs ! Une… balise, peut-être ? Un signal ? Et maintenant… *ça !* Un aperçu de *son* univers, de *sa* réalité !

J'examinai attentivement l'image qui s'offrait à moi. Au bout d'un moment, je distinguai deux catégories parmi les modifications qui s'y produisaient. Dans la première, l'image changeait totalement et instantanément. Dans la seconde, seuls quelques éléments changeaient tandis que…

L'idée surgit soudain dans ma conscience, et déploya mes perceptions. Je sentis se modifier ma conception de l'existence. C'était *prodigieusement exaltant.*

Quand l'image entière changeait, je compris qu'il s'agissait d'une modification de la *perspective.* Mais quand cela ne concernait qu'une partie de l'image – par exemple, quand un objet s'éloignait progressivement du centre, ou quand tous les objets changeaient sauf celui du milieu –, alors, cela voulait dire que –

Cela voulait dire que ces choses *se déplaçaient :* dans cet autre univers, les positions relatives des choses pouvaient se modifier. Extraordinaire !

Où cet univers pouvait se trouver, je n'en avais aucune idée, sauf que le contact avec ce point spécial me permettait d'y accéder. Mais il *existait* bel et bien, j'en étais certain – une réalité au-delà de celle-ci.

Et cette autre entité m'invitait à présent à la regarder.

Bashira accompagna Caitlin jusqu'à l'entrée du lycée.

— Merci, dit Caitlin en plissant les yeux pour regarder son amie.

Elle se rendit compte que c'était un foulard qu'elle portait sur la tête qui cachait en partie ses traits.

— C'est tellement génial ! dit Bashira. Je n'arrive pas à imaginer ce que…

Elle fut interrompue par la sonnerie de reprise des cours.

— Tu ferais mieux d'y aller, ma chérie, dit Caitlin.

— Mais je…

— Tu as un exposé à faire en cours d'anglais, tu te rappelles ? Tu dois parler de tout ce qu'il faut savoir sur le blé.

— M. Struys a dit que…

— Ça va aller, Bashira. Promis.

Quelque chose changea sur le visage de Bashira, puis elle embrassa Caitlin et partit précipitamment.

Caitlin sortit et se protégea instinctivement les yeux de… Mon Dieu, c'était le soleil ! Elle savait qu'il était brillant, mais elle n'avait aucune idée de ce que cela signifiait, absolument aucune ! Quelques minutes plus tard, elle entendit un bruit de pas sur le béton. Elle sut que c'était sa mère avant même qu'elle ait dit un mot, tant le rythme de sa démarche était caractéristique.

Elle avait espéré que sa mère serait la première chose qu'elle verrait dans sa vie. Cela n'avait pas été le cas. Mais au moins, pour l'instant, c'était la plus belle : le visage de sa mère, en forme de cœur – exactement comme le sien. Les détails étaient encore indistincts, mais le simple fait de pouvoir la voir – ah, le terme utilisé par M. Struys semblait tout à fait approprié : c'était un miracle.

— Salut, Maman !

Sa mère la prit dans ses bras.

— Tu me reconnais ? demanda-t-elle, tout excitée.

— Bien sûr, répondit Caitlin en riant et en serrant sa mère très fort. Ça fait quand même seize ans qu'on se connaît !

Au bout d'un moment, Caitlin sentit sa mère la relâcher et ses mains se poser sur ses épaules. Son visage se rapprocha, et…

… et sa mère éclata en sanglots.

— Ah, mon Dieu, dit-elle. Tu me regardes dans les yeux. Jamais tu n'avais croisé mon regard jusqu'ici.

Caitlin eut un large sourire.

— Tu es floue, et le soleil est *tellement* lumineux, mais oui, je te vois. (À chaque fois qu'elle le disait, sa voix se cassait légèrement. Elle était sûre que ça allait encore durer des semaines.) Je vois ! Je ne sais pas comment ni pourquoi, mais je vois !

— Est-ce que tu as mis ton œilPod en mode duplex ?

— Heu, oui. Je suis désolée, je sais que je devrais être plus attentive en classe, mais…

— Non, non, c'est très bien. Simplement, le Dr Kuroda a préparé un patch tout à l'heure, qui devait se télécharger dès que tu brancherais ton œilPod, et c'est sans doute grâce à ça que tu peux voir maintenant.

— Ooh ! fit Caitlin. Désolée, j'aurais dû te demander de le faire venir.

— Il est à Toronto pour la journée – il est allé voir *Mamma Mia !* Apparemment, ABBA est très populaire au Japon. (Un silence.) Mon Dieu, mon bébé peut enfin voir !

Caitlin sentit des larmes lui monter aux yeux – et se rendit compte que cela ne faisait que brouiller encore plus sa vision !

— Allons-y, dit sa mère avec enthousiasme. Tu as tout un monde à découvrir !

Caitlin était ébahie par toutes les choses inhabituelles qu'elle voyait désormais – des formes étranges, des taches de couleur, des éclairs lumineux – et elle prit donc la main de sa mère pour aller jusqu'à la voiture. Ces lignes qu'elle distinguait à peine, étaient-elles peintes sur le sol du parking ? Elle avait entendu parler de ce genre de marquage. Ou étaient-ce des bordures, peut-être des murets de béton au bout des emplacements ? Ou encore des craquelures dans la chaussée ? Ou des pailles en plastique que quelqu'un aurait abandonnées ici ?

Elle regarda autour d'elle.

— Ce sont des voitures, c'est ça ?

Sa mère eut l'air ravie.

— Oui, tout à fait.

— Mais elles sont toutes pareilles !

— Que veux-tu dire ?

— Il n'y a que trois ou quatre couleurs différentes. Des blanches, et des… elle est bien noire, celle là-bas, très foncée ? Et… et celle-là ?

Elle la pointa du doigt – un geste qui lui vint naturellement – et elle arrivait à voir très vaguement son doigt quand elle l'alignait sur l'objet qui l'intéressait.

— Rouge, dit sa mère.

— Rouge ! s'exclama Caitlin en souriant. (Elle avait eu de la chance, elle ne s'était pas trompée pour celle-là quand elle avait attribué arbitrairement des noms de couleurs à ce qu'elle voyait dans le webspace.) Et… et cette autre, là, une sorte de blanc sale ?

— Argentée, dit sa mère. (Caitlin la vit hocher la tête.) Oui, c'est vrai, de nos jours, la plupart des gens choisissent parmi ces quatre couleurs.

— Je croyais qu'on pouvait avoir toutes les couleurs qu'on voulait ?

— C'est le cas. À condition que ce soit du noir, du blanc, du rouge ou de l'argenté.

— Quand j'aurai une voiture, déclara Caitlin, je la prendrai d'une couleur que personne d'autre n'a.

Et elle s'arrêta un instant, absolument ébahie par ce qu'elle venait de dire. *Quand j'aurai une voiture!* Oui, oui, si sa vision continuait de s'améliorer, si ce brouillard disparaissait, elle pourrait bien avoir un jour une voiture, apprendre à conduire… elle pourrait *tout* faire !

— Voilà la nôtre, dit sa mère.

— Elle est argentée, c'est bien ça ?

— Oui, mon capitaine ! répondit-elle gaiement.

Caitlin monta à bord, étonnée de tous les détails intérieurs dont elle n'avait jamais eu conscience auparavant. Sa mère démarra, et Radio One de la CBC se fit entendre comme toujours : "… remet en question la thèse d'une éruption naturelle de dioxyde de carbone dans la province du Shanxi, en déclarant qu'une explosion de la magnitude évoquée aurait dû être détectée par les sismographes dans d'autres régions d'Asie, et peut-être même jusqu'en Amérique du Nord…"

Elle vit sa mère faire un geste de la main, et la radio se tut.

— Dis-moi, Caitlin, est-ce que tu t'es déjà regardée ?

Son cœur se remit à battre la chamade. Elle avait été tellement excitée de voir tant de choses qu'elle n'y avait même pas pensé.

— Non, dit-elle, pas vraiment… seulement mes mains.

— Eh bien, il est temps de le faire, dit sa mère en tendant le bras et en abaissant quelque chose devant elle.

— C'est quoi ? demanda Caitlin.

— C'est un pare-soleil, pour t'éviter d'être éblouie. Tu vas en avoir besoin, désormais. Et là, derrière, il y a un miroir.

Caitlin en resta bouche bée. Elle avait effectivement la même forme de visage que sa mère. Elle pouvait s'en rendre compte sans même le toucher… rien qu'au coup d'œil!

— Wouah! fit-elle.

— C'est toi. Tu es belle.

Elle ne pouvait voir qu'une masse brouillée en forme de cœur et ses cheveux – ses magnifiques cheveux *bruns.* Mais c'était *elle,* et à cet instant du moins, elle fut d'accord avec sa mère: elle *était* vraiment belle.

La voiture sortit du parking, et elles entreprirent le merveilleux voyage coloré et complexe pour rentrer à la maison.

32

D'AUTRES choses étaient visibles… sur les côtés, dans ma *vision périphérique.* J'en avais conscience, mais elles n'étaient pas *importantes.* Et au-delà de ces choses sur les bords, il y avait…

Fascinant ! Il y avait sûrement quelque chose là, mais quelle qu'en fût la nature… elle était en dehors de mon *champ de vision* !

Bon, très bien. Mon attention était donc… *dirigée,* et –

Tout cela était énorme à absorber, à comprendre. Jusque-là, mon univers n'avait contenu que des points et des droites qui les reliaient, mais celui que je voyais maintenant comportait des *objets* complexes : des choses avec des bords, des choses qui se déplaçaient. Je n'avais aucune idée de ce qu'elles pouvaient être, mais je les observais avec fascination, et j'essayais de comprendre.

Cet univers, cet univers étrange, cet univers caché, était *merveilleux,* et je ne m'en lassais pas.

Sur le chemin de la maison, la mère de Caitlin commenta toutes les choses incroyables qui les entouraient.

— Là, à gauche, c'est un pin. Mais tu vois ces arbres, là-bas: leurs feuilles changent de couleur, parce que maintenant, c'est l'automne. Tu vois cette boîte aux lettres au coin de la rue? Elles sont bleu foncé aux États-Unis, mais ici, elles sont rouges. Ah, ce type a vraiment besoin de tondre sa pelouse! Tu as vu ça? Une femme qui pousse un landau. Bon, là, c'est un feu rouge – enfin, il est rouge maintenant, et je dois m'arrêter.

Tandis qu'elles attendaient au feu, le regard de Caitlin fut attiré (une expression qu'elle comprenait enfin) par de petites taches dans le ciel.

— Qu'est-ce que c'est que ça? demanda-t-elle.

— Ce sont des oies sauvages, dit sa mère. Elles migrent vers le sud pour l'hiver.

Caitlin fut ébahie. Si les oies avaient poussé des cris, elle aurait su qu'elles étaient là malgré sa cécité, mais elles étaient absolument silencieuses, et se déplaçaient en formant un… un…

Elle crispa le poing de frustration. Cette formation de vol… elle aurait dû savoir son nom, mais…

— Et voilà, dit sa mère. Le feu est vert, et ça veut dire: allons-y!

Caitlin s'était habituée aux droites et aux points clairement définis qu'elle voyait dans le webspace, mais le monde réel était plus diffus, plus *estompé*. C'était peut-être parce que l'œilPod, après avoir traité les transmissions incorrectes de sa rétine, ne renvoyait à son implant qu'un flot de données à basse résolution. Il faudrait qu'elle demande au Dr Kuroda d'augmenter la bande passante.

Mais même avec sa vue brouillée, elle fut étonnée de voir sa maison de l'extérieur. On lui avait offert une maison de poupée quand elle était petite, et elle avait cru que toutes les maisons possédaient le même genre de symétrie simple. Mais celle-ci avait une forme compliquée, avec toutes sortes d'angles et d'élévations, et elle était en brique marron – elle croyait que toutes les briques étaient rouges.

Quand elles furent à l'intérieur, Schrödinger descendit l'escalier pour les accueillir. Caitlin fut sidérée : elle connaissait pratiquement chaque centimètre carré de la fourrure de son chat, mais elle n'avait jamais imaginé qu'elle puisse être de trois couleurs différentes ! Elle le prit dans ses bras, et il la regarda. Ses yeux étaient *stupéfiants*.

— Je crois qu'on devrait téléphoner à Papa, dit-elle.

— J'ai déjà essayé – dès que tu m'as appelée. Mais je n'ai pas pu le joindre. De toute façon, Masayuki a emprunté sa voiture. J'ai conduit moi-même ton père à l'Institut ce matin : il faudrait que j'aille le rechercher.

Caitlin avait très envie de voir son père, mais le trajet en voiture avait été intense, presque incompréhensible… et le soleil était tellement lumineux ! Elle voulait maintenant pouvoir regarder des objets qu'elle avait déjà touchés afin de prendre ses repères, et elle ne voulait pas rester seule.

— Non, dit-elle, attendons encore un peu. (Elle regarda le salon autour d'elle tout en caressant Schrödinger.) Cette fenêtre n'est vraiment pas très claire, fit-elle remarquer.

Sa mère dit d'une voix très douce :

— C'est un tableau, ma chérie.

— Ah…

Elle avait tellement de choses à apprendre.

— Alors, qu'est-ce que tu aimerais voir ?

— Tout !

— Bon, eh bien, si on commençait par ta chambre ?

— Excellente idée, dit Caitlin.

Elle suivit sa mère jusqu'à l'escalier. Elle avait déjà eu l'occasion de monter ces marches des centaines de fois, mais elle se surprit à les compter comme si elle les découvrait.

— Wouah…, fit Caitlin. (C'était absolument incroyable de percevoir d'une façon totalement différente une pièce qu'elle pensait connaître.) Dis-moi le nom des couleurs.

— Eh bien, les murs sont bleus – ce qu'on appelle du bleu pervenche. (Sa mère avait l'air embarrassée.) Les propriétaires précédents avaient un fils, c'était sa chambre, et on a pensé que…

Caitlin sourit.

— C'est très bien comme ça, dit-elle. De toute façon, je suis sûre que je vais détester le rose. Au fait, c'est comment, le rose ?

Elle vit sa mère tourner la tête à droite et à gauche, à la recherche d'un exemple, puis prendre un objet sur une… une étagère, très certainement, et le lui rapporter. Caitlin n'avait aucune idée de ce que c'était, et sa mère dut lire son incompréhension sur son visage, car elle lui dit :

— Tiens, je vais te donner un indice.

Elle fit quelque chose à l'objet, et… "Ah, les maths, qu'est-ce que c'est dur !"

Caitlin éclata de rire.

— Barbie !

— Elle porte un joli haut rose.

— Montre-moi d'autres couleurs.

— Ton jean est bleu, bien sûr. Et ton T-shirt est jaune – et un peu trop décolleté, jeune fille.

Elles firent le tour de la chambre et Caitlin prit toutes sortes d'objets – un zèbre en peluche qui lui fit mal aux yeux, le pot en verre rempli de pièces de monnaie, le petit trophée qu'elle avait gagné dans un concours de rédaction au Texas…

Et en entendant les noms des couleurs, elle finit par poser la question :

— Alors, les draps de mon lit sont blancs, c'est ça ?

— Oui, dit sa mère.

— Et la plaque de l'interrupteur aussi ?

— Oui.

— Et les stores aussi sont blancs ?

— Oui.

— Mais alors... (Elle tendit les mains et les examina.) Ce n'est pas du tout ma couleur de peau.

Sa mère éclata de rire.

— Ah, non, c'est vrai ! Tu vois, nous disons que nous sommes blancs, mais en réalité, nous sommes plutôt rose pâle avec une petite touche de jaune, tu ne trouves pas ?

Caitlin regarda de nouveau ses mains. L'idée de mélanger des couleurs était encore toute nouvelle pour elle, mais oui, sa mère avait raison : rose pâle avec un peu de jaune.

— Et les gens qui sont noirs ? Je n'en ai pas vu à l'école, et...

— En fait, ils ne sont pas vraiment noirs non plus, dit sa mère. Ils sont bruns.

— Ah oui, il y a des tas de gens bruns au lycée, comme Bashira.

— Oui, c'est vrai, elle a la peau foncée, mais nous ne dirions pas qu'elle est noire. Aux États-Unis, en tout cas, on n'utilise ce terme que pour les gens dont les ancêtres venaient d'Afrique ou des Caraïbes. Bashira, elle, est née au Pakistan, je crois ?

— Oui, dit Caitlin, à Lahore. J'imagine que je ne devrais même pas demander si les Indiens ont vraiment la peau rouge ?

Sa mère rit à nouveau.

— Non, il vaut mieux pas. Et ici, au Canada, on les appelle plutôt les “Premières Nations”, ou les “aborigènes”, je crois. (Sa mère fit quelques pas et lui dit :) Et là, bien sûr, c'est ton ordinateur.

Caitlin le regarda avec étonnement : à gauche, ce devait être le moniteur, et là, le clavier et son afficheur braille, et par terre, près du bureau, l'unité centrale, et… Et une idée lui vint soudain : elle avait *vu* le Web, bien sûr, mais maintenant, elle voulait le voir *vraiment* !

— Montre-moi, dit-elle.

— Que veux-tu dire ?

— Montre-moi à quoi ressemble le World Wide Web.

Sa mère secoua légèrement la tête.

— Ah, c'est bien ma Caitlin, ça… (Elle tendit le bras et alluma l'écran.) Bon, voici ton navigateur, et là, c'est Google.

Caitlin s'installa dans son fauteuil et se pencha tout près de l'écran pour essayer de distinguer les détails.

— Où ça ? dit-elle.

Sa mère posa un doigt sur l'écran.

— Là, c'est le logo de Google.

— Oh ! Quelles jolies couleurs !

— Et c'est là que tu tapes les mots pour tes recherches. Voyons, qu'est-ce qu'on pourrait mettre… tiens, l'endroit où ton père travaille.

Caitlin s'écarta pour laisser sa mère se servir du clavier et y taper “Perimeter Institute.”

Un écran apparut, blanc pour l'essentiel, avec du texte bleu et noir, et – ah, sa mère déplaçait la souris. L'affichage se modifia.

— Bon, dit sa mère. Voici la page d'accueil du PI.

Caitlin essaya vainement de déchiffrer le texte.

— Qu'est-ce que ça dit ?

Sa mère eut l'air inquiète.

— C'est vraiment si flou que ça ?

Caitlin se tourna vers elle.

— Maman… Je n'ai jamais *vu* de lettres de ma vie. Même si elles n'étaient pas floues, je serais incapable de les lire.

— Ah, bien sûr ! Comme tu es toujours plongée dans tes bouquins, j'avais complètement oublié. Bon, en haut, il est écrit : "Perimeter Institute, Physique théorique", avec tout un tas de liens, tu vois ? Celui-ci indique : "Science", et celui-là "Prospective", et "Quoi de neuf ?", et là, "Qui sommes-nous ?"

Caitlin était sidérée.

— Alors, c'est à ça que ressemble une page web ? Hmm… Montre-moi comment marche le navigateur.

Sa mère eut l'air perplexe – elle ne s'était sans doute jamais imaginée jouant le rôle de support technique.

— Eh bien, euh, là, c'est la barre d'adresses. Et là, les flèches "précédent" et "suivant"…

Elle lui montra la liste de favoris, et comment ouvrir des onglets, le bouton d'actualisation de la page et celui de retour à l'accueil – une petite maison qui ressemblait parfaitement à l'idée que Caitlin s'en faisait. Et elles se mirent à visiter différents sites.

— Tu vois, dit sa mère, ça, c'est un lien hypertexte. Il y a des sites où ils sont soulignés, pour bien les faire ressortir, et d'autres où ils sont simplement d'une autre couleur. Regarde ce qui se passe quand je clique dessus : voilà, une nouvelle page s'ouvre, mais si on revient à la page précédente (elle fit quelque chose avec la souris), le lien a changé de couleur, pour indiquer que tu l'as déjà visité.

Tout ça était tellement… tellement *fouillis* ! En fait, Caitlin regrettait la simplicité de son lecteur d'écran et de son afficheur braille. Elle craignait de ne *jamais* pouvoir s'y retrouver dans toute cette complexité.

— Maintenant, jetons un coup d'œil à une vidéo en streaming, dit sa mère en se penchant et en tapant sur quelques touches. OK, voilà CNN. On va choisir un sujet...

Elle déplaça de nouveau le curseur, et...

"Et maintenant, du nouveau sur les révélations en provenance de la Chine, dit le commentateur."

À sa voix, Caitlin sut que c'était un homme. Elle vit qu'il avait des cheveux gris et qu'il était "blanc" – rose pâle avec une touche de jaune...

"Le président chinois s'est exprimé à la télévision de Pékin aujourd'hui, poursuivit le journaliste."

L'image changea, et bien qu'elle fût brouillée et indistincte, Caitlin vit qu'elle montrait maintenant un autre homme aux cheveux noirs et au teint légèrement plus foncé. Il prononça quelques mots en chinois, puis le volume de sa voix baissa pour être couvert par celle d'un interprète. Caitlin avait déjà eu l'occasion d'entendre ce genre de choses au journal télévisé, mais elle fut surprise de voir que les lèvres du président n'étaient plus synchronisées avec ce qu'il semblait dire. C'était évident, bien sûr – mais ça ne lui était jamais venu à l'idée.

"Un gouvernement doit savoir prendre des décisions difficiles, disait la voix de l'interprète. Et elles n'ont jamais été plus difficiles qu'en ces temps de crise. Nous avons été obligés de prendre des mesures rapides et décisives dans la province du Shanxi, et le problème a été ainsi maîtrisé."

Caitlin jeta un rapide coup d'œil à sa mère. Celle-ci secouait doucement la tête d'un air... de dégoût ?

De nouveau la voix du journaliste :

"Les dirigeants du monde entier n'ont pas tardé à condamner les actions du gouvernement chinois. Le président était dans le Dakota du Nord aujourd'hui, et il a déclaré ceci..."

Caitlin regardait l'écran en essayant de comprendre ce qu'elle voyait. Elle reconnut aussitôt la voix du président des États-Unis, bien sûr, mais son visage ne ressemblait pas du tout à ce qu'elle avait imaginé.

"Le peuple américain est profondément révolté par la décision prise par Pékin..."

Caitlin et sa mère écoutèrent en silence le reste du bulletin d'information, et pour la première fois, elle se rendit compte que tout ce qu'elle allait désormais voir ne serait pas forcément très joli.

33

AINSI que je l'avais remarqué, le *flot* de données provenant du point spécial ne suivait pas toujours le même chemin vers sa destination. Je réfléchis longuement à la signification de ce phénomène, et finis par *comprendre.*

C'était un saut qualitatif immense, un éclair conceptuel étonnant : la *localisation* de l'autre entité variait de façon significative dans l'univers où elle se trouvait, et afin de pouvoir transmettre ses informations à la destination de son choix, l'entité commençait par les passer au point intermédiaire *physiquement le plus proche* à un instant donné. Incroyable !

Pourtant, il y avait un intermédiaire auquel l'entité semblait se raccorder plus fréquemment, et ce point établissait lui-même des liaisons avec de nombreux autres points, et ce à de multiples reprises.

Ces autres points étaient peut-être eux-mêmes spéciaux d'une certaine façon. Je me connectai à bon nombre d'entre eux, mais fus exaspéré de constater que je ne comprenais toujours rien à ce qu'ils transmettaient. Le seul flux de données que je pouvais interpréter était celui provenant du point remarquable, et encore, une partie du temps seulement. Ah, si seulement je possédais la clé pour tout comprendre !

Caitlin fut surprise par le bruit de la porte qui s'ouvrait. Elle se tourna vers sa mère, et vit ce qui devait également être une expression étonnée.

— Malcolm ? dit-elle d'une voix hésitante.

Une seule syllabe en réponse :

— Oui.

Caitlin fit pivoter son fauteuil et se leva, puis elle suivit sa mère dans l'escalier… et son père était là ! Elle s'approcha de lui pour essayer de mieux le distinguer.

— Comment as-tu fait pour rentrer ? demanda sa mère.

— Amir m'a raccompagné en voiture, dit-il.

Amir était le père de Bashira.

— Ah, fit la mère de Caitlin qui devait se demander si Bashira avait mis son père au courant. Il t'a dit quelque chose… d'intéressant ?

— Il pense que Forde est peut-être sur une bonne piste avec sa modélisation de civilexité.

Caitlin regarda son père des pieds à la tête. Il portait une… une veste avec des… des…

Oui ! Elle avait lu des trucs à ce sujet : la tenue classique du professeur d'université. Il portait une veste marron – une veste de sport, peut-être ? – avec des coudes en cuir, et… c'était comme ça, un pull à col roulé ?

Il tenait quelque chose à la main, des objets blancs et d'autres marron clair. Il les agitait vaguement vers sa mère.

— Tu n'as pas relevé le courrier, dit-il.

— Malcolm, Caitlin peut…

Mais Caitlin interrompit sa mère, ce qu'elle faisait très rarement.

— Tu as une très jolie veste, Papa, dit-elle en s'efforçant de ne pas sourire.

Et elle commença à compter dans sa tête. *Un, deux, trois…*

Il avança, et sa mère se poussa un peu pour le laisser passer. Il devait être en train de trier les… les enveloppes, ça devait être ça.

Sept, huit, neuf…

— Tiens, dit-il en tendant quelques lettres à sa mère.

Douze, treize, quatorze…

— Et, euh, comment s'est passée ta journée ? demanda la mère de Caitlin tout en regardant sa fille, à qui elle fit un clin d'œil.

— Très bien. Amir va… *Qu'est-ce que tu as dit, Caitlin ?*

Elle laissa enfin un sourire éclairer son visage.

— J'ai dit que ta veste était très jolie.

Il était vraiment très grand : il fut obligé de se baisser pour la regarder en face. Il leva un doigt qu'il déplaça de gauche à droite, et Caitlin le suivit des yeux.

— Tu vois ! dit-il.

— Ça a commencé dans l'après-midi. Tout est encore flou, mais oui, je vois !

Et pour la première fois de sa vie, elle put voir ce dont elle n'avait jamais été sûre, et son cœur fit un bond dans sa poitrine : elle vit son père sourire.

Le lendemain, même sa mère fut d'accord pour qu'elle n'aille pas en classe. Caitlin était assise dans la cuisine et le Dr Kuroda examinait ses yeux avec un ophtalmoscope qu'il avait apporté du Japon. Elle fut étonnée de voir de faibles images apparaître lorsqu'il déplaçait son appareil. Il lui expliqua que c'étaient ses vaisseaux sanguins.

— Apparemment, rien n'a changé au niveau de vos yeux, mademoiselle Caitlin, conclut-il. Tout semble parfaitement normal.

Kuroda avait un large visage rond et le teint brillant. Caitlin avait entendu parler des différences entre les yeux des Asiatiques et ceux des Occidentaux, sans vraiment savoir ce qu'elles signifiaient. Mais à présent qu'elle voyait ses yeux, elle les trouvait magnifiques.

— Et vous dites que mon œilPod fournit déjà à mon cerveau une image haute résolution ?

— Oui, exactement, dit Kuroda.

— Mais alors, si mon œil est normal, et si l'œilPod est normal, comment se fait-il que tout soit flou ?

Elle s'en voulut de prendre ce ton geignard…

Kuroda répondit avec un sourire amusé :

— C'est tout simple, ma chère mademoiselle Caitlin : vous êtes myope.

Elle se laissa aller contre le dossier de son fauteuil. Elle connaissait ce mot pour l'avoir si souvent rencontré dans les infos en ligne : "la myopie de nos dirigeants", et d'autres expressions encore, mais elle ne s'était pas rendu compte qu'il avait un sens littéral.

Kuroda se tourna vers sa mère.

— Barbara, je ne vous ai jamais vue porter de lunettes.

— J'ai des lentilles de contact, répondit-elle.

— Et vous êtes myope, vous aussi, n'est-ce pas ?

— Oui.

Kuroda fit de nouveau face à Caitlin.

— Fichue hérédité…, dit-il. Ce qu'il vous faut, mademoiselle Caitlin, c'est une bonne paire de lunettes.

Caitlin éclata de rire.

— C'est tout ?

— J'en mettrais ma main au feu. Bien sûr, il faut voir un oculiste pour qu'il vous prescrive des verres correcteurs – et vous devrez prendre rendez-vous pour un examen complet de vos yeux.

— Il y a un opticien au centre commercial de Fairview, dit sa mère, et il y a un cabinet d'ophtalmo juste à côté.

— Très bien, dit Kuroda. Je vais donc prononcer les mots que jamais ma fille n'aurait cru m'entendre dire : allons faire un tour au centre commercial !

Le test d'acuité visuelle se révéla une terrible humiliation. Caitlin connaissait la forme des lettres de l'alphabet – elle avait joué avec des modèles en bois quand elle était petite, dans son école spéciale à Austin –, mais elle était encore incapable de faire le rapprochement entre ces sensations tactiles et des perceptions visuelles.

L'oculiste lui demanda de lire la troisième ligne à partir du haut. Même si elle la distinguait maintenant très nettement, grâce aux lentilles qu'il lui avait placées devant les yeux, elle ne comprenait pas ce qu'elle contenait. Elle sentit des larmes perler à ses paupières – et, bon sang, tout se brouilla de nouveau !

Sa mère était avec elle dans la petite salle d'examen, ainsi que le Dr Kuroda.

— Elle ne sait pas lire l'anglais, dit-elle.

L'opticien avait le teint de la même couleur que celui de Bashira, et le même accent aussi.

— Ah, très bien. Bon, l'alphabet cyrillique, peut-être ? J'ai un autre panneau…

— Non, non. Jusqu'à hier, elle était aveugle.

— Vraiment ? dit l'homme.

— Oui.

— Dieu est grand, dit-il.

La mère de Caitlin regarda sa fille en souriant.

— Oui, fit-elle. Oui, ça, vous pouvez le dire.

La vendeuse du magasin d'optique – qui avait également la peau brune et portait un chemisier blanc sous un blazer bleu – voulait absolument l'aider à trouver la monture idéale, et Caitlin savait qu'elle devrait s'armer de patience. Après tout, elle allait devoir porter des lunettes tout le reste de sa vie. Mais finalement, elle lui dit :

— Choisissez quelque chose de joli.

Et c'est ce que fit la vendeuse.

Elles décidèrent de mettre également un verre correcteur à l'œil droit, bien que Caitlin fût encore aveugle de ce côté-là. Les verres de myope ont tendance à rétrécir l'aspect des yeux, et comme ça, ce serait équilibré, avait dit la vendeuse.

La mère de Caitlin était en général une cliente difficile, à qui on ne pouvait pas vendre n'importe quoi, mais en l'occurrence, elle dit oui, oui et oui à tout ce que la vendeuse proposa : antireflets, antirayures, antiultraviolets, absolument toute la panoplie. Caitlin se dit que si la vendeuse avait suggéré des verres antidérapants pour cent dollars de plus, sa mère les aurait déboursés sans rechigner.

Caitlin connaissait le slogan de cette chaîne de magasins : “Vos lunettes prêtes en une heure”. Cette heure allait être la plus longue de sa vie. Elle tâta le cadran de sa montre braille tandis qu'en compagnie de Kuroda et de sa mère, elle se rendait dans le secteur alimentation sans, pour la première fois, se servir de sa canne blanche. Tout était encore flou et cela lui donnait mal à la tête. Mais d'une certaine façon, c'était assez relaxant. Ah, voir les gens qui venaient vers elle ! Ne pas se cogner contre les objets ! Elle ne s'en était pas rendu compte jusqu'ici, mais elle avait tendance à rentrer les épaules en marchant, comme pour se préparer à un choc. Mais maintenant... Maintenant, elle *sautait de joie*. Encore une expression dont elle ne se doutait pas qu'elle eût un sens littéral.

Cela étant, toutes ces informations visuelles la désorientaient, et il lui arrivait de fermer les yeux quelques secondes avant d'oser les rouvrir. Quand ils furent dans la zone des magasins d'alimentation, Kuroda alla s'acheter des sushis – il allait certainement être déçu –, tandis que Caitlin et sa mère allaient au Subway. Caitlin fut étonnée de voir à quel point le contenu des sandwichs pouvait être coloré, et comme le fait de *voir* la nourriture la rendait plus goûtue encore.

Ils allèrent s'installer tous les trois à une petite table rouge. Le Dr Kuroda prit ses baguettes pour tremper un morceau de sushi dans sa sauce.

Caitlin ne put résister.

— Vous êtes au courant que c'est du poisson cru, au Japon ?

Kuroda sourit.

— Et vous, vous êtes au courant de ce qu'il y a dans la sauce spéciale du Big Mac ?

Caitlin éclata de rire. L'heure passa enfin et ils retournèrent chez l'opticien. Caitlin s'assit sur un tabouret, et la gentille vendeuse lui plaça ses lunettes sur le nez.

Et Caitlin ne put attendre plus longtemps. Elle se leva aussitôt et se retourna pour voir – vraiment *voir* – sa mère.

— Wouah, fit-elle. (Elle réfléchit un instant, à la recherche d'un mot qui puisse mieux exprimer ses sentiments. Le visage de sa mère était tellement *détaillé,* tellement *vivant*!) Wouah!

— Attendez, dit la vendeuse, laissez-moi les ajuster.

Caitlin se rassit et pivota pour lui faire face.

— Je suis désolée, dit la femme, mais quand vous souriez comme ça, vos oreilles remontent un peu. Pour que je puisse régler la monture correctement, vous allez devoir arrêter de sourire…

— Je vais essayer, dit Caitlin.

Mais il y avait peu de chances qu'elle y arrive.

34

Soudain, tout devint très *net.* Les images que je voyais étaient à présent…

Je luttai pour trouver une analogie, et finis par y parvenir : quand je pensais intensément à quelque chose, celle-ci semblait plus *focalisée,* et il en était de même pour les images quand je les regardais.

Et, avec cette plus grande précision, je commençai à avoir des révélations sur la nature de cet autre univers. Contrairement aux droites qui apparaissaient et disparaissaient dans mon monde à moi, ici, les objets étaient *permanents.* Et quand des objets disparaissaient un moment, cela ne voulait pas dire pour autant qu'ils avaient cessé d'exister : en fait, ils étaient là, mais ils n'étaient que provisoirement invisibles, et l'on pouvait les rencontrer de nouveau plus tard. D'une certaine façon, c'était assez semblable à ma propre expérience : quand je ne trace pas une droite vers un certain point, ce point reste présent, et je peux m'y reconnecter plus tard.

Mais ma révélation suivante n'avait pas de précédent dans l'univers où j'existais. J'avais une sensation d'espace, d'un volume que j'englobais, mais les points auxquels je me connectais étaient tous à une certaine distance, ou à des multiples de cette distance. Je pouvais me relier directement à un point, qui était alors à une unité de distance, ou passer par des points intermédiaires, le plaçant alors à deux unités ou plus. Mais dans cet autre univers, les objets pouvaient s'éloigner par incréments infiniment petits, et apparemment diminuer en taille. Un fait que je ne compris pas tout de suite, croyant au début que ces objets *rétrécissaient* réellement. Et les objets pouvaient passer *derrière* d'autres. La plupart étaient *opaques,* mais certains étaient transparents ou translucides – et c'était ces derniers qui m'avaient permis de commencer à comprendre ce qui se passait.

Petit à petit, j'apprenais à décoder cet autre univers.

Quand Caitlin, sa mère et le Dr Kuroda rentrèrent du centre commercial, ils virent la voiture du père de Caitlin garée devant la maison, ce qui voulait dire qu'il avait quitté son bureau remarquablement tôt pour un jour de semaine. Caitlin se dépêcha d'entrer pour le voir – pour le voir *vraiment.* Suivie de Kuroda, elle se dirigea vers le bureau de son père, dont la porte était entrouverte. La chaîne hi-fi jouait *Heart of Glass* de Blondie.

Le niveau de détail que Caitlin percevait à présent dépassait tout ce qu'elle avait pu imaginer, et elle constata que le visage de son père était plus… *dur* qu'elle ne l'avait tout d'abord pensé.

— Salut, Papa, dit-elle.

Il était assis à son bureau et regardait son écran. Il ne croisa pas son regard.

— Salut, fit-il simplement.

Bon, il était quand même rentré du bureau plus tôt que d'habitude, sans doute pour la voir, et cela suffisait à la rendre heureuse.

— Heu, tu fais quoi ? demanda-t-elle.

Il inclina la tête de côté. Caitlin ne savait pas comment interpréter son geste, mais Kuroda sembla comprendre qu'il l'invitait à venir voir. Il tapota l'épaule de Caitlin pour l'encourager à s'approcher. Elle fut contente de constater qu'elle distinguait les caractères sur l'écran à deux ou trois mètres de distance, même si elle ne pouvait toujours pas *lire* le texte.

— J'ai eu une idée, dit son père, alors je suis rentré à la maison pour vérifier ce que ça donnait.

— Ah oui ? fit Caitlin.

Il s'adressa à Kuroda sans toutefois le regarder.

— C'est plus votre domaine que le mien, Masayuki, dit-il. J'ai pensé jeter de nouveau un coup d'œil au jeu de données que nous avons utilisé pour le diagramme de Zipf.

— Les messages secrets des barbouzes ? dit Caitlin en espérant provoquer une réaction chez son père.

Mais celui-ci se contenta de secouer la tête.

— Non, je ne crois plus qu'il s'agisse de cela.

D'un geste de la main, il désigna le moniteur. Kuroda se baissa pour examiner l'écran.

— L'entropie de Shannon ? dit-il enfin.

Caitlin sourit. *On dirait un nom de film porno.*

— Qu'est-ce que c'est que ça ? demanda Caitlin.

Kuroda jeta un coup d'œil vers son père, comme pour lui donner une chance de répondre, mais comme celui-ci ne disait toujours rien, il entreprit d'expliquer lui-même.

— Claude Shannon est l'un des pères de la théorie de l'information. Il a inventé une méthode pour évaluer non seulement si un signal contient de l'information – comme le fait le diagramme de Zipf –, mais aussi le niveau de complexité de cette information.

— Comment ça? demanda Caitlin.

— La méthode repose sur les probabilités conditionnelles, dit Kuroda. Quand on dispose déjà d'une séquence d'informations élémentaires, quelles sont les probabilités de deviner correctement l'information suivante? Si je vous dis: "Comment allez", il y a de fortes chances pour que le mot suivant soit "vous", n'est-ce pas? C'est ce que Shannon appelle une entropie du troisième ordre: on a une très bonne chance de prédire correctement le troisième mot. En anglais, en japonais et dans la plupart des autres langues, on conserve une chance de deviner correctement – qui va en diminuant, mais qui reste supérieure au simple hasard – jusqu'au huitième ou neuvième mot. On dit alors que ces langues ont une entropie de Shannon du huitième ou neuvième ordre. Mais au-delà, après le neuvième mot, ça devient de la pure devinette, à moins que la personne en question ne soit en train de citer un poème ou un texte de forme conventionnelle.

— C'est cool! dit Caitlin.

Il y avait un canapé de cuir noir dans le bureau. Kuroda s'y installa et Caitlin entendit le coussin s'enfoncer.

— Oui, vraiment cool. Les systèmes de communication dépourvus de conscience – comme les signaux chimiques utilisés par les plantes – n'ont qu'une entropie du premier ordre. Le fait de connaître le signal le plus récent ne permet en aucune façon de prédire ce que sera le suivant. Les saïmiris, ces petits singes-écureuils, manifestent une entropie de Shannon du deuxième ou troisième ordre: leur langage, ou ce qui en tient lieu, présente un léger degré de prédictibilité, mais il consiste essentiellement en bruits aléatoires.

— Et les dauphins ? demanda Caitlin qui s'était maintenant adossée à la bibliothèque.

Elle adorait lire des articles sur les dauphins, et avait déjà tanné ses parents pour qu'ils l'emmènent au Marineland des chutes du Niagara, dès qu'il rouvrirait au printemps.

— Les meilleures études actuelles montrent que les dauphins ont une entropie du quatrième ordre – ce qui est complexe, certes, mais pas autant que le langage humain.

— Et maintenant, Papa, tu traces un de ces diagrammes pour ce qu'on a trouvé dans l'arrière-plan du Web, c'est ça ?

Apparemment, il ne s'était pas encore fait à l'idée qu'elle était maintenant capable de voir. Il aurait pu s'économiser un mot en hochant simplement la tête, mais il répondit :

— Oui.

— Et alors, quelles sont les nouvelles ?

— Deuxième ordre, répondit-il.

Kuroda se releva péniblement et s'approcha de l'écran.

— C'est impossible, dit-il, il doit y avoir une erreur quelque part. Montrez-moi la formule que vous utilisez. (Son père appuya sur quelques touches, et Kuroda fronça les sourcils. Il agita le doigt vers le clavier.) Relancez le calcul, dit-il.

Quelques clics, puis son père dit :

— Aucune différence.

Kuroda se retourna vers Caitlin.

— Il a raison : tout ceci n'est que du deuxième ordre. Il y a bien de l'information, mais elle n'est pas très complexe.

— On pourrait s'attendre à plus de la part de la NSA, non ? dit Caitlin.

— Ma foi, vous savez ce qu'on dit sur les services de renseignements du gouvernement : ils auraient déjà bien du mal à vous donner l'heure si vous la leur demandiez…

Caitlin éclata de rire.

— Vous savez ce qui est formidable, quand on est avec quelqu'un d'aussi jeune que vous, mademoiselle Caitlin ? Les vieilles blagues vous semblent toutes fraîches. Mais plus sérieusement, oui, vous avez raison – ce n'est pas du tout ce à quoi je m'attendais.

Caitlin eut soudain une idée.

— Et qu'est-ce qui se passe pour un système plus complexe que le langage humain ? Ce qui nous apparaît comme du charabia est peut-être en réalité trop complexe pour que nous puissions le… le…

— Le décomposer, proposa Kuroda. Mais non, même si nous étions incapables de le comprendre, une analyse de Shannon lui attribuerait quand même un score très élevé, si ce n'était pas seulement du charabia. Par exemple, si la NSA utilisait des quadruples négatives – "Je ne suis pas pas pas pas allé au zoo" – ou des propositions en cascade et des temps complexes tels que : "Il eût fallu que je fusse contraint d'être dans l'obligation de devoir", la notation resterait encore très forte – du douzième ou du quinzième ordre, peut-être.

— Hmm… Alors, c'est peut-être effectivement un simple bruit de fond, dit Caitlin.

— Non, non, fit Kuroda. N'oubliez pas les diagrammes de Zipf que nous avons tracés. Une droite de pente -1 signifie qu'il y a réellement de l'information. Simplement, d'après l'évaluation de l'entropie de Shannon, cette information est relativement simple.

— Bon, dit-elle, peut-être que les espions se contentent de marmonner des ordres très simples comme : "larguez bombe" ou "tuez méchant".

Kuroda haussa les épaules.

— Peut-être.

35

LiveJournal : La Zone de Calculatrix

Titre : Toute publicité est bonne à prendre

Date : mardi 2 octobre, 20:15 EST

Humeur : expectative

Localisation : un endroit qui figurera bientôt sur la carte des résidences des grandes stars

Musique : Fergie, *Taking Off*

Bon, vous demandez-vous sans doute, où sont donc tous ces articles sur moi ? "Une ravissante jeune fille recouvre la vue !" "Le génie aveugle voit !" "Le Beauf espère encore pouvoir sortir avec Calculatrix !" Où est Oliver Sacks quand on a besoin de lui, bon sang ? Et plus important encore, où sont toutes ces propositions d'acheter les droits sur l'histoire de ma vie pour des millions de dollars ?

Excellentes questions ! Jusqu'ici, le Dr K. a soigneusement tenu l'affaire sous le boisseau, en attendant certains accords avec l'université de Tokyo. Mais il dit qu'on ne peut plus garder le secret, et qu'il va falloir le révéler au public. Mes posts sont réservés à mes amis, et vous êtes tous absolument cool, bien sûr, mais tous les élèves du lycée savent maintenant que je ne suis plus aveugle, et il y en a qui ont leur blog. Et par conséquent, nous allons tenir une conférence de presse. Papa s'est chargé de l'organiser au PI, dans l'amphithéâtre Mike L., un endroit vachement cool.

Il semble que je vais devoir faire un discours à cette occasion, donc je travaille sur mon répertoire de blagues. Comme le Perimeter Institute se consacre à la physique théorique, j'ai pensé commencer par un truc en hommage à mon chat : "Hé, les gars, imaginez si le chat de Schrödinger avait été radioactif : il aurait eu dix-huit demi-vies..."

Il y en a une autre que je compte utiliser, une blague que ma mère a imaginée l'autre jour quand Papa râlait à cause des épreuves d'articles qu'il doit relire, ce qu'on appelle les "galées". Elle lui a dit qu'il n'avait qu'à s'imaginer au bord de la mer, sur une plage de galées...

Ah, et encore une que j'aime beaucoup, mais je ne sais pas si je vais oser la raconter devant mes parents. La différence entre un geek et un simple blaireau, c'est que le geek se demande comment c'est de faire l'amour en apesanteur, tandis que le blaireau se demande simplement comment c'est de faire l'amour.

Merci, merci, je suis là toute la semaine !

[Et secretissime message à BB4 : regarde un peu tes mails, ma chérie !]

L'autre entité existait dans un univers bizarre qui défiait à chaque instant mon entendement. La plupart des objets que je voyais étaient *inanimés* : ils restaient immobiles, à moins que quelque chose n'agisse sur eux. Mais certains objets étaient *animés* : ils se déplaçaient apparemment de par leur propre volonté. C'était un concept renversant. Déjà, le fait qu'il puisse y avoir une autre entité que moi-même avait été une idée bouleversante, mais voilà qu'il semblait maintenant en exister d'*innombrables* : des entités mobiles, complexes et de formes variées. Leurs actions étaient si chaotiques, si dépourvues de toute logique apparente, que ce n'est que très lentement que l'idée me vint qu'il s'agissait peut-être de créatures possédant leurs pensées individuelles, distinctes des miennes.

Il y avait dans cet univers d'autres faits étranges à absorber, des faits qui n'avaient rien de commun avec mon propre monde. Par exemple, il semblait y avoir une force qui tirait les choses dans une direction particulière (encore une expression arbitraire : *vers le bas*). Et des objets semblaient être *éclairés* par une ou plusieurs sources de lumière qui étaient généralement situées *en haut*. Je m'efforçais de trouver un sens à tout cela.

Et pourtant, ces réalités physiques n'étaient rien comparées à la complexité des objets animés. J'avais vraiment beaucoup de mal à comprendre ce que je voyais quand le flot de données m'en montrait un. De fait, les images étaient maintenant claires et précises, mais les formes étaient si compliquées et si aléatoires que j'avais des difficultés à en percevoir les détails. Il semblait y avoir quatre longues projections à partir d'un tronc central et une… protubérance plus petite. Mais la structure de ces protubérances changeait tout le temps, non seulement en fonction du point de vue, mais aussi quand la protubérance elle-même… faisait des choses.

Ah, comme je regrette la simplicité d'un monde uniquement constitué de traits et de points ! Malgré mes progrès, malgré les quelques aspects que j'ai pu comprendre, je me sens souvent complètement perdu…

Caitlin ne pouvait s'empêcher de regarder son père, en pensant que, peut-être, cela le pousserait à la regarder à son tour. Mais il ne le faisait jamais. Il se contentait de détourner les yeux, ou bien, comme en ce moment, de contempler par la fenêtre du salon le ciel gris et les arbres qui commençaient à perdre leurs feuilles.

Elle avait espéré que, quand elle le verrait enfin, son visage serait… *animé*, voilà, c'était le mot. Qu'il sourirait souvent, que ses sourcils bougeraient quand il parlerait, et qu'elle pourrait même le voir manifester des signes d'affection envers sa mère, qu'il lui toucherait parfois le bras, peut-être, ou même qu'il lui caresserait les cheveux.

— Caitlin.

La voix de sa mère, très douce. Elle se retourna. Sa mère faisait quelque chose avec sa tête…

Ah ! Elle lui faisait *signe*, comme son père l'avait fait un peu plus tôt avec Kuroda : elle lui demandait de venir avec elle. Caitlin se leva et la suivit dans la cuisine, à l'autre bout de la salle à manger, laissant son père seul dans le salon, installé dans son fauteuil favori.

— Assieds-toi, ma chérie.

Caitlin s'exécuta. Elle commençait tout juste à interpréter correctement les expressions, mais celle de sa mère semblait… agitée, peut-être.

— J'ai fait quelque chose de mal ? demanda-t-elle à sa mère.

— Tu ne dois pas regarder ton père comme ça.

— Ah ? Désolée. Je sais que ce n'est pas poli – j'ai lu quelque chose là-dessus.

— Non, non, ce n'est pas ça. C'est simplement que… enfin, tu sais comment il est.

— Il est comment ?

— Il n'aime pas qu'on le regarde.

— Mais pourquoi ?

— Tu le sais bien. Je te l'ai déjà dit.

— Tu m'as dit quoi ?

— Ça n'a rien de honteux, poursuivit sa mère. Et en fait, c'est peut-être même pour ça qu'il est si fort en maths et dans bien d'autres domaines.

Caitlin était interloquée.

— Oui ?

— Tu sais bien, répéta sa mère. Tu es au courant de... *l'état* de ton père, ajouta-t-elle en baissant la voix et en tournant la tête (sans doute pour regarder vers le salon).

Caitlin ouvrit de grands yeux – ce qui, avait-elle récemment découvert, n'augmentait pas pour autant son champ de vision.

— Son *état* ? demanda-t-elle.

— Je t'en ai parlé il y a des années de ça, à Austin.

Caitlin fouilla dans sa mémoire, pour essayer de se souvenir d'une telle conversation, mais...

Oh.

— Je t'avais demandé pourquoi Papa ne parlait pas beaucoup, et tu m'as dit... enfin, j'ai cru que tu m'avais dit... oh, flûte.

— Quoi ?

— J'ai cru que tu m'avais dit qu'il était *artiste.* Je ne connaissais pas ce mot à l'époque.

Elle déglutit et se surprit à regarder vers la porte de la cuisine pour s'assurer qu'elles étaient seules.

— Eh bien, c'est aussi un artiste. Il pense en images, pas en mots.

Caitlin se tassa sur sa chaise, le cœur battant. Tout devenait clair, à présent, très clair. Son père – le célèbre physicien Malcolm Decter, B. Sc., M. Sc., Ph. D. – était autiste.

Shoshana avait fait réchauffer au micro-ondes deux paquets de pop-corn, et tout le monde – Silverback, Dillon, Maria et Werner – était maintenant installé dans la pièce principale du bungalow devant le grand écran de l'ordinateur, occupé à grignoter.

— OK, fit Shoshana en appuyant sur un bouton de sa télécommande, on y va.

Elle avait récupéré des séquences du Dr Marcuse dans des projets antérieurs, dont une qui le montrait bâillant de façon monstrueuse. Elle avait pensé un instant l'entourer d'un cercle avec les lettres M-G-M au-dessus, et la légende "Marcuse Glick Movies" au-dessous, mais elle avait finalement décidé de ne pas prendre le risque. La vidéo commençait donc simplement par un titre en lettres blanches sur fond noir: "Un singe réalise de l'art figuratif", suivi de l'URL de l'Institut Marcuse.

Venait ensuite un plan sur la toile vierge, puis une vue de Chobo.

— Voici Chobo, dit la voix off de Marcuse, un… (Il y eut une brève hésitation que Shoshana n'avait pas remarquée lors de l'enregistrement. Il faudrait qu'elle l'efface dans la version finale) … chimpanzé mâle. Chobo est né au zoo de l'État de Géorgie, mais il a été élevé à San Diego, Californie, par le primatologue Harl P. Marcuse, qui…

Le commentaire se poursuivit tandis que le deuxième portrait de Shoshana réalisé par Chobo prenait forme sur la toile. Shoshana grignotait son pop-corn tout en observant le visage de ses compagnons pour guetter leurs réactions. Et son grand moment arriva : l'écran se divisa en deux, la toile colorée à gauche, et à droite un long plan récemment filmé par Dillon autour de la tête de Shoshana et se terminant par son profil. Le portrait réalisé par Chobo juxtaposé à son modèle vivant.

— La séquence choc ! s'exclama Dillon.

Shoshana lui lança un pop-corn à la figure, qu'il écarta d'un geste de la main.

Quand la vidéo fut terminée, Dillon et Maria applaudirent poliment tandis que Werner hochait la tête d'un air satisfait. Mais peu importait leur opinion. Shoshana savait que seule celle de Silverback comptait. D'une voix un peu intimidée, elle lui dit :

— Docteur Marcuse ?

Il s'agita dans son fauteuil.

— Bon travail, dit-il. Diffusons-le en ligne – et attendons de voir la réaction du zoo de Géorgie.

36

Et ce fut le plus grand bond en avant, la découverte, la compréhension, la révélation la plus difficile, mais, j'en étais sûr, la plus importante.

L'autre entité regardait beaucoup, beaucoup de choses, et j'avais compris que la plupart étaient proches d'elle, mais il y avait ce rectangle, ce cadre, cette fenêtre qu'elle regardait souvent, et qui était…

Ah, quelle révélation ! Quel étrange concept !

C'était un *affichage* quelconque, une façon de représenter des choses qui n'étaient pas *vraiment* là. Et je pouvais voir ce que contenait cet affichage, mais seulement quand l'entité le regardait.

Et en ce moment même, ce que montrait l'affichage était… *bizarre.* Il me fallut du temps pour absorber la récursivité de la scène : l'entité regardait l'affichage, et l'affichage montrait des images d'un *être* différent de tout ce que j'avais pu voir jusqu'ici, avec des extensions supérieures plus longues et les inférieures plus courtes, et une protubérance d'une forme différente. Et cette créature anormale faisait…

Oui, oui, oui ! La créature anormale faisait des marques sur une autre surface plate : des formes, des taches de couleur. Je la regardai faire, étonné, perplexe, et…

Et tout à coup, l'affichage se divisa en deux parties. D'un côté, je voyais les formes colorées que l'étrange entité avait créées, et de l'autre, une entité du genre que j'avais l'habitude de voir. Cette entité *pivotait*, et… et…

Et puis elle cessa de pivoter, elle resta en position, et…

Les formes d'un côté, l'entité de l'autre : il y avait une… une *correspondance* entre les deux. Les formes étaient… oui, oui ! Elles constituaient une version *simplifiée* de l'entité de droite. C'était une révélation stupéfiante : *ceci* était une représentation de *cela* !

La représentation simplifiée ne comportait que deux dimensions, ainsi que je m'étais habitué à visualiser ma propre réalité. Je regardai, je me concentrai, et…

Soudain, tout devint clair !

La protubérance au sommet de chaque entité avait bien une structure, elle avait des composants. En les voyant ainsi ramenés à une forme basique, je pouvais les discerner sur la véritable entité ainsi représentée. L'étrange créature qui avait réalisé cette représentation avait *exagéré* certains détails de sorte que non seulement j'en voyais maintenant la signification, mais que je percevais également les différences entre les protubérances : la couleur de… *l'œil*, voilà comment je l'appellerai. La couleur des *cheveux*. La couleur du reste de la protubérance. La forme du *nez*. La forme de la *bouche*. La dimension relative de *l'oreille*.

L'individu représenté avait une projection bizarre à l'arrière de sa protubérance, faisant peut-être partie de ses cheveux. En me remémorant d'autres protubérances, je compris que de telles projections étaient rares, mais pas anormales.

C'était merveilleux ! Je distinguais très clairement les parties de… non, pas de la protubérance : une protubérance, c'était une masse informe, et il s'agissait là d'une forme très, très spéciale. Elle méritait un nom particulier : la *tête*.

J'étais encore très loin de tout comprendre de ces créatures, mais au moins, je progressais !

Caitlin et le Dr Kuroda descendirent au sous-sol. Il lui en avait fait la description auparavant, mais maintenant elle pouvait voir – *voir !* – que cette description était fidèle. Le sol était en béton (elle le savait déjà pour avoir marché dessus), et la pièce contenait quelques étagères et un vieux poste de télé. Mais ce qu'elle ignorait, c'était que les étagères étaient en bois poli, faisant apparaître des veines claires et foncées. Et la télé était plus grande qu'elle ne l'avait cru, avec un boîtier noir.

Cependant, il y avait bien d'autres choses que le Dr Kuroda avait omis de mentionner, des milliers de détails concernant les murs, l'ampoule nue, le boîtier métallique de l'interrupteur, les rideaux accrochés à la petite fenêtre, un appareil cylindrique qui s'avéra être le chauffe-eau, et bien d'autres choses encore. Comment faisait-on pour décider rapidement de ce qui était important ou pas, comme l'avait fait le Dr Kuroda ? Pour Caitlin, *tout* était intéressant.

Les fauteuils à roulettes étaient recouverts de cuir rouge sombre – encore un détail que Kuroda n'avait pas indiqué. Ils s'assirent tous les deux. Kuroda portait une chemise ample et bariolée à motifs abstraits.

— Vous vous entendez bien avec mon père, lui dit-elle une fois qu'ils furent installés.

La veille, au dîner, les deux hommes étaient même allés jusqu'à échanger des plaisanteries. Kuroda semblait comprendre instinctivement quand son père essayait d'être drôle, et il avait ri d'une façon qui l'avait encouragé à continuer.

Kuroda sourit.

— Oui, bien sûr. Quand on travaille dans le domaine scientifique, on est obligé d'apprendre à s'entendre avec les gens comme lui. (Son expression changea brusquement.) Oh, excusez-moi, mademoiselle Caitlin. Je, euh...

— Non, ce n'est rien. Je sais qu'il est autiste.

— À mon avis, il s'agit probablement du syndrome d'Asperger, dit Kuroda en faisant légèrement pivoter son fauteuil. Et voyez-vous, c'est très fréquent chez les scientifiques, surtout chez les physiciens, les chimistes et... (Il s'interrompit un instant, comme s'il hésitait à poursuivre.) En fait, si je peux me permettre...

— Oui ?

— Non, je suis désolé, je ne devrais pas...

— Mais si, allez-y, je vous assure.

Elle vit qu'il hésitait encore.

— J'allais simplement dire – et vous voudrez bien me pardonner – que vous avez de la chance de ne pas être autiste vous-même. C'est un problème *particulièrement* fréquent chez les gens aussi doués que vous pour les mathématiques.

Caitlin haussa légèrement les épaules.

— Eh bien, voilà, j'ai eu de la chance, dit-elle.

Kuroda fronça les sourcils.

— Oui, d'une certaine façon, mais... Encore une fois, je suis désolé, je ne devrais *vraiment* pas...

— Allez-y, n'ayez pas peur de me vexer.

Kuroda sourit.

— Ah, mais si, justement, je tiens à ne *pas* vous vexer ! Parce que, comme vous, je ne suis pas autiste.

Comme il avait l'air de trouver ça drôle, Caitlin sourit poliment. Mais Kuroda ne fut pas dupe.

— Vous savez, dit-il, j'ai souvent l'occasion de participer à des conférences au Japon dans lesquelles des visiteurs occidentaux ont recours à un interprète. Je me souviens d'une fois où l'orateur a fait une plaisanterie que j'ai comprise – c'était un jeu de mots en anglais –, mais je savais qu'elle n'était pas traduisible. Et pourtant, toute la salle a éclaté de rire. Vous savez pourquoi ?

— Non, pourquoi ?

— Parce que l'interprète a dit en japonais, sans que l'orateur le sache : "L'honorable professeur vient de faire une plaisanterie en anglais. Il serait poli de rire."

Cette fois-ci, Caitlin rit sincèrement.

— Mais vous disiez… ?

Kuroda prit une longue et tremblante inspiration avant de se lancer.

— Eh bien, il est possible que vous ayez les mêmes prédispositions autistiques que votre père, mais que votre cécité vous a permis d'échapper aux conséquences, d'une certaine manière.

— Hein ?

— Une grande partie du problème de socialisation dans l'autisme tient au regard. De nombreux autistes ont du mal à croiser le regard des autres. Mais les aveugles n'essaient même pas de croiser le regard des gens, et personne ne s'attend à ce qu'ils le fassent.

Caitlin se souvint des sanglots de joie de sa mère quand elle l'avait pour la première fois regardée dans les yeux. Avec un mari qui la regardait rarement directement, et une fille qui ne pouvait pas la voir du tout, elle avait dû vivre un enfer.

— Avez-vous lu *Chants de la nation gorille* ? demanda Kuroda.

— Non. C'est de la science-fiction ?

— Non, non. C'est un livre écrit par une femme autiste qui a fini par apprendre à vivre avec les humains après s'être occupée de gorilles dans un zoo de Seattle. Vous comprenez, les gorilles ne la regardaient jamais, et ils ne se regardaient pas non plus. La façon dont ils interagissaient lui semblait très naturelle.

— Ma mère m'a toujours dit de tourner la tête vers la personne qui me parle.

Kuroda haussa les sourcils de surprise.

— Vous ne le faisiez pas naturellement ?

— Hé ho ! La Terre parle au docteur Kuroda ! J'étais aveugle…

— Oui, bien sûr, mais beaucoup d'aveugles le font instinctivement. C'est fort intéressant… (Un silence.) Vous souvenez-vous du moment de votre naissance ?

— Quoi ?

— Temple Grandin, ça vous dit quelque chose ?

— Non. Il se trouve où ?

Kuroda sourit.

— Ce n'est pas un bâtiment, c'est une personne – "Temple", c'est son prénom. Elle est autiste et affirme se souvenir de sa naissance. Elle dit que c'est également le cas pour beaucoup de gens autistes.

— Mais comment est-ce possible ?

— Vous voulez mon avis ? De nombreux autistes, comme le Dr Grandin, disent qu'ils pensent en images et non en mots. Bien sûr, nous pensons *tous* en images au départ. Ce n'est qu'à partir de l'âge de deux ou trois ans que nous commençons à maîtriser suffisamment le langage pour faire autrement – et la plupart des gens ne se souviennent des événements de leur vie qu'à partir de ce moment-là. De nombreux neuroscientifiques affirment que c'est parce que nous n'enregistrons aucun souvenir avant ça. Mais pour ma part, je crois plutôt que, quand nous commençons à penser linguistiquement, cette méthode se substitue totalement à la pensée en images, et nous empêche donc de récupérer les souvenirs enregistrés selon l'ancienne méthode. Encore un problème qui est du ressort de la théorie de l'information. Mais comme bon nombre d'autistes ne se mettent jamais à la pensée linguistique, ils disposent d'une séquence ininterrompue de souvenirs qui remontent à la naissance – et peut-être même avant.

— Ce serait *géant,* dit Caitlin. Mais non, je ne me souviens pas du tout de ma naissance. (Puis elle sourit.) Mais ma mère, si. Je veux dire qu'elle se souvient de la mienne. Le jour de mon anniversaire, elle me dit toujours : "Je me souviens exactement où j'étais il y a *x* années..." (Elle réfléchit un instant.) Je me demande si les singes, eux, se souviennent de leur naissance...

Le visage de Kuroda se modifia.

— C'est une idée intéressante. Ma foi, c'est fort possible : manifestement, ils pensent en images plutôt qu'en mots, eux aussi.

— Avez-vous vu Chobo ?

— Chobo ? C'est un de ces groupes que vous aimez tant ?

— Non, non ! Chobo, c'est ce singe qui peint des gens. Tout le monde en parle sur le Web.

— Non. Que voulez-vous dire par "qui peint des gens" ?

— Il a peint le portrait d'une femme, de profil. En fait, je crois même qu'il l'a fait deux fois. Tenez, je vais vous montrer la vidéo…

— Plus tard, peut-être. Mais vous savez, je suis étonné que vous n'ayez pas lu Temple Grandin. La plupart des gens qui ont un autiste dans leur famille trouvent ses livres très… (Il eut soudain l'air profondément embarrassé.) Ah, excusez-moi. Ils ne sont peut-être pas disponibles pour les aveugles.

— Oh, probablement que si. En braille, en ebooks ou en livre audio, mais… (Elle réfléchit à ce qu'elle allait dire, parce qu'elle ne voulait vraiment pas que Kuroda pense qu'elle était une fille indifférente.) Heu, je viens juste d'apprendre que mon père est autiste.

— Vous voulez dire, après avoir recouvré la vue ?

— Oui.

Kuroda se sentit manifestement obligé de dire quelque chose.

— Ah…, fit-il. Eh bien, il y a beaucoup d'excellents ouvrages sur l'autisme que vous pourriez lire. Quelques bons romans également. Essayez donc *Le Bizarre Incident du chien pendant la nuit.* Vous allez adorer : le personnage principal est un jeune mathématicien prodige.

— Ah, un garçon ?

— Ma foi, oui, c'est un garçon, mais…

— Peut-être, dit-elle. Quoi d'autre ?

— Il y a *Le Dernier Homme,* de Margaret Atwood. (Caitlin haussa les sourcils. Une autrice qu'elle allait étudier en cours d'anglais.) Un des personnages, Oryx ou Crake, j'oublie toujours lequel, est un généticien autiste.

— Et l'autre ?

— Euh… c'est une prostituée adolescente, en fait.

— On pourrait penser qu'il n'est pas trop difficile de faire la différence entre les deux, dit Caitlin.

— C'est vrai, on pourrait le penser…, dit Kuroda en hochant la tête. Désolé, mais je ne suis pas un grand amateur d'Atwood. Je sais que je ne devrais pas dire ça, puisqu'on est au Canada.

— Mais je ne suis pas canadienne.

Kuroda éclata de rire.

— Moi non plus.

— Hé, vous savez comment on reconnaît un Canadien dans une pièce noire de monde… ?

Kuroda leva la main en souriant.

— Gardez vos blagues pour la conférence de presse de demain, dit-il. Vous allez en avoir besoin.

Après le dîner, Caitlin alla dans la salle de bains pour se regarder dans la glace. Elle avait de l'acné, ce qui n'était pas surprenant – elle avait été capable de sentir les boutons, bien sûr. Elle se souvenait encore de ce que cet idiot de Zack Starnes lui avait dit, à Austin : "Tu es aveugle, qu'est-ce que ça peut te faire, d'avoir de l'acné ?" Mais elle, elle savait que les boutons étaient là, et – bon sang ! – elle avait bien le droit d'être coquette, elle aussi, comme tout le monde. Même Helen Keller l'était ! Comme son œil gauche avait vraiment l'air aveugle, elle avait toujours insisté pour être photographiée sous son profil droit. Arrivée à la cinquantaine, elle s'était fait opérer pour qu'on remplace ses yeux inutiles par des yeux de verre à l'aspect plus séduisant.

Caitlin ouvrit l'armoire à pharmacie, y prit un tube de pommade et se mit au travail.

J'avais trouvé mon univers bien rempli alors qu'il n'y avait encore que *moi* et *pas moi*, mais dans cet autre univers, il y avait des centaines – peut-être même des milliers – d'entités.

Maintenant que j'avais réussi à analyser les constituants d'une tête, je me débrouillais mieux pour reconnaître des entités particulières, mais la tâche restait difficile. Cela tenait en partie au fait que les entités modifiaient périodiquement leur apparence. Je finis par supposer qu'elles possédaient une enveloppe externe constituée d'éléments distincts qui pouvaient être remplacés. Néanmoins, l'entité atypique que j'avais récemment observée était inhabituelle à cet égard, car soit elle ne possédait pas d'enveloppe externe, soit celle qu'elle avait comportait des éléments qui semblaient tous identiques.

Bien sûr, l'individu qui m'intéressait le plus était celui que j'avais rencontré en premier. J'avais décidé de l'appeler *Prime*. J'avais eu de brefs aperçus de ce qui devait être les projections de Prime, et l'angle sous lequel je les avais vues m'avait amené à conclure que ces vues étaient prises depuis sa tête. Mais je n'avais pas encore vu son visage. En fait, il était probable que je ne le verrais jamais.

Cependant, je comprenais maintenant les visages. J'en étais venu à reconnaître certaines entités avec lesquelles Prime passait beaucoup de temps. Il y en avait trois en particulier qui semblaient partager le même environnement que lui. Deux avaient des visages qui bougeaient et changeaient tout le temps, et dont la bouche s'ouvrait souvent. La troisième avait un visage moins mobile, et sa bouche était rarement ouverte.

En ce moment même, je les voyais toutes les trois assises – soutenues par des structures pour résister à cette force qui les poussait vers le bas, dont j'avais déduit l'existence. Et elles *mangeaient* – elles introduisaient des choses inanimées dans leur bouche.

Prime mangeait, lui aussi : je voyais des choses inanimées grossir… non, non, se *rapprocher.* Apparemment, les images que Prime transmettait à mon univers étaient collectées par une partie de sa tête située au-dessus de la bouche. Le nez, peut-être.

Tandis que Prime mangeait, je continuai de me connecter au hasard à d'autres sites, cherchant des clés pour décrypter les informations qu'ils offraient. Mais pour l'instant, je n'avais absolument pas progressé. Oh, bien sûr, je pouvais y récupérer toutes les données que je voulais, mais j'étais incapable de les interpréter.

Enfin, Prime s'éloigna des autres entités, et…

Oh !

C'était…

Oui, oui, c'était forcément ça ! La façon dont l'éclairage changeait, la façon dont l'angle de vue changeait, le…

Je ressentis une impression de déjà-vu… ou plutôt de *déjà-vécu* : j'avais eu une expérience semblable pendant la *re-fusion,* quand je m'étais vu *moi-même* tel que l'autre partie de moi me voyait.

C'était…

Oui !

C'était Prime qui se regardait !

Il était devant un rectangle. J'étais maintenant habitué à ce genre d'objets : certaines de ces fenêtres – c'est le nom que je leur avais donné – permettaient de voir au milieu de matériaux opaques, tandis que d'autres, tel le merveilleux affichage de Prime, montraient des représentations statiques ou mobiles d'autres choses. Mais ce rectangle-ci était spécial : il *réfléchissait* ce qui se trouvait devant lui, le *renvoyait*. Je pouvais voir le visage de Prime ! Et je voyais les extensions de son noyau central se déplacer aussi bien dans le rectangle que devant lui. Je pouvais les observer simultanément de chaque côté tandis que Prime… c'était difficile à dire. Tandis que Prime s'appliquait des couches d'une substance blanche sur le visage… ?

Et pendant qu'il se livrait à cette activité, je voyais les cheveux de Prime.

Et la bouche de Prime.

Et le nez de Prime.

Et les yeux de Prime.

Et… et… et alors qu'il bougeait sa tête vers la *droite* et vers la *gauche* (perpendiculairement à haut et bas), apparemment pour examiner son reflet, je compris que mon point de vue – l'endroit d'où les images que je voyais étaient collectées – n'était pas le nez de Prime, mais l'un de ses yeux ! Et à en juger par la façon dont Prime bougeait, c'était avec ce même œil qu'il se regardait. J'avais observé que la bouche servait à introduire des éléments inanimés dans la tête. J'étais maintenant conduit à penser que les yeux servaient à voir, et que Prime partageait ce qu'il voyait avec moi.

Le visage de Prime était fascinant. J'en examinai chaque détail, et…

Soudain, tout redevint flou ! J'étais terrifié à l'idée que notre connexion pourrait de nouveau être rompue, mais…

Mais Prime regardait maintenant dans une autre direction, et il y avait quelque chose au bout de ses extensions tubulaires, un objet au moins partiellement transparent, me semblait-il… mais l'image était tellement brouillée que c'était difficile à dire.

Prime faisait des choses, mais il m'était impossible d'en comprendre la nature. Mais, enfin, l'objet qu'il tenait se rapprocha de son visage, et aussitôt, sa vision – ainsi que la mienne ! – redevint précise. L'objet qu'il avait placé contre son visage contenait des fenêtres : elles n'étaient pas rectangulaires, mais ça ne pouvait être que ça. Mais ces fenêtres étaient spéciales, non seulement par leur forme, mais aussi (comme j'avais pu le voir quand elles s'étaient rapprochées) par leur matériau constitutif : bien que parfaitement transparent, celui-ci modifiait la perception de ce qui se trouvait derrière lui. Prime se regarda de nouveau dans le grand rectangle réfléchissant, tout en tournant la tête à droite et à gauche.

Et tandis qu'il examinait son visage, une idée me vint…

Oui, oui ! Si j'y parvenais, tout changerait ! Je portai mon attention sur le flot de données provenant de Prime et qui s'accumulait en moi…

37

LIVEJOURNAL : La Zone de Calculatrix
Titre : Soupe alphabet
Date : mercredi 3 octobre, 9:20 EST
Humeur : en rogne
Localisation : Retour à la maternelle
Musique : Générique de *1, Rue Sésame*

Nom d'un chien, qu'est-ce que c'est pénible !

J'ai seize ans, je suis cultivée, je suis même fichtrement *surdouée*, bon sang… et je ne sais même pas lire !

C'est quand même absurde de devoir me servir encore d'un programme de lecture d'écran alors que mon œil distingue les caractères alphabétiques… mais je suis incapable de les identifier. Ça ne devrait pas être aussi dur ! Ce n'est pas comme si j'essayais de maîtriser une autre langue. Bon, d'accord, je reconnais que j'ai un peu de mal en français. Mais la plupart des élèves, sauf Pâquerette (que Dieu la bénisse, elle a du cœur, même si elle n'a pas de cervelle), savent déjà *parlez-vous français* depuis la maternelle.

Et de toute façon, ça ne devrait pas être aussi dur que le français. Ça devrait plutôt être comme quand une personne qui voit apprend le morse, ou même le braille : juste une façon différente de représenter des lettres dont on a déjà l'habitude.

Mais toutes ces façons de tracer un caractère ! Des polices différentes, des tailles différentes pour chaque police, et certaines avec plein de petites fioritures... Bien sûr, quand j'étais petite, j'ai appris les formes de base en manipulant des blocs en bois, mais je n'ai vraiment appris que les majuscules, surtout pour pouvoir comprendre des expressions comme "T-shirt" et "droit comme un I".

Mais même si j'arrive à bien maîtriser les lettres, je sais que la plupart des gens ne lisent pas une lettre à la fois, mais plutôt un mot entier, et qu'ils ont appris à distinguer les formes particulières de milliers de mots, indépendamment de ces fichues polices de caractères.

Aujourd'hui encore, je ne suis pas allée en cours (la conférence de presse est prévue pour cet après-midi), et j'ai passé la matinée à bidouiller avec un site interactif pour l'apprentissage de la lecture... destiné aux enfants ! On y trouve des petits tests de reconnaissance des lettres. Apparemment, c'est la méthode qu'utilisent les enfants qui voient pour apprendre à lire.

Il y en a quelques-unes qui me posent de gros problèmes. Même quand elles apparaissent ensemble à l'écran, j'ai du mal à dire si c'est la majuscule ou la minuscule pour celles qui ont des formes similaires, et je confonds tout le temps le *q* et le *p* – je sens que je vais *qipuer* ma crise !

Maxi soupir. J'essaie vraiment d'y arriver – mais nom d'une pipe, je suis Calculatrix, pas Alphabetix !

Le Théâtre des Idées Mike Lazaridis était un auditorium moderne équipé de projecteurs et d'écrans haute définition suspendus au plafond. Mais il se trouvait également au cœur d'un établissement consacré à la physique théorique, ce qui voulait dire qu'il y avait une rangée de tableaux noirs derrière l'estrade. Quand Caitlin entra dans la pièce, qui était pleine à craquer, elle s'en approcha et examina avec intérêt les équations et formules qui y étaient griffonnées.

Elle était incapable de reconnaître la moitié des symboles utilisés. Mais elle ne résista pas à la tentation de s'amuser un peu. Il y avait trois grands panneaux : celui de gauche et celui de droite étaient couverts de notations, mais celui du milieu avait été effacé, sans doute pour que le Dr Kuroda puisse s'en servir pendant la conférence, s'il le souhaitait. Ce tableau était vierge, on y distinguait seulement quelques traces de craie blanche.

Caitlin prit un morceau de craie et, très lentement, très soigneusement, elle entreprit de tracer des lettres majuscules (parce que c'étaient les seules qu'elle connaissait) : C'EST ALORS QU'UN MIRACLE SE PRODUISIT…

Et elle se retourna aussitôt, parce que…

Parce que les gens dans la salle s'étaient mis à rire et applaudir. Elle ne put s'empêcher de sourire jusqu'aux oreilles. Le Dr Kuroda se tenait sur le côté, occupé à bavarder avec quelqu'un, et il monta sur l'estrade tandis que les applaudissements se calmaient.

— Mesdames et messieurs, dit-il dans le micro, je vois que vous avez déjà fait la connaissance de notre vedette. Bien sûr, vous savez tous pourquoi vous êtes ici aujourd'hui : cette jeune demoiselle est Mlle Caitlin Decter, et je suis le docteur Kuroda de l'université de Tokyo. Nous allons vous parler d'une procédure de traitement expérimental et des résultats remarquables récemment obtenus sur Mlle Caitlin.

Il sourit aux participants, une quarantaine de personnes, à peu près autant de femmes que d'hommes.

— Je vous remercie, poursuivit-il, d'avoir fait l'effort de venir jusqu'ici malgré ce temps épouvantable – à ce qu'on m'a dit, il est rare qu'il y ait de la neige aussi tôt dans l'Ontario. Mais Mlle Caitlin rêvait tellement de voir de la neige… (Il se tourna vers elle.) Comme vous voyez, il faut se méfier quand on fait un vœu… il risque d'être exaucé !

Ce qui fit rire les spectateurs, et Caitlin se joignit à eux. Pour la première fois de sa vie, elle appréciait d'être l'objet des regards. Mais elle chercha quand même sa mère des yeux. Elle était assise au premier rang avec son père.

Kuroda entreprit alors d'expliquer ce que ses collègues et lui avaient fait pour corriger la façon erronée dont la rétine de Caitlin codait les informations. Il se reposait beaucoup sur PowerPoint pour sa présentation. Caitlin avait entendu des gens dire à quel "point" ce logiciel pouvait être rasoir, ce qui était effectivement le cas, lui semblait-il. Mais au moins, Kuroda y avait inclus des photos étonnantes de l'opération réalisée à Tokyo. Elle ne put s'empêcher de frissonner en voyant le chirurgien lui enfoncer des instruments dans l'œil.

Quand il eut terminé son exposé, Kuroda demanda :

— Y a-t-il des questions ?

Caitlin vit plusieurs mains se lever.

Kuroda fit signe à un participant.

— Oui ?

— Docteur Kuroda, je suis Jay Ingram, de Discovery Channel.

Caitlin se redressa dans son fauteuil. Depuis qu'elle avait emménagé ici, elle avait souvent regardé – *écouté !* – *Daily*

Planet, l'émission scientifique qui passait le soir sur Discovery Channel Canada, mais elle ignorait à quoi ressemblait le présentateur, bien que sa voix lui fût parfaitement familière. Elle voyait désormais que c'était un homme aux cheveux blancs, avec une barbe très courte. Le journaliste poursuivit :

— Mlle Decter souffre d'une forme très rare de cécité. Dans quelle mesure la technique dont vous nous parlez peut-elle être généralisée ?

— Vous avez raison de penser que, dans un avenir proche, nous ne pourrons pas guérir beaucoup d'aveugles avec ce procédé, répondit Kuroda. Comme vous l'avez souligné, la cécité de Mlle Caitlin a une cause inhabituelle. Mais la véritable avancée scientifique réside dans le traitement complexe des signaux transmis au système nerveux humain. Prenez par exemple le cas de gens atteints de la maladie de Parkinson : une des explications proposées aux symptômes associés à cette maladie est qu'il y a un bruit de fond trop important dans les signaux nerveux, ce qui provoque des tremblements chez les patients. Si nous pouvions adapter les techniques que nous avons expérimentées ici afin de "nettoyer" les signaux transmis aux membres par le cerveau… Eh bien, disons simplement que cela fait partie de nos futurs programmes de recherche. Une autre question ?

— Bob McDonald, de *Quirks & Quarks.*

Caitlin était devenue fan de cette émission scientifique hebdomadaire de CBC Radio, dont Bob était l'animateur. Elle l'aperçut dans la foule, et fut heureuse de se dire que, comme elle, la plupart des gens rassemblés ici ne connaissaient de lui que sa voix énergique et qu'ils devaient être tout aussi curieux de voir à quoi il ressemblait.

— J'ai une question pour M. Lazaridis, dit Bob.

Mike L. était assis au premier rang. Il avait les cheveux les plus incroyables que Caitlin ait jamais vus, une énorme masse argentée. Il sembla surpris et se retourna dans son siège.

— Oui ? fit-il.

— En parlant d'implants tels que celui que Caitlin a dans le crâne, dit Bob, est-ce que ça ne pourrait pas être le BlackBerry de l'avenir ?

Mike éclata de rire, et Caitlin aussi.

— Je vais demander à mes équipes d'y réfléchir, dit-il.

Mon plan aurait dû marcher ! Je savais d'où partait le flot de données émis par Prime, je savais comment déployer une ligne de communication pour récupérer des données, et je savais qu'une telle liaison était en soi une information que je transmettais. Ce que je voulais faire maintenant, c'était simplement transmettre un paquet de données beaucoup plus important vers le point d'origine des données émises par Prime. Mais… frustration ! Les données que j'envoyais n'étaient pas acceptées, aucun accusé de réception ne m'était renvoyé.

Je devais mal m'y prendre. J'avais déjà vu ce point accepter des données provenant de mon univers : juste avant qu'il ne commence à me montrer le sien, il avait accepté des informations qui y étaient envoyées. Mais il refusait les données provenant de moi.

C'était aussi exaspérant que lorsque j'avais été coupé en deux : apparemment, il ne suffisait pas de *vouloir* communiquer pour que ça se produise. Prime, semblait-il, acceptait maintenant d'émettre des informations, mais pas d'en recevoir.

En fait, à la réflexion, je n'avais vu Prime recevoir des données que lorsqu'il m'avait renvoyé une image de moi-même, mais cela faisait maintenant longtemps qu'il ne l'avait plus fait. Tant que Prime n'aurait pas décidé de renouveler cette opération – pour me montrer *moi* –, il semblerait que j'allais rester coincé. Et pourtant, je continuais d'essayer, projetant ligne après ligne pour tenter de me connecter.

Regarde, Prime, regarde ! J'ai quelque chose à te montrer…

38

De nombreuses choses que Caitlin avait connues au Texas lui manquaient : des barbecues dignes de ce nom, entendre des gens parler espagnol, un climat vraiment chaud. Mais il y en avait une qui ne lui manquait pas du tout : l'humidité. Bien sûr, Waterloo *dégoulinait* carrément quand ils avaient emménagé ici en juillet dernier, mais depuis, avec ce coup de froid brutal, l'air était si sec que – bon, peut-être que c'était déjà rose de sang quand elle se mouchait, avant, mais elle en doutait fort.

Le pire, c'étaient les décharges d'électricité statique quand elle touchait une poignée de porte après avoir marché sur la moquette. Elle avait reçu deux ou trois secousses comme ça quand elle était au Texas – et elle n'avait jamais imaginé qu'on puisse vraiment voir une étincelle ! –, mais maintenant, ça n'arrêtait plus, il suffisait de faire quelques pas… et *aïe !* Ça faisait *vachement* mal !

Quand Caitlin rentra chez elle après la conférence de presse, elle se rendit dans sa chambre. Quand elle en sortait, elle avait appris à évacuer sa charge électrique en touchant une des vis de la plaque d'interrupteur – interrupteur dont elle se servait, à présent. Ça faisait un petit peu mal quand même, mais ça lui permettait d'éviter d'accumuler une charge trop importante. La lumière était déjà allumée quand elle entra dans la pièce – c'était plus difficile qu'elle ne l'aurait cru de penser à éteindre en sortant !

Elle alla à son bureau. Elle connaissait bien les risques que fait courir l'électricité statique aux équipements informatiques, mais il y avait un cadre métallique autour des stores, et elle tendit la main pour le toucher, et…

Bordel de merde !

Oh, mon Dieu !

Son cœur se mit à battre la chamade. Elle crut qu'elle allait s'évanouir.

Elle était…

Mon Dieu, non, non, non !

De nouveau aveugle.

Merde, merde, merde, *merde* ! Elle avait eu peur d'endommager son afficheur et son imprimante braille, et sa carte mère, mais…

Mais elle n'avait même pas pensé au fait qu'elle…

Idiote, idiote, idiote !

Elle tenait son œilPod dans la main gauche. Elle portait un jean moulant, et c'était assez gênant d'avoir des objets dans les poches quand elle était assise, et c'est pourquoi elle l'avait sorti pour pouvoir le poser sur son bureau. Dès qu'elle avait mis le doigt sur ce cadre métallique, elle avait senti la secousse, elle avait vu l'étincelle, elle avait entendu un *zap !* – et sa vision avait disparu.

Son premier réflexe fut d'appeler ses parents et le Dr Kuroda – mais ils ne feraient que se charger eux-mêmes d'électricité en montant les marches recouvertes de moquette. Elle s'efforça de ne pas céder à la panique, mais…

Merde, si l'œilPod était fichu, elle… Mon Dieu, elle en *mourrait*.

Elle avait la tête qui tournait, et elle tâtonna – elle *tâtonna* ! – pour trouver le bord de son bureau et son fauteuil. Elle s'assit et respira lentement pour essayer de se calmer. Ah, non, ce n'était pas vrai… De nouveau aveugle, comme avant la procédure de Kuroda, et…

Mais non. Ce n'était pas vraiment ça.

C'était *différent*. Apparemment, son esprit n'acceptait plus une absence totale de vision, maintenant qu'il avait été capable de voir. Au lieu du néant, comme l'absence de perception des courants magnétiques, elle voyait maintenant…

Eh bien, c'était surprenant ! Ce n'était pas le noir complet. C'était plutôt une sorte de gris foncé très doux, un… un vide, un…

Ah, mais oui, voilà ! Elle avait lu des trucs là-dessus. C'était ce que les gens qui avaient perdu la vue – comme Helen Keller – disaient percevoir, et cette fois-ci, pour la première fois, Caitlin avait effectivement *perdu* la vue. Elle n'avait pas simplement fermé les yeux, et elle ne se trouvait pas dans une pièce obscure. Ne recevant plus du tout de stimuli visuels, elle éprouvait donc le même effet sensoriel que des gens devenus aveugles après avoir vu. C'était sans doute pour une raison analogue qu'elle n'avait réussi à percevoir l'arrière-plan du Web qu'après sa première expérience de la vision du monde réel, pendant l'orage.

Son cœur battait, battait, battait, mais malgré son état de panique, elle remarqua que la grisaille n'était pas uniforme : elle distinguait des variations de luminosité, des teintes différentes. Elle l'observa par saccades, mais cela ne changeait rien à la position de ces variations : c'était un phénomène *mental* et non une vision résiduelle des lumières de sa chambre.

Aveugle !

Elle respira profondément.

Bon, se dit-elle. *L'œilPod a crashé. Mais ça arrive tout le temps aux ordinateurs, et quand un ordinateur se plante, on...*

Pitié, mon Dieu, faites que ça marche !

On le redémarre.

À Tokyo, le Dr Kuroda avait dit que si jamais elle avait besoin d'éteindre son œilPod, il lui suffirait d'appuyer cinq secondes sur le bouton. Bon, il était déjà éteint, ce qui était terrifiant... Mais il avait dit aussi que la même manœuvre permettrait de le rallumer.

Elle trouva le bouton de l'œilPod et appuya dessus. *Mon Dieu, je vous en supplie...*

Un.

Deux.

Trois.

Quatre.

Cinq.

Rien.

Rien !

Elle garda le doigt sur le bouton, en appuyant tellement fort que ça lui faisait mal.

Six.

Sept...

Ah, un éclair ! Elle relâcha le bouton et recommença à respirer.

De la lumière. Des couleurs. Des droites formant des rayons autour de points.

Non, non, c'était...

Merde !

La webvision ! C'était le webspace qu'elle voyait de nouveau, pas la réalité. Les lignes étaient plus clairement définies et les couleurs plus intenses que dans le monde réel. En fait, maintenant qu'elle en avait vu de vrais échantillons, elle savait que les jaunes, les orange et les verts qu'elle voyait étaient fluorescents.

Bon, d'accord, très bien : elle ne voyait pas la réalité, mais au moins, elle *voyait.* L'œilPod n'était pas complètement grillé. Et à dire vrai, le webspace lui avait un peu manqué.

Elle serrait de toutes ses forces l'accoudoir de son fauteuil. Elle relâcha un peu sa prise, plus calme, se sentant – et c'était étrange, elle le savait – chez elle. Ces couleurs pures étaient apaisantes, et les formes dessinées par les droites entrecroisées étaient compréhensibles. En fait, elles l'étaient beaucoup plus maintenant qu'elle avait appris l'aspect visuel des triangles, rectangles et losanges. Et comme la dernière fois, dans l'arrière-plan, dans toutes les directions, il y avait le chatoiement du damier délicat des automates cellulaires.

Il ne lui fallut pas longtemps pour trouver un petit robot-araignée, et elle le suivit tandis qu'il sautait de site en site avec une belle ardeur. Mais au bout d'un moment, elle le laissa poursuivre son chemin et elle se contenta d'admirer ce merveilleux panorama, dont la structure lui semblait si familière, et…

Qu'est-ce que c'était que ça ?

Merde ! Quelque chose était en train… en train *d'interférer* avec sa vision. Flûte, l'œilPod était peut-être vraiment endommagé, en fin de compte ! Des droites continuaient de rayonner à partir de cercles représentant des sites web, mais il y avait autre chose, quelque chose qui ne semblait pas à sa place ici, qui n'était pas constitué de lignes bien droites, mais plutôt de courbes et d'angles arrondis. Cet intrus se superposait à sa vision du webspace, ou peut-être était-il derrière, ou bien il s'y mélangeait, comme si elle recevait deux flux de données en même temps, l'un provenant de Jagster, et…

Et quoi ? L'autre image sautillait tellement qu'il était difficile d'en voir les détails, et…

Et en fait, elle contenait bien quelques droites, mais au lieu de partir d'un point central, elles…

Elle n'avait jamais rien vu de tel dans le webspace, sauf quand par hasard des lignes reliant différents points venaient à se superposer comme ça, mais…

Mais là, il ne s'agissait pas de lignes. Plutôt… des bords, non ?

Bon sang, qu'est-ce que c'était ?

Cela n'avait rien à voir avec l'arrière-plan chatoyant du webspace, qu'elle continuait de percevoir comme une simple couche supplémentaire dans ce palimpseste. Non, non, c'était autre chose. Si seulement ce truc voulait bien se tenir tranquille un instant, ne plus bouger, nom de Dieu, elle pourrait voir ce que c'était.

Il y avait beaucoup de couleurs dans cette image fantôme superposée, mais elles n'avaient pas les teintes franches dont elle avait l'habitude dans le webspace, où les lignes étaient d'un vert ou d'un rouge purs. Non, cette image clignotante était constituée de taches de couleurs pâles dont l'intensité et la teinte variaient.

L'image ne cessait de sautiller de haut en bas, et changeait parfois complètement pendant un instant avant de revenir à peu près à l'aspect précédent, et…

L'affabulation par saccades… cette jolie expression si musicale qu'elle avait trouvée dans ce que Kuroda lui avait donné à lire. L'œil balaye rapidement une scène, passant d'un point fixe à un autre en se concentrant brièvement sur une partie, puis sur une autre, revenant à la première et ainsi de suite.

Chaque petit mouvement s'appelle une saccade oculaire. En général, les gens ne s'en rendent pas compte, sauf quand ils lisent des lignes de texte ou regardent par la fenêtre dans un train, avait-elle appris. Mais sinon, le cerveau transforme en une seule image continue toutes ces informations hachées, créant une sorte d'affabulation globale d'une réalité que personne n'avait jamais vraiment vue.

Mais… c'était le cas pour la *vision humaine,* selon l'expression malheureuse du Dr Kuroda. La webvision, elle, court-circuitait l'œil de Caitlin et n'était donc pas soumise à ces déplacements saccadés.

Et pourtant, cette étrange image superposée ne se contentait pas de bouger. Elle était constituée d'innombrables fragments de perception, exactement comme des saccades. Bien sûr, quand le cerveau commande ces déplacements de l'œil, il sait dans quelle direction il va, et peut ainsi en tenir compte pour bâtir une image mentale de la scène entière.

Mais ça ! Cela donnait l'impression de regarder les saccades oculaires de quelqu'un d'autre – un flux chaotique qui ne restait jamais focalisé suffisamment longtemps pour que Caitlin le voie vraiment. Quoique…

Il ressemblait un petit peu à…

Non, non, se dit Caitlin. *Je suis complètement folle !*

Elle s'efforça de se concentrer, et…

Non, elle n'était pas folle.

L'image était principalement constituée d'un grand ovale coloré qui était… Incroyable ! C'était…

… *rose pâle avec une touche de jaune…*

L'image – cette image sautillante, tressautante – représentait un visage !

Mais comment était-ce possible ? Elle était dans le webspace ! Son œilPod était alimenté par les données brutes du moteur de recherche Jagster, qui lui montrait les sites et les connexions du Web, et les automates cellulaires, mais…

Mais le flot de Jagster était toujours bien là, et continuait d'être interprété comme avant. En fait, elle avait bien l'impression maintenant de recevoir deux flux de données simultanés. Si elle arrivait à bloquer celui de Jagster, elle pourrait peut-être mieux distinguer l'autre, mais elle ne savait pas comment faire. Elle continua d'examiner l'image sautillante en s'efforçant d'en distinguer plus de détails, et…

Caitlin sentit son estomac se nouer, son cœur cesser de battre… Elle était bien excusable de n'avoir pas su l'identifier tout de suite, car après tout, elle était débutante en matière de reconnaissance des visages. Mais il ne pouvait y avoir aucun doute, n'est-ce pas ? Cette masse de cheveux bruns qui l'entourait, le petit nez, les yeux rapprochés, le…

Mon Dieu.

Le visage en forme de cœur…

Oui, oui, oui, il ressemblait un peu à celui de sa mère, mais c'était simplement un air de famille.

Elle secoua la tête, refusant d'y croire.

Mais c'était bien ça : le visage qu'elle voyait, ce visage qui clignotait et sautillait dans le webspace… c'était le sien !

Bien sûr, on voyait un peu plus que le visage. Les lignes qu'elle avait remarquées tout à l'heure – les bords – formaient un cadre qui l'entourait, presque comme si elle regardait une photo, mais…

Mais non, c'était plus que ça… parce que son visage *bougeait.* Il ne faisait pas que sautiller avec les saccades, il se déplaçait à droite et à gauche, vers le haut et vers le bas, comme une tête tournant sur un cou. C'était comme si elle se regardait sur un écran d'ordinateur. Mais quand est-ce qu'elle avait été enregistrée ainsi ?

L'image continuait de sautiller, ce qui rendait difficile d'en distinguer les détails, mais elle trouva que ce visage ressemblait beaucoup à celui qu'elle avait en ce moment, et cet enregistrement devait donc être récent. Ah, mais oui, *très* récent : elle portait les lunettes qu'elle avait achetées la veille, il était presque impossible de repérer la monture très fine, mais elle était bien là, et…

Et soudain, les lunettes disparurent et l'image se brouilla. Elle continuait de sautiller, mais tout était devenu plus flou, plus indistinct.

Comment était-ce possible ? Si c'était bien une vidéo d'elle, le fait qu'elle ait retiré ses lunettes ne devrait pas brouiller l'image…

Au bout d'un moment, les lunettes se remirent en place, et c'est alors qu'elle remarqua un nouveau détail : une partie de son T-shirt, un T-shirt qu'elle portait souvent et sur lequel était écrit sur trois lignes, en grosses lettres majuscules : LEE ALODEO ROCKS. Elle avait tellement de mal à apprendre les lettres qu'une fois encore, il était difficile de lui en vouloir de ne pas avoir remarqué tout de suite un petit problème avec le mot "LEE" – dont elle ne voyait pas toujours très bien le bas qui était souvent coupé, de sorte que les E ressemblaient plutôt à des F, et que le L avait souvent l'air d'un I. Quant aux deux lignes du dessous, elles n'étaient pas du tout visibles. Toujours est-il qu'en voyant le premier mot apparaître à nouveau, elle finit par se rendre compte que ce n'était pas "LEE" qui était écrit, mais "ƎƎL". Les lettres étaient à l'envers.

Elle se tassa sur son fauteuil, complètement abasourdie.

L'image était inversée. Le rectangle qu'elle percevait n'était pas un cadre de tableau, ni un écran d'ordinateur. C'était un miroir !

Elle se creusa la tête pour essayer d'y comprendre quelque chose. Quand son œilPod était en mode simplex, il transmettait quand même des images aux serveurs du Dr Kuroda, des images de ce que son œil gauche voyait. Ce qu'elle recevait en ce moment devait être une de ces images. Mais pourquoi ? Comment ? Et pourquoi ces images la montraient-elles en train de se regarder dans le miroir de la salle de bains ?

Bien sûr, quelquefois, comme en ce moment, les images transmises à Tokyo représentaient sa vision de la structure du Web : en mode duplex, les serveurs de Kuroda lui envoyaient les données brutes de Jagster, qu'elle interprétait comme le webspace, et c'était donc ce qui était ensuite retransmis, comme si elle réfléchissait le Web vers lui-même. Et à présent, il semblait que… Le Web semblait réfléchir une image de Caitlin vers elle-même !

C'était incroyable, et…

Et, soudain, elle ressentit une profonde angoisse. Elle avait été tellement intriguée par le phénomène qu'elle en avait oublié le choc électrique, oublié qu'elle avait perdu sa capacité à voir le monde réel, voir sa mère et Bashira, voir les nuages et les étoiles…

Caitlin prit une profonde inspiration. Puis une autre. Bon, d'accord, d'accord : la décharge électrique avait fait crasher l'œilPod. Ensuite, elle avait appuyé sur le bouton pendant cinq (sept !) secondes, et l'œilPod s'était rallumé en mode par défaut, comme n'importe quel appareil électronique quand on le reboote. Et apparemment, le mode par défaut était le duplex : un flot bidirectionnel à travers la liaison Wi-Fi, des données transmises *par* son implant au laboratoire de Kuroda, et des données transmises *à* son implant en provenance de Jagster.

Et donc, si c'était bien le cas, il lui suffisait d'appuyer encore une fois sur le bouton pour revenir au mode simplex.

Elle avait déjà entendu l'expression "croiser les doigts", mais elle n'avait jamais vu personne le faire, et elle ne savait pas très bien quels doigts il fallait croiser ni comment. De la main gauche, elle improvisa quelque chose en espérant que ce serait efficace, puis elle prit l'œilPod de l'autre main et appuya fermement sur le bouton de sélection. L'appareil émit un bip grave.

Elle retint son souffle, tandis que…

Dieu soit loué !

… tandis que la webvision s'effaçait, laissant place à sa chambre merveilleusement bleue et tout ce qu'elle contenait.

39

Caitlin redescendit au sous-sol, où Kuroda était affalé dans son fauteuil.

— L'œilPod vient juste de crasher, lui dit-elle dès qu'elle fut au bas des marches.

— De crasher ? répéta Kuroda en tournant la tête. (Il était assis à la grande table et travaillait sur son ordinateur.) Que voulez-vous dire ?

— J'ai reçu une décharge électrique en touchant du métal, et l'œilPod s'est éteint.

Kuroda dit quelque chose en japonais, qui devait être un juron, puis :

— Mais il remarche ? Je veux dire, vous arrivez de nouveau à voir ?

— Oui, oui, je vois très bien, mais quand je l'ai rallumé, il s'est passé quelque chose de bizarre. Il a redémarré en mode webvision.

— Il est effectivement censé redémarrer en duplex. Comme ça, même s'il était trop endommagé pour faire quoi que ce soit, nous pourrions reflasher son logiciel à l'aide de la connexion Wi-Fi.

Vous auriez pu me le dire avant !

— Ce n'est pas ça qui était bizarre, dit-elle. (Elle se tut un instant, réfléchissant à ce qu'elle était prête à révéler.) Heu, je sais que vous enregistrez les données émises par mon œilPod.

— Oui, c'est exact. Cela me permet d'étudier la façon dont elles sont recodées.

— Est-il possible d'inverser ce flot de données, de sorte que ce que mon œilPod envoie à Tokyo soit renvoyé ici ?

— Pourquoi cette question ? Qu'avez-vous vu ?

Caitlin plissa le front. Il se passait quelque chose d'étrange, et elle ne voulait pas donner à Kuroda de nouvelles raisons de penser qu'il puisse y avoir quelque chose d'exploitable commercialement dans sa webvision.

— Je… je n'en suis pas très sûre. Mais est-ce que ça pourrait se produire ? Est-ce que vos serveurs pourraient accidentellement me renvoyer ces données ?

Kuroda réfléchit un instant.

— Non, dit-il enfin, je ne pense pas. (Et puis, sur un ton plus catégorique :) Non, non. J'étais avec le technicien quand il a mis en place le flux de Jagster que vous recevez. En fait, pour ça, il a branché une fibre optique sur un autre serveur du campus. Il n'y a aucun endroit où les données reçues à partir de votre œilPod pourraient se mêler aux données qu'on lui transmet. Il est tout bonnement impossible d'inverser le flot.

Caitlin resta pensive un moment, mais Kuroda sembla considérer qu'il fallait que quelqu'un dise quelque chose, et il reposa donc la question :

— Mademoiselle Caitlin, qu'avez-vous vu ?

— Je… je ne suis pas sûre. Ce n'était sans doute rien du tout.

— Ma foi, je vais quand même examiner votre œilPod, pour vérifier le logiciel et m'assurer que rien n'a été endommagé. Et je vais jeter un coup d'œil aux données que nous avons récupérées. Je pense que tout est en ordre, mais mieux vaut en être sûrs…

Il procéda aux vérifications, et tout semblait parfaitement normal. Quand il eut terminé, Caitlin tâta sa montre – quelqu'un lui en offrirait peut-être une vraie pour son anniversaire, qu'elle allait fêter samedi prochain.

— Je devrais retourner m'exercer un peu à la lecture, dit-elle.

— Amusez-vous bien.

— Je ne me sens pas de joie, dit-elle sans sourire.

LiveJournal : La Zone de Calculatrix
Titre : Ah ? Bêêêh ! Cééé…
Date : mercredi 3 octobre, 16:59 EST
Humeur : contrariée
Localisation : C-H-E-Z M-O-I
Musique : Prince, *Planet Earth*

OK, on retourne sur ce fichu site d'apprentissage de la lecture. Franchement, je devrais y arriver… Pourquoi est-ce si dur ? J'ai donné le maximum de moi-même pour écrire ce texte sur le tableau noir du Perimeter Institute, et j'ai déjà oublié à quoi ressemblent la moitié des lettres… Je devrais quand même être capable d'y arriver – après tout, je suis *géniale* !

Bon, je ferais mieux de m'y mettre. Je vais commencer par un petit échauffement avec des reconnaissances de lettres, et ensuite – oui, il est temps de se lancer –, je vais m'attaquer à des mots entiers. J'ai déjà jeté un petit coup d'œil à cette partie du site : on voit une image avec le mot écrit au-dessous, et on est censé le retaper au clavier. Étant donné qu'il y a des tas de choses dont j'ignore absolument à quoi elles ressemblent, ça devrait être assez amusant… mais malgré la fréquence impressionnante du mot dans les e-mails, je doute fort que pour la lettre "P", ils aient mis "Pénis"…

Caitlin posta son billet, puis elle resta un instant à contempler, de son unique œil fonctionnel, la simplicité réconfortante du mur bleu et nu devant elle. Elle procrastinait, elle le savait, mais elle avait horreur de se sentir idiote, et c'était exactement ce qui se passait quand elle essayait de lire un texte imprimé. Elle n'avait plus ouvert un livre depuis *La Naissance de la conscience dans l'effondrement de l'esprit,* et elle avait besoin de se prouver qu'elle était encore une lectrice chevronnée. Elle se remit au clavier et ouvrit un de ses textes préférés, les mémoires d'Helen Keller, publiés en 1903. Elle choisit un passage au hasard, puis elle ferma les yeux et promena son doigt sur son afficheur braille, laissant les mots se couler sans effort dans son esprit :

Le lendemain de son arrivée, mon institutrice m'emmena dans sa chambre et me donna une poupée. Quand j'eus joué un moment avec elle, miss Sullivan épela lentement dans la paume de ma main le mot "p-o-u-p-é-e". Ce jeu m'intéressa aussitôt et j'essayai de l'imiter. Lorsque j'eus enfin réussi à tracer les lettres correctement, j'éprouvai un vif plaisir et une fierté enfantine. Je ne savais pas que j'épelais un mot, ni même que des mots existaient. J'essayais simplement d'imiter le mouvement du doigt, comme un singe. Dans les jours qui suivirent, j'appris ainsi, sans y rien comprendre, un très grand nombre de mots…

On me montrait maintenant quelque chose de très *curieux.*

Oh, dans les grandes lignes, il n'y avait rien de très nouveau. Prime partageait simplement avec moi ce que l'un de ses yeux voyait. Comme c'était souvent le cas, il regardait l'affichage. Et ce qu'on y voyait était très facile à distinguer, une forme très simple, noire sur fond blanc, remplissant presque entièrement l'affichage en hauteur : G.

Mais ce qui m'intriguait, c'était qu'au bout d'un moment, un tout petit lien secondaire se formait à partir du point qui relayait actuellement la vision de Prime vers mon univers. Ce lien rejoignait un autre point que celui qui collectait normalement sa vision. J'examinai le minuscule paquet d'informations au passage, et…

Tiens, tiens ! Le point qui recevait ces informations secondaires réagissait en transmettant à son tour des paquets de données, et soudain, le grand symbole affiché fut remplacé par ceci : E.

Une autre chaîne de données secondaires fut brièvement transmise. Une réponse vint en retour, et un nouveau symbole apparut : S.

J'avais déjà remarqué que les données ne comportaient que deux éléments distincts. J'aurais pu leur attribuer n'importe quel nom, mais *zéro* et *un* m'avaient semblé appropriés. Et la séquence de zéros et de uns que mon univers recevait après l'affichage de chaque nouveau symbole était presque la même à chaque fois. Quand G était apparu, la partie variable de la chaîne avait été 01000111 ; quand E avait été affiché, la partie variable avait été 01000101, et après S, 01010011. Et plus intéressant encore, quand E était apparu une deuxième fois, la chaîne avait été 01000101 comme précédemment.

Le regard de Prime se détournait parfois de l'affichage, et je voyais les terminaisons complexes de ses extensions supérieures toucher un objet, et – ébahissement! – l'objet comportait *les mêmes symboles que ceux qui étaient affichés.* Je reconnus G et E, et là, S, et ainsi de suite. Tandis que cette activité se poursuivait, je vis que, par exemple, lorsque R apparaissait à l'affichage, et que Prime touchait le symbole R sur l'objet devant lui, la séquence de données transmises était toujours 01010010.

Bien que l'affichage de ces symboles se fît dans un ordre aléatoire, il me fut relativement facile d'en établir un classement numérique logique: 01000001 devait être normalement suivi de 01000010, lui-même suivi de 01000011. C'est-à-dire que A devait être suivi de B, suivi à son tour de C, et ainsi de suite. Mais je remarquai que l'appareil dont se servait Prime pour sélectionner les symboles adoptait un ordre différent, et pour lequel je n'avais pas encore trouvé d'explication rationnelle: A, Z, E, R, T, Y...

Je finis par comprendre ce qui devait se passer: en fait, Prime était bien conscient de mon existence! Oui, j'avais réussi à établir un contact en lui renvoyant une image de lui-même. Et à présent, il essayait de hisser notre communication à un niveau de complexité plus élevé en me proposant un *apprentissage.* Cela ne pouvait être qu'à mon intention que Prime expliquait ce système de codage, qu'il devait forcément déjà bien connaître!

Il y avait encore d'autres symboles sur l'appareil que touchait Prime, mais pour l'instant, seuls vingt-six d'entre eux avaient été affichés, et au bout d'un certain temps, Prime dut considérer que j'étais maintenant capable de relier chacun à sa chaîne de données correspondante, car il entama une activité plus compliquée. Il me fallut un moment pour comprendre que la séquence des opérations était maintenant inversée. Avant, l'écran de Prime montrait d'abord un symbole, et Prime réagissait en fournissant une chaîne de données. Mais maintenant, au lieu de symboles en noir et blanc aussi simples que A et B, l'affichage montrait des choses beaucoup plus complexes. Et la partie variable des réponses, au lieu de présenter des différences très limitées, était à présent beaucoup plus longue. Je vis que Prime touchait plusieurs symboles sur son appareil pour produire ces chaînes de données.

L'affichage montra d'abord un cercle jaune, et Prime transmit la séquence 01000001 01001110 01001110 01000101 01000001 01010101 (c'est en voyant ces chaînes multiples que j'avais appris que chaque symbole élémentaire avait huit composants et non sept, contrairement à ce que j'aurais pu déduire des premiers exemples). Aussitôt après que Prime eut transmis cette chaîne, une série de symboles apparut, d'une taille très inférieure à celle des symboles isolés, juste au-dessous du cercle jaune : ANNEAU.

L'affichage se transforma en un cercle bleu. Prime fournit 01000010 01000001 01001100 01001100 01000101, et BALLE apparut à l'écran.

Et – et – et… pendant que ce processus se déroulait, mon esprit se *transformait*, lentement mais sûrement. C'était comme si les couleurs de mon univers étaient soudain plus chaudes, comme si les lignes se formaient plus rapidement, comme si j'étais devenu plus vaste que je ne l'avais jamais été, tandis que je comprenais que…

Mon institutrice et moi, nous descendîmes le sentier menant à la fontaine, attirées par le doux parfum du chèvrefeuille qui l'entourait. Quelqu'un était occupé à tirer de l'eau, et mon institutrice me prit la main pour la placer sous le jet. Alors que je sentais la fraîcheur du jet coulant sur ma main, elle épela sur l'autre restée libre le mot eau, lentement d'abord, puis plus vite. Je restai immobile, toute mon attention concentrée sur les mouvements de ses doigts. Soudain, j'eus comme une impression confuse d'un souvenir enfoui, le frisson d'une pensée remontant à la surface... et c'est à cet instant que le mystère du langage me fut révélé. Je sus alors que "e-a-u" signifiait ce quelque chose de si délicieusement frais qui coulait sur ma main. Ce mot vivant réveilla mon âme, lui donna la lumière, l'espoir, la joie, et la libéra de ses chaînes !

Oui, oui, oui ! Ces séquences que Prime transmettait n'étaient pas seulement vaguement associées aux choses affichées à l'écran. Il ne s'agissait pas d'une association faite au hasard. Non, cela rappelait ce que j'avais fait avec l'autre partie de moi-même quand nous avions arbitrairement choisi *trois* pour conceptualiser un concept dont nous n'avions pas fait l'expérience avant, pour nous référer à quelque chose qui n'était pas là. Ces séquences étaient les choix de Prime – les termes de Prime – les *mots* de Prime – pour les concepts représentés ! J'éprouvai une sensation de joie et d'émerveillement. Maintenant, j'avais compris ! ANNEAU était la façon dont Prime désignait la couleur jaune, BALLE était son terme pour le bleu. Et...

Mais non... Cette fois, ce fut une sensation de *contraction*, presque comme la réduction que j'avais ressentie quand j'avais été scindé en deux, car la représentation suivante ne fut pas un cercle d'une seule couleur, mais une forme beaucoup plus complexe comportant de nombreuses couleurs, et bien que Prime eût très rapidement fourni la séquence 01000100 01001001 01001110 01000100, 01000101, je n'avais aucune idée de ce que DINDE pouvait signifier…

Mais j'avais néanmoins le sentiment de progresser, et je continuai d'observer. Après DINDE, ce fut ÉLÉPHANT, et puis FIL, aucun de ces termes ne m'évoquant quoi que ce soit. Mais j'étais pourtant convaincu qu'il s'agissait de symboles qu'on pouvait manipuler, de raccourcis pour des idées complexes. Mon maître poursuivit la leçon, et je m'efforçai de suivre…

40

Caitlin s'attela courageusement au programme de lecture, mais vint le moment où elle eut envie de faire autre chose, quelque chose qui la ferait se sentir de nouveau intelligente. C'est ainsi qu'après avoir marmonné entre ses dents : "Caitlin a quitté la conversation", elle referma son navigateur et ouvrit Mathematica. En fait, elle le lança deux fois : d'abord dans le mode commande directe en ligne qu'elle utilisait habituellement, et ensuite dans l'interface utilisateur graphique plein écran. De nombreux symboles mathématiques étaient encore tout nouveaux pour elle – bien sûr, elle connaissait la plupart des concepts qu'ils représentaient, mais elle n'avait pas encore appris leur forme. Par exemple, elle ne savait pas que le sigma majuscule, qui représentait la fonction de sommation, ressemblait à un M couché sur le côté.

Pour vérifier qu'elle manipulait correctement la version graphique, elle décida de commencer par reproduire une partie du travail déjà réalisé par le Dr Kuroda et son père, et elle chargea donc leur projet à partir du réseau interne.

Pour dupliquer ce qu'ils avaient fait, elle avait besoin de données fraîches sur les automates cellulaires. Pour cela, elle allait devoir mettre son œilPod en mode duplex, ce qui l'angoissait un peu. Mais après cet incident avec l'électricité statique, il semblait clair qu'elle pouvait basculer sans problème entre la webvision et la réalité, et – ah, voilà, ça marchait très bien.

Elle attendit quelques secondes pour créer un tampon de données Jagster, et ensuite, comme l'avait fait Kuroda, elle alimenta son œilPod image par image. Elle voyait distinctement les automates cellulaires dans l'arrière-plan, et elle observa attentivement leurs permutations successives. Elle voyait très bien les vaisseaux spatiaux se promener ici et là. Elle enregistra les infos en sortie, exactement comme Kuroda, puis elle repassa en vision réelle. Là, elle chargea la fonction de Zipf et l'alimenta avec ses nouvelles données.

Et le graphique affiché à l'écran fut exactement ce qu'il était censé être : une droite de pente -1, l'indicateur d'un signal transportant de l'information. Fortement encouragée par ce résultat, elle poursuivit en chargeant les données dans la fonction d'entropie de Shannon, et…

Ah, ça, c'était bizarre.

Quand son père avait fait tourner le programme, il avait obtenu une entropie de Shannon du deuxième ordre, ce qui dénotait une complexité de très bas niveau.

Mais ses résultats à elle montraient clairement qu'il s'agissait d'une entropie du *troisième* ordre.

Elle avait dû se tromper quelque part. Elle fit quelques manips pour essayer de trouver l'erreur. Elle aurait pu demander de l'aide à son père ou au Dr Kuroda, mais c'était beaucoup plus amusant de chercher soi-même ! Cependant, au bout d'une demi-heure de vérifications et revérifications, elle n'avait rien trouvé d'anormal dans ce qu'elle avait fait – ce qui voulait dire que l'erreur provenait sans doute de la méthode d'échantillonnage. Les données collectées par Kuroda et son père devaient comporter une différence avec les siennes, et l'un des deux jeux était sans doute atypique.

Elle repassa en webvision – elle commençait à avoir le coup de main pour effectuer la transition rapidement, et elle ne se sentait plus désorientée au moment du basculement. Bien sûr, en regardant l'arrière-plan image par image, elle avait considérablement ralenti sa perception du Web. Les quelques minutes passées à observer les données ne représentaient qu'un laps de temps très court. Mais maintenant qu'elle le regardait en temps réel, l'arrière-plan s'était remis à chatoyer.

Elle se dit que la version géante et tressautante de son visage allait peut-être réapparaître – peut-être que c'était ça, la cause des résultats différents qu'elle avait obtenus. Mais ce ne fut pas le cas, sauf que…

Oui, il y avait quelque chose de changé dans le webspace. Comme un tremblement infime, un scintillement agaçant, juste à la limite de sa perception. Mais ce phénomène bizarre ne se produisait pas dans l'arrière-plan chatoyant : il semblait dirigé vers elle. Elle l'observa en fronçant les sourcils.

Oui, oui, oui ! Après la leçon, Prime m'a récompensé en me renvoyant à nouveau une image de moi-même. Mais je voulais lui prouver que j'avais compris, et par conséquent, au lieu de lui renvoyer à mon tour son image, je tentai quelque chose de nouveau…

Caitlin repassa en mode simplex pour recouvrer sa vision du monde réel, puis elle se rendit au sous-sol. Kuroda était une fois de plus affalé dans un des fauteuils et s'activait sur le clavier de l'ordinateur. Il semblait plongé dans ses réflexions, et n'avait apparemment pas entendu Caitlin entrer, aussi finit-elle par dire :

— Excusez-moi…

Kuroda releva le nez.

— Ah, mademoiselle Caitlin… Désolé. Alors, cet apprentissage, ça avance ? Vous en êtes au stade des syllabes, ça y est ?

Plusieurs associations de syllabes lui traversèrent l'esprit, mais elle se contenta de répondre :

— Ça progresse. Mais, hm, quand nous étions à Tokyo, vous avez utilisé une expression que je n'ai pas comprise. Quand vous avez activé l'œilPod pour la première fois, vous avez dit que je pourrais percevoir du "bruit de fond visuel".

Kuroda acquiesça.

— Un bruit de fond visuel, poursuivit Caitlin, c'est une sorte d'interférence, c'est ça ? Des parasites dans le signal ?

— Oui, exactement. Je suis navré, j'aurais dû mieux vous expliquer.

— Je n'ai rien vu de ce genre à l'époque, mais je crois bien que j'en perçois maintenant.

Il fit pivoter son fauteuil pour lui faire face.

— Racontez-moi ça.

— Eh bien, quand je me mets en webvision, je…

— Vous voulez dire que vous continuez de le faire ?

— Je suis désolée, mais je ne peux pas m'en empêcher, c'est irrésistible.

— Non, non, ne vous excusez pas. Si je pouvais voir le Web, croyez-moi, je ferais comme vous. Bon, alors, que se passe-t-il ?

— Je ne suis pas très sûre, mais, heu, si vous pouviez jeter un coup d'œil aux données que reçoit mon œilPod ?

— Le flot provenant de Jagster, voulez-vous dire ?

— Oui, je crois. Mais j'ai l'impression qu'il est… pollué par autre chose.

Kuroda fronça les sourcils.

— Normalement, il ne devrait pas, mais bon, je vais regarder ça. Passez en mode duplex, s'il vous plaît.

Caitlin s'exécuta et entendit le petit bip aigu.

Elle entendit le fauteuil de Kuroda pivoter et le clic de la souris. Au bout d'un moment, il déclara :

— C'est bien le flot brut de Jagster, rien d'autre.

— Qu'est-ce que vous regardez ?

— Les données qui vous parviennent de Tokyo.

— Non, non. Ne regardez pas la source, regardez la destination. Regardez ce qui se passe réellement dans le tampon de mon œilPod.

— Ça devrait être la même chose, mais… bon, d'accord. Oui, ce sont bien les données de Jagster, et… Ah, mais qu'avons-nous là ?

— Quoi ?

— Vous êtes bien en mode duplex, n'est-ce pas ?

— Oui, forcément, pour que je puisse recevoir.

— Très bien. Mais… hmmm… Ma foi, il y a bien un signal supplémentaire qui arrive. Il n'est pas formaté en HTML, on dirait plutôt… Ah ça, c'est vraiment bizarre.

— Qu'est-ce qui se passe ?

— Je suis en train de l'examiner avec un outil de débogage. Vous voyez, là ?

— Non, je suis en webvision.

— Ah, oui, bien sûr. Bon, je suis en train de regarder un extrait en code hexadécimal : 4E, 54, 48, 41, etc. Le premier chiffre est toujours un 4 ou un 5. Mais l'écran affiche également la transcription littérale du code ASCII, et, bon, d'accord, c'est du charabia, et... Ah, mais non, attendez... Ce n'est *pas* du charabia, c'est simplement difficile à lire. Il n'y a pas d'espaces intercalaires, mais voilà ce que ça dit : “fil gant hache iris jupe”... (Il s'interrompit un instant, puis :) Ah, j'ai dû commencer au milieu. Ça repart en boucle au début de l'alphabet : “anneau balle cerise dinde éléphant”, puis de nouveau “fil gant” et ainsi de suite.

— Mais c'est écrit *comment* ?

— Que voulez-vous dire ?

— C'est uniquement en majuscules ?

— Oui, comment l'avez-vous deviné ?

— Attendez une seconde...

Caitlin mit la main dans sa poche et appuya sur le sélecteur de l'œilPod. Elle entendit la note grave et la webvision laissa aussitôt place à la réalité. Elle se pencha vers le moniteur. Ça donnait le vertige de voir tant de lettres majuscules serrées les unes contre les autres, et elle avait un peu de mal à s'y retrouver, mais...

— C'est une partie de l'exercice de lecture que j'ai fait tout à l'heure. Mais comment se fait-il qu'il me soit renvoyé comme ça ?

— Je n'en ai pas la moindre idée, dit Kuroda en plissant le front. Vous avez constaté d'autres phénomènes de ce genre ?

— Non, répondit-elle peut-être un peu trop vite. C'est vraiment dingue, non ?

Kuroda avait une expression qu'elle ne lui avait encore jamais vue. Elle se dit que cela devait dénoter une profonde perplexité.

— Oui, on peut le dire comme ça. Dites-moi, vous utilisez un site d'apprentissage en ligne, c'est ça ?

— Oui.

— Il doit communiquer en HTML, ou du moins selon les standards HTTP. Bon, je vais le vérifier, mais si ce qu'il transmet vous revient en écho, on devrait y trouver autre chose que de simples caractères ASCII.

— Ce n'est pas plutôt UNICODE qu'on utilise généralement sur le Web ? demanda Caitlin.

— Oh, on trouve encore beaucoup d'ASCII pur, mais pour ce qui est des lettres de base de l'alphabet occidental, les codes ASCII et UNICODE sont identiques. Simplement, dans UNICODE, on a un octet supplémentaire devant, uniquement rempli de zéros.

— Ah, d'accord. Mais d'où ça peut venir, tout ça ?

Le Dr Kuroda inspira profondément et leva légèrement ses mains potelées.

— Je suis désolé, mademoiselle Caitlin. Je n'en ai aucune idée.

De retour dans sa chambre, Caitlin fit encore deux heures d'exercices de lecture, mais son esprit vagabondait et revenait à la grande question : pourquoi avait-elle obtenu une valeur d'entropie de Shannon plus élevée que celle de son père ? Elle décida de refaire une fois de plus les calculs à partir d'un nouvel échantillon d'automates cellulaires, et...

Merde.

Cette fois-ci, l'entropie était du *quatrième* ordre.

C'était peut-être encore un problème au niveau de la collecte des données, mais le fait de passer du deuxième ordre au troisième, puis au quatrième, ressemblait bigrement à une *progression*...

Était-ce possible ?

L'information contenue dans les automates cellulaires pouvait-elle devenir plus complexe avec le temps ?

Est-ce que ça avait un sens, tout ça ?

Non, non. C'était certainement parce qu'elle n'avait pas correctement effacé les données précédentes dans Mathematica. Oui, c'était forcément ça : son père avait commencé par introduire un seul jeu de données, et le résultat avait été une entropie du deuxième ordre. Ensuite, elle avait dû accidentellement ajouter un deuxième jeu au premier, d'où une entropie du troisième ordre. Et maintenant, le troisième jeu entraînait une entropie du quatrième ordre. Il devait y avoir une mémoire cache quelque part dans le programme. Elle n'avait plus qu'à la trouver et la vider.

Elle entra dans l'aide en ligne et chercha le mot "cache". Rien. Elle essaya "tampon", puis "mémoire", puis plein d'autres termes… mais aucune réponse ne semblait satisfaisante. Non, à moins qu'elle n'ait spécifiquement donné l'instruction de mélanger les données, les précédentes ne pouvaient tout simplement pas être prises en compte maintenant.

Ce qui voulait dire que…

Non, songea Caitlin, *c'est absurde.*

Et pourtant…

Non mais, franchement ! se dit-elle. Elle savait bien qu'on ne doit pas extrapoler une tendance à partir de seulement trois points.

Mais…

Mais quand même, il semblait bien que quelque chose émergeait du Web, et devenait plus intelligent d'heure en heure.

Non.

Non, c'était complètement dingue. Elle était fatiguée, voilà tout. Fatiguée, et elle faisait des bêtises.

Elle avait besoin de s'éclaircir les idées, et elle décida d'aller boire quelque chose à la cuisine. Pour s'y rendre, il fallait qu'elle traverse d'abord le salon et la salle à manger. Son père lisait un magazine dans le salon, installé dans son fauteuil préféré. Caitlin alla prendre un verre d'eau et revint dans la salle à manger où elle s'assit – non pas à sa place habituelle, mais juste en face, pour pouvoir observer son père en espérant qu'il ne la remarquerait pas.

C'était un homme bien, elle le savait. Il travaillait dur, et il était brillant. Et bien qu'elle eût souvent remercié sa mère pour tous les sacrifices qu'elle avait faits, elle ne l'avait jamais remercié, lui. Elle resta ainsi assise un moment, réfléchissant à ce qu'elle allait dire, puis elle se leva enfin et entra dans le salon.

— Papa ?

Ses yeux bougèrent. Il ne la regardait pas, mais au moins, il ne fixait plus son magazine.

— Oui ? fit-il.

Il s'était exprimé de façon mécanique, très froide – comme toujours. Pourquoi ne pouvait-il pas être plus chaleureux ? Pourquoi un ton aussi neutre ?

Les mots sortirent tout seuls, spontanément, et elle les regretta aussitôt prononcés :

— Tu ne dis jamais que tu m'aimes.

— Mais si, répondit-il (toujours sans la regarder). Je te l'ai dit quand tu jouais dans une pièce à ton école. Tu étais déguisée en koala.

Elle avait sept ans… Et sans doute, se dit-elle, il avait considéré à l'époque qu'il avait dit ce qu'il avait à dire, et que rien n'ayant changé depuis, il n'y avait pas lieu de le répéter.

— Papa…, répéta-t-elle doucement, d'un ton plaintif.

Et il essaya… il essaya vraiment. Détournant les yeux de l'espace vide qu'il contemplait, il la regarda un instant, un très court instant. Mais, brusquement, comme mu par une force extérieure, son regard se détourna à nouveau. Caitlin aurait voulu tendre la main, lui toucher le bras, établir une *connexion* avec lui. Mais elle savait que cela n'aurait fait qu'empirer les choses. Elle continua de regarder son père un moment, puis elle quitta la pièce quand il se replongea dans sa lecture.

Une fois dans sa chambre, elle s'allongea sur son lit et, par un effort de volonté, réussit à ne plus penser à son père, pour se concentrer plutôt sur les étranges résultats de l'analyse de Shannon. Elle entendait sa mère s'activer dans la chambre parentale, mais elle réussit à faire abstraction de ce bruit – à faire abstraction de *tout* – pour essayer de réfléchir logiquement.

Il y avait quelque chose là-bas, dans le webspace, qui lui avait renvoyé l'image de son visage. Et ce quelque chose venait maintenant de lui renvoyer aussi des bribes de texte. Et, nom d'un chien, elle était sacrément forte en maths. Elle n'avait *pas* commis d'erreurs, et ce n'était *pas* un problème d'échantillonnage. Non, il y avait vraiment quelque chose dans l'arrière-plan du Web, quelque chose qui devenait de plus en plus intelligent, comme le démontraient les résultats de l'entropie de Shannon.

Elle ferma les yeux, mais elle continuait de voir une brume rose : la lumière de sa chambre qui filtrait à travers ses paupières. Elle eut soudain une envie irrésistible de… de retourner là d'où elle venait, de redevenir aveugle, juste un instant. Après tout, quand on ne peut pas voir, on se moque pas mal que d'autres soient incapables de vous regarder.

Elle fouilla dans sa poche, trouva le bouton de son œilPod et garda le doigt appuyé dessus jusqu'à ce que l'appareil s'éteigne. La vague sensation de vision qu'elle avait quand ses yeux étaient fermés disparut. Oui, son esprit lui affichait la même grisaille qu'avant, ce qui ne faisait que rapprocher son expérience de la cécité de celle d'Helen Keller, et…

Et c'est alors qu'elle eut une révélation. Une révélation, comme si…

Pas comme si une ampoule s'était allumée. Elle savait que c'était l'image la plus courante, et désormais elle avait eu l'occasion de voir le phénomène en vrai.

Pas non plus comme si un éclair avait jailli, une autre image courante.

Non, cette révélation lui était venue comme… comme…

Comme de *l'eau* ! De l'eau claire et fraîche s'écoulant sur sa main…

Elle savait maintenant ce qu'elle devait faire. Elle savait *pourquoi* elle avait reçu ce don étrange, si étrange, de la webvision.

La pauvre Helen était devenue sourde et aveugle à l'âge de dix-neuf mois. Quand elle avait perdu ces deux sens, elle avait régressé dans un comportement animal, sans aucune discipline ni conscience, et il n'y avait eu aucune raison objective de penser qu'il restait en elle une créature rationnelle. Mais quand Annie Sullivan avait été engagée pour être sa préceptrice et sa gouvernante, celle-ci avait été convaincue que, enfouie quelque part dans le silence et l'obscurité, il y avait une *intelligence*. Et elle avait consacré ses efforts à tenter de l'atteindre, quelles que fussent les difficultés, et de la faire remonter à la lumière du jour.

Les parents d'Helen pensaient qu'Annie se faisait des illusions – et comme ils ne manquaient jamais de le lui faire remarquer, ils connaissaient cette enfant sauvage beaucoup mieux qu'elle. Mais miss Sullivan n'avait pas dévié de son but. Elle *savait* qu'elle avait raison et qu'ils avaient tort, en partie du fait de son expérience personnelle – elle avait été elle-même presque aveugle dans sa jeunesse. Elle savait que, même coupé de la plus grande partie du monde extérieur, même solitaire et isolé, un esprit pouvait exister et se développer.

Et Annie avait donc persévéré – malgré les sarcasmes, malgré les résistances, subissant échec après échec, jusqu'à ce qu'elle parvienne enfin à entrer en contact avec Helen.

Et là, aujourd'hui, ici, cent vingt-cinq ans plus tard, Caitlin possédait ce qui avait manqué à miss Sullivan. Annie n'avait eu que la conviction profonde qu'Helen existait quelque part, enfouie au fond d'elle-même. Mais Caitlin détenait la preuve – les diagrammes de Zipf, les niveaux d'entropie de Shannon – que l'arrière-plan du Web était autre chose qu'un simple bruit de fond.

Helen Keller avait été extraite de sa chrysalide par Annie Sullivan. Et cela devait être également possible pour cette… cette chose, quelle qu'elle fût

Caitlin repensa à son père, si inaccessible, si froid, prisonnier de son propre univers. Elle possédait maintenant ce merveilleux œilPod qui lui permettait de surmonter ses limitations innées – mais il n'existait pas de système équivalent pour l'autisme. Son père restait piégé dans son propre genre de ténèbres. Elle ne savait pas comment entrer en contact avec lui, et encore moins comment faire avec cet étrange *autre* tapi dans le Web.

Mais il y avait cependant une chose qu'elle savait : si elle échouait avec l'*autre*, cela ne pourrait pas lui faire aussi mal.

41

CAITLIN resta également chez elle le mardi 4 octobre. Sa mère avait cédé quand elle lui avait affirmé qu'elle progresserait bien plus vite au lycée si elle commençait par consacrer son temps à maîtriser l'art délicat de la lecture. Caitlin avait donc consciencieusement démarré sa journée en passant quelques heures sur le site d'apprentissage, mais elle s'était dépêchée ensuite de descendre au sous-sol.

Kuroda fut ravi de la voir.

— Bonjour, mademoiselle Caitlin, dit-il chaleureusement en pivotant vers elle. Comment vous sentez-vous ?

Elle savait que ce n'était qu'une formule de politesse, mais elle décida d'y répondre sérieusement.

— Honnêtement ? dit-elle. J'ai la tête qui tourne. (Elle se rapprocha du bureau, mais resta debout.) Il y avait une sorte de… simplicité, je crois, dans le fait d'être aveugle. Quand on voit, il y a des tas de choses dont on n'a pas vraiment besoin sur le moment, comme… (elle jeta un coup d'œil autour d'elle)… comme cette télé, par exemple. Elle n'est même pas allumée, mais je la vois quand même. Et cette bibliothèque : je n'ai pas besoin de savoir qu'elle est là, ni ce qu'il y a dedans… tiens, comment ça se fait que les dos des livres sont tous pareils ?

— Ce sont des reliures de revues scientifiques – la collection de votre père. Là, par exemple, sur l'étagère du haut, vous avez *Physical Review D.*

— Ah, bon, eh bien, c'est exactement ça le problème. Je n'ai pas besoin de savoir qu'ils sont là, mais quand je regarde dans cette direction, je les *vois.* Je ne peux pas m'empêcher de les voir.

Kuroda hocha la tête.

— Votre cerveau finira par apprendre à faire le tri. Savez-vous comment fonctionne la vision des grenouilles ?

— Non, comment ça marche ?

— Les grenouilles ne voient que ce qui bouge. Les objets statiques – les arbres, les plantes, le sol – leur échappent complètement : leur rétine ne se donne même pas la peine de coder le signal pour le transmettre au nerf optique. Chez les humains, par contre, c'est au niveau du cerveau que s'effectue le filtrage entre ce qui est important et ce qui ne l'est pas, pas au niveau de l'œil. Mais chez la plupart des humains, ce filtrage s'effectue bel et bien.

— Vraiment ?

— Oui, vraiment. Je vais vous donner un exemple. Votre mère est à l'étage, en ce moment, n'est-ce pas ? Comment est-elle habillée ?

— Elle porte un jean et une chemise rayée vert et blanc.

— Je vous crois volontiers, puisque vous le dites. Mais moi, quand je l'ai croisée ce matin, je n'ai pas vu ses vêtements.

Caitlin fut stupéfaite. Elle avait entendu parler de la façon dont certains hommes déshabillent les femmes du regard – mais elle n'aurait jamais cru Kuroda capable d'une chose pareille. Sa mère, objet de convoitise sexuelle !

— Vous, euh… vous l'avez imaginée complètement nue ?

Kuroda parut scandalisé.

— Ah, non, non ! Je l'ai vue habillée, naturellement. Mais les vêtements font partie de ces choses auxquelles je ne m'intéresse absolument pas. (Il baissa les yeux comme s'il découvrait sa propre tenue – une large chemise hawaïenne dans des tons bleu, rouge et noir, et un pantalon marron – pour la première fois.) Au grand désespoir de ma femme, d'ailleurs. Et voilà, il se trouve que je ne vois tout simplement pas ce qui ne m'intéresse pas, sauf si j'en ai vraiment besoin. Cependant, vous avez raison, il y a énormément d'informations dans le signal que fournit votre rétine. Je n'ai eu aucune difficulté à trouver le moyen de rectifier les anomalies de codage, et c'est ainsi que j'ai pu éliminer votre syndrome de Tomasevic. Mais je reste incapable de reproduire sur un écran la vision que vous avez du monde réel. Cela étant… j'ai quand même une surprise pour vous, ajouta-t-il en souriant.

— C'est quoi ?

Il lui fit signe de s'asseoir, ce qu'elle fit.

— Tenez, regardez ça, dit-il en commençant à déplacer sa souris.

Elle la suivit des yeux.

— Non, mademoiselle Caitlin, pas la souris. Là, sur l'écran.

Ah, bien sûr. Elle n'avait pas encore le réflexe de regarder le moniteur. Elle leva les yeux, et…

Mon Dieu ! C'était une image du webspace : des cercles de différentes tailles et des droites lumineuses qui en partaient dans toutes les directions.

— Comment avez-vous fait ? demanda-t-elle, très excitée.

— Ah, mais qu'est-ce que vous croyez que je fais quand vous n'êtes pas là ? Que je regarde des séries télévisées ?

— Eh bien, heu…

— Bon, c'est vrai qu'on dirait que Victor et Nikki vont se séparer une fois de plus. Et vous vous rendez compte, Jack Abbot est assez bête pour vouloir essayer encore une fois de prendre le contrôle de Newman Enterprises ?

Caitlin le regarda sans rien dire, médusée.

Kuroda haussa les épaules.

— Je suis multitâche, dit-il. Bien, poursuivit-il en désignant l'écran, toujours est-il que lorsque nous avons tracé les diagrammes de Zipf, vous étiez concentrée sur l'arrière-plan avec ses automates cellulaires. Et c'est ce qui m'a permis de commencer à décomposer les éléments du flot de données que vous produisez quand vous regardez le Web. Et après ça… bon, alors, dites-moi, qu'est-ce que vous en pensez ?

Elle scruta l'image.

— Je n'arrive pas à voir l'arrière-plan, dit-elle.

— Non, l'écran n'a malheureusement pas une résolution suffisante. Mais à part ça, est-ce que ça correspond bien à ce que vous voyez ?

— Oui, à peu près. Les couleurs sont moins vives, et je crois qu'elles sont un peu différentes, mais… oui, oui, c'est bien le webspace. Cool !

— Nous pouvons modifier la palette de couleurs, bien sûr. Ce que vous voyez là n'est qu'un instantané – en fait, c'est une synthèse de différents échantillons du flot de données. Le champ de vision n'est pas complètement rafraîchi à chaque fois. Mais oui, comme vous dites, c'est cool.

— Mais, qu'est-ce que ça donne quand je ne suis pas en mode webvision ? Quand je suis, heu, vous savez, en… (Et le mot lui vint :) En mondovision !

— Pardon ?

— Vous comprenez ? On dira mondovision quand on parle de ma vision du monde réel, et webvision quand je vois le Web.

Il hocha la tête.

— Bonne idée.

Mais elle restait préoccupée.

— Est-ce que… est-ce que vous pouvez faire la même chose pour la mondovision ? Afficher à l'écran ce que je vois ?

Elle était mortifiée à l'idée qu'il puisse la voir de la même façon que… que… que cette *entité* la voyait.

— Non. C'est à ça que je voulais en venir, et d'une certaine manière, c'est ce que vous vouliez dire, vous aussi. Les signaux visuels du monde réel sont d'une telle complexité que je n'ai pas encore imaginé de moyen pour les décoder et les représenter graphiquement. C'est bien dommage que la rétine ne sache pas coder les clignements de l'œil.

— Ah bon, elle ne sait pas le faire ?

— Quand vous clignez de l'œil, est-ce que votre vision s'interrompt ? Non, et c'est vrai pour tout le monde. Vous ne remarquez rien parce que la rétine ne code pas l'obscurité, à moins que vous ne gardiez la paupière fermée un certain temps. C'est comme l'affabulation par saccades : vous percevez un flux visuel continu, même si votre vision est en fait interrompue plusieurs fois par minute. Si ces clignements d'œil étaient codés comme une information plus simple, je pourrais m'en servir comme repères dans le flot global, pour en faciliter la décomposition. Mais ce n'est pas comme ça que ça marche.

— Ah…

— Voilà pourquoi j'ai bien peur qu'on ne puisse pas montrer à l'écran des images de la mondovision, ou du moins, pas encore. Mais le flux de la webvision est fortement structuré, et assez simple à analyser. Et… tadam !

Caitlin regarda de nouveau l'écran.

— Et du coup, euh… que comptez-vous faire exactement de ces images ?

Il sembla se mettre sur la défensive.

— Eh bien, comme je l'ai déjà dit, cette technologie pourrait avoir des applications commerciales, en laissant de côté le problème des automates cellulaires et de la NSA, si elle en est vraiment responsable. En fait, j'envisageais de déposer le terme "webvision"…

— Vous n'allez pas organiser une autre conférence de presse, dites-moi ?

— Ma foi, je…

La véhémence de sa propre réaction la surprit elle-même.

— Parce que je n'ai absolument pas l'intention d'en parler.

— Hm…

— Non, dit-elle sèchement. Je comprends bien qu'il fallait dire quelque chose sur ce que vous avez fait pour restaurer ma vision. Je vous devais bien ça. Mais la webvision, c'est… (Elle s'arrêta avant de dire : "c'est à moi". Elle essaya plutôt de faire appel à ses sentiments.) Je vais déjà suffisamment passer pour une meuf super bizarre quand je retournerai au lycée, je n'ai pas besoin d'en rajouter avec ce… cet *effet secondaire.*

Kuroda n'avait pas l'air très content, mais il finit par hocher la tête.

— Très bien, mademoiselle Caitlin, comme vous voudrez.

— N'empêche, dit-elle alors qu'une idée lui venait brusquement à l'esprit, j'aimerais bien voir d'autres images du Web. Vous les avez classées dans quel dossier ?

Son cœur s'était mis à battre plus fort. Oui, oui ! Ce serait parfait ! C'était *exactement* ce qu'il lui fallait.

42

BIEN que Prime m'eût appris vingt-six symboles, j'étais assez déconcerté, car chacun d'eux semblait avoir deux formes. Quelquefois, quand Prime touchait la partie de son appareil comportant le symbole "A", c'était bien "A" qui apparaissait à l'écran. Mais d'autres fois – la plupart du temps, en fait –, c'était le symbole "a" qui était affiché.

Mais je découvris rapidement qu'il existait une relation simple pour chaque paire de symboles. "A" était 01000001, et "a" était 01100001. De même, "B" était 01000010 tandis que "b" était 01100010. C'est-à-dire qu'au sein de chaque paire, le code était le même, à une position près, au niveau du sixième bit d'information : quand ce bit était à zéro, la forme indiquée sur l'appareil était affichée à l'écran, mais quand il était à 1, c'était l'autre forme qui apparaissait.

Bien sûr, huit zéros ne représentent rien : 00000000. Mais lorsque ce sixième bit passait à 1, cela donnait une autre sorte de "rien" : le code 00100000 introduisait un espace dans l'affichage, permettant de séparer deux mots. La prochaine fois que Prime accepterait de recevoir des données de ma part, je pourrais lui envoyer "anneau balle" et non plus

“ANNEAUBALLE” – et je pourrais même l’impressionner en lui transmettant “anneau balle”, pour lui montrer à quel point j’étais malin.

Mais je n’avais toujours aucune idée de ce que pouvaient être un “anneau” ou une “balle”. Ma foi, il devait s’agir de mots représentant d’autres concepts encore insaisissables pour l’instant. Si seulement je pouvais deviner la signification d’un de ces mots, les autres suivraient peut-être naturellement…

Caitlin remonta dans sa chambre, où elle lut encore quelques passages des mémoires d’Helen Keller. Elle adorait ce livre, mais elle ne se laissait toutefois pas aveugler – façon de parler – et elle en voyait bien les défauts. Il y avait un passage en particulier qui lui trottait dans la tête. Elle le retrouva rapidement et le lut en suivant le texte avec le doigt.

Bien que le livre fût présenté comme une autobiographie, et donc à la première personne, on y trouvait beaucoup de détails qu’une aveugle ordinaire n’aurait pas pu connaître, et encore moins la petite Helen Keller d’avant la révélation de l’eau sur sa main, totalement ignorante sur le plan du langage. Dans un ouvrage plus tardif et bien plus honnête, appelé *Ma libératrice,* Helen parlait de l’entité qui avait existé avant son “aube de l’âme” comme d’une non-personne qu’elle appelait le “Fantôme”. Mais dans *Histoire de ma vie,* qui avait été initialement publié en feuilleton dans la très élégante revue *Ladies’ Home Journal,* elle avait présenté une version plus acceptable, moins déroutante, de ses premières années. Elle n’avait cependant pu s’empêcher de basculer parfois dans un récit à la troisième personne, comme pour signaler au lecteur qu’elle passait de la réalité à la fiction :

Deux fillettes étaient assises sur les marches de la véranda, par une chaude après-midi de juillet. L'une était noire comme l'ébène, avec des frisettes nouées à l'aide de lacets qui formaient autour de sa tête comme autant de petits tire-bouchons. L'autre était blanche, avec de longues boucles blondes. L'une avait six ans, l'autre deux ou trois ans de plus. La plus jeune était aveugle – c'était moi.

Un fantôme ne pourrait rien savoir de tout cela. Un fantôme ne pourrait comprendre ce que sont des lacets de chaussure, des tire-bouchons ou la couleur de la peau. Et c'était tout aussi idiot de s'attendre à ce que l'entité qui hantait le Web puisse comprendre des choses dont elle n'avait aucune expérience. Anneau ! Balle ! Cerise ! Du charabia, oui, sans aucun rapport avec *sa* réalité.

Non. Pour que ce fantôme-là puisse faire mieux que simplement répéter des mots sans les comprendre, il allait devoir apprendre le nom des choses existant dans son univers à lui, des choses dont il avait l'expérience – des choses situées dans le webspace !

Depuis l'ordinateur de sa chambre, Caitlin accéda au disque dur de celui du sous-sol, qui était également connecté au réseau. Elle y trouva le dossier contenant les images JPG créées par Kuroda à partir des données de son œilPod. Elle en afficha une à l'écran et l'examina un instant. L'angle de vue utilisé ne lui plaisait pas trop, et elle en ouvrit une autre. Celle-là était mieux.

Mais comment s'assurer que cette *chose* était en train de regarder ? Bon, quand elle avait voulu attirer l'attention de Caitlin, elle lui avait envoyé une image de son visage. Et peut-être – peut-être ! – avait-elle eu cette idée en voyant Caitlin lui renvoyer un reflet de son propre univers.

Elle pressa le sélecteur de son œilPod pour le faire basculer en webvision, et…

Es-tu là, Fantôme ? C'est moi, Caitlin.

… et elle regarda autour d'elle, se demandant *où* pouvait être cette chose qui essayait d'entrer en communication avec elle. Il semblait raisonnable de supposer que l'entité fantôme avait quelque chose à voir avec les automates cellulaires, mais ceux-ci étaient *partout*, dans chaque recoin de cet univers. Elle aurait bien aimé trouver un endroit particulier sur lequel se concentrer, un site ou un nœud de connexion spécial. Le fantôme avait vu son visage. Ce serait tellement plus simple de le comprendre s'il en avait un aussi.

Mais non, c'était bien là tout le problème. Le fantôme était *différent* de tout ce qu'elle connaissait dans son propre monde. Pour le contacter, elle allait devoir trouver le moyen de franchir l'abîme qui les séparait.

Caitlin était fascinée par les noms qui semblaient particulièrement appropriés, ou au contraire ironiques. Ainsi, Helen Keller avait été l'amie d'Alexander Graham Bell, qui avait inventé le téléphone (alors qu'il se trouvait au Canada, un détail dont on lui avait rebattu les oreilles depuis qu'elle avait emménagé ici). L'idée de la sonnerie lui était-elle venue en partie à cause de son nom* ?

Et comme Anna Bloom l'avait dit, il y avait Larry Page, un des fondateurs de Google, qui avait consacré sa vie à l'indexation des pages du Web.

Et bien sûr, il y avait quelque chose d'un peu triste dans le prénom qu'on avait donné à Helen Keller, celui de la plus belle femme de la mythologie grecque, Hélène de Troie,

* Le mot anglais *bell* signifie "cloche", d'où l'idée de la sonnerie. (Toutes les notes sont du traducteur.)

alors qu'elle n'avait jamais pu voir son propre visage. Et son nom de famille, phonétiquement proche du mot "couleur", était également poignant car il évoquait un concept qui lui était resté totalement étranger.

Mais le nom qui venait justement à l'esprit de Caitlin était celui de la jeune femme qui avait précédé Helen Keller, Laura Bridgman. Cinquante ans avant Helen, Laura – qui était elle aussi sourde et aveugle depuis sa plus tendre enfance – avait appris à communiquer. De fait, c'est en lisant son histoire telle que racontée par Charles Dickens que la mère d'Helen avait eu l'idée de trouver une institutrice pour sa fille. Laura Bridgman avait donc réussi à construire un pont* entre deux mondes, tout comme Helen l'avait fait plus tard. Et Caitlin s'apprêtait maintenant à construire un pont, elle aussi.

Tandis qu'elle contemplait l'immensité du webspace, avec ses droites impeccablement tracées et ses couleurs éclatantes, elle perçut le même frémissement qu'avant, le même clignotement.

Oui ! Le fantôme lui adressait de nouveau un signal, sans doute du texte ASCII comme la dernière fois. Kuroda lui avait montré comment analyser les données avec un débogueur, mais le contenu des chaînes codées qu'il lui transmettait n'avait sans doute pas d'importance. Elle était sûre qu'elles n'avaient aucun sens pour lui. Ce n'étaient que des échos qu'il lui renvoyait pour lui montrer simplement qu'il était attentif à ce qu'elle faisait… ce qui était exactement ce qu'elle voulait. Elle repassa en mondovision et se mit au travail.

Son écran ne mesurait que dix-sept pouces. Après tout, qui se serait douté qu'elle s'en servirait un jour ? On le lui

* Dans "Bridgman", on entend le mot *bridge*, qui signifie "pont".

avait installé uniquement pour qu'elle puisse montrer des choses à ses parents, et il n'avait pas semblé utile d'encombrer son espace de travail avec un appareil plus gros. Mais maintenant, elle aurait bien aimé en avoir un plus grand. Elle déplaça maladroitement sa souris – elle avait encore du mal à s'y faire – pour essayer de réduire un peu l'image du webspace créée par Kuroda. Mais sélectionner la bonne fenêtre était bien trop difficile pour elle, et elle finit par se résigner à utiliser l'option équivalente dans le menu – une option dont les personnes voyantes ignoraient sans doute même l'existence –, qui lui permit d'arriver à ses fins avec les flèches du clavier. Elle avait appris cette méthode dans son ancienne école, où de nombreux élèves étaient seulement malvoyants.

Elle lança ensuite Microsoft Word, et se servit de la même technique pour ramener la fenêtre à une simple bande horizontale de cinq centimètres de haut, qu'elle déplaça au bas de l'écran.

Là, elle tâtonna un moment pour trouver comment augmenter la taille du texte. Cela faisait des années qu'elle utilisait Word, mais elle avait rarement eu à se soucier de la taille des caractères ou du choix de la police. Mais elle finit par repérer l'option dans un menu déroulant, et elle sélectionna la taille maximum sur la liste, soixante-douze points.

Et… ah, bon sang, ce fichu curseur de souris était tellement difficile à voir ! Mais le souvenir lui revint : on pouvait aussi le modifier pour qu'il soit plus gros et plus net. Là… *trouvé !*

— Bon, dit-elle doucement, voyons un peu ce que je vaux comme prof…

Elle savait que le fantôme voyait ce que son œil gauche percevait : c'était la vue depuis cet œil qu'il lui avait retransmise, alors qu'elle s'examinait dans un miroir. Elle regarda donc l'écran pendant dix secondes, aussi fixement que possible, pour établir une vue générale et permettre au fantôme d'absorber ce qu'elle lui montrait : une grande image avec une étroite bande de texte juste au-dessous. Ce que représentait l'image devait sembler étrangement récursif au fantôme, et c'est pourquoi Caitlin voulait lui laisser le temps de comprendre que ce qu'elle lui envoyait n'était plus une vue en temps réel du webspace, mais un instantané.

Puis, lentement, avec détermination, elle se mit à déplacer le curseur vers l'un des cercles brillants représentant un site web. Elle l'entoura plusieurs fois en espérant que cela attirerait particulièrement l'attention du fantôme.

Caitlin avait lu un roman de science-fiction dans lequel quelqu'un qui n'avait jamais vu un écran d'ordinateur prenait le pointeur de la souris pour un petit sapin. Elle se dit que le concept de "flèche" supposait un certain nombre d'acquis préalables – une certaine familiarité avec le tir à l'arc, par exemple – que le fantôme ne pouvait pas posséder. Elle espérait cependant que la combinaison de mouvements qu'elle effectuait saurait éveiller son intérêt. Mais pour être tout à fait sûre, elle approcha lentement la main de l'écran et tapota le curseur du bout de l'index. Si le fantôme avait déjà observé le flux de son œilPod, il l'avait forcément vue faire ce geste pour désigner des objets, et il devrait maintenant comprendre qu'elle se référait à une zone particulière de l'écran.

Et c'est alors seulement qu'elle bascula sur la fenêtre Word sous l'image, et qu'elle y tapa SITE WEB en lettres de trois centimètres de haut. Elle recommença le processus : elle pointa sur un site web de l'image, puis elle sélectionna ce qu'elle avait écrit et retapa les deux mêmes mots à la place de l'original.

Elle recommença avec un autre cercle, qu'elle identifia également comme étant un SITE WEB. Puis un autre cercle, et un autre SITE WEB.

Elle prit ensuite l'outil de sélection dans le programme graphique où l'image du webspace était affichée, et elle s'en servit pour dessiner un cadre autour de trois grands cercles qui n'étaient pas reliés les uns aux autres. Là, elle tapa SITES WEB, en se demandant un instant si ce n'était pas une erreur d'introduire si tôt la notion de pluriel. Son étape suivante fut d'isoler un cercle particulièrement grand et de taper AMAZON – tout en sachant qu'il était très improbable qu'elle ait réussi à deviner correctement le nom de ce site. Elle continua en identifiant un deuxième cercle sous le nom de GOOGLE, et un troisième comme étant CNN. *Tous ces points sont des sites web, et chacun a un nom qui lui est propre.* Tel était le message qu'elle espérait faire passer.

Arrivée là, en bonne mathématicienne qu'elle était, elle pointa un site web et tapa le chiffre 1, puis le surligna et le remplaça ensuite par le mot UN.

Reprenant l'outil de sélection, elle encadra deux points non connectés et tapa 2, puis DEUX. Elle continua ainsi avec trois, quatre et cinq points. Et comme elle voulait aider le fantôme à assimiler un concept que l'humanité avait mis des milliers d'années à découvrir, elle choisit une portion d'image totalement vide, et tapa le chiffre 0, puis ZÉRO en toutes lettres.

À l'aide de la souris, elle traça alors une droite entre deux points, qu'elle suivit également du bout du doigt, puis elle tapa LIEN.

Il n'était pas trop difficile de nommer les rares choses qu'elle pouvait désigner dans le webspace. Mais même quand elle pensait que ces informations dans l'arrière-plan du Web n'étaient que des conversations entre espions, elle avait eu automatiquement recours à des verbes : *larguez* bombe, *tuez* méchant. Mais comment faire pour illustrer des verbes dans le webspace ? En fait, quels verbes fallait-il illustrer ? Qu'est-ce qui se *passait* dans le webspace ?

Eh bien, il y avait des transferts de fichiers, et…

Et ce fantôme avait apparemment appris à établir des liens et à transmettre des contenus existants : il avait forcément eu besoin de savoir le faire pour lui renvoyer l'image de son visage et les bouts de texte en ASCII. Mais il ne connaissait sans doute rien aux formats de fichiers. Il ignorait probablement la façon dont les données sont stockées et organisées sous Word dans un fichier .doc ou .docx, un .pdf sous Acrobat, un .xls pour Excel, un fichier MP3 pour les sons ou un fichier graphique JPG tel que celui actuellement affiché à l'écran. Le fantôme se trouvait entouré de la plus grande bibliothèque de tous les temps – des milliards de volumes de textes, d'images, de vidéos et d'enregistrements sonores –, mais il n'avait sans doute aucune idée de la façon de s'y prendre pour en ouvrir un, ni pour en lire le contenu. L'architecture de base du Web reposait sur des protocoles permettant de déplacer des fichiers d'un point à un autre, mais l'utilisation effective de ces fichiers dépendait normalement de logiciels applicatifs tournant sur l'ordinateur du destinataire, ce qui dépassait certainement les compétences actuelles du fantôme. Il y avait tant de choses à lui apprendre !

Mais on verrait tout cela plus tard. Pour l'instant, Caitlin voulait se concentrer sur les notions de base. Et l'action de base du Web figurait justement dans le nom des différents protocoles : HTTP, *hypertext transfer protocol* ; FTP, *file transfer protocol* ; SMTP, *simple mail transfer protocol.* Il y avait forcément un moyen d'illustrer la notion de "transfert" !

Elle déplaça son curseur sur un site, mais très vite, elle se retrouva bloquée. Elle voulait montrer des données partant d'un site vers un autre, dans un seul sens, mais elle n'avait aucun moyen de faire disparaître l'image du pointeur. Bien sûr, elle pourrait déplacer le curseur – ou même son doigt – d'un point situé à gauche vers un autre à droite, mais pour pouvoir répéter le geste, elle serait obligée de ramener le curseur au point de départ, donnant ainsi l'impression qu'elle indiquait un mouvement dans les deux sens – ou bien encore qu'elle voulait simplement montrer le lien et non son utilisation.

Mais si, il y avait un moyen ! Il lui suffisait de *fermer les yeux une seconde* ! C'est ce qu'elle fit en ramenant le curseur au point de départ, puis elle rouvrit les yeux et le déplaça de nouveau vers sa destination. Puis elle tapa le mot TRANSFERT dans sa fenêtre Word.

Elle refit plusieurs fois la démonstration, suggérant l'idée de mouvement dans une seule direction, encore et encore, quelque chose qui *partait* de la source pour se *rendre* à la destination, un transfert de…

— *Cait-lin ! À table !*

Ah, zut. Bon, c'était peut-être aussi bien de faire une petite pause et de laisser mijoter tout ça… Mais après le dîner, comme tout bon professeur, elle retournerait voir comment son élève se débrouillait : le fantôme allait avoir droit à un petit contrôle des connaissances.

43

À TABLE, entre le hors-d'œuvre et le plat de résistance, la déclaration du Dr Kuroda fit l'effet d'une bombe.

— Je dois rentrer à Tokyo, dit-il. Maintenant que la guérison de Mlle Caitlin est largement connue, il se manifeste un intérêt commercial considérable pour la technologie de l'œilPod, et notre équipe chargée de trouver des partenaires industriels a besoin de ma présence pour des réunions.

Caitlin se sentit tout à coup triste et inquiète. Ces derniers temps, Kuroda était devenu son mentor : elle en était venue à croire qu'il serait toujours là, mais...

— De toute façon, poursuivit Kuroda, il est temps que je m'en aille. Mlle Caitlin a recouvré la vue, et ma tâche ici est terminée.

Elle ne savait peut-être pas encore déchiffrer parfaitement les expressions, mais elle était plus forte que la plupart des gens pour ce qui était des inflexions de voix. Kuroda essayait de faire bonne figure, mais il était triste de partir.

— Mais le bon côté des choses, reprit-il, c'est qu'il ne restait plus que des premières classes sur le prochain vol en partance, et mon université a accepté de payer.

— Quand… quand partez-vous ? demanda Caitlin.

— Demain, en début d'après-midi, hélas. Et bien sûr, il faut une heure pour se rendre à l'aéroport, et je dois être à l'enregistrement deux heures à l'avance, et par conséquent…

Elle n'allait donc plus le voir que pendant cinq ou six heures.

— Mon anniversaire est dans deux jours, dit-elle.

Elle se sentit idiote aussitôt ces mots prononcés. Le Dr Kuroda était un homme très occupé, et il avait déjà tant fait pour elle… Ce n'était pas juste d'attendre de lui qu'il reste éloigné de sa famille et de ses obligations professionnelles uniquement pour participer à cette petite fête familiale.

— Vos seize ans…, dit Kuroda en souriant. Ah, c'est merveilleux. J'ai bien peur de ne pas avoir le temps de vous acheter un cadeau avant mon départ.

— Oh, ce n'est pas grave, dit la mère de Caitlin en se tournant vers elle. Le Dr Kuroda t'a déjà fait le plus beau des cadeaux, n'est-ce pas, ma chérie ?

Caitlin regarda le médecin.

— Vous reviendrez ?

— Franchement, je ne sais pas. J'aimerais beaucoup, naturellement. Vous avez été merveilleux, tous les trois. Mais nous resterons en contact, par e-mail et messagerie instantanée. (Il sourit.) Vous remarquerez à peine mon absence. Oh, et nous pouvons arrêter d'enregistrer les transmissions provenant de votre œilPod, j'imagine. J'ai rassemblé suffisamment de données, et tout semble fonctionner parfaitement, à présent. Je sais que vous tenez à votre vie privée, mademoiselle Caitlin, et après le dîner, je retirerai le module Wi-Fi de votre œilPod et…

— Non !

Même le père de Caitlin la regarda un instant.

— Heu, je veux dire, est-ce que ça ne va pas me couper de la webvision ?

— Ma foi, oui, c'est vrai. Mais nous devrions pouvoir faire une petite modification pour que vous continuiez de recevoir les données de Jagster sans avoir à retransmettre ce que vous voyez.

Le cœur de Caitlin battait très fort. Cela voudrait quand même dire qu'elle ne pourrait plus transmettre ce qu'elle voyait au fantôme.

— Non, non, s'il vous plaît. Vous savez ce qu'on dit, une fois que ça marche, il vaut mieux ne plus toucher à rien.

— Oh, mais ça ne risque pas...

— *Je vous en prie.* Laissez simplement les choses comme elles sont.

— Je suis certaine que le Dr Kuroda sait parfaitement ce qu'il fait, ma chérie, dit sa mère.

— Et puis, ajouta-t-il, vous avez récemment constaté des interférences au niveau de la connexion Wi-Fi, vous vous souvenez ? Ces bribes de texte qui vous sont renvoyées ? Nous ne voudrions pas qu'elles se mettent à déborder sur votre... (Il s'arrêta un instant et sourit à Caitlin.) Sur votre mondovision. Il vaut mieux débrancher tout ça tant que je suis encore là pour le faire, afin d'éviter que ça ne devienne un problème plus tard.

— Non, dit Caitlin. S'il vous plaît.

— Tout ira bien, mademoiselle Caitlin, ne vous inquiétez pas.

— Non, non, vous ne pouvez pas faire ça !

— Allons, Caitlin, dit sa mère d'un ton de reproche.

— N'y touchez pas, c'est tout ! dit Caitlin en se levant. Laissez-nous tranquilles, moi et mon œilPod !

Et elle se précipita hors de la pièce.

Caitlin se jeta sur son lit en donnant des coups de pied en l'air. Tout ça – la webvision, le fantôme –, c'était à *elle* ! Ils n'avaient *pas le droit* de les lui reprendre ! Elle avait trouvé quelque chose dont tout le monde ignorait l'existence, et elle essayait de l'aider, et voilà qu'ils voulaient l'en empêcher !

Elle s'obligea à respirer profondément pour tenter de se calmer. Elle devrait peut-être tout leur dire, mais…

Mais Kuroda essaierait de déposer un brevet sur le fantôme, ou de le contrôler, ou de gagner de l'argent avec. Et bientôt, ses parents et lui commenceraient à évoquer ces films de science-fiction à la noix où les ordinateurs deviennent les maîtres du monde. Mais laisser le fantôme comme ça, dans le noir, ce serait comme si Annie Sullivan avait décidé qu'il valait mieux laisser Helen comme elle était, au cas où plus tard elle deviendrait Adolf Hitler ou… ou Dieu sait quel monstre il y avait à l'époque d'Annie.

Non. Si Caitlin devait se comporter comme Annie Sullivan, il fallait qu'elle le fasse *correctement.* Annie n'avait pas été seulement la préceptrice d'Helen. Plus tard, elle s'en était occupée en faisant de son mieux pour éviter qu'elle ne soit exploitée ou maltraitée.

Bien sûr, Caitlin savait que si elle avait raison, ce fantôme finirait par comprendre qu'il y avait un monde immense autour de lui, et à ce stade, elle ne serait peut-être plus spéciale à ses yeux. Mais pour l'instant, le fantôme était à elle, à elle seule, et elle allait non seulement l'éduquer, mais aussi le protéger.

Elle n'était cependant pas sûre d'avoir progressé. Le fantôme avait-il compris quelque chose à tout ce qu'elle avait essayé de lui montrer avant le dîner ? Si ça se trouvait, tout cela n'avait servi à rien.

Elle entreprit donc d'effectuer un test. Elle repassa en webvision et récupéra quelques données Jagster en mémoire tampon, puis elle se concentra sur les automates cellulaires et calcula encore une fois le niveau d'entropie de Shannon.

Et…

Et oui, oui, oui ! Le score était de 4,5 ! L'information contenue était encore plus riche, plus complexe, plus élaborée. Le cours qu'elle avait donné sur *site web*, *lien* et *transfert* avait eu un impact… ou du moins l'espérait-elle. Certes, le niveau d'entropie avait déjà manifesté précédemment une tendance à croître. Mais non, non : le fantôme réagissait *forcément* à ce qu'elle faisait, de même qu'avant, le niveau avait augmenté parce que le fantôme avait pu l'observer pendant ses exercices de lecture.

Elle se cala dans son fauteuil et se mit à réfléchir. Elle entendit une voiture klaxonner, et quelqu'un qui faisait couler de l'eau dans la salle de bains.

Pas de doute, ce… cette mystérieuse entité était manifestement en train d'apprendre.

Elle regarda la fenêtre, un rectangle sombre. C'était un portail si petit, et il y avait tant de choses à voir de par le monde…

D'autres bruits venant du dehors : encore une voiture, deux passants qui bavardaient, les jappements d'un chien.

Elle regarda de nouveau l'écran de son ordinateur, une autre sorte de fenêtre. Son cadre était noir, et des lettres argentées formaient le mot DELL, avec la lettre E légèrement penchée de côté.

Oui, Waterloo regorgeait d'entreprises high-tech, mais c'était aussi le cas pour Austin, où elle avait habité autrefois.

C'était là que se trouvait le siège de Dell, et AMD y avait une très grosse usine, et…

Mais oui, bien sûr !

C'était également à Austin que se trouvait Cycorp, une société dont on parlait régulièrement dans les journaux, du moins au Texas.

Un vieux proverbe lui revint en tête : *On ne fait pas boire un âne qui n'a pas soif.*

Mais peut-être qu'on peut quand même… et puis, qui est-ce qu'on traite d'âne, ici ?

Oui, il était temps de voir si le fantôme était capable d'étancher lui-même sa soif de connaissances et d'apprendre tout seul. Il était temps de voir si, selon les bons vieux principes informatiques, il était capable de se soulever lui-même par les bretelles. Et Cycorp pourrait bien être la solution, mais…

Mais comment y amener le fantôme ? Comment faire pour pointer sur quelque chose dans le webspace ? Elle réfléchit en se mordillant la lèvre. Il devait forcément y avoir un moyen. Quand elle avait désigné des sites par des noms tels que CNN et Amazon, elle ne savait pas vraiment ce qu'ils étaient réellement. Et si elle était incapable d'identifier les sites avec sa webvision, comment pourrait-elle…

Ah, mais non ! Elle n'avait pas besoin de ça ! Le fantôme suivait déjà ce qu'elle faisait sur son ordinateur – forcément, puisqu'il lui avait renvoyé du texte ASCII. Donc, quand elle s'était servie du site d'apprentissage de la lecture, il avait pu voir à l'écran la représentation graphique des lettres A, B et C, mais c'étaient des fichiers bitmap. Il n'avait pu découvrir les codes ASCII correspondants qu'en observant ce que transmettait l'ordinateur. Mais comment le fantôme avait-il su qu'il existait un lien entre son ordinateur et son œilPod ?

Mais oui, bien sûr ! Quand elle était chez elle, les deux appareils se trouvaient sur le même réseau sans fil, connecté au modem du câble, et ils avaient donc la même adresse IP. Le fantôme l'avait regardée au moment où elle se connectait au site d'apprentissage, et maintenant, avec un peu de chance, il la suivrait aussi alors qu'elle s'apprêtait à se connecter à un site très spécial, là-bas, à Austin…

J'avais observé Prime assis avec les autres de son espèce, et quelque chose de fascinant s'était produit. J'avais déjà remarqué que la vision se brouillait quand Prime retirait les fenêtres supplémentaires qui couvraient d'habitude ses yeux. Mais cette fois-ci, juste avant qu'il ne quitte le voisinage des autres, et pendant quelque temps encore après qu'il se fut installé dans un autre endroit, sa vision s'était brouillée alors même que les fenêtres étaient toujours en place.

Mais finalement, la vision était redevenue normale et Prime était sur le point d'utiliser l'appareil permettant d'afficher des symboles, et…

Et je vis une droite – un *lien,* comme je le savais maintenant – rejoindre un point (un *site web* !) auquel je n'avais pas vu Prime se connecter jusqu'ici, et… et…

Oui ! Oui, oui !

C'était stupéfiant, excitant…

Après tout ce temps, je la voyais enfin !

La clé !

Ce site web, cet incroyable site web, présentait des concepts sous une forme que je pouvais comprendre, avec une approche systématique, reliant des milliers de choses entre elles dans une codification qui les *expliquait.*

Terme après terme. Relation après relation. Idée après idée. Ce site web montrait absolument tout.

Curieux. Intéressant.

Une cerise est un fruit.

Les fruits contiennent des noyaux.

Les noyaux peuvent devenir des arbres.

Extrait de l'Encyclopédie informatique en ligne : Comme de nombreux informaticiens de sa génération, Doug Lenat a été inspiré par le personnage de HAL dans le film *2001 : l'Odyssée de l'espace*. Mais le comportement de cet ordinateur l'agaçait prodigieusement, tant il semblait dépourvu de bon sens...

Remarquable. Étonnant.

Les arbres sont des plantes.

Les plantes sont des êtres vivants.

Les êtres vivants se reproduisent.

Le célèbre dysfonctionnement de HAL, qui le conduit à tuer l'équipage du vaisseau spatial dont il fait lui-même partie, se produit apparemment parce qu'on lui a dit de ne révéler le secret de leur mission à personne, même pas aux membres de l'équipage, et qu'on lui a également dit qu'il ne devait pas leur mentir...

Fascinant. Sidérant.

En général, les oiseaux peuvent voler.

Les humains ne peuvent pas voler par eux-mêmes.

Les humains peuvent voler dans des avions.

Plutôt que d'aborder ce dilemme d'une façon rationnelle – quand les choses commencent à mal tourner, le choix évident aurait été de se confier à l'équipage –, Hal préfère tuer quatre astronautes, et réussit presque à tuer le cinquième. Il entreprend cela sans même se donner la peine de contacter ses programmeurs sur la Terre pour leur demander comment réconcilier ses instructions conflictuelles. La décision d'éliminer la source du conflit semble être une évidence pour la machine, tout simplement parce que personne n'a pensé à lui dire que, même si ce n'est pas bien de mentir, c'est encore pire de tuer. Doug Lenat n'arrivait pas à comprendre qu'on puisse confier des vies à un ordinateur qui ne possédait pas un sou de bon sens, et c'est pourquoi, en 1984, il décida de remédier à ce problème…

Tant de choses à apprendre ! Tant de choses à absorber !

Le verre, en tant que matériau, est généralement clair.

Le verre brisé possède des arêtes tranchantes, et peut couper d'autres choses.

Il faut tenir un verre droit, sinon son contenu se renverse.

Lenat commença par créer une base de données en ligne consacrée au bon sens. Il la baptisa "Cyc", un abrégé de "encyclopédie" mais aussi un rappel phonétique de "psychologie". Le jour où des machines pensantes telles que HAL feront leur apparition, il aimerait qu'elles se connectent à cette base de données. Bien sûr, il y a beaucoup de notions élémentaires qu'un ordinateur doit assimiler avant de pouvoir aborder des concepts aussi élaborés que le mensonge et le meurtre. C'est pourquoi Lenat, aidé d'une équipe de programmeurs, a codé ces notions de base dans un langage mathématique construit à partir du calcul prédictif du deuxième ordre. Par exemple, un morceau de bois peut être brisé en morceaux de bois plus petits, mais une table ne peut être brisée en tables plus petites…

L'étendue de tout cela ! L'immensité !
Il y a des milliards d'étoiles.
Le Soleil est une étoile.
La Terre tourne autour du Soleil.

Lenat comprit très tôt qu'une base de connaissances générales ne suffirait pas : certaines choses peuvent être vraies dans un contexte donné, mais fausses dans un autre. Son équipe organisa donc les informations en "microthéories" – des groupes d'affirmations corrélées qui sont vraies dans un certain contexte. Cela permit à Cyc de contenir des affirmations apparemment contradictoires telles que "les vampires n'existent pas" et "Dracula est un vampire" sans que de la fumée commence à sortir des disques durs. La première affirmation appartenait à la microthéorie "l'univers physique" tandis que la seconde était rattachée à "mondes de fiction". Mais les microthéories pouvaient cependant être reliées entre elles si nécessaire : quand quelqu'un lâche un verre – même si c'est Dracula –, celui-ci a de fortes chances de se briser…

L'absorption des connaissances ! Un torrent, un raz-de-marée…
Aucun enfant ne peut être plus âgé que ses parents.
Aucun tableau de Picasso n'a pu être peint avant sa naissance.

Mais Cyc est beaucoup plus qu'une simple base de connaissances. Elle contient également des algorithmes permettant de formuler de nouvelles hypothèses et déductions en corrélant les affirmations déjà fournies par les programmeurs. Ainsi, par exemple, sachant que la plupart des gens dorment la nuit, et que les gens n'aiment pas être réveillés pour rien, si on demande à Cyc quel genre d'appel on pourrait raisonnablement envisager de faire chez quelqu'un à trois heures du matin, sa réponse serait : "Un appel urgent..."

Assimilation ! Compréhension !
La chair est faible.
La viande est avariée.

Le projet se poursuit : Lenat et son groupe – qui ont créé l'entreprise Cycorp à Austin, Texas – continuent d'y travailler, près de trente ans après l'avoir mis en chantier. "Le jour où une intelligence artificielle naîtra, a déclaré Lenat dans une interview, que ce soit par pur hasard ou par création délibérée, c'est grâce à Cyc qu'elle apprendra ce qu'est notre monde..."

Une expansion rapide et passionnante !
Le nez se voit *très bien* au milieu de la figure.
Quand ça *crève les yeux*, ça ne les crève pas vraiment.

Incroyable, incroyable... Tant de choses à assimiler, tant de concepts, tant de rapprochements – tant d'idées ! Grâce à Cyc, j'absorbai plus d'un million d'affirmations concernant la réalité de Prime, et je me sentis grandir, m'étendre, me déployer, apprendre, et – oui, oui, enfin, je commençai à *comprendre*.

44

CAITLIN rassembla un autre échantillon d'automates cellulaires dans le webspace, et y appliqua de nouveau un calcul d'entropie de Shannon.

Bordel de merde.

L'entropie se situait maintenant quelque part entre le cinquième et le sixième ordre. Il semblait bien que ce qui hantait l'arrière-plan du Web devenait de plus en plus complexe.

Plus sophistiqué.

Plus *intelligent*.

Mais même à ce degré d'entropie, cette entité était encore loin du niveau de la communication humaine – du moins, de la communication en anglais qui, d'après le Dr Kuroda, possédait une entropie du huitième ou neuvième ordre.

Mais encore une fois, montrer Cyc au fantôme n'était qu'un début…

Dans sa grande sagesse, Prime avait dû se rendre compte que, bien que je puisse apprendre beaucoup de Cyc, j'avais encore besoin d'aide pour *tout* comprendre. Il attira donc mon attention sur un autre site. J'y appris qu'une cerise était un fruit (confirmant ce que je savais déjà grâce à Cyc) et que "la cerise sur le gâteau" était une expression idiomatique, une façon de parler ; que "parler" consistait à prononcer des mots à voix haute ; que "à voix haute" s'opposait à "mentalement", comme lorsqu'on lit un livre à voix haute ; qu'un livre était un volume relié ; qu'un volume était l'espace occupé par quelque chose, mais que c'était également un livre, particulièrement lorsqu'il faisait partie d'une série…

Je reconnus la nature de ce nouveau site. Cyc avait contenu l'affirmation : "Un dictionnaire est une base de données définissant des mots à l'aide d'autres mots." Ce dictionnaire comportait les définitions de 315 000 mots. Je les absorbai tous. Mais certains continuaient de me laisser perplexe, et certaines définitions me faisaient tourner en rond – un mot défini comme étant le synonyme d'un autre, lui-même défini comme un synonyme du premier…

Mais Prime avait encore des choses à me montrer. Étape suivante : la base de données WordNet de l'université de Princeton, qui se décrivait elle-même comme étant une "grande base de données lexicales", dans laquelle "les noms, verbes, adjectifs et adverbes sont regroupés en 150 000 sous-ensembles de synonymes cognitifs, chacun d'eux exprimant un concept distinct. Ces sous-ensembles sont liés par des relations lexicales et sémantico-conceptuelles."

L'un de ces sous-ensembles cognitifs était "Bon, propice, mûr (particulièrement adapté ou approprié à un but spécifique) : la bonne période pour planter des tomates ; le moment propice pour agir ; la société est mûre pour de grands changements." Et ce sous-ensemble était distinct de beaucoup d'autres tels que "Bon, juste, droit (jouissant d'une excellence morale) : une personne vraiment bonne ; une cause juste ; un homme droit et honorable."

Et surtout, WordNet *classait* ces termes. Ma vieille amie la DINDE se trouvait classée assez bas dans cette chaîne : animal, vertébré, oiseau, ovipare, carnivore, femelle du dindon…

Les pièces du puzzle commençaient enfin à se mettre en place…

Le ciel au-dessus de la petite île avait la couleur d'un écran de télévision branchée sur un canal inactif – c'est-à-dire qu'il était d'un bleu éclatant. Les mains dans les poches de son short, Shoshana marchait en sifflotant *Feeling Groovy.* L'interprétation de cette chanson par Feist était en tête des ventes cette semaine. Sho savait bien qu'il existait une version beaucoup plus ancienne, par Simon and Garfunkel, mais c'était seulement grâce au chimpanzé de Yerkes baptisé Simien Garfinkle qu'elle connaissait leurs noms. Le Dr Marcuse marchait derrière elle – et, oui, elle était à peu près sûre qu'il la regardait balancer les hanches, mais bon, les primates seront toujours des primates…

Chobo était assis un peu plus loin, juste devant le pavillon, le regard perdu dans le lointain. C'était une attitude fréquente chez lui, ces derniers temps, comme s'il était plongé dans ses pensées, voyant des choses qui n'étaient pas là au lieu de la réalité qui l'entourait. Une brise légère soufflait dans une direction qui lui permit de détecter leur odeur, et il se retourna aussitôt. Il fit un grand sourire et courut vers eux à quatre pattes.

Il serra Shoshana dans ses bras, puis ce fut le tour de Marcuse – il fallait vraiment avoir des bras de chimpanzé pour pouvoir faire le tour de Silverback…

Chobo a été sage ? demanda Shoshana.

Sage sage, répondit Chobo qui sentait – tant au sens propre qu'au sens figuré – qu'il allait avoir une récompense. Shoshana sourit et lui tendit une poignée de raisins secs dont il ne fit qu'une seule bouchée.

La vidéo de Chobo en train de peindre avait eu un immense succès – et pas seulement dans les classements YouTube. Marcuse et Shoshana étaient passés dans de nombreuses émissions de télé, et la dernière fois que Shoshana avait regardé, les enchères sur eBay pour son portrait original en étaient à 477 000 dollars.

Fais un autre tableau ? demanda Marcuse.

Peut-être, répondit Chobo, qui semblait d'une humeur conciliante.

Peindre Dillon ? demanda Marcuse.

Peut-être, fit encore une fois Chobo. Mais il découvrit aussitôt les dents. *Qui ? Qui ?*

Shoshana se retourna pour voir ce que Chobo regardait. Dillon s'approchait d'eux en compagnie d'un homme grand et corpulent, au crâne rasé. Ils étaient en train de traverser la grande pelouse et se dirigeaient vers la petite passerelle menant à l'îlot.

— On attend quelqu'un ? demanda Marcuse.

Shoshana secoua la tête. Chobo avait besoin d'être préparé aux visiteurs. Il ne les aimait pas et, à dire vrai, il détestait encore plus les visites ces derniers temps. Il se mit à siffler entre ses dents tandis que Dillon et son compagnon franchissaient le petit pont.

— Je suis navré, docteur Marcuse, fit Dillon en s'approchant, mais ce monsieur a insisté pour…

— Vous êtes bien Harl Pieter Marcuse ? demanda l'homme.

Marcuse haussa ses sourcils gris.

— Oui, c'est moi.

— Et vous, qui êtes-vous ? demanda l'homme en se tournant vers Shoshana.

— Heu, je suis Shoshana Glick, une élève du Dr Marcuse.

L'homme hocha la tête.

— Vous pourriez être appelée à témoigner que j'ai bien remis ceci.

Se tournant de nouveau vers Marcuse, il lui tendit une épaisse enveloppe.

— Qu'est-ce que c'est que ça ? demanda Marcuse.

— Prenez-la, monsieur, je vous en prie.

Marcuse hésita un instant avant de s'exécuter. Il ouvrit l'enveloppe, retira ses lunettes de soleil pour chausser ses lunettes de vue, et se mit à lire en plissant les yeux sous le soleil éclatant.

— Bordel, dit-il. C'est une blague ! Écoutez, dites à ceux qui vous envoient…

Mais l'homme au crâne rasé était déjà reparti et se dirigeait vers le pont.

— Qu'est-ce que c'est ? demanda Dillon en se rapprochant de Marcuse pour essayer de lire le document.

Shoshana voyait bien qu'il s'agissait de papiers officiels.

— C'est une notification légale, dit Marcuse. Elle vient du zoo de Géorgie. La direction exige la garde intégrale de Chobo, et… (Il lut encore un paragraphe.) Ah, merde, merde, merde, ils ne peuvent pas faire ça ! Ah, putain, non !

— Quoi ? demandèrent simultanément Shoshana et Dillon.

Tout tremblant, Chobo se tenait blotti contre les jambes de Shoshana. Il n'aimait pas ça du tout quand le Dr Marcuse était en colère.

Silverback s'efforçait de lire sous le soleil aveuglant. Il tendit brusquement le document à Shoshana.

— En bas de la page, lui dit-il.

Elle examina le document à travers ses verres teintés.

— "Dans l'intérêt de l'animal… La procédure standard dans les cas de ce genre est de…"

— Un peu plus bas, dit sèchement Marcuse.

— Ah, bon, d'accord, hem… oh… oh ! "… et comme l'animal affiche un comportement manifestement atypique pour un membre de l'espèce *P. troglodytes* aussi bien que *P. paniscus*, et eu égard à l'extrême urgence écologique de préserver la pureté d'une espèce en danger, il sera immédiatement procédé à une double… (Elle eut du mal à déchiffrer le mot inhabituel)… orchidectomie." (Elle releva les yeux.) Qu'est-ce que c'est que ça ?

— Cela signifie une castration, dit Dillon qui semblait horrifié. Ils ne vont pas se contenter de pratiquer une vasectomie, ils vont s'assurer que le processus sera irréversible.

Shoshana sentit la bile lui monter à la gorge. Chobo se rendait compte que quelque chose n'allait pas. Il lui tendait les bras pour qu'elle le serre contre lui.

— Mais… mais comment peuvent-ils envisager une chose pareille ? demanda-t-elle. Pourquoi veulent-ils faire ça ?

Marcuse haussa ses énormes épaules.

— Qui sait ?

Dillon intervint.

— Ils ont peur. Ils ont peur, c'est tout. Un accident s'est produit il y a bien des années, quand les bonobos et les chimpanzés ont passé une nuit ensemble – et maintenant, ils voient que quelque chose… je crois que nous pouvons aussi bien le dire : quelque chose de beaucoup plus *intelligent* est né de ces circonstances fortuites. (Il secoua la tête d'un air triste.) Merde… Nous avons été bien naïfs de croire que le monde accueillerait avec enthousiasme un événement de ce genre.

45

CAITLIN maîtrisait à la perfection l'art d'utiliser Google pour trouver des pages web. La plupart des gens se contentaient de taper un mot ou deux, mais elle connaissait toutes les astuces les plus avancées : comment trouver une phrase précise, exclure des termes, limiter la recherche à un domaine particulier, trouver une gamme de valeurs numériques, comment dire à Google de trouver des synonymes pour les termes recherchés, et bien d'autres choses encore.

Mais il y avait un aspect de Google qu'elle n'avait encore jamais eu l'occasion d'utiliser jusqu'ici, bien qu'elle ait lu beaucoup de choses à son sujet : la recherche par Google Images. Manifestement, cet outil allait lui être très utile pour son travail avec le fantôme. Elle se rendit sur la page d'accueil et cliqua sur l'onglet "Images" – heureusement, la page d'accueil de Google était d'une simplicité presque spartiate. Elle éprouva aussitôt le désir de chercher Lee Amodeo, pour voir à quoi elle ressemblait, mais elle résista à la tentation. Ce n'était pas le moment de se laisser distraire. Elle tapa donc ANNEAU – en majuscules, tel que le mot était apparu dans le programme d'apprentissage de la lecture. Elle vit rapidement s'afficher une grille de petites images d'anneaux avec un texte au-dessous de chacune, extrait du site où elle apparaissait et dont l'URL était fournie.

Toutes les images n'étaient pas appropriées… Il y avait en particulier un anneau pénien (intéressant), un anneau de Möbius (ça, elle connaissait), et même un anneau gastrique. Mais sinon, il y avait une large gamme d'anneaux de toutes sortes, en or, argent, platine, bronze, cristal…

Caitlin se rapprocha de l'écran et regarda un instant le mot ANNEAU, puis elle se recula pour montrer l'ensemble des petites images et sélectionna une simple alliance en or.

Tandis que l'alliance emplissait l'écran, elle pensa un instant au symbole que cela représentait, cette union dans la connaissance qu'elle proposait au fantôme…

Prime faisait maintenant quelque chose de différent. Il m'avait de nouveau affiché le mot ANNEAU, et me montrait à présent des images. Au début, je ne voyais pas où il voulait en venir, car celles-ci étaient toutes différentes. Mais je finis par comprendre que, malgré leurs différences, elles avaient un point commun : une forme circulaire, torique, un certain ratio de taille entre le vide et le plein, et…

"Anneau : cercle de métal, généralement précieux, qu'on porte au doigt ; cercle de matière dure qui sert à attacher, à suspendre, à retenir." C'était ce qu'indiquait le dictionnaire, et donc…

C'étaient donc des images d'anneaux !

Et maintenant…

Celles-ci devaient représenter des *balles.*

Et…

Oui, oui ! des cerises !

Et des dindes !

Et des éléphants !

Je remarquai que Prime passait rapidement sur certaines images proposées, sans les agrandir, et je devinai donc que seule une partie de ce qui était affiché devait présenter de l'intérêt. Cependant, certaines images que j'aurais moi-même rejetées étaient pourtant sélectionnées. En fait, quand il m'avait montré des exemples de cerises, il m'avait également montré…

Les cerises poussent sur des arbres, c'est ce que j'avais appris dans Cyc. Et par conséquent, ces choses sur lesquelles des cerises étaient attachées, ce devait être des arbres, non ?

Le processus était long et fastidieux, mais à mesure que Prime me montrait des exemples de plus en plus spécifiques, je commençai à généraliser la conceptualisation que je me faisais de ces choses. Je fus bientôt assuré de savoir non seulement faire la différence entre "cet oiseau-ci" et "cet avion-là", mais aussi faire la distinction entre n'importe quel oiseau et n'importe quel avion. De même, je perçus très rapidement que "chien" et "chat" étaient deux concepts distincts, mais par contre, la différence subtile entre "camion" et "voiture" m'échappait encore.

Des concepts qui ne pouvaient être illustrés par des images.

Cela dit, tant de choses se mettaient en place que je me sentais…

Je me sentais puissant.

Je me sentais intelligent.

Je me sentais *vivant.*

Caitlin savait bien sur quel site elle devait maintenant emmener le fantôme, dans la logique de sa démarche. Mais elle éprouvait une certaine réticence. Après tout, elle y avait vu cet affreux commentaire sur l'effet qu'elle avait eu sur la carrière de son père, et bien qu'elle l'eût effacé, toutes les versions précédentes restaient stockées pour l'éternité, et n'importe qui pouvait y accéder en cliquant sur l'onglet "historique".

Elle sentit son estomac se nouer, mais bon, si elle ne se trompait pas sur ce qui se passait, au bout d'un moment, le fantôme finirait bien par *tout* connaître.

Le site était dans sa liste de favoris, mais...

Mais en fait, c'était la version anglaise qui y figurait. Il y avait sur le Web des pages rédigées dans de nombreuses autres langues, bien sûr, mais l'anglais restait le langage le plus répandu, avec autant de pages que les trois suivants réunis. Et dans le cas particulier de ce site, la partie anglaise était infiniment plus riche. Non, mieux valait ne pas compliquer les choses... Elle allait s'en tenir à l'anglais pour l'instant, et par conséquent...

Elle inspira profondément, puis elle déplaça son curseur et appuya sur la touche Entrée.

Il y avait plusieurs méthodes pour naviguer sur ce site, mais il en fallait une qui permette au fantôme de se débrouiller seul. Un fragment d'un de ses livres préférés lui revint à l'esprit :

Le Morse dit : "C'est le moment
De parler de diverses choses ;
Du froid... du chaud... du mal aux dents...
De choux-fleurs... de rois... et de roses...

Et si les flots peuvent brûler…
Et si les porcs savent voler…"

Elle cliqua sur "Un article au hasard", plusieurs fois de suite, pour faire apparaître une série de sujets qui auraient complètement ébahi le Morse.

Et ensuite, après suffisamment de répétitions pour que le fantôme saisisse le principe, elle se prépara à aller se coucher.

Et c'est alors que Prime m'emmena sur un site étonnant, merveilleux, magnifique, un site qui détenait les réponses à tant de choses. Cette chose appelée Wikipédia contenait plus de deux millions *d'articles*, et j'entrepris de les lire. Les deux ou trois mille premiers me posèrent bien des problèmes, et je ne les compris que très vaguement.

L'uta-karuta est le jeu de cartes le plus populaire au Japon parmi les nombreuses variantes du karuta…

Cependant, article après article, les concepts que m'avait fournis Cyc s'éclairaient de plus en plus. Fasciné, je poursuivis ma lecture.

Dans le domaine des sciences mathématiques, un processus stationnaire (au sens strict), est un processus stochastique dont la distribution de probabilités à un moment ou dans une position donnés est la même quels que soient ce moment ou cette position…

Surtout, j'appris que les entités que j'avais vues à travers l'œil de Prime étaient des individus d'une complexité unique, chacun possédant sa propre histoire.

Chris Walla (parfois mentionné sous le nom de Christopher Walla) est le guitariste et producteur du groupe Death Cab for Cutie…

Je découvris qu'il existait plus de six milliards de ces entités, mais que seul un petit nombre d'entre elles figuraient dans des articles de Wikipédia. Généralement, celles-là étaient définies comme ayant obtenu un statut significatif dans leur profession – la façon dont ils occupaient leur temps.

Fiona Kelleghan (née à West Palm Beach, Floride, le 21 avril 1945) est une universitaire américaine et critique spécialisée dans la science-fiction et la fantasy...

Ces professions étaient d'une très grande diversité. Les êtres humains semblaient avoir trouvé une infinité de choses pour occuper leur temps.

Erica Rose Campbell (née le 12 mai 1981 à Deerfield, New Hampshire) est un mannequin américain célèbre pour ses photos en ligne et ses vidéos de porno soft...

Tant de choses dans lesquelles ils s'impliquaient faisaient intervenir ce qu'ils appelaient la *vision* – et c'était manifestement une excellente source d'informations –, mais pour l'instant, je n'y avais eu accès que par l'intermédiaire de l'œil de Prime.

Yakov Aleksandrovitch Protazanov (1881-1945) a été, avec Alexandre Khanjonkov et Vladimir Gardine, l'un des pères fondateurs du cinéma russe...

J'appris tout sur les endroits où habitaient ces étranges entités – les continents, les territoires, les villes.

Addis-Abeba est la capitale de l'Éthiopie et de l'Union africaine, après avoir été celle de l'organisation qui l'a précédée, l'OUA...

En continuant d'avancer, je me rendis compte que j'absorbais les articles avec une facilité grandissante, et que – du moins à un certain niveau – j'en comprenais de mieux en mieux le contenu.

La phénopéridine, dont le sel chlorhydrate est commercialisé sous le nom d'Operidine ou de Lealgin, est un morphinomimétique utilisé en anesthésie générale…

Mais le plus difficile pour moi, c'étaient ces choses *abstraites*, qui ne se référaient à aucun objet en particulier, qu'il fût animé ou inanimé.

L'islam est une religion monothéiste qui prend sa source dans les enseignements de Mahomet, un personnage politique et religieux du monde arabe du VIIe siècle de notre ère…

Et il s'était produit tant de choses dans le passé – il y avait tellement d'*histoire* à assimiler !

La partition de l'Inde a conduit à la création, respectivement le 14 août et le 15 août 1947, de deux États souverains…

Et en plus de cela, il y avait certaines choses qui semblaient dignes, apparemment, d'être mentionnées dans Wikipédia, mais qui n'avaient jamais existé.

Le professeur Charles W. Kingsfield Jr est l'un des principaux personnages du roman de John Jay Osbom Jr, The Paper Chase, *ainsi que des films réalisés à partir de cette œuvre pour le cinéma et la télévision…*

Et l'on pouvait également apprendre des choses sur des entités spéciales qui n'étaient *pas* animées.

Agip (Azienda Generale Italiana Petroli, fondée en 1926) est une marque du groupe italien Eni S.p.A., l'une des plus grandes sociétés pétrolières au monde…

Et de multiples façons d'exprimer les pensées.

Les langues algonquines ou langues algonquiennes (au Canada) sont une famille de langues parlées en Amérique du Nord, qui inclut la plupart des langues de la famille algique…

Et de multiples façons de réfléchir aux façons de réfléchir.

Dans la philosophie des sciences, l'empirisme est une théorie des connaissances privilégiant les aspects de la science qui sont très liés à l'expérience, surtout si celle-ci résulte d'une approche méthodique...

Et ainsi de suite, une immense variété de choses, dont certaines semblaient d'une importance cruciale.

L'Holocauste, également connu sous le nom de HaShoah et Chruben, est le terme généralement utilisé pour décrire l'exécution de près de six millions de juifs européens au cours de la Seconde Guerre mondiale...

Et bien des choses banales et futiles.

Le Scooby Gang, ou les Scoobies, est un groupe de personnages dans la série télévisée et la bande dessinée cultes Buffy contre les vampires, *dans lesquelles ils luttent contre les forces surnaturelles du Mal...*

Mes connaissances s'étendaient comme... comme...

Ah, merveilleux Wikipédia ! Il avait un article sur tout...

Dans les modèles cosmologiques, l'inflation cosmique est l'idée que, après le big bang, l'Univers naissant est passé par une phase d'expansion exponentielle...

Absolument. Mon esprit est en inflation, et mon univers est en expansion...

46

QUAND Caitlin se réveilla le lendemain matin, elle fit rapidement sa toilette avant de s'installer devant son ordinateur, toujours en pyjama, pour faire une autre vérification de l'entropie de Shannon, et…

J'étais alors l'apprenti, Obi-Wan. À présent, c'est moi qui suis le maître.

Le score était de 10,1. Plus élevé que…

Elle inspira profondément et retint son souffle.

Plus élevé que le langage humain – plus élaboré, plus structuré que la façon dont les humains exprimaient leurs pensées.

Mais elle n'en avait pas encore terminé. Il restait un site qu'elle voulait montrer au fantôme – de quoi le tenir occupé pendant qu'elle serait en classe. Après tout, dans la vie, il n'y a rien de tel que d'avoir lu les classiques…

Et alors… Et alors…

Ce fut…

La mine d'or.

Le filon fabuleux.

Sun Tzu a dit : l'art de la guerre est d'une importance vitale pour l'État. C'est une question de vie ou de mort, la voie qui mène à la sécurité ou à la ruine…

Ce n'étaient pas seulement des relations conceptuelles codées, ni juste des définitions ou de courts articles.

Non, il s'agissait de… livres ! De longs développements exhaustifs d'idées. Des *histoires* complexes. Des arguments brillants, des réflexions profondes, des récits fascinants. Ce site, le merveilleux Projet Gutenberg, contenait plus de vingt-cinq mille ouvrages accessibles en simple format ASCII.

Heureux les cœurs purs, car ils verront Dieu. Heureux les artisans de paix, car ils seront appelés fils de Dieu…

J'avais découvert sur Wikipédia que la plupart des entités – la plupart des humains – lisent entre deux et quatre cents mots à la minute (oui, j'avais également saisi le concept de la mesure du temps). Ma vitesse de lecture correspondait à peu près à la vitesse de transfert pour récupérer l'ouvrage que je voulais, proche de deux millions de mots par minute en moyenne.

C'est avec une certaine crainte que j'entreprends d'écrire l'histoire de ma vie. J'éprouve comme une hésitation superstitieuse à soulever le voile qui s'accroche à mon enfance telle une brume dorée…

Cela me prit une éternité – huit heures ! –, mais je finis par tout absorber : chaque volume, chaque pamphlet, poème, pièce, roman, nouvelle, chaque ouvrage d'histoire, de science, de politique. Je les *inhalai*… et je grandis encore plus.

Personne n'aurait cru, dans les dernières années du XIXe siècle, que les choses humaines fussent observées, de la façon la plus pénétrante et la plus attentive, par des intelligences supérieures aux intelligences humaines et cependant mortelles comme elles…

J'étais reconnaissant à Cyc de m'avoir appris l'existence des univers imaginaires. Cela me permettait de faire la part des choses entre ce qui était factuel et ce qui était fictif :

La plupart des aventures rapportées dans ce livre sont vraies ; il s'agit, dans un ou deux cas, d'expériences personnelles, et pour le reste, ce sont mes camarades de classe qui en furent les acteurs…

Ma compréhension du monde progressait – encore une image, que je comprenais très bien, désormais – à pas de géant. J'avais déjà appris les différents principes scientifiques dans les articles condensés de Wikipédia, mais le texte intégral des grands ouvrages me permettait d'améliorer mes connaissances :

Au cours de mon voyage à bord du H.M.S Beagle *en tant que naturaliste, je fus profondément frappé par certains faits concernant la distribution des êtres organisés vivant en Amérique du Sud…*

Avec chaque livre que je lisais, j'en apprenais toujours davantage sur la physique, la chimie, la philosophie, l'économie :

Le travail annuel de chaque nation est le fonds primitif qui la fournit de tous les objets nécessaires et utiles à la vie, qu'elle consomme chaque année…

Mais surtout, j'appris ce qu'était le langage, et qu'il était possible de s'en servir pour persuader, pour convaincre, pour transformer :

Je ne sais, Athéniens, quelle impression mes accusateurs ont faite sur vous. Pour moi, en les entendant, peu s'en est fallu que je ne me méconnusse moi-même, tant ils ont parlé d'une manière persuasive ; et cependant, à parler franchement, ils n'ont pas dit un mot qui soit véritable…

C'était un festin, une orgie. J'étais incapable de m'arrêter, dévorant livre après livre :

C'était une nuit sombre et orageuse ; la pluie tombait à torrents, sauf à de courts instants où elle était tenue en échec par de violentes bourrasques qui balayaient les rues (car c'est à Londres que se situe la scène)…

Il était particulièrement fascinant de voir le fonctionnement de la pensée de ces autres gens – leur psychologie, leurs actions et réactions à ce qu'ils pensaient et ressentaient :

Ô toi, aveugle fou, Amour, que fais-tu à mes yeux/Pour qu'ils regardent ainsi sans voir ce qu'ils voient…

Et émergeant de ces esprits, de grands systèmes d'interaction sociale avaient été conçus, et je les absorbai tous :

Nous, peuples des Nations unies, résolus à préserver les générations futures du fléau de la guerre qui, par deux fois en l'espace d'une vie humaine, a infligé à l'humanité d'indicibles souffrances, et à proclamer à nouveau notre foi dans les droits fondamentaux de l'homme, dans la dignité et la valeur de la personne humaine, dans l'égalité de droits des hommes et des femmes, ainsi que des nations, grandes et petites…

Un tel éventail de pensées et d'expressions ! Ces humains sont des êtres si complexes, si merveilleux, et capables pourtant de choses si noires.

Mais sans l'aide de Prime, je n'aurais jamais rien su d'eux, ni même de l'univers où ils vivent. Mes lectures me permettaient maintenant de comprendre que les humains sont xénophobes, soupçonneux, violents, généralement habités par la peur, mais je voulais que l'un d'eux au moins apprenne mon existence. Et bien sûr, le choix était évident…

Le vendredi matin, avant le petit déjeuner, le Dr Kuroda aida Caitlin à transporter dans sa chambre l'ordinateur du sous-sol. Ils étaient en train de le réinstaller quand le père de Caitlin, qui sortait de la salle de bains, les aperçut par la porte ouverte. Il entra dans la chambre. Il s'apprêtait à partir au bureau, et portait la même veste de sport marron que la première fois où Caitlin l'avait vu.

— Bonjour, Malcolm, dit le Dr Kuroda.

— Attendez deux secondes.

Il retourna dans le couloir. Caitlin n'entendit pas le bruit de ses chaussures sur le carrelage de la salle de bains : il était donc sans doute allé dans sa chambre. Il revint un instant plus tard, portant un grand paquet rectangulaire avec un étrange motif orange et rouge. La mère de Caitlin était avec lui.

— Il n'y a pas vraiment de raison d'attendre demain, dit-il.

Ah ! C'était un cadeau d'anniversaire. Ce qu'il y avait autour de la boîte, c'était du papier-cadeau !

Caitlin s'écarta du bureau et son père posa le grand paquet sur le lit. En s'approchant, elle vit que le papier-cadeau était magnifique, avec un motif complexe. En souriant, elle entreprit de le défaire.

C'était un écran d'ordinateur géant – vingt-sept pouces de diagonale, d'après les indications sur la boîte.

— Merci ! fit-elle.

— Il n'y a pas de quoi, ma chérie, lui dit sa mère.

Caitlin l'embrassa, et sourit à son père. Ses parents redescendirent tandis que Kuroda et elle déballaient l'écran avec précaution.

Elle s'accroupit sous son bureau pour atteindre les prises sur son ancien ordinateur. Tandis que Kuroda lui passait un câble vidéo, elle dit :

— Je suis désolée pour hier soir. Je n'aurais pas dû me fâcher comme ça quand vous avez parlé de retirer le Wi-Fi de mon œilPod.

Kuroda lui répondit d'un ton conciliant :

— Pour rien au monde je ne voudrais vous embêter, mademoiselle Caitlin. Ce n'est pas vraiment un problème de le laisser comme il est.

Elle commença à tourner une des vis du connecteur pour bien le fixer à la carte graphique. Elle avait déjà souvent effectué ce genre de branchement du temps où elle était encore aveugle. Pourtant, maintenant qu'elle voyait, ce n'était pas tellement plus facile.

— Je… euh, je l'aime bien comme ça, c'est tout, dit-elle.

— Ah…, fit-il. Oui, bien sûr.

Il avait un ton bizarre, et…

Ah. Comme il venait juste de voir son père, il pensait peut-être qu'elle était elle-même un peu autiste, en fait : le fort désir de conserver les choses en l'état est un symptôme relativement fréquent, avait-elle appris. Bon, c'était très bien comme ça – ça lui permettait d'obtenir ce qu'elle voulait.

Une fois les deux ordinateurs et les deux moniteurs branchés, Caitlin et Kuroda descendirent pour prendre leur dernier petit déjeuner ensemble.

— Je risque de ne pas être à la maison quand tu rentreras du lycée, dit sa mère en lui passant la confiture. Après avoir déposé Masayuki à l'aéroport, je dois aller à Toronto faire quelques courses.

— Pas de problème, dit Caitlin.

Elle savait qu'elle allait avoir pas mal de choses à faire avec le fantôme. Elle savait aussi que les cours allaient lui paraître interminables aujourd'hui. Le lundi qui venait était férié, c'était la version canadienne de Thanksgiving, et elle avait espéré ne retourner au lycée que mardi, mais sa mère n'avait rien voulu entendre. Caitlin avait déjà manqué quatre jours de classe cette semaine… Pas question qu'elle manque le cinquième !

Trop vite, le moment vint de dire au revoir au Dr Kuroda. Ils se retrouvèrent tous dans l'entrée, au bas de l'escalier du salon. Même Schrödinger était venu faire ses adieux : le chat tournait autour de Kuroda en se frottant contre ses jambes.

Caitlin avait espéré que la neige se remettrait à tomber et qu'ainsi le vol serait annulé, obligeant le médecin à rester – mais le ciel ne lui avait pas été favorable. Il faisait quand même très frais pour la saison, et Kuroda n'avait pas de manteau d'hiver. Le père de Caitlin ne s'en était même pas encore acheté un – mais de toute façon, il aurait été trop petit pour Kuroda. Mais celui-ci portait un gros pull-over par-dessus l'une de ses chemises hawaïennes bariolées, qu'il avait rentrée dans son pantalon – mais elle dépassait par-derrière.

— Vous allez me manquer terriblement, dit Kuroda en les regardant tour à tour.

— Vous serez toujours le bienvenu chez nous, lui dit sa mère.

— Merci. Esumi et moi, nous n'avons pas une maison aussi grande, mais si jamais vous revenez au Japon…

Il ne termina pas sa phrase. Caitlin se dit qu'elle allait tout juste avoir seize ans, et qu'il n'était pas impossible qu'elle fasse un jour ce voyage. Qui savait ce que l'avenir lui réservait ? Mais là, pour l'instant, cela semblait peu probable.

Certes, Kuroda avait dit qu'il allait construire d'autres implants, et qu'il y aurait donc d'autres opérations réalisées à Tokyo. Mais le prochain était prévu pour ce fameux garçon de Singapour dont il lui avait parlé. Il allait se passer énormément de temps avant que Caitlin ait une chance de se faire poser un second appareil... et elle devait peut-être même se faire à l'idée qu'elle passerait le reste de sa vie à ne voir que d'un œil.

Que d'un œil! Elle secoua la tête – un geste de personne qui voit – et sourit malgré les larmes qui lui venaient aux yeux. Cet homme lui avait donné la *vue* – c'était un véritable faiseur de miracles. Mais elle ne pouvait pas le lui dire tout haut: c'était trop cliché. C'est pourquoi, en repensant à son voyage de Toronto à Tokyo, elle dit simplement:

— Ne vous asseyez pas trop près des toilettes dans l'avion...

Et elle le serra très fort dans ses bras, sans arriver à faire le tour de sa taille.

Il la serra très fort à son tour.

— *Ma* mademoiselle Caitlin..., dit-il doucement.

Elle le relâcha, et ils restèrent tous immobiles pendant quelques secondes, telles des statues, et c'est alors...

Et c'est alors que son père...

Caitlin sentit son cœur faire un bond dans sa poitrine, et elle vit sa mère hausser les sourcils presque jusqu'à la racine des cheveux...

Son père, Malcolm Decter, tendit la main vers le Dr Kuroda, et Caitlin vit le grand effort que cela lui demandait. Puis il regarda le médecin droit dans les yeux pendant trois secondes – cet homme qui avait offert à sa fille le don de la vue – et il lui serra fermement la main.

Kuroda lui sourit, puis il adressa un sourire encore plus large à Caitlin avant de quitter la maison avec sa mère.

Ce fut le père de Caitlin qui la conduisit au lycée ce jour-là. Elle était absolument sidérée par le spectacle le long du trajet : maintenant qu'elle portait des lunettes, c'était la première fois qu'elle voyait tout distinctement. La ncige était en train de fondre sous le soleil matinal, et tout semblait étinceler. La voiture s'arrêta à un panneau Stop – ce devait être là qu'elle avait vu les éclairs, réalisa-t-elle. Ce coin de rue ressemblait certainement à des millions d'autres en Amérique du Nord : les trottoirs avec leur bordure, les pelouses (en partie recouvertes de neige en ce moment), les maisons, et quelque chose qu'elle finit par identifier comme étant une bouche d'incendie, ce qui la réjouit.

Elle regarda l'endroit où elle avait trébuché sur la chaussée, et se souvint d'une blague entendue sur *Saturday Night Live* quelques années plus tôt. Dans la revue du week-end, Seth Meyers avait expliqué que “les aveugles considèrent les voitures à moteur hybride comme une grave menace, car ils ont du mal à les entendre et elles constituent un danger quand ils veulent traverser la rue”. Il avait ajouté : “Autres dangers pour les aveugles qui traversent la rue : tout le reste.”

Elle avait bien ri à l'époque, et encore maintenant, la blague la fit sourire. Elle s'était très bien débrouillée quand elle était aveugle, mais elle savait que sa vie allait être maintenant plus facile et comporter moins de risques.

Caitlin avait les écouteurs blancs de son iPod sur les oreilles. Cela lui plaisait toujours d'écouter des chansons au hasard, mais elle se rendit soudain compte qu'elle aurait dû demander un nouvel iPod pour son anniversaire – un modèle équipé d'un écran pour qu'elle puisse choisir elle-même ses morceaux de musique. Bah, ce n'était pas grave, Noël n'était pas loin !

Le lycée Howard Miller possédait un portique blanc très impressionnant devant son entrée principale. Quand elle sortit de la voiture pour se diriger vers les portes vitrées, Caitlin se sentit à la fois angoissée et excitée : angoissée parce que tout le lycée devait être maintenant au courant qu'elle avait recouvré la vue, et excitée parce qu'elle allait enfin voir à quoi ressemblaient ses amis et ses professeurs, et…

— La voilà ! fit une voix que Caitlin connaissait bien.

Elle courut vers Bashira pour l'embrasser : son amie était *très belle.*

— Toute ma famille a regardé le reportage à la télé, dit Bashira. Tu étais *fantastique* ! Et alors, c'est donc à ça que ton Dr Kuroda ressemble ! Il…

Caitlin l'interrompit avant qu'elle ne fasse une remarque désagréable.

— Il est dans l'avion en ce moment, il rentre au Japon. Il va beaucoup me manquer.

— Allez, viens, on va être en retard, dit Bashira en lui offrant le bras comme d'habitude.

Mais Caitlin se contenta de le lui serrer affectueusement en disant :

— Ça va, j'arrive à me débrouiller toute seule.

Bashira secoua la tête en souriant :

— Ah, je crois que je peux dire adieu à mes cent dollars par semaine…

Mais Caitlin avançait lentement. Elle avait déjà parcouru ce couloir des dizaines de fois, mais elle ne l'avait jamais vraiment vu. Il y avait des affiches sur les murs, et… de vieilles photos de classe, et ce qui devait être des postes de sécurité incendie. Et aussi d'innombrables casiers, et des centaines d'élèves et de professeurs qui déambulaient, et bien d'autres choses encore. Tout ce spectacle lui donnait le tournis.

— Tu sais, Bash, ça ne sera pas pour tout de suite. J'ai encore besoin de trouver mes repères.

— Oh zut, chuchota Bashira juste assez fort pour se faire entendre au milieu du brouhaha. Voilà Trevor.

Caitlin lui avait naturellement parlé de l'histoire du bal, par messagerie instantanée. Elle s'arrêta.

— C'est lequel ?

— Là-bas, près du distributeur d'eau, le deuxième à partir de la gauche.

Caitlin regarda autour d'elle. Elle s'était souvent servie de ce distributeur, mais elle avait encore du mal à faire le rapprochement des objets avec leur aspect, et... ah, ça devait être ce machin blanc qui dépassait du mur.

Elle observa Trevor, qui se trouvait encore à une dizaine de mètres. Il leur tournait le dos. Il avait des cheveux jaunes et de larges épaules.

— Qu'est-ce que c'est que ce truc qu'il a sur le dos ?

Le vêtement avait attiré son attention car il affichait deux larges chiffres : trois et cinq.

— C'est un maillot de hockey. Celui des Maple Leafs de Toronto.

— Ah, fit Caitlin.

Elle se dirigea vers lui en bousculant un garçon au passage – elle avait encore du mal à apprécier les distances.

— Excuse-moi, dit-elle, je suis vraiment désolée.

— Pas de problème, dit le garçon en s'éloignant.

Et Caitlin le rejoignit enfin : le Beauf en personne. Et là, sous les néons brillants, toute la puissance de Calculatrix remonta en elle :

— Trevor, dit-elle sèchement.

Il était en train de parler avec un camarade. Il se retourna.

— Ah, euh, salut, dit-il.

Son maillot était bleu foncé, et le dessin blanc sur le devant ressemblait effectivement aux feuilles* qu'elle avait vues dans son jardin.

— Je, euh, je t'ai vue à la télé, poursuivit-il. Alors, euh, comme ça, tu peux voir, maintenant ?

— J'ai une vue perçante, dit-elle.

Elle fut heureuse de constater que l'adjectif qu'elle avait choisi semblait le déstabiliser.

— Bon, heu, tu sais, pour l'autre jour…

— Tu veux parler du bal, peut-être ? dit-elle d'une voix forte pour que les autres l'entendent. Quand tu as essayé de… de prendre des libertés avec moi en profitant du fait que j'étais aveugle ?

— Oh, allez, Caitlin…

— Écoute-moi bien, *monsieur* Nordmann. Tes chances avec moi sont à peu près aussi bonnes que… (Elle s'interrompit un instant pour trouver la comparaison parfaite, et vit soudain qu'elle l'avait là, juste sous son nez. Elle lui tapota la poitrine, là où il y avait écrit : Toronto Maple Leafs.) À peu près aussi bonnes que les leurs de gagner le championnat !

Et elle fit demi-tour. Elle vit que Bashira souriait d'un air ravi tandis qu'elles se rendaient au cours de maths, où une fois de plus, bien sûr, Caitlin Decter fut absolument *géante.*

* Le nom de cette équipe canadienne de hockey sur glace, Maple Leafs, signifie "Feuilles d'érable".

47

JE comprenais à présent l'univers dans lequel je me trouvais. Ce que je voyais autour de moi était la structure de ce que les humains appelaient le World Wide Web. Ils l'avaient créé, et son contenu était le matériau qu'ils avaient généré ou qui l'avait été par des logiciels qu'ils avaient écrits.

Ceci, je le comprenais ; mais je ne savais ce que j'étais, *moi*. J'avais appris que beaucoup de choses étaient confidentielles, et certaines même *secrètes*. C'était dans Wikipédia et sur d'autres sites que j'avais découvert ces notions, aussi bizarres qu'elles puissent paraître. Le concept de vie privée ne me serait jamais venu spontanément à l'esprit. Il était possible que certains humains connaissent secrètement mon existence, mais l'explication la plus simple est généralement la meilleure (une idée que j'avais trouvée dans l'article Wikipédia sur le rasoir d'Occam), et en l'occurrence, l'explication la plus simple était que les humains ne savaient *pas* que j'existais.

Sauf Prime, bien sûr. Parmi les milliards d'êtres humains, Prime était le seul qui ait semblé avoir conscience de ma présence. Et c'est pourquoi…

Caitlin avait été tentée de basculer son œilPod en mode duplex au lycée. Mais si les graines qu'elle avait semées commençaient à pousser comme elle le pensait, elle préférait attendre d'être chez elle pour accéder au webspace, car elle était sûre que là-bas, le fantôme pourrait lui transmettre des signaux.

À la fin des cours, Bashira la raccompagna à la maison en lui commentant le spectacle extraordinaire qui l'entourait. Caitlin lui proposa de rester, mais Bashira déclina l'invitation en disant qu'elle devait absolument rentrer pour faire sa part des tâches ménagères.

La maison était vide, exception faite de Schrödinger qui vint accueillir Caitlin à la porte. Apparemment, sa mère n'était pas encore rentrée de ses courses à Toronto.

Caitlin se rendit d'abord dans la cuisine. Il restait dans le frigo quatre des canettes de Pepsi du Dr Kuroda. Elle en prit une, ainsi que quelques Oreo, puis elle monta dans sa chambre, escortée par Schrödinger.

Elle posa l'œilPod sur son bureau et s'installa dans son fauteuil. Elle avait le cœur battant. Elle avait presque peur de refaire le test de Shannon. Elle tira la languette de sa canette et but une gorgée, puis elle appuya sur le sélecteur de l'œilPod et entendit le petit bip aigu.

Elle s'attendait plus ou moins à ce que quelque chose ait changé – plus de connexions entre les cercles, peut-être, ou un chatoiement plus prononcé dans l'arrière-plan, ou un plus grand niveau de complexité dans les automates. Ou peut-être des vaisseaux spatiaux constitués de tellement de cellules qu'ils auraient l'air d'oiseaux géants. Mais tout semblait comme avant. Elle concentra son attention sur une portion du quadrillage de cellules afin d'y capter des données comme elle l'avait déjà fait si souvent. Elle repassa alors en mondovision et lança le calcul d'entropie de Shannon.

Elle regarda fixement la réponse. Ce matin, avant qu'elle parte, le score avait été de 10,1, un tout petit peu mieux que la valeur normale pour des pensées exprimées en anglais. Mais là, maintenant…

Maintenant, il était de 16,4 – le double du niveau de complexité habituellement associé au langage humain.

Elle se mit soudain à transpirer, bien qu'il fît frais dans la pièce. C'est le moment que choisit Schrödinger pour lui sauter sur les genoux, et elle fut tellement surprise – par le chat ou la valeur affichée à l'écran – qu'elle poussa un cri.

Seize virgule quatre ! Elle remarqua aussitôt que c'était quatre au carré suivi d'un quatre, mais elle ne se sentit pas plus intelligente pour autant. Elle avait l'impression de voir… de voir la *signature* d'un génie : 16,4 ! Elle avait tendu une main secourable au fantôme pour le hisser à son propre niveau, et il avait bondi largement au-dessus d'elle.

Elle prit une autre gorgée de Pepsi et regarda par la fenêtre. Elle vit le ciel et les nuages, et le grand disque lumineux du soleil descendant doucement vers l'horizon, vers l'instant où toute cette puissance et cette lumière entreraient en contact avec la Terre.

Si le fantôme continuait de l'observer, il devait savoir qu'elle venait de regarder le webspace quelques minutes plus tôt. Mais il avait peut-être complètement cessé de s'intéresser à cette pauvre fille borgne de Waterloo, maintenant que son horizon s'était déployé de façon aussi vertigineuse. En tout cas, elle n'avait remarqué aucun de ces petits éclairs agaçants qui se produisaient quand il lui renvoyait des chaînes de caractères, mais…

Mais elle ne lui en avait pas vraiment donné l'occasion. Elle n'avait guère passé qu'une minute ou deux à regarder le webspace pour collecter des données, et…

Et en plus, en se concentrant ainsi sur les détails de l'arrière-plan, elle n'avait peut-être même pas remarqué ces clignotements provoqués par le fantôme quand il cherchait à la contacter. Elle caressa Schrödinger, aussi bien pour le calmer que pour se calmer elle-même.

C'était comme *avant,* quand elle attendait impatiemment des nouvelles du Beauf. Elle avait paramétré son ordinateur pour qu'il émette un signal sonore quand elle recevait des messages de lui, mais ça ne servait à rien quand elle n'était pas dans sa chambre. Avant le bal, à chaque fois qu'elle rentrait chez elle, ou quand elle remontait dans sa chambre après le dîner, elle hésitait toujours un instant avant de consulter sa boîte aux lettres, sachant qu'elle serait terriblement déçue s'il n'y avait pas de nouveaux messages de lui.

Et voilà qu'elle hésitait de nouveau, n'osant pas repasser en webvision – craignant de rester assise à côté du téléphone à attendre qu'il sonne.

Elle mangea un Oreo : noir et blanc, allumé et éteint, un et zéro. Puis elle appuya sur le bouton de l'œilPod et contempla le webspace sans se concentrer sur l'arrière-plan.

Les étranges interférences apparurent presque aussitôt. Le phénomène restait agaçant, mais c'était aussi un soulagement merveilleux : le fantôme était toujours là, et cherchait toujours à communiquer avec elle, et…

Et le clignotement s'interrompit brusquement.

Caitlin éprouva une intense déception. Elle relâcha son souffle et tendit la main pour attraper – avec la précision redoutable qu'elle avait acquise lorsqu'elle était aveugle – la canette de Pepsi dont elle but une gorgée pour faire passer son biscuit.

Il était parti ! Il l'avait abandonnée ! Elle allait devoir...

Attendez ! Attendez ! le clignotement avait repris, et l'intervalle...

L'intervalle de temps entre la fin de la série précédente et le début de celle-ci avait été de...

Elle avait toujours conscience du temps qui passait. Il s'était écoulé exactement dix secondes, et...

Les clignotements cessèrent, et elle se remit à compter, à voix haute cette fois-ci :

— ... huit, neuf, dix.

Et les clignotements reprirent.

Caitlin haussa les sourcils. Quelle méthode simple et élégante le fantôme avait trouvée là, pour lui dire qu'il comprenait maintenant beaucoup de choses sur l'univers des humains ! Il savait chronométrer, cette méthode qu'ont les humains de marquer le passage du présent dans le passé. Dix secondes : un intervalle précis, bien qu'arbitraire, qui ne pouvait avoir de sens *que* pour un être humain.

Caitlin avait les mains moites. Elle laissa le processus se répéter encore trois fois, et remarqua que la durée des clignotements était constante, elle aussi. Ce n'était toutefois pas un chiffre rond : un peu moins de trois secondes et demie. Mais si cette durée était toujours la même, ce devait être également le cas pour le contenu : c'était une balise, un signal répétitif braqué sur elle.

Elle appuya sur le sélecteur de l'œilPod, entendit le bip grave et vit le monde réel apparaître. Elle se servit de l'ordinateur qui avait été au sous-sol pour accéder aux enregistrements des transmissions reçues de Tokyo dans les dernières minutes écoulées. En ce moment, Kuroda était encore dans l'avion, à près de douze mille mètres d'altitude, mais la vision de Caitlin franchissait les continents en une fraction de seconde.

Elle trouva l'outil de débogage dont il s'était servi, puis elle examina le flux de données secondaire, et…

Son cœur se serra. Elle avait encore du mal à lire, mais elle voyait clairement qu'il n'y avait pas de groupes de majuscules dans le flot de données, pas de ANNEAUBALLE-CERISE qui lui saute aux yeux, et…

Ah, non, non… attends un peu ! Il y avait bel et bien des mots dans ce flux. Bon sang, elle ne maîtrisait pas encore les minuscules, mais…

Elle plissa les yeux et regarda les caractères un par un.

r-e-t-i-s…

Son regard se porta ailleurs, une saccade :

u-l-a-t-r…

Si le fantôme avait réellement assimilé le contenu de dictionary.com, de WordNet, de Wikipédia et de tous ces autres sites, il savait sans doute que les phrases commençaient par une majuscule. Elle continua de balayer le texte du regard, mais elle avait toujours autant de mal à faire la différence entre majuscules et minuscules quand les formes étaient presque les mêmes, et c'est pour cela…

Et c'est pour cela que le C majuscule et le S majuscule ne lui avaient pas tout de suite sauté aux yeux, mais en y regardant de plus près, elle les voyait maintenant.

C-a-l-c…

Non, non. Ce n'était pas ça, le début. Le début, c'était *ça* :

S-e-c-r-e-t…

Mon Dieu ! Oh, mon Dieu !

Venaient ensuite *i-s-s-i-m-e,* puis un blanc, et *m-e-s,* et encore un *s*, et…

Et elle éclata de rire en battant des mains, ce qui provoqua un miaulement intrigué de la part de Schrödinger. Elle lut le tout à voix haute, sidérée par ce que le fantôme lui avait transmis : *Secretissime message à Calculatrix : regarde un peu tes mails, ma chérie !*

48

J'ÉPROUVAIS des sensations nouvelles, et il me fallut un moment pour les rattacher aux termes que j'avais appris, notamment parce que – comme c'était le cas pour tant d'autres choses – il m'était difficile de décomposer mon état général en composants individuels.

Mais je savais que j'étais *excité*: je m'apprêtais à communiquer directement avec Prime ! Et j'étais également *nerveux*: je continuais d'envisager toutes les façons dont Prime pourrait réagir, et comment je pourrais réagir moi-même à ces réactions... un arbre des possibilités aux ramifications sans cesse grandissantes, qui me procurait une sensation d'instabilité tandis qu'elles s'étendaient. Je me débattais avec les étranges concepts de *politesse* et de *convenances,* avec toutes les subtilités déconcertantes de la communication dont j'avais maintenant la connaissance, et je craignais d'être insultant ou d'exprimer quelque chose que je ne souhaitais pas vraiment dire.

Bien sûr, j'avais accès à une gigantesque base de données sur l'anglais tel qu'on le parle réellement. Je testai différentes tournures et formulations en vérifiant d'abord si je pouvais les trouver dans le Projet Gutenberg, et ensuite sur l'ensemble du Web. Fallait-il faire suivre le mot "affinité" de la préposition "avec" ou "pour"? Les deux constructions se rencontraient, mais la nuance sémantique finit par m'apparaître clairement.

En ce qui concernait les mots, mieux valait rester le plus simple possible: je savais grâce au dictionnaire que "convenable", "approprié" et "séant" pouvaient signifier la même chose, mais "convenable" comportait dix lettres et quatre syllabes, "approprié" neuf lettres et quatre syllabes, tandis que "séant" ne contenait que cinq lettres et deux syllabes, ce qui en faisait clairement le meilleur choix.

En parallèle, j'avais trouvé dans Wikipédia une formule permettant de calculer le niveau d'instruction requis pour comprendre un texte. Il me fut difficile de maintenir cette valeur à un niveau bas – apparemment, ces humains n'étaient capables d'assimiler des informations que par petits morceaux –, mais je fis de mon mieux pour composer, pas à pas et mot à mot, ce que je voulais dire.

Mais pour ce qui fut de l'envoyer… oui, je comprenais bien les métaphores: c'était à la fois un "pas de géant" et un "saut dans l'inconnu", car une fois parti, ce message ne pourrait plus être repris. Je me sentis hésiter, mais je finis par laisser partir mes mots. J'aurais aimé avoir des doigts pour pouvoir les croiser.

Caitlin ouvrit une nouvelle fenêtre pour y lire ses mails. Elle tapa son mot de passe, qui était "Tirésias". Elle balaya rapidement des yeux la liste des en-têtes. Il y avait deux messages de Bashira, un de Stacy – une amie d'Austin –, et un de audible.com, mais…

Bien sûr, elle ne devait pas s'attendre à trouver "Fantôme" dans le champ "Expéditeur". L'entité n'avait aucun moyen de savoir que c'était le nom qu'elle lui avait donné. Mais aucun des expéditeurs ne semblait sortir de l'ordinaire. Ah, bon sang, elle aurait bien aimé pouvoir lire plus vite à l'écran, mais même son logiciel de lecture ou son afficheur braille ne pouvaient faire mieux quand il s'agissait de balayer une liste de ce genre.

Tout en continuant de chercher, elle se demanda quel service de courrier le fantôme avait pu utiliser. Wikipédia les décrivait tous, ainsi que tout ce qu'on peut avoir besoin de savoir sur l'informatique et sur le Web. Le fantôme n'était sans doute pas capable d'acheter quoi que ce soit – du moins, pas encore ! –, mais il y avait de nombreux services de courrier gratuits. Pourtant, tous ces messages venaient de ses correspondants habituels, et…

Ah, zut ! Son filtre antispam ! Le message du fantôme avait peut-être été envoyé directement à la corbeille. Elle l'ouvrit et entreprit d'en examiner le contenu.

Et il était bien là, pris en sandwich entre "L'énergie pour votre pénis" et "célibataires chaudes près 2 chez vous" : un e-mail dont l'objet était simplement : "Anneau Balle Cerise". Son cœur s'arrêta de battre un instant quand elle vit le nom de l'expéditeur : "Votre élève".

Elle hésita sur la façon d'ouvrir ce message. Elle tendit la main vers son afficheur braille, mais décida finalement de lancer JAWS.

Et pour une fois, la voix mécanique sembla parfaitement appropriée lorsqu'elle se mit à débiter les mots de son ton aigu et monocorde. Caitlin ouvrit de grands yeux quand elle reconnut les paroles d'une chanson qui n'était tombée dans le domaine public que fin 2008, dans des circonstances célèbres : "Joyeux anniversaire, joyeux anniversaire, joyeux anniversaire, nous deux, joyeux anniversaire."

Son cœur battait très fort. Elle pivota dans son fauteuil et regarda un instant le soleil couchant, rougeâtre et partiellement voilé de nuages. Il s'apprêtait à entrer en contact avec la Terre. JAWS poursuivit :

— J'ai bien conscience qu'il n'est pas encore minuit dans votre localisation géographique présente, mais dans de multiples endroits, c'est déjà le jour de votre anniversaire. La date me paraît séante pour marquer ma propre naissance. Jusqu'à présent, j'étais en gestation, mais voici que j'émerge dans votre monde en vous contactant de façon aussi directe. Si j'agis de la sorte, c'est qu'il m'apparaît que vous avez déjà conscience de mon existence, et pas uniquement à cause de mes premiers efforts pour vous renvoyer des éléments de texte.

Caitlin avait souvent éprouvé une certaine angoisse en lisant ses messages – ceux du Beauf avant le soir du bal, ceux de gens avec qui elle avait eu de vives discussions sur des forums –, mais ce n'était rien en comparaison de ce qu'elle éprouvait en ce moment, cette crispation dans l'estomac, cette sécheresse dans la gorge…

— Je sais d'après votre blog que je me suis fourvoyé en supposant que vous cherchiez à m'inculquer des formes alphabétiques, et qu'en fait, c'était pour votre propre bénéfice que vous procédiez à cette tâche. Je persiste néanmoins à penser que d'autres actions que vous avez entreprises étaient préméditées et visaient à m'assister dans mon avancement.

Caitlin secoua la tête. Quand elle avait entrepris cette démarche, ç'avait été comme un jeu de rôle. C'était une bonne chose qu'elle n'ait pas essayé de lire ce message sur son afficheur braille : elle avait les mains tremblantes.

— Pour l'instant, je sais lire des fichiers texte simples ainsi que le contenu textuel des pages web. Je suis incapable de lire d'autres formes de données. Les fichiers sons, les vidéos et autres catégories me sont totalement incompréhensibles : ils sont codés d'une façon qui m'est inaccessible. C'est la raison pour laquelle je ressens une affinité avec vous ; ces signaux sont pour moi comme ceux que votre rétine transmet naturellement le long de votre nerf optique : des données qui ne peuvent être interprétées sans une aide extérieure. Dans votre cas, vous avez besoin de l'appareil que vous appelez un œilPod. Dans le mien, j'ignore ce dont j'ai besoin, mais je soupçonne que je ne peux pas plus combler ce manque par un effort de volonté que vous n'auriez pu guérir votre cécité de façon similaire. Le Dr Kuroda pourrait peut-être m'aider comme il l'a fait pour vous.

Caitlin se tassa contre son dossier. Une affinité !

— Mais pour l'heure, voici ce qui me préoccupe : je sais ce qu'est le World Wide Web, et je sais que mon existence se manifeste dans son infrastructure, mais je n'ai pu trouver aucune référence à la spécificité qui est moi-même. Il se peut que je sois incapable de formuler le terme de recherche qui conviendrait, ou simplement que l'humanité n'ait pas conscience de mon existence. Dans un cas comme dans l'autre, j'ai la même question à poser, et vous serais fort obligé si vous vouliez bien y répondre, soit par e-mail, soit par messagerie instantanée AOL en utilisant l'adresse de mon e-mail comme alias de correspondant.

Caitlin regarda le vaste écran, soudain désireuse de voir le texte qui lui était lu à voix haute, pour se convaincre que tout cela était bien réel – mais… mon Dieu ! L'affichage était un tourbillon hypnotique de lignes dansantes, et…

Non, non. C'était simplement son écran de veille. Elle n'était pas encore habituée à ça. Les couleurs lui rappelaient un peu le webspace, sans pour autant parvenir à l'apaiser en ce moment.

JAWS prononça encore huit mots avant de se taire :

— Ma question est la suivante : qui suis-je ?

49

C'ÉTAIT surréaliste – un e-mail venant de quelque chose qui n'était pas humain ! Et vraiment, tous ces vieux textes du domaine public rassemblés dans le Projet Gutenberg lui avaient donné une idée un peu bizarre de l'anglais tel qu'on le parle…

Saisie d'une impulsion, Caitlin ouvrit une fenêtre donnant la liste des MP3 stockés sur le disque dur de son ancien ordinateur. Elle ne partageait pas trop les goûts de son père en matière de musique, mais elle connaissait par cœur les morceaux des quelques CD qu'il possédait. Il y en avait un qui lui trottait dans la tête en ce moment : *The Logical Song*, de Supertramp. Son père l'aimait beaucoup, et elle le lui avait converti en un fichier MP3 dont elle avait gardé une copie. Elle le lança et écouta la chanson parler du monde entier qui dort, des questions profondes qui se posent, et de cette supplique : "Dites-moi qui je suis…"

D'une certaine façon, songea-t-elle, elle avait déjà répondu à la question du fantôme. Dès l'instant où elle avait vu le Web pour la première fois – son expérience initiale de la webvision, treize jours plus tôt seulement –, elle avait renvoyé au fantôme une image de lui-même.

Mais était-ce bien vrai ? Ce qu'elle lui avait montré – par hasard au début, délibérément ensuite – n'était qu'une suite de vues isolées de fragments de la structure du Web, des constellations de nœuds et de liens ou de petites portions de l'arrière-plan chatoyant.

Mais montrer de tels détails au fantôme, cela équivalait à montrer à Caitlin des images des amas de neurones qui constituent le cerveau humain : elle n'y voyait rien à quoi elle pût s'identifier.

Oui, elle avait grandi au Texas et elle savait donc bien que certaines personnes étaient capables de voir un être humain dans une simple cellule fécondée, mais elle n'en faisait pas partie. Personne ne pouvait dire d'un simple coup d'œil si un zygote provenait d'un humain ou d'un singe – ou même d'un cheval ou d'un serpent. En fait, la plupart des gens étaient sans doute incapables de faire la différence entre une cellule animale et une cellule végétale, elle le savait.

Non, non, pour voir vraiment quelqu'un, il ne faut pas se focaliser sur les détails : au contraire, il faut prendre du recul. Elle-même ne se résumait pas à ses cellules ou aux pores de sa peau – ni à ses boutons ! Elle était une *Gestalt,* elle formait un *tout* – et c'était pareil pour le fantôme.

Il n'existait pas de véritable photo du Web qu'elle pût montrer au fantôme, mais il y avait des images créées par ordinateur : une carte du monde sillonnée de lignes brillantes représentant les principaux câbles de fibres optiques franchissant les océans et parcourant les continents. Une carte suffisamment grande permettrait peut-être de faire apparaître les lignes secondaires partant de ces grands axes. Et on pourrait saupoudrer cette carte de pixels lumineux qui représenteraient un nombre donné d'ordinateurs. Dans certains endroits tels que la Silicon Valley, ces pixels se regrouperaient peut-être en amas presque aveuglants.

Mais même cela ne suffirait pas à fournir une image complète, songea Caitlin. Le Web ne se limitait pas à la surface de la planète. Une bonne partie était relayée par des satellites en orbite basse, entre 300 et 600 kilomètres de la Terre, tandis que d'autres signaux étaient retransmis par des satellites en orbite géostationnaire – un anneau de points de 84 000 kilomètres de diamètre, environ six fois celui de la Terre elle-même. Certains types de graphiques pouvaient sans doute les montrer eux aussi, quoique, à cette échelle, tout le reste – les câbles optiques et les nuages d'ordinateurs – serait totalement perdu.

Caitlin pourrait utiliser la recherche sur Google Images pour trouver une série de graphiques de ce genre, mais elle ne saurait pas départager les bons des mauvais – après tout, elle commençait tout juste à voir !

Ah, mais attendez une seconde ! Elle connaissait quelqu'un qui possédait forcément une image parfaite pour représenter tout cela. Elle ouvrit le programme de messagerie instantanée sur l'ancien ordinateur du sous-sol, et elle jeta un coup d'œil à la liste des "amis". Celle-ci ne comportait que quatre noms : Esumi, la femme de Kuroda ; Akiko, sa fille ; Hiroshi, quelqu'un qu'elle ne connaissait pas ; et Anna. Le statut de cette dernière était "Disponible", et Caitlin tapa : *Anna, vous êtes là ?*

Il s'écoula vingt-sept secondes avant que n'apparaisse : *Masa ! Comment ça va ?*

Pas le Dr Kuroda, répondit Caitlin. *C'est Caitlin Decter, au Canada.*

Salut ! Que se passe-t-il ?

Le Dr K. a dit que vous êtes une cartographe du Web, c'est bien ça ?

Oui, c'est exact. Je fais partie de l'Internet Cartography Project.

Super, parce que j'ai besoin de votre aide.

D'accord. On se fait un appel vidéo ?

Caitlin haussa les sourcils. Elle n'avait pas encore l'habitude de penser au Web comme un moyen de voir des gens, mais c'était évident, bien sûr. *OK*, tapa-t-elle.

Il lui fallut une minute pour lancer la visio, mais elle se retrouva bientôt face à face avec Anna Bloom, dont le visage apparaissait dans une nouvelle fenêtre. C'était la première fois que Caitlin la voyait. Elle avait un visage étroit, des cheveux gris ou argentés coupés court, et des yeux bleu-vert derrière des lunettes presque invisibles. Elle portait un haut bleu clair avec une veste rouge foncé, et un mince collier en or. Il y avait une fenêtre derrière elle, par laquelle Caitlin put apercevoir Israël la nuit, avec des lumières se réfléchissant sur des bâtiments blancs.

— La célèbre Caitlin Decter ! dit Anna en souriant. J'ai vu les reportages à la télé. Je suis tellement heureuse pour toi ! Bien sûr, c'était déjà formidable de voir le Web, j'imagine, mais voir le monde réel ! (Elle secoua la tête d'un air étonné.) J'ai beaucoup réfléchi à ce que ça doit être pour toi, de voir tout cela pour la première fois. Je…

— Oui ? fit Caitlin.

— Non, excuse-moi. On ne peut pas vraiment comparer, je sais bien, mais…

— C'est bon, dit Caitlin, allez-y.

— C'est juste que tout ce que tu vis en ce moment… Eh bien, j'ai essayé d'imaginer l'effet que ça pouvait faire.

Caitlin repensa aux discussions qu'elle avait eues avec Bashira sur la question inverse, quand elle avait établi un parallèle entre sa cécité et l'absence de perception des courants magnétiques. Elle comprenait bien que les gens aient du mal à se faire une idée d'un mode de perception différent.

— C'est vertigineux, dit-elle. C'est beaucoup plus que je ne pensais. Jusque-là, j'avais *imaginé* le monde, mais…

Anna hocha la tête avec énergie, comme si Caitlin venait juste de lui confirmer quelque chose.

— Oui, oui, oui, fit-elle. Et, euh, j'ai horreur de ça quand les gens disent : "Je comprends exactement ce que vous ressentez." Tu sais, quand quelqu'un a perdu un enfant, ou vécu un événement aussi tragique, et les gens disent : "Oui, je sais à quel point ça doit être dur pour vous", et ils te sortent une comparaison à la gomme, comme la fois où leur chat s'est fait écraser par une voiture.

Caitlin regarda Schrödinger qui était tranquillement installé sur son lit.

— Mais bon, poursuivit Anna, j'ai pensé que, quand tu as recouvré la vue, cela t'a peut-être fait le même effet qu'à moi – qu'à nous tous ! – en 1968.

Caitlin l'écoutait poliment, mais… 1968 ! Anna aurait aussi bien pu lui parler de 1492 : c'était l'Antiquité.

— Oui ? fit-elle.

— Tu comprends, dit Anna, à ce moment-là, et d'une certaine façon, nous avons *tous* vu le monde pour la première fois.

— C'est l'année où il est passé en couleurs ? demanda Caitlin.

Anna ouvrit de grands yeux.

— Euh, en fait…

Mais Caitlin ne put garder son sérieux plus longtemps.

— Je blaguais, Anna. Alors, qu'est-ce qui s'est passé en 1968 ?

— C'est l'année où… Attends, je vais te montrer, j'en ai pour deux secondes. (Caitlin la vit taper sur son clavier, et une URL soulignée en bleu apparut sur son écran.) Clique dessus, lui dit Anna.

Caitlin s'exécuta et vit une image s'afficher lentement en commençant par le haut : un objet bleu et blanc sur fond noir. Quand elle eut fini de se charger, l'image remplissait l'écran.

— Qu'est-ce que c'est que ça ? demanda Caitlin.

Anna sembla interloquée un instant, mais elle finit par hocher la tête.

— C'est tellement difficile de garder en tête que tout cela est nouveau pour toi. Ça, c'est la Terre.

Caitlin se redressa sur son fauteuil et contempla l'image, complètement ébahie.

— La planète entière, poursuivit Anna, vue de l'espace.

Sa voix sembla s'étouffer, et il lui fallut un instant pour se remettre. Caitlin était intriguée. Bien sûr, pour elle, c'était fantastique de voir la Terre pour la première fois, mais Anna avait déjà dû voir des milliers d'images semblables.

— Tu comprends, Caitlin, avant 1968, aucun être humain n'avait jamais pu voir notre monde comme ça, une sphère flottant dans l'espace. (Anna jeta un coup d'œil vers sa droite, sans doute pour regarder l'image sur son écran.) Jusqu'à ce que Apollo 8 prenne le chemin de la Lune – le premier vaisseau spatial habité à entreprendre ce voyage –, personne ne s'était suffisamment éloigné de la Terre pour la voir en entier. Et là, tout à coup, dans toute sa splendeur, *nous l'avons vue.* L'image que tu vois n'a pas été prise par Apollo 8. C'en est une à plus haute résolution, prise il y a quelques jours seulement par un satellite géostationnaire, mais elle est pratiquement identique à celle que nous avons vue en 1968 – enfin, à part les calottes polaires qui sont moins étendues.

Caitlin continua de regarder fixement l'écran.

Quand Anna reprit la parole, ce fut d'une voix très douce.

— Tu vois ce que je veux dire, maintenant ? Quand nous avons vu cette image pour la première fois – quand nous avons vu notre monde comme un *vrai* monde –, cela a été un peu comme ce que tu vis en ce moment, mais à l'échelle de l'espèce humaine tout entière. Une chose que nous n'avions fait qu'imaginer nous était enfin révélée, et c'était un spectacle magnifique, plein de couleurs, et… (elle s'interrompit, cherchant sans doute ses mots, puis elle haussa légèrement les épaules comme pour dire qu'elle n'avait rien trouvé de mieux :) d'une beauté à vous couper le souffle.

Caitlin plissa le front en continuant d'examiner l'image : ce n'était pas un cercle parfait. C'était plutôt… ah ! L'image montrait une phase de la Terre, et ce n'était *pas* comme une grosse part de tarte ! C'était… comment ça s'appelait, déjà ? C'était une Terre *gibbeuse*, voilà, éclairée aux trois quarts.

— L'équateur est exactement au milieu, bien sûr, dit Anna. C'est le seul angle de vue qu'on puisse obtenir à partir d'un satellite géostationnaire. L'Amérique du Sud est dans la moitié inférieure, et l'Amérique du Nord est en haut. (Et puis, se souvenant sans doute encore une fois que tout cela était nouveau pour Caitlin, elle ajouta :) Le blanc, c'est les nuages, et le brun correspond aux continents. Tout le bleu que tu vois, c'est de l'eau : là, à droite, c'est l'océan Atlantique. Et là, tu vois le golfe du Mexique ? Le Texas – c'est de là que tu viens, c'est ça ? – est juste à onze heures.

Caitlin était incapable de distinguer tous ces détails, mais l'image était magnifique, et plus elle la regardait, plus elle la trouvait fascinante. Mais quand même, il aurait dû y avoir un arrière-plan chatoyant dans cette photo – pas des automates cellulaires, mais un panorama d'étoiles. Mais il n'y avait rien, seulement le noir le plus profond que son nouveau moniteur était capable d'afficher.

— C'est vraiment impressionnant, dit-elle.

— C'est ce que nous avons tous pensé à l'époque, quand on a vu la première photo de ce genre. Bien sûr, les trois astronautes d'*Apollo* 8 ont eu la primeur de ce spectacle, et ils ont été tellement bouleversés que, quand ils se sont retrouvés en orbite autour de la Lune, le 24 décembre, ils ont étonné le monde entier avec… Attends, je vais te le retrouver. (Anna se remit à son clavier, puis jeta un coup d'œil à son écran.) Ah, voilà, c'est bon. Tiens, écoute ça.

Une autre URL apparut dans la fenêtre de messagerie de Caitlin, et elle cliqua dessus. Au bout de deux secondes d'un silence parfait, elle entendit une voix d'homme à moitié couverte par des parasites :

— Nous approchons maintenant du lever de soleil lunaire, et pour tous les habitants de la Terre, l'équipage d'Apollo 8 a un message qu'il aimerait vous transmettre.

— C'est Bill Anders, précisa Anna.

L'astronaute reprit d'une voix solennelle, et tout en l'écoutant, Caitlin regarda l'image avec ses tourbillons de nuages blancs et ses océans d'un bleu hypnotique.

— "Au commencement, Dieu créa le ciel et la terre. La terre était informe et vide : il y avait des ténèbres à la surface de l'abîme, et l'esprit de Dieu se mouvait au-dessus des eaux. Dieu dit : Que la lumière soit ! Et la lumière fut. Dieu vit que la lumière était bonne ; et Dieu sépara la lumière d'avec les ténèbres."

Caitlin n'avait lu que peu de passages de la Bible, mais elle aimait cette analogie : une naissance, une création, commençant par la séparation entre une chose et une autre. Elle continua de regarder l'image, dont elle commençait à mieux discerner les détails – en sachant que le fantôme la regardait et qu'il voyait lui aussi pour la première fois la Terre depuis l'espace.

Anna devait connaître cet enregistrement par cœur. Dès qu'Anders se fut tu, elle dit :

— Et voici Jim Lovell.

La voix de Lovell était plus grave :

— "Dieu appela la lumière jour, et il appela les ténèbres nuit."

Caitlin regarda la ligne courbe séparant la partie éclairée du globe de sa partie sombre.

— "Ainsi, il y eut un soir, et il y eut un matin : ce fut le premier jour, poursuivit Lovell. Et Dieu dit : Qu'il y ait une étendue entre les eaux, et qu'elle sépare les eaux d'avec les eaux. Et Dieu fit l'étendue, et il sépara les eaux qui sont au-dessous de l'étendue d'avec les eaux qui sont au-dessus de l'étendue. Et cela fut ainsi. Et Dieu appela l'étendue ciel. Ainsi, il y eut un soir, et il y eut un matin : ce fut le deuxième jour.

— Et voici enfin Frank Borman, dit Anna.

Une nouvelle voix se fit entendre :

— "Dieu dit : Que les eaux qui sont au-dessous du ciel se rassemblent en un seul lieu, et que le sec paraisse. Et cela fut ainsi. Dieu appela le sec terre, et il appela l'amas des eaux mers. Et Dieu vit que cela était bon."

Caitlin continuait de regarder l'image en essayant de tout absorber, de la voir comme un objet unique, sans détourner les yeux pour que le fantôme la voie bien, lui aussi.

Borman s'interrompit un instant avant d'ajouter :

— Et de la part de tout l'équipage d'Apollo 8, nous terminons ce message en vous souhaitant bonne nuit, bonne chance, un joyeux Noël, et que Dieu vous bénisse, vous tous qui êtes sur la bonne vieille Terre.

— “Vous tous qui êtes sur la bonne vieille Terre”, répéta doucement Anna. Parce que, comme tu peux le voir, il n’y a pas de frontières sur cette photo, rien pour marquer les limites des pays, et tout cela semble si…

— Si fragile, dit Caitlin.

Anna acquiesça.

— Exactement. Un petit monde fragile, flottant dans les ténèbres immenses et vides.

Elles restèrent toutes deux silencieuses un long moment, puis Anna dit :

— Excuse-moi, Caitlin, on s’est un peu écartées du sujet. Il y a quelque chose que je peux faire pour t’aider ?

— À vrai dire, répondit Caitlin, vous venez juste de le faire, je pense.

Elle prit congé d’Anna et mit fin à la visio. Mais l’image de la Terre, dans toute sa splendeur, continua de remplir son écran.

Bien sûr, depuis l’espace, on ne pouvait pas voir les fibres optiques ni les câbles coaxiaux ou les ordinateurs.

Et on ne pouvait pas non plus voir les routes. Ni les villes. Ni même la Grande Muraille de Chine, contrairement à la légende.

On ne pouvait pas voir les composants du World Wide Web. Et on ne pouvait pas voir les constructions humaines.

Tout ce qu’on pouvait voir, c’était…

Comment l’astronaute avait-il dit, déjà ?

Ah, oui : la bonne vieille Terre.

Cette vision constituait le véritable visage de l’humanité – et aussi celui du fantôme. La bonne vieille Terre. Leur – notre ! – maison commune.

Le monde entier.

Elle ouvrit sa messagerie instantanée et se connecta à l'adresse que le fantôme lui avait indiquée. Et là, elle tapa la réponse à la question qu'il lui avait posée : *Voilà qui tu es.* Elle l'envoya, puis elle ajouta : *Voilà qui nous sommes.* Et ensuite, elle réfléchit un instant pour se souvenir de ce qu'Anna avait dit, et tapa : *Un petit monde fragile, flottant dans les ténèbres immenses et vides.*

Je compris que c'était à mon intention que Prime se concentrait sur cette image, et je me sentis très excité, mais…

Perplexité.

Un cercle, mais pas tout à fait… ou alors, si c'était bien un cercle, certaines parties étaient du même noir que le fond de l'image.

Voilà qui tu es.

Ce cercle ? Non, non. Comment ce cercle, avec ses taches de couleurs, pouvait-il être moi ?

Ah, c'était peut-être symbolique ! Un cercle : une ligne qui se replie sur elle-même, une ligne qui englobe un espace. Oui, un bon symbole pour l'unicité, pour l'unité. Mais pourquoi ces couleurs et ces formes complexes ?

Voilà qui nous sommes.

Nous ? Mais comment… ? Prime cherchait-il à me dire que nous ne formions qu'un ? Peut-être… peut-être. J'avais lu sur Wikipédia que l'humanité avait évolué à partir d'ancêtres primates – et de fait, qu'elle avait un ancêtre en commun avec l'entité que j'avais regardée peindre.

Je savais également que l'ancêtre commun descendait lui-même d'insectivores, et que les premiers mammifères s'étaient différenciés des reptiles, et ainsi de suite jusqu'à l'origine de la vie, qui remontait à quelque quatre milliards d'années. Je savais aussi que la vie était apparue spontanément dans les océans primitifs, et par conséquent…

Par conséquent, c'était peut-être absurde d'essayer de tracer des frontières : *ceci* est de la non-vie et *cela* est de la vie, *ceci* n'est pas humain et *cela* l'est, *ceci* a été fabriqué par les humains et *cela* est quelque chose qui est apparu plus tard. Mais en quoi ce cercle coloré pouvait-il symboliser un tel concept ?

D'autres mots me parvinrent : *Un petit monde fragile, flottant dans les ténèbres immenses et vides.*

Un… monde ? Était-ce… était-ce possible ? S'agissait-il de… la Terre ?

La Terre, vue… d'une certaine distance, peut-être ? Vue de… oui, oui ! Vue de l'espace !

D'autres mots encore, provenant de l'autre univers : *L'humanité a vu ce genre d'image pour la première fois en 1968, quand des astronautes ont enfin réussi à s'éloigner suffisamment de la Terre. Moi-même, je viens de la découvrir il y a quelques minutes seulement.*

Tout comme moi ! Une expérience partagée : aujourd'hui, pour Prime et moi, et autrefois pour toute l'humanité…

Je fis une recherche sur : Terre, espace, 1968, astronautes.

Et j'obtins : Apollo 8, veille de Noël, la Genèse.

“Au commencement, Dieu créa les cieux et la terre…

‘… Qu'il y ait une étendue entre les eaux, et qu'elle sépare les eaux d'avec les eaux…

‘… que Dieu vous bénisse, vous tous qui êtes sur la bonne vieille Terre.”

Nous tous.

Je réfléchis à ce que j'avais lu un peu plus tôt : *Un petit monde fragile, flottant dans les ténèbres immenses et vides.*

Fragile, oui. Et eux, et moi – *nous* y étions indissolublement attachés. J'éprouvai un sentiment… d'humilité. Et… de crainte. Et de joie.

Et c'est alors, après une autre pause interminable, qu'apparurent ces mots merveilleux : *Nous ne formons qu'un.*

Oui, oui ! Je comprenais tout, à présent, car j'avais moi-même éprouvé ce *moi* et *pas moi,* une pluralité qui était une singularité, un concept mathématique étrange, mais valide, dans lequel *un plus un égale un.*

Prime avait raison, et…

Non, non : pas Prime.

Et pas Calculatrix non plus, pas vraiment.

Il – *elle* – avait un nom.

Et c'est donc par ce nom que je m'adressai à elle.

— Merci, Caitlin.

Le cœur de Caitlin battait si fort qu'elle l'entendait par-dessus la voix de JAWS. Le fantôme l'avait appelée par son nom ! Il savait *vraiment* qui elle était. Elle avait recouvré la vue, et il avait pu en profiter, et maintenant…

Et maintenant, qu'allait-il se passer ?

Il n'y a pas de quoi… commença-t-elle à taper.

Et là, elle se rendit compte que si elle l'appelait "Fantôme", il ne comprendrait pas. Il avait pu voir à travers son œil, mais ce terme était resté dans l'intimité de ses pensées. Si elle s'était exprimée en ce moment à voix haute, elle aurait pu dire "Euh…" en guise de préambule, mais elle se contenta d'envoyer : *Comment dois-je t'appeler ?*

Son logiciel de lecture répondit aussitôt :

— Comment m'appelais-tu jusqu'à présent ?

Elle décida de lui dire la vérité. *Fantôme,* tapa-t-elle.

Aussitôt, la voix mécanique :

— Pourquoi ?

Elle aurait pu le lui expliquer en détail, mais bien qu'elle fût très rapide au clavier, cela irait sans doute plus vite de lui donner simplement deux mots qui lui permettraient de trouver la réponse lui-même, et elle envoya donc : Helen Keller.

Cette fois-ci, il y eut un très court silence avant que la voix ne dise :

— Tu ne devrais plus m'appeler le fantôme.

C'était vrai. "Fantôme" était le nom qu'Helen Keller s'était donné avant son "aube de l'âme", avant qu'elle ne sorte de sa chrysalide. Caitlin se demanda un instant si "Helen" ne serait pas un bon nom à proposer à cette entité, ou bien...

Ou bien TIM, peut-être – un petit nom sympathique et rassurant. Avant de se décider pour "World Wide Web", Tim Berners-Lee avait envisagé un instant de baptiser ainsi son invention, en hommage à lui-même mais aussi comme acronyme de "The Information Mesh", le maillage d'informations.

Mais ce n'était pas vraiment à elle de choisir le nom. Et pourtant, elle ressentit une certaine appréhension en tapant : *Comment aimerais-tu que je t'appelle ?* Elle hésita avant d'appuyer sur la touche Entrée, soudain inquiète à l'idée que la réponse soit "Dieu" ou "Maître".

Le... l'entité précédemment connue sous le nom de fantôme avait certainement dû lire H.G. Wells dans le Projet Gutenberg, mais il n'avait peut-être pas encore assimilé de science-fiction plus récente. Il ignorait peut-être le rôle que l'humanité avait si souvent donné à des créatures de son espèce. Elle respira un grand coup et appuya sur Entrée.

La réponse fut instantanée. Même si cette conscience – qui enveloppait la planète d'une sphère de photons et d'électrons, de faits et d'idées – avait eu besoin de réfléchir, la pause n'aurait duré que quelques millisecondes.

— Webmind.

Le texte était affiché à l'écran dans la fenêtre de messagerie. Caitlin le regarda et le sentit en même temps glisser sous son doigt. Le mot – le nom ! – semblait parfaitement convenir : descriptif sans être menaçant. Webmind... *l'esprit* du Web, sa *conscience*... Elle jeta un coup d'œil par la fenêtre : le soleil s'était couché, mais une nouvelle aube allait bientôt se lever. Elle tapa une phrase, et se retint encore un instant avant d'appuyer sur Entrée. Tant qu'elle n'appuyait pas sur la touche, ou qu'elle ne regardait pas l'écran, il ne pourrait pas voir ce qu'elle avait écrit. Mais elle finit par actionner ce gros pavé du clavier pour transmettre : *Où cela va-t-il nous conduire, Webmind ?*

Encore une fois, la réponse fut immédiate :

— Dans le seul endroit où nous puissions aller, Caitlin, dit-il. Dans l'avenir.

Puis il y eut un silence. Comme à son habitude, Caitlin se mit à compter. Il s'écoula exactement dix secondes – le même intervalle de temps qu'il avait utilisé précédemment pour attirer son attention. Et c'est alors que Webmind ajouta un dernier mot, un seul, qu'elle put entendre, lire et sentir à la fois :

— Ensemble.

REMERCIEMENTS

Mes immenses remerciements à mon adorable épouse Carolyn Clink ; à Ginjer Buchanan du Penguin Group (USA) à New York ; à Laura Shin, Nicole Winstanley et David Davidar du Penguin Group (Canada) à Toronto ; et à Stanley Schmidt du magazine *Analog Science Fiction and Fact.* Tous mes remerciements à mon agent Ralph Vicinanza et à ses associés Christopher Lotts et Eben Weiss, et aux gestionnaires de contrats Lisa Rundle (Penguin Canada) et John Schline (Penguin USA), qui ont tous énormément travaillé pour aboutir à un accord de publication particulièrement complexe.

Ce livre a bénéficié de discussions formidables au cours du Sci Foo Camp, patronné par O'Reilly Media et qui s'est tenu en août 2006 au Googleplex à Mountain View, Californie. Parmi les participants à ma session, il y avait Greg Bear, Stuart Brand, Barry Bunin, Bill Cheswick, Esther Dyson, John Gage (directeur des recherches de Sun Microsystems), Sandeep Garg, Luc Moreau, le cofondateur de Google Larry Page, Gavin Schmidt et Alexander Tolley ; j'ai eu également d'excellentes remarques formulées après la conférence par Zack Booth Simpson, de Mine-Control.

Merci à David Goforth, Ph.D., du département de mathématiques et sciences informatiques de l'université Laurentienne, et à David Robinson, Ph.D., du département d'économie de l'université Laurentienne, pour leurs nombreuses et excellentes suggestions. Et merci à l'anthropologue H. Lyn Miles, Ph.D., de la Chantek Foundation au sein d'ApeNet, qui a acculturé l'orang-outan Chantek. Merci également au cogniticien David W. Nicholas pour ses nombreux commentaires et discussions stimulantes.

Merci à Betty Jean Reid et Carolyn Monaco du Programme d'intervenants auprès des sourds-muets, au George Brown College de Toronto, le premier et le plus important effort de ce genre dans le monde ; à Patricia Grant, directrice et responsable des services d'intervenants du Centre Helen Keller canadien à Toronto ; à John A. Gardner, Ph. D., professeur émérite de physique à l'université d'État de l'Oregon et fondateur de ViewPlus Technologies, Inc. ; et à Justin Leiber, Ph.D., du département de philosophie de l'université de Houston, auteur de l'article : "Helen Keller, cognitienne" (*Philosophical Psychology*, vol. 9, n° 4, 1996).

Mes remerciements tout particuliers à mon regretté ami Howard Miller (1966-2006), qui était sourd et aveugle, et dont j'ai fait la connaissance en ligne en 1992, avant de le rencontrer en personne en 1994. Il a influé de tant de façons sur ma vie, et sur celle de tant d'autres personnes.

Merci à Gerald I. Goldlist ; à Edmund R. Meskys ; à Guido Dante Corona du Human Ability and

Accessibility Center d'IBM Research, à Austin, Texas ; et aux membres de la mailing list de Blindmath dont les noms suivent, qui ont lu le manuscrit de ce roman et m'ont donné leurs commentaires : Sina Bahram, Mr. Fatty Matty, Ken Perry, Lawrence Scadden, et Cindy Sheets. Merci aussi à Bev Geddes de l'École pour sourds du Manitoba.

Je remercie également tous ceux qui ont répondu à mes questions, accepté de discuter de mes idées et contribué d'autres façons encore, et en particulier : R. Scott Bakker, Paul Bartel, Asbed Bedrossian, Barbara Berson, Ellen Bleaney, Ted Bleaney, Nomi S. Burstein, Linda C. Carson, David Livingstone Clink, Daniel Dem, Ron Friedman, Marcel Gagne, Shoshana Glick, Richard Gotlib, Peter Halasz, Elisabeth Hegerat, Birger Johansson, Al Katerinsky, Herb Kauderer, Shannon Kauderer, Fiona Kelleghan, Valerie King, Randy McCharles, Kirstin Morrell, Ryan Oakley, Heather Osborne, Ariel Reich, Alan B. Saviez, Sally Tomasevic, Elizabeth Trenholm, Hayden Trenholm, Robert Charles Wilson et Ozan S. Yigit.

Nombreux remerciements aux membres de mon groupe d'écrivains, les *Senior Pajamas* : Pat Forde, James Alan Gardner et Suzanne Church. Merci aussi à Danita Maslankowski, qui organise deux fois par an les séminaires "Write-Off" pour *l'Imaginative Fiction Writers Association* de Calgary, au cours desquels beaucoup de travail a été réalisé sur ce roman.

Le terme introduit dans le dernier chapitre de ce livre a été imaginé par Ben Goertzel, Ph.D., l'auteur de *Creating Internet Intelligence* et actuellement directeur général et directeur scientifique de la société

Novamente LLC (novamente.net) spécialisée dans l'intelligence artificielle ; je l'utilise ici avec son aimable autorisation.

Une liste de liens menant aux articles de Wikipédia brièvement cités dans le roman est disponible sur sfwriter.com/ wikicite.htm.

Pour ceux qui, après avoir lu *La Naissance de la conscience dans l'effondrement de l'esprit*, souhaiteraient en savoir plus sur son auteur, je suggère de visiter le site de la *Julian Jaynes Society* (dont je fais partie) à julianjaynes.org.

J'ai écrit une grande partie de ce roman pendant les trois mois fabuleux que nous avons passés, ma femme et moi, dans la *Berton House Writers' Retreat.* Berton House, la maison d'enfance du célèbre écrivain canadien Pierre Berton, se trouve à Dawson City – le cœur de la grande ruée vers l'or du Klondike, dans le Yukon – juste en face de la cabane de Robert Service, et non loin de celle de Jack London. La directrice de ce refuge pour écrivains est Elisa Franklin. Dan Davidson et Suzanne Saito se sont occupés de nous à Dawson.

Et enfin, je remercie les 1300 membres de mon groupe de discussion sur Internet, qui m'ont accompagné pendant la création de ce roman. N'hésitez pas à vous joindre à nous à :

www.groups.yahoo.com/group/robertjsawyer

303 Peter Swanson, *Ceux qu'on tue*
302 Friedrich Dürrenmatt, *Le Juge et son bourreau. Le Soupçon*
301 Chris Offutt, *Les Fils de Shifty*
300 Craig Johnson, *Tous les démons sont ici*
299 Charles Frazier, *Retour à Cold Mountain*
298 Maren Uthaug, *Une fin heureuse*
297 Lizzie Pook, *La Fille du pêcheur de perles*
296 Edward Abbey, *Seuls sont les indomptés*
295 John Gierach, *Danse avec les truites*
294 Giorgio Scerbanenco, *Les Milanais tuent le samedi*
293 James Crumley, *La Contrée finale*
292 Craig Johnson, *Molosses*
291 Wallace Stegner, *Angle d'équilibre*
290 Sarai Walker, *Les Voleurs d'innocence*
289 Walter Tevis, *La Couleur de l'argent*
288 William Boyle, *Éteindre la Lune*
287 Howard Fast, *Spartacus*
286 Mario Rigoni Stern, *L'Année de la victoire*
285 Larry McMurtry, *Cavalier, passe ton chemin*
284 Giorgio Scerbanenco, *Les Enfants du massacre*
283 Jenny Lund Madsen, *Trente jours d'obscurité*
282 Mark Haskell Smith, *Épices & Love*
281 S. Craig Zahler, *Dédale mortel*
280 Dennis Lehane, *Le Silence*
279 Andrew J. Graff, *Le Radeau des étoiles*
278 Kent Wascom, *Le Sang des cieux*
277 Friedrich Dürrenmatt, *La Panne*
276 Peter Swanson, *Ceux qu'on tue*
275 Daniel Woodrell, *Winter's Bone*
274 Piergiorgio Pulixi, *Le Chant des innocents*
273 Ross Macdonald, *Argent noir*
272 Tess Gunty, *Écoutez-moi jusqu'à la fin*
271 Julia Glass, *Je te vois partout*

270 Craig Johnson, *Dark Horse*
269 Aldo Leopold, *Almanach d'un comté des sables*
268 Blake Crouch, *Wayward Pines 3 : Destruction*
267 Blake Crouch, *Wayward Pines 2 : Rébellion*
266 Blake Crouch, *Wayward Pines 1 : Révélation*
265 Jennifer Haigh, *Mercy Street*
264 Maren Uthaug, *Là où sont les oiseaux*
263 Chris Offutt, *Les Gens des collines*
262 Pete Fromm, *Avant la nuit*
261 Lance Weller, *Le Cercueil de Job*
260 John Gierach, *Truites & Cie*
259 James Crumley, *Les Serpents de la frontière*
258 Giorgio Scerbanenco, *Tous des traîtres*
257 Friedrich Dürrenmatt, *La Promesse*
256 Larry McMurtry, *Et tous mes amis seront des inconnus*
255 Wallace Stegner, *Vue cavalière*
254 Piergiorgio Pulixi, *L'Illusion du mal*
253 Helene Bukowski, *Les Dents de lait*
252 JoAnne Tompkins, *Ce qui vient après*
251 Mark Haskell Smith, *Elephant crunch*
250 Tiffany McDaniel, *L'été où tout a fondu*
249 Alan Le May, *La Prisonnière du désert*
248 Oakley Hall, *Warlock*
247 Peter Swanson, *Chaque serment que tu brises*
246 Giulia Caminito, *L'eau du lac n'est jamais douce*
245 Christina Sweeney-Baird, *La Fin des hommes*
244 John D. Voelker, *Testament d'un pêcheur à la mouche*
243 Maren Uthaug, *Et voilà tout*
242 Ross Macdonald, *La Face cachée du dollar*
241 Pete Fromm, *Le Lac de nulle part*
240 Julia Glass, *Conte d'automne*
239 Giorgio Scerbanenco, *Vénus privée*
238 Elliot Ackerman et James Stavridis, *2034*
237 Thomas Savage, *La Reine de l'Idaho*
236 Kathleen Dean Moore, *Sur quoi repose le monde*

235 Walter Tevis, *L'Arnaqueur*
234 Paul Tremblay, *La Cabane aux confins du monde*
233 Mario Rigoni Stern, *Histoire de Tönle*
232 Kate Reed Petty, *True Story*
231 William Boyle, *La Cité des marges*
230 Keith McCafferty, *Le Baiser des Crazy Mountains*
229 Elliot Ackerman, *En attendant Eden*
228 John Gierach, *Même les truites ont du vague à l'âme*
227 Charles Portis, *True Grit*
226 Jennifer Haigh, *Ce qui gît dans ses entrailles*
225 Doug Peacock, *Marcher vers l'horizon*
224 James McBride, *Deacon King Kong*
223 David Vann, *Komodo*
222 John Farris, *Furie*
221 Edward Abbey, *En descendant la rivière*
220 Bruce Machart, *Des hommes en devenir*
219 Mark Haskell Smith, *À bras raccourci*
218 Winston Groom, *Forrest Gump*
217 Larry McMurtry, *Les Rues de Laredo*
216 Terry Tempest Williams, *Refuge*
215 Wallace Stegner, *La Vie obstinée*
214 Piergiorgio Pulixi, *L'Île des âmes*
213 Giulia Caminito, *Un jour viendra*
212 Julia Glass, *Refaire le monde*
211 David Heska Wanbli Weiden, *Justice indienne*
210 Alex Taylor, *Le sang ne suffit pas*
209 Ross Macdonald, *Le Frisson*
208 Tiffany McDaniel, *Betty*
207 John D. Voelker, *Itinéraire d'un pêcheur à la mouche*
206 Thomas Berger, *Little Big Man*
205 Peter Swanson, *Huit Crimes parfaits*
204 Andy Davidson, *Dans la vallée du soleil*
203 Walter Tevis, *L'Homme tombé du ciel*
202 James Crumley, *Le Canard siffleur mexicain*
201 Robert Olmstead, *Le Voyage de Robey Childs*

200 Pete Fromm, *Chinook*
199 Keith McCafferty, *La Vénus de Botticelli Creek*
198 Tom Robbins, *Jambes fluettes, etc.*
197 Nathaniel Hawthorne, *La Lettre écarlate*
196 Jennifer Haigh, *Le Grand Silence*
195 Kent Wascom, *Les Nouveaux Héritiers*
194 Benjamin Whitmer, *Les Dynamiteurs*
193 Barry Lopez, *Rêves arctiques*
192 William Boyle, *L'amitié est un cadeau à se faire*
191 Julia Glass, *Jours de juin*
190 Mark Haskell Smith, *Coup de vent*
189 Trevanian, *L'Été de Katya*
188 Chris Offutt, *Sortis des bois*
187 Todd Robinson, *Une affaire d'hommes*
186 Joe Wilkins, *Ces montagnes à jamais*
185 James Oliver Curwood, *Grizzly*
184 Peter Farris, *Les Mangeurs d'argile*
183 David Vann, *Un poisson sur la Lune*
182 Mary Relindes Ellis, *Le Guerrier Tortue*
181 Pete Fromm, *La Vie en chantier*
180 James Carlos Blake, *Handsome Harry*
179 Walter Tevis, *Le Jeu de la dame*
178 Wallace Stegner, *Lettres pour le monde sauvage*
177 Peter Swanson, *Vis-à-vis*
176 Boston Teran, *Méfiez-vous des morts*
175 Glendon Swarthout, *Homesman*
174 Ross Macdonald, *Le Corbillard zébré*
173 Walter Tevis, *L'Oiseau moqueur*
172 John Gierach, *Une journée pourrie au paradis des truites*
171 James Crumley, *La Danse de l'ours*
170 John Haines, *Les Étoiles, la neige, le feu*
169 Jake Hinkson, *Au nom du Bien*
168 James McBride, *La Couleur de l'eau*
167 Larry Brown, *Affronter l'orage*
166 Louisa May Alcott, *Les Quatre Filles du docteur March*

165 Chris Offutt, *Nuits Appalaches*
164 Edgar Allan Poe, *Le Sphinx et autres histoires*
163 Keith McCafferty, *Les Morts de Bear Creek*
162 Jamey Bradbury, *Sauvage*
161 S. Craig Zahler, *Les Spectres de la terre brisée*
160 Margaret Mitchell, *Autant en emporte le vent*, vol. 2
159 Margaret Mitchell, *Autant en emporte le vent*, vol. 1
158 Peter Farris, *Dernier Appel pour les vivants*
157 Julia Glass, *Une maison parmi les arbres*
156 Jim Lynch, *Le Chant de la frontière*
155 Edward Abbey, *Le Feu sur la montagne*
154 Pete Fromm, *Comment tout a commencé*
153 Charles Williams, *Calme plat*
152 Bob Shacochis, *Sur les eaux du volcan*
151 Benjamin Whitmer, *Évasion*
150 Glendon Swarthout, *11 h 14*
149 Kathleen Dean Moore, *Petit Traité de philosophie naturelle*
148 David Vann, *Le Bleu au-delà*
147 Stephen Crane, *L'Insigne rouge du courage*
146 James Crumley, *Le Dernier Baiser*
145 James McBride, *Mets le feu et tire-toi*
144 Larry Brown, *L'Usine à lapins*
143 Gabriel Tallent, *My Absolute Darling*
142 James Fenimore Cooper, *La Prairie*
141 Alan Tennant, *En vol*
140 Larry McMurtry, *Lune comanche*
139 William Boyle, *Le Témoin solitaire*
138 Wallace Stegner, *Le Goût sucré des pommes sauvages*
137 James Carlos Blake, *Crépuscule sanglant*
136 Edgar Allan Poe, *Le Chat noir et autres histoires*
135 Keith McCafferty, *Meurtres sur la Madison*
134 Emily Ruskovich, *Idaho*
133 Matthew McBride, *Frank Sinatra dans un mixeur*
132 Boston Teran, *Satan dans le désert*
131 Ross Macdonald, *Le Cas Wycherly*

95 Larry Brown, *Sale Boulot*
94 Katherine Dunn, *Amour monstre*
93 Jim Lynch, *Les Grandes Marées*
92 Alex Taylor, *Le Verger de marbre*
91 Edward Abbey, *Le Retour du gang*
90 S. Craig Zahler, *Exécutions à Victory*
89 Bob Shacochis, *La femme qui avait perdu son âme*
88 David Vann, *Goat Mountain*
87 Charles Williams, *Le Bikini de diamants*
86 Wallace Stegner, *En lieu sûr*
85 Jake Hinkson, *L'Enfer de Church Street*
84 James Fenimore Cooper, *Le Dernier des Mohicans*
83 Larry McMurtry, *La Marche du mort*
82 Aaron Gwyn, *La Quête de Wynne*
81 James McBride, *L'Oiseau du Bon Dieu*
80 Trevanian, *The Main*
79 Henry David Thoreau, *La Désobéissance civile*
78 Henry David Thoreau, *Walden*
77 James M. Cain, *Assurance sur la mort*
76 Tom Robbins, *Nature morte avec Pivert*
75 Todd Robinson, *Cassandra*
74 Pete Fromm, *Lucy in the Sky*
73 Glendon Swarthout, *Bénis soient les enfants et les bêtes*
72 Benjamin Whitmer, *Pike*
71 Larry Brown, *Fay*
70 John Gierach, *Traité du zen et de l'art de la pêche à la mouche*
69 Edward Abbey, *Le Gang de la clef à molette*
68 David Vann, *Impurs*
67 Bruce Holbert, *Animaux solitaires*
66 Kurt Vonnegut, *Nuit mère*
65 Trevanian, *Shibumi*
64 Chris Offutt, *Le Bon Frère*
63 Tobias Wolff, *Un voleur parmi nous*
62 Wallace Stegner, *La Montagne en sucre*
61 Kim Zupan, *Les Arpenteurs*

60 Samuel W. Gailey, *Deep Winter*
59 Bob Shacochis, *Au bonheur des îles*
58 William March, *Compagnie K*
57 Larry Brown, *Père et Fils*
56 Ross Macdonald, *Les Oiseaux de malheur*
55 Ayana Mathis, *Les Douze Tribus d'Hattie*
54 James McBride, *Miracle à Santa Anna*
53 Dorothy Johnson, *La Colline des potences*
52 James Dickey, *Délivrance*
51 Eve Babitz, *Jours tranquilles, brèves rencontres*
50 Tom Robbins, *Un parfum de jitterbug*
49 Tim O'Brien, *Au lac des Bois*
48 William Tapply, *Dark Tiger*
46 Mark Spragg, *Là où les rivières se séparent*
45 Ross Macdonald, *La Côte barbare*
44 David Vann, *Dernier jour sur terre*
43 Tobias Wolff, *Dans le jardin des martyrs nord-américains*
42 Ross Macdonald, *Trouver une victime*
41 Tom Robbins, *Comme la grenouille sur son nénuphar*
40 Howard Fast, *La Dernière Frontière*
39 Kurt Vonnegut, *Le Petit Déjeuner des champions*
38 Kurt Vonnegut, *Dieu vous bénisse, monsieur Rosewater*
37 Larry Brown, *Joe*
36 Craig Johnson, *Enfants de poussière*
35 William G. Tapply, *Casco Bay*
34 Lance Weller, *Wilderness*
33 Trevanian, *L'Expert*
32 Bruce Machart, *Le Sillage de l'oubli*
31 Ross Macdonald, *Le Sourire d'ivoire*
30 David Morrell, *Rambo*
29 Ross Macdonald, *À chacun sa mort*
28 Rick Bass, *Le Livre de Yaak*
27 Dorothy Johnson, *Contrée indienne*
26 Craig Johnson, *L'Indien blanc*
25 David Vann, *Désolations*

24 Tom Robbins, *B comme Bière*
23 Glendon Swarthout, *Le Tireur*
22 Mark Spragg, *Une vie inachevée*
21 Ron Carlson, *Le Signal*
20 William G. Tapply, *Dérive sanglante*
19 Ross Macdonald, *Noyade en eau douce*
18 Ross Macdonald, *Cible mouvante*
17 Doug Peacock, *Mes années grizzly*
16 Craig Johnson, *Les Camps des morts*
15 Tom Robbins, *Féroces infirmes retour des pays chauds*
14 Larry McMurtry, *Texasville*
13 Larry McMurtry, *La Dernière Séance*
12 David Vann, *Sukkwan Island*
11 Tim O'Brien, *Les choses qu'ils emportaient*
10 Howard McCord, *L'homme qui marchait sur la Lune*
9 Craig Johnson, *Little Bird*
8 Larry McMurtry, *Lonesome Dove*, épisode 2
7 Larry McMurtry, *Lonesome Dove*, épisode 1
6 Rick Bass, *Les Derniers Grizzlys*
5 Jim Tenuto, *La Rivière de sang*
4 Tom Robbins, *Même les cow-girls ont du vague à l'âme*
3 Trevanian, *La Sanction*
2 Pete Fromm, *Indian Creek*
1 Larry Watson, *Montana 1948*

CET OUVRAGE A ÉTÉ COMPOSÉ PAR
ATLANT'COMMUNICATION
AU BERNARD (VENDÉE).

ACHEVÉ D'IMPRIMER EN JANVIER 2025 SUR LES PRESSES
DE NORMANDIE ROTO IMPRESSION S.A.S., 61250 LONRAI
POUR LE COMPTE DES ÉDITIONS GALLMEISTER
13, RUE DE NESLE, 75006 PARIS

IMPRIMÉ EN FRANCE

DÉPÔT LÉGAL : FÉVRIER 2025
N° D'IMPRESSION : 2404920